KB122193

사실은 내시였다

황성운 장편소설

사실은 내시였다

매일 똑같은 하루가 시작된다. 출근하고, 컴퓨터 앞에서 일을 하고, 끼니때가 되면 누군가의 손으로 만들어진 음식을 사 먹고, 또 계절이 바뀌면 남이 만든 옷을 사 입고… 문득 이런 생각이 든다.

내 스스로 할 수 있는 일은 뭐지?

이대로 살다가 가는 건가?

대다수 사람들은 의식주의 편안함을 갈구하는데 평생을 투자하지만 그 이상 자신을 찾는 일에는 머뭇거린다. 그만큼 자아실현을 위해 스스로를 일으켜 세우는 일은 여간 어려운 일이 아닌 것 같다.

그런데 현대사회도 아니고 신분의 차이가 엄격했던 양반 사회에서 환자(宦者)가 그 숱한 조롱과 비아냥을 견뎌내며 민족의 얼이 서린 위대한 건축물—우리나라 세계문화유산으로 지정된 '창덕궁'의 모태가 되는 '경복궁'—을 축조하였다면 그것은 마땅히 존중받아야 할 일이다. 그럼에도 신분적 차별로 그 공로를 갈취(?)당해 아직도 케케묵은 역사서의 한 모퉁이에 몇 줄의 기록으로만 남아 있어 빛을 보지 못한다면 이 어찌 통탄할 노릇이 아닌가.

조선왕조태종실록 12년 5월 14일(정유)의 기록을 보면, 형조에서 공조판서 박자청을 논죄(論罪)하는 과정에서 태종이 말하기를,

"(전략)…태조 때에 있어서 무릇 공역(工役)의 일을 환자(宦者) 김사행(金師幸)이 맡았었는데, 나라 사람들이 모두 말하기를 김사행이 태조를 권하여 공역을 일으켰다고 하였다. 그러나 김사행이 권한 것이 아니고, 도성(都城)을 창건하는 초기를 당하여 무릇 공역하는 것이 모두 신충(宸衷)에서 나왔었다. 在太祖時, 凡工役之事, 宦者金師幸掌之, 而國人憚其工役, 皆以爲師幸勸太祖興工役, 然非師幸所勸, 當創都之初, 凡所工役, 皆出宸衷。…(하략)"

라고 기록되어 있다.

이를 보면 환자(내시) 김사행이 경복궁을 건축하였다는 것은 부인할 수 없는 명백한 사실이다.

뿐만 아니라 당시 상황을 유추해 볼 때, 종묘 또한 그가 건축한 작품으로 추정되고, 그에 앞서 '조선왕릉'의 모태가

6

된 고려 말 공민왕과 그의 왕비 노국대장공주의 묘인 현릉(玄陵)과 정릉(正陵)도 그의 작품으로 추정된다.

그러나 1398년 제1차 왕자의 난 때, 역적으로 몰려 죽임을 당함으로써 그의 행적에 관한 기록이 남아 있는 것은 거의 없다. 까닭에 그의 삶을 추적하여 재구성하는 데에는 어려움이 많았다.

하지만 저자는 숱한 역경 속에서도 자신을 일으켜 세워 목표를 향해 질주했던 그의 에너지가 어디서 나왔는지 궁금해 견딜 수가 없었고, 현재 암울한 환경에서 삶을 이어가는 사람들에게 자신의 가치를 일깨워 희망을 심어주고 싶은 마음에 이 글을 쓰게 되었다.

혹여나 이 소설에 미진한 부분이 있더라도 독자 여러분들께서 너그러운 마음으로 이해해주시기를 바란다.

2019년 7월

사실은 내시였다

‖ 차례 ‖

체념

1338년 9월 초순.

광대는 수령태감의 퇴청을 배웅하고 난 후, 곧바로 방 정리를 마치고 대청마루로 나와 허리를 펴며 황궁의 지붕 위에 걸쳐 있는 초승달을 바라보며 마음을 달래고 있었다. 그러나 어찌 괴롭고 분한 마음이 사라지겠는가. 잊으려 해도 목 부위의 상처와 통증은 또 다시 며칠 전에 벌어졌던 끔찍한 사건을 떠올리게 했다.

"이 새끼야, 사실대로 고해? 감히 네가?"

"그런 것이 아닙니다. 태감님!"

"그런데 어째서 스승님이 너만 감싸고돌지?"

"저도 스승님이 왜 그런 말씀을 하셨는지 모릅니다."

"저 주둥아리 봐라!"

팽윤은 광대의 뺨을 후려치며 주위에 늘어선 태감들에게

형틀을 준비하라 소리쳤다. 그 소리에 둘러섰던 태감들은 전광석화같이 대들보에 박아 놓은 고리에 몇 가닥의 줄을 끼워 한쪽 끝에는 묵직한 도끼를 매달고, 다른 한 끝은 바닥에 준비된 나무토막에 묶은 후, 그 아래 십자형 형틀을 놓고는 팽윤의 발아래에서 무릎을 꿇고 빌고 있는 광대를 붙잡아 형틀에 눕히고 사지를 묶었다. 광대는 머리 위에서 번쩍이며 흔들리는 도끼가 금방이라도 떨어질 것 같아 극한의 공포에 휩싸여 온몸에 소름이 돋았다. 그런 가운데서도 삶에 대한 욕구는 강렬하게 용솟음쳤다. '살아야 하는데… 살아야 하는데… 어떻게 하지?' 그때였다. 사실대로 토설하라는 팽윤의 다그침 소리가 천둥처럼 귓전을 때렸다. 광대는 울면서 살려달라고 애원했지만, 팽윤은 코웃음을 치며 줄을 잡고 있는 태감을 향해 줄을 끊으라고 소리쳤다. 그와 동시에 나무토막을 내리치는 도끼의 둔탁한 소리가 귓전을 울렸다. 광대는 떨어지는 도끼를 보고 비명을 지르며 필사적으로 목을 힘껏 옆으로 제쳤다.

"하하하, 이 새끼 엄살은…."

팽윤의 말이 신호라도 되는 듯 태감들은 너나 할 것 없이 모두 달려들어 광대를 마구 짓밟고 걷어찼다. 사실 광대는 도끼가 이마 위로 떨어지는 줄 알았는데, 여러 가닥 중 한 가닥만 끊어지며 도끼가 흔들린 것이었다. 팽윤은 이죽거리며 계속해서 문초를 이어갔고, 광대는 살기 위해 사실대로 고백했다. 그러나 팽윤은 믿지 않으며 줄을 끊으라고 미친 듯이 소리쳤다. 그럴 때마다 광대의 심장은 쪼그라들 대로 쪼그라들었다.

이제 남은 줄은 한 가닥. 변명할 수 있는 기회도 단 한 번 뿐이었다. 그러나 광대는 삶을 포기한 듯 마지막 물음에도 대답을 하지 않았다. 팽윤은 반항한다며 마지막 남은 줄을 끊으라고 고래고래 소리쳤지만 줄을 끊는 태감이 벌벌 떨며 도끼질을 망설였다. 이를 본 팽윤은 태감에게 다가가 마구 발길질을 해대며 윽박질렀다. 그러기를 몇 차례, 잠시 정적이 흐르는가 싶더니 이어서 탁-하며 도끼로 줄을 끊는 소리가 빈 곳간에 선명하게 울려 퍼졌다. 광대는 본능적으로 목이 빠져라 죽을힘을 다해 고개를 왼쪽으로 힘껏 돌렸다.

광대가 희미하게 의식을 찾기 시작한 것은 태감들이 사지에 묶여있던 줄을 풀어내고 도끼에 찍힌 목덜미에서 흐르는 피를 헝겊으로 틀어막으며 온몸을 주무를 때였다.

"태감님! 일이 너무 크게 터진 것 같습니다."

"호들갑 떨지 마! 뒈지지 않으니까…"

뱁새마냥 눈을 가늘게 뜬 팽윤은 손 하나 까딱하지 않고 제자리에 꼿꼿하게 서서 의식이 돌아온 광대를 노려보고 있었다.

"태감님, 사~사~살려 주세요! 시키는 대로 뭐든 다 하겠습니다. 발바닥을 핥으라 하면 핥고, 똥을 먹으라 하면 먹겠습니다."

"그래?"

팽윤은 발을 광대의 입으로 디밀었다. 광대는 눈을 감고 통증을 참아가며 그만 두라고 할 때까지 냄새나는 발바닥을 계속 핥아댔다. 그제야 팽윤은 만족한 듯 '상처를 살펴주라' 하고는 자리를 떴다. 그러나 그것은 끝이 아니라 시작이었다. 다음 날도, 또 다음 날도 선배들이 시키는 대로 하지 않으면 잠을 잘 수가 없었다. 광대는 지옥 같은 날들을 어떻게 견뎌낼 수 있을지 불안하기도 했지만, 복수심 또한 점점 커졌다. 하지만 아무 것도 할 수 없는 현실에 참담함을 느끼며 죽고 싶다는 생각만 들었다. 더 이상 살아야할 이유가 없었다. 광대는 받침대에 올라서서 대들보에 끈을 매고 목에 걸었다. 지난날들이 스쳐가며 서러움이 북받쳐 눈물이 나고 마음이 흔들렸다. 광대는 몇 번의 망설임 끝에 입을 꼭 다물고 눈을 꾹 감았다. 그리고 받침대를 발로 툭 걷어찼다. 몸이 아래로 축 쳐지며 받침대 구르는 소리가 귓전으로 아득하게 계속 들려왔다.

비정(非情)

광대는 본래 고려 용인고을의 섬뜰이라는 자그마한 마을에서 태어났다. 나라가 몽골과 일곱 차례에 걸친 전쟁 끝에 결국 패하여 그들의 속국이 되고 모든 것을 수탈당한 백성들은 그야말로 초근목피로 살아가고 있을 때였다.

광대의 어머니는 남편이 관가의 창고를 짓다가 지붕에서 떨어져 죽은 후, 이를 안타깝게 여긴 남편 동료들의 도움으로 허드렛일을 맡아 하면서 옥정이라는 어린 딸과 근근이 목숨을 부지하며 살았다. 그래서 마을 사람들은 그녀를 옥정네라 불렀다.

그러던 어느 날 갑자기 몽골군이 몰아닥쳐 마을을 약탈하는 가운데 그들의 눈에 띤 옥정네는 겁탈을 당했다. 이에 놀라 어린 옥정이가 울며불며 매달리자 이를 귀찮게 여긴 몽골군이 발길질을 하여 옥정이는 그 자리에서 죽고 말았다.

이후 옥정네는 미쳐서 이 고을 저 고을로 떠돌며 죽은 딸을 찾아 헤매다가 하늘의 보살핌인지 천만다행으로 제 정신이 들어 다시 섬뜰로 돌아왔다. 하지만 홀몸으로 살아간다는 것은 그리 녹록치 않았다. 얼굴이 반반한 관계로 이것저것 먹을 것을 갖다 주며 유혹하는 남정네들이 끊이지 않고, 그 마저도 없다면 굶을 수밖에 없는 처지라 마다할 수가 없었다. 결국 옥정네는 목숨을 부지하기 위해 매춘 아닌 매춘을 하게 되었는데 그만 아이가 들어서고 말았다. 옥정네는 아이를 지우려고 안간힘을 썼다. 일부러 아낙으로서는 견뎌내기 어려운 일을 골라 하기도 하고, 들판을 쏘다니며 독초로 알려진 풀들을 마구 뜯어먹었다. 그러나 아무런 효험 없이 사내아이를 출산하고 말았다.

그로부터 2년이 지나 옥정네는 1년에 한두 번 치성을 드리러 다니는 절을 찾아가 스님에게 사정 얘기를 하고, 아이의 이름을 지어 달라 청했다. 아이를 바라보던 스님은 한참 동안 눈을 감고 생각에 잠기더니 광대廣大란 이름을 써서 건네며, '보살님, 이 아이의 관상은 예사롭지가 않아요. 장차 큰일을 하게 될 것입니다. 그래서 넓을 광廣자, 큰 대大자를 써서 광대라 지었으니 잘 키우세요.' 라고 말했다.

이름을 받아든 옥정네는 기쁨보다도 어떻게 키워야 할 지 걱정이 앞섰다. 모든 것을 포기하고 죽고 싶은 마음도 들었지만 스님의 애기가 가슴 속에 너무나 크게 자리를 잡았다. 옥정네는 어떻게든 살기 위해 발버둥을 쳤다. 그러나 궁핍에서 벗어날 수는 없었다. 그런 가운데서도 광대는 무럭무럭 자라 7살이 되었고, 또래보다 외모가 훤칠하여 놀이를 할 때면 항상 대장노릇을 하였다. 하지만 동무들이 서당에 가고 없을 때면 기가 죽어 있었다.

그러던 어느 여름 날 저녁, 광대는 신바람이 나서 집으로 뛰어 들어오며 '나도 서당에 다닐 수 있다'고 소리쳤다. 옥정네는 그렇지 않아도 서당에 보내지 못한 것이 한이 되었던 터라 웬일인가 하여 물었더니, 광대는 '훈장님이 서당 문밖에서 엿듣고 있는 나를 보고 들어오라 하여 이 글자 저 글자 몇 가지를 물으며 머리를 쓰다듬고는 내일부터 안으로 들어와 배우라'고 했다는 것이었다. 옥정네는 가슴이 벅차올라 광대를 껴안으며 잘 키우리라 다짐했다.

그렇게 또 3년이 흘러 광대가 열 살이 되던 해 봄날이었다. 옥정네는 들판으로 쑥을 뜯으러 가다가 그만 정신을 잃고 길바닥에 쓰러지고 말았다. 다행히 개울 너머에 사는 명덕에미가 지나가다가 그녀를 발견해 업고서 의원집으로 내달려 목숨은 건졌지만, 의원은 몸이 너무 쇠약해진데다가 몹쓸 병이 들어 얼마 살지 못할 것이라고 말했다. 명덕 에미로부터 이 말을 전해들은 옥정네는 자신의 죽음보다도 광대의

앞날이 걱정되었다. 그러나 할 수 있는 것이라곤 아침저녁
으로 장독대 위에 정안수를 떠놓고 천지신명께 불쌍한 자식
놈이 혼자 먹고 일할 수 있을 때까지만 목숨을 부지케 해달
라고 비는 것뿐이었다. 치성의 효험인지 병세는 더 이상 나
빠지지 않는 듯 했다.

그렇게 한 여름이 가고 9월이 되었다. 옥정네는 여느 때와
같이 저녁꺼리를 찾아 들판으로 나갔다가 저만치 밭두렁에
앉아 지껄이는 명덕 애비와 또순이 애비의 이야기를 엿듣게
되었다.

"여보게, 아이를 공녀로 보내면 어떨까?"

"예끼, 이 사람아. 아무리 그래도 그렇지. 자식을 오랑캐
나라에 어찌 보낸다는 말인가. 보내 놓고 어떻게 살려고…
죽어도 이 땅에서 같이 죽어야지. 식구란 게 뭔가. 좋은 일이
나 슬픈 일이나 어려운 일이나 함께 부대끼며 사는 거지. 먹
고 살기 어렵다고 자식을 버려?"

"입은 삐뚤어졌어도 말은 똑바로 하게나. 자식을 버리는
게 아니고, 그렇게라도 해서 입 하나라도 줄이고, 자식이라
도 그곳에 가서 배곯지 않고 잘 살기를 바라는 거지."

"허허. 자네 참 딱하기도 하네그려. 그 동안 오랑캐 놈들이
한 짓을 몰라? 우리 마을만 해도 개울 건너 편 집 있잖은가.
얼굴이 반반해서 우리네만 해도 군침을 많이 흘리지 않았는

가. 아마 자네도 야밤에 그 집에 몰래 들어갔다가 마누라한 테 혼이 난 적 있었지? 그 집이 왜 그렇게 되었나? 오랑캐 놈에게 당하고 나서 그렇게 되지 않았는가. 그런 꼴을 자네 마누라나 자식이 당한다면 어떻겠어? 나 같으면 눈이 뒤집 히거나 혀를 깨물고 죽고 말 걸세."

"그 말 들으니 피가 거꾸로 솟네그려. 그렇지만 내가 얘기 하는 것은 그런 게 아닐세. 얼마 전에 오랑캐 나라에서 사신 이 왔는데 글쎄 그 사람이 우리나라 사람이래. 뭐라던가? 박 뭐시기라고 들었는데…. 어쨌든 그 사람이 왕을 이래라저래 라 하며 엿장수 마음대로 부리듯 했다는 거야. 그 사람처럼 잘 될 수도 있잖아. 그 뿐인 줄 아나? 끌려간 여자가 오랑캐 나라 황제의 첩실이 되어 떵떵거리며 살고 있대잖아. 자네 가 생각하는 것처럼 오랑캐 나라로 끌려간다는 것이 꼭 나 쁜 것만은 아닌 것 같단 말일세."

"그래? 그게 정말인가?"

"정말이지 않고. 그럼 내가 지금 없는 말 지껄이는 줄 알 어? 그 뿐이 아니야. 자식 놈을 암암리에 오랑캐 나라로 가 게 해달라고 관가에 부탁을 하기도 한다는 소문도 있어. 글 쎄 어떤 사람은 자식을 보내기 위해 일부러 고자를 만들기 도 하고, 얼굴이 반반한 가시네들 에미는 채홍산지 뭔지 하 는 놈의 눈에 띠기 위해 저잣거리에 데리고 나가기도 한다는 거야. 끌려가는 곳이 황실이라니 아무리 허드렛일을 해도 우리네보다 낫지 않겠어? 설사 무수리가 되거나 고관대작의 종이 된다고 해도, 이곳에서 지주에게 피 빨리는 것보다야 낫겠지. 지금 우리가 사는 게 사는 겐가? 죽지 못해 살아가는 버러지나 마찬가지지. 자식 놈들에게 자네 같이 살라고 하고 싶어? 난 그러고 싶지 않네. 하루를 살더라도 사람같이 살기를 바란단 말일세."

"듣고 보니, 자네 말도 맞는 거 같으이. 뭐 사는 것이 별거 있나. 배곯지 않고 살면 그만이지. 오랑캐면 어떻고 떼놈이면 어때. 사람이 다 거기서 거기지."

"그래도 오랑캐 나라에서 핍박받는 것보다 지주에게 당하는 게 낫지 않을까? 짐승들도 죽을 때가 되면 제 살던 쪽으로 머리를 둔다는데 얼마나 고향이 그립겠어. 고향은 그래도 자네나 나 같이 이렇게 푸념이라도 할 수 있잖아. 오랑캐 땅에서 말 한마디 못하고 살려면 얼마나 힘들겠어. 홧병이 나서 죽을 것 같은데?"

"그럴 수도 있겠지. 근데 말야. 혼자 가는 것이 아니잖나. 같이 가는 사람들이 있으니 서로 보듬고 살겠지. 아무리 오랑캐 나라라고 하지만 사람 사는 세상은 다 같겠지. 뭐."

옥정네는 집으로 돌아와 골똘히 생각에 잠겼다. 그리고 며칠 뒤 새벽같이 집을 나와 부리나케 어디론가 향했다. 한나절이 지나 도착한 곳은 깊은 산골 오두막집이었다. 몇 차례 부르는 소리에 잠이 깼는지 구레나룻이 덥수룩하고 험상궂은 사내가 눈을 비비며 문을 열고 나왔다.

"뉘길래 단잠을 깨우는 게요?"

옥정네는 단도직입적으로 말했다.

"이곳이 사내아이 부랄 까는 곳이유?"

"뉘길래 젊은 아낙이 겁도 없이 그런 것을 왜 묻는 게요?"

"뉜 줄은 묻지 말고 대답이나 해주슈?"

"별 아낙을 다보겠네. 그런 곳을 알고는 있소만 사정을 들어보지 않고는 가르쳐 줄 수 없소?"

사내는 옥정네를 위아래로 한번 훑어보고는 말을 이었다.

"사정이 있는 모양인데…. 다 좋소. 그런데 그 일은 목숨이 왔다 갔다 하는 위험한 일이라 품삯이 비싸오."

"품삯은 걱정 말고… 안으로 들어가서 얘기하면 안 되겠슈?"

두 사람은 허름한 방으로 들어갔다.

"듣기론 혼자 지낸다고 알고 왔는디 진짜유?"

"그렇소만…. 그런 것은 왜 묻소?"

한동안 생각에 잠겼던 옥정네는 다시 말을 이어갔다.

"목이 말라 그러니 물 한 바가지만 떠다 주슈?"

사내가 밖으로 나가자 옥정네는 거침없이 치마적삼을 벗

었다. 잠시 후 물 한 바가지를 들고 방으로 들어온 사내는 실오라기 하나 걸치지 않은 옥정네를 보더니 물바가지를 내던지고 거친 숨을 몰아쉬며 달려들었다. 옥정네는 그의 손길을 뿌리치며 말했다.

"이것이 품삯인데 괜찮겠슈?"

"좋소."

"또 있슈. 다 나을 때까지 치료를 해야 되유. 그것도 알겠슈?"

"알았다니까, 목숨이 달린 일인데 어찌 모른다 하겠소?"

다짐을 받고 옥정네는 사내에게 몸을 맡겼다.

며칠 뒤 옥정네는 이른 새벽에 광대를 깨워 오두막으로 갔다. 사내는 기다렸다는 듯이 밖으로 나오며 말했다.

"왔소? 기다리고 있었네만… 아주 똘똘하게 생겼구먼! 이 아인가?"

"그렇슈."

사내는 안으로 들어가더니 부엌에서 삶은 감자를 들고 나와 사립문 밖 나무그늘 아래 평상에 올려놓았다. 그리고 모자가 두어 개 먹는 것을 지켜보고 난 후, 눈짓으로 옥정네를 안으로 불러들였다.

"이제라도 괜찮으니 걱정되면 돌아가소."

"그럴 일 없슈. 그대로 해 주슈."

"애한테는 얘기 했소?"

"못 했슈. 걱정 말고 그대로 해주슈."

옥정네는 밖으로 나와 감자를 하나 집어 들며 광대에게 말을 붙였다.

"우리 여기서 살까?"

"싫어유. 애들도 없는데 여기서 뭐 해유?"

"마을에는 먹을 것도 읍고, 사람들이 손가락질하잖니?"

"나한테는 안 그래유. 동무들과 노는 것도 좋구유, 훈장님도 잘 해줘유."

'너는 아직 몰러. 이 세상을 살아내기가 얼마나 힘이 들고 무서운지…. 살다보면 좋은 일보다도 힘들고 아픈 일, 괴로운 일이 더 많혀, 이것아. 니가 어른이 되면 알게 될겨.' 옥정네는 알 듯 모를 듯 혼잣말로 중얼거렸다. 그 사이 사내는 안에서 작업할 도구를 챙겨놓고, 밖을 내다보며 옥정네에게 눈짓을 했다. 옥정네는 크게 한 숨을 몰아쉬고는 광대를 데리고 안으로 들어섰다. 사내는 다짜고짜 광대를 붙들어 바지를 벗기고는 꼼짝 못하게 작업대 위에 올려놓고 팔과 다리를 큰 대大자로 묶었다. 놀란 광대는 새파랗게 질려 살려달라고 고래고래 고함을 지르며 울부짖었다. 이를 보다 못해 옥정네는 가슴을 움켜쥐고 밖으로 뛰쳐나갔고, 사내는 광대에게 재갈을 물리고 거적때기로 얼굴을 가렸다. 그리고는 이내 푸른빛이 감도는 날카로운 칼을 잡고 잠시 광대의 아랫도리를 들여다보더니 거침없이 양물陽物을 잘라냈다. 그리고는 재빠르게 오줌구멍에 가느다란 대나무 가지를 꽂아넣고 준비해둔 약초를 잔뜩 발라 싸맸다.

그 사이 옥정네는 광대의 처절한 비명소리를 듣고, 온몸을 덜덜 떨며 천지신명께 죄를 사하여 달라며 두 손을 모아싹싹 빌었다.

얼마나 지났을까? 사내는 문을 열고 나와 혼이 나가 덜덜떨면서 빌고 있는 옥정네의 곁으로 다가가 어깨를 툭툭 쳤다. 그리고는 안으로 데리고 들어갔다. 광대는 사지가 묶여있는 상태로 온몸을 바들바들 떨면서 이를 바드득 바드득갈며 용을 쓰고 있었다. 옥정네는 다리가 휘청거리는 것을가까스로 버티며 광대의 손을 잡고 간절히 빌었다. 그러나그런 바램과는 상관없이 광대는 혼절했고, 두 사람은 정신없이 온몸을 주물렀다. 그렇게 한 식경이 지나서야 광대는의식이 돌아오는지 손을 가볍게 떨며 입술을 오물거렸다. 옥정네는 숨을 멈추고 얼른 귀를 입가에 갖다 댔다.

"추워. 아퍼!"

광대의 입에서 모기만한 소리가 새어나왔고, 눈가에는 눈물이 주르르 흘러내렸다. 옥정네는 가슴을 쥐어뜯으며 후회했다. 사타구니에 매달려 있던 양물은 온데간데없고, 피범벅

이 된 약초 위로 가느다란 대나무 가지만 꽂혀 있는데, 아직도 피가 뚝뚝 떨어져 바닥을 적시고 있었다. 옥정네는 곧 사단이 날 것만 같아 사내를 노려보며 미친 듯이 소리쳤다.

"피, 피, 피가 계속 나오잖슈!"

사내는 아무런 표정 없이 다 그런 것이라는 듯 걱정 말라고 담담하게 말했지만, 광대는 그날 밤 몇 번을 혼절했다가 깨어났다. 다음 날에도 또 그 다음 날에도 차도가 없었다. 오히려 사흘째 되던 날, 광대는 온몸이 불덩어리처럼 뜨거워지고 숨이 가빠지더니 마지막 길을 가는 듯 용을 썼다. 옥정네는 그 모습을 지켜보지 못하고 밖으로 뛰쳐나갔다. 사내가 뒤따라 나오며 말했다.

"이보게, 이런 경우는 나도 처음일세그려. 천지신명께서 돌봐주시지 않으면 마지막이 될 거 같으이."

옥정네는 가슴을 칼끝으로 마구 도려내는 듯 심한 통증에 제대로 숨을 쉴 수가 없었다. 정신도 혼미해졌다. 그렇지만 아들의 마지막 길을 외롭게 보낼 수 없다는 생각이 들어 다시 안으로 들어가 광대의 두 손을 꼭 잡았다.

"광대야, 잘 가. 다음 세상에서는 고통 없는 곳에서 태어나 잘 살어. 이 에미도 곧 따라 갈겨."

그때였다. 광대의 손가락이 움찔하더니 입술을 씰룩거렸다. 옥정네는 얼른 귀를 입에다 갖다 댔다.

"물, 물…."

옥정네는 곁에 있던 바가지의 물을 한 모금 입으로 들이 키고는 광대의 입에 갖다 대고 한 방울씩 흘려 넣었다. 그렇 게 한참을 넣고 나자 광대는 스스로 살고자 하는 의지가 솟 았는지 다시 정신을 차렸고, 그 후부터 혼절하는 일은 없어 졌다. 그러나 누운 채로 꼼짝도 못하고 보살핌을 받아야 했 다. 옷가지가 없어 엉덩이 밑에는 석회토를 깔아주고 그곳 에 대소변을 보면 그것을 긁어내고 새로운 석회토를 깔아주 었다. 상처는 하루도 빼놓지 않고 생약을 떼고 붙였는데, 그 때마다 광대는 이승과 저승을 오가는 통증에 시달렸다. 그 렇게 석 달이 지난 끝에 광대는 상처가 완전히 아물어 섬뜰 로 다시 돌아왔다.

그러나 광대는 예전 같지 않았다. 그토록 좋아하던 동무 들과 놀지도 않고, 서당에도 가지 않을 뿐만 아니라 말도 없 었다. 며칠씩 혼자 방구석에 처박혀 지내는가 하면, 가재도 구를 모두 끄집어내 팽개치기도 하고, 개구리를 잡아다가 난도질을 하기도 했다. 날이 갈수록 괴기한 행동은 점점 더 심해지고 눈빛마저 살기로 가득했다.

이듬해 봄날, 옥정네가 저녁상을 물리고 피곤해서 쓰러져 깜박 눈을 붙이고 있을 때였다. 뭔가 섬뜩한 느낌이 들어 눈 을 떠 보니 광대가 부엌칼을 들고 노려보고 있었다. 옥정네는 화들짝 놀라 일어서며 소리쳤다.

"뭔 짓을 하고 있능겨? 에미 찌르려고 하능겨?"

"엄만 악마유, 왜 그랬슈? 왜 이렇게 만들었슈?"

"엄마가 다 말해줄 거니까 그 칼을 내려 놔!"

한 동안 실랑이 끝에 겨우 진정된 광대를 붙들고 옥정네
는 그간의 사정을 모두 털어놓았다. 분노하던 광대는 울부
짖으며 밖으로 뛰쳐나가 마을 어귀를 벗어나 방죽으로 내달
려 웅덩이로 뛰어들었다. 뒤를 쫓아가던 옥정네는 이것저것
생각할 겨를이 없었다. 한달음에 쫓아가 웅덩이로 뛰어들며
물속에서 솟아오르는 광대의 머리를 잡아채 끌고 나왔다.
광대는 얼마나 물을 먹었는지 맹꽁이처럼 배가 불렀다. 옥
정네는 광대를 엎어놓고 마구 등을 눌러댔다. 그럴 때마다
입에서는 물이 울컥울컥 흘러나왔다. 그렇게 한참을 지나자
광대는 붕긋했던 배가 가라앉더니 길게 한숨을 토해내며 정
신을 차렸고, 옥정네는 그런 광대를 부둥켜안고 오열했다.

액정국의 소란

1334년 12월. 태감과 궁녀들은 동지와 신년 맞이 준비에 여념이 없었다. 특히 침방(의복을 준비하는 부서)과 보천동경반 (공연을 준비하는 부서), 선방(음식을 준비하는 부서)에서는 눈코 뜰 새 없이 바빠서인지 태감과 궁녀들 모두 신경이 날카로워져 하찮은 일에도 마찰이 심했다.

더군다나 총관태감을 비롯하여 각 부서의 수령태감들은 행여 행사가 잘못되어 모가지가 달아나지 않을까 하는 염려 와 한편으로는 이번 행사에서 황제나 황후에게 칭찬을 들어 승차를 하지 않을까 하는 기대감, 그리고 행사를 통해 자신 의 재물을 불리려는 욕심에 수하의 태감과 궁녀, 무수리들 을 다그쳤다.

그러던 중 사방(事房. 황실의 재물을 관리하는 부서)의 창고관리 태감과 선방의 식자재관리 태감 사이에 언쟁이 벌어졌다.

"야, 이것 가지고 어떻게 그 많은 음식을 하란 말이야? 누구 잡을 일 있어?"

"잡긴 누굴 잡어? 우리도 곳간이 비어서 못주는 건데."

"그게 아니잖아. 니들은 매번 니들 몫으로 얼마씩 떼고 줬잖아. 그런데 이번에는 왜 그보다 더 떼냐고? 이번 행사는 동지와 신년행사라 더 많은 음식이 필요한데….."

"우리도 그러고 싶어 그러는 거 아니잖아. 알면서 왜 그래? 이런 일들이 내 맘대로 할 수 있는 거야. 위에서 내려오는 대로 하는 거잖아."

"야, 너네만 먹고 사니? 우리도 먹고 살아야 되잖아. 안 되면 윗선에 보고할 수밖에 없어."

"미쳤구나. 너 죽고 나 죽자 이거지? 그래, 가서 해 봐. 니가 죽는지, 아니면 내가 죽는지!"

격분한 선방 태감의 손이 번개같이 사방 태감의 뺨을 내갈겼다.

"아얏! 씨발!"

두 사람은 서로 엉겨 붙었다. 얼마나 치고받았는지 얼굴이 엉망진창이었다. 싸움은 즉시 총관태감에게 알려져 끝이 났고, 총관태감은 수령태감들을 긴급히 소집하였다.

"뭐가 문제냐?"

선방 수령태감이 먼저 아뢰었다.

"우리 애들이 창고에 가서 식자재를 수령하는데, 소요되는 재료를 종전보다 더 많이 떼고 내주는 바람에 음식준비에 차질이 생길 것을 우려한 나머지 정량을 모두 달라고 요구하였으나 사방의 태감이 이를 묵살하고 고압적인 태도로 그냥 가져가라고 윽박질렀기 때문에 일어난…."

말이 채 끝나기도 전에 사방 수령태감이 끼어들었다.

"선방에서 말하는 것도 맞기는 하지만, 사방의 사정은 그것과 달리 보관중인 식자재가 충분하지 않습니다. 금년도 흉년으로 인해서 황실에 들어온 물건들이 턱없이 부족한 상태이기 때문에 그렇게 할 수밖에 없었던 겁니다."

가만히 듣고 있던 총관태감이 입을 열었다.

"너네들 말이 모두 맞아. 사실 금년도 황실 살림은 온 나라가 흉작으로 인해서 입고된 물품이 충분하지 않아. 그래서 이번 행사는 부족한 상태로 알뜰하게 준비해야 해. 이런 사정을 미리 알려줬어야 했는데 내가 말을 못했어. 그러니 사방에서는 최대한 줄 수 있는 양을 판단하여 물품을 내주고, 또 선방에서는 그것 가지고 준비를 해. 알겠지? 그건 그렇고… 어차피 이렇게 모였으니 이 일과 상관없이 애로가 있으면 무엇이든 말들 해 봐."

태감들은 이구동성으로 자기부서에 사람이 부족하여 일이 너무 버겁다고 하였다.

"좋아. 나도 니들의 고초를 모르는 게 아니야. 나도 충분할 만큼 태감들을 데려오고 싶지만, 쉽사리 구할 수가 없어."

"총관님! 내국에서 충당할 수 없다면, 속국에서 데려오는 방법도 있지 않습니까? 남인(강남의 한족)은 반항심이 많아 다루기가 쉽지 않고…. 고려에서 데려오면 어떻겠습니까? 그들은 키도 우리와 비슷하고 머리가 좋아 궐내환경에 적응하는 속도도 빠르고 순해서 비교적 다루기도 쉽습니다. 듣기로는 그들 나라에 대신들이 황실과 내통하는 사람들이 많아 응대를 잘해준다고 들었습니다. 그러니 고려에서 뽑아오는 것이 쉽지 않나요?"

"그것도 모르는 바 아니지만 간단치가 않아. 대신들의 승낙도 있어야 하고…. 고려에서 우리 황실에 맞은 사람을 뽑아준다는 것도 알 수 없는 일이다. 더군다나 황궁에 너무 많은 고려출신 태감과 궁녀가 있으면 그것도 좋은 일은 아니야. 그러니 일단 좀 기다려봐. 이번에는 꼭 데려올 수 있도록 해볼 테니까. 어려움이 있더라도 이번 행사만은 차질 없이 치르도록 모두가 합심하자고."

우여곡절 끝에 동지절 행사와 신년하례식은 차질 없이 잘 끝나 총관태감은 황제와 황후로부터 칭찬을 듣고 하사품까지 받았다.

그 후 총관태감은 여러 대신들을 찾아다니며 액정국掖庭局

의 사정을 이야기하고 긴급히 환관과 궁녀를 차출할 수 있
도록 조치해 줄 것을 청하였다. 이에 조정에서는 그의 의견
을 받아들였고, 총관태감을 처녀진공사處女進貢使로 임명하
여 고려로 파견하였다.

연경으로 끌려가다

1335년 3월 초. 용인고을 저잣거리에는 미치광이처럼 큰 소리를 지르며 뛰어가는 사람이 있었다.

"금혼령이 떨어졌다! 금혼령이…."

사람들은 여기저기 모여서 수군거렸다.

"뭔 소리야? 왕실에 혼사가 있나?"

"혼사는 무슨 놈의 혼사? 오랑캐 나라로 끌고 갈 가시내와 고자 공출이라네."

"사내들 몽달귀신 만들려나 보군."

사실 며칠 전 조정에서는 전국에 금혼령을 내렸고, 용인고을에도 가시내와 고자를 뽑아 올리라는 교서가 내려와 있었다. 관원들은 쉬쉬하고 공출 대상을 물색하고 있었지만, 발 없는 소문은 일파만파 고을 전체로 번져 섬뜰까지 들려왔다. 이 소문을 들은 명덕 애비는 또순이 애비를 불러 주막에 마주 앉았다.

"이보게, 큰일 났네. 자네 딸내미 얼른 시집보내게."

"얼레, 왜 자다가 봉창 두드리는 소리야?"

"아니 이 사람 캄캄하구먼. 지금 고을 관원들이 어린애들 공출해간다는 소리 듣지도 못했어?"

"진짜야?"

"그렇다니까. 그래서 자네 딸내미를 얼른 시집보내라는 거야. 지금 딸내미가 열 서넛 정도 됐지?"

"응! 지금 열 네 살이지."

"듣기로는 공출은 열 서너 살에서 예닐곱 살 먹은 애들을 뽑아 간다던데?"

"큰일이네! 여보게. 우리 딸내미 어디 민며느리로 보낼 곳이라도 있을까?"

"글쎄, 내가 어디 아는 곳이 있어야지. 암튼 마누라한테라도 알아보라고 하지. 누구한테 가든 오랑캐한테 붙들려 가는 것보다야 낫겠지."

"어이쿠, 이누무 세상. 백성들 하나 지켜주지 못하니…. 쯧쯧. 여기 술이나 치게. 나 원 참, 기가 막혀서…."

"정 안되면 딸을 나한테 보내게."

"그건 또 뭔 소리야? 자네 아들은 겨우 열 살 넘어 젖비린내도 아직 안 떨어졌잖아?"

"여보게 그게 문젠가. 딸내미를 공녀로 보내지 않는 것이 중요하지. 사내구실이야 시간이 지나면 다 하게 되어 있는 거 아닌가? 관원들도 모두 제 자식 보내지 않으려고 암암리에 시집을 다 보낸다네. 엊그제도 호방 나리가 어린 딸내미 혼사를 치렀다는 소리 들리던데…."

"그래? 오늘 저녁에 마누라하고 얘길 해볼테니 자네도 마누라하고 얘길 해보게. 아주 비밀리에 해야 되네. 만약 발각이 되는 날에는 혼사고 뭐고 다 물 건너가네."

이 소문은 옥정네의 귀에까지 들어갔다. 자신의 병이 심상치 않아 얼마 버티지 못할 것이라는 것을 알고 있는 옥정네는 자기가 죽기 전에 광대를 보내야한다고 결심했다. 그래서 고심한 끝에 단단히 마음을 먹고 이방 나리 댁을 찾아갔다.

"나으리. 이년의 소원 좀 들어주시유. 우리 아들 광대가 고자인데 이번 공출에 뽑아주시면 이년이 살고 있는 오두막집을 드리겠습니다요."

이방은 귀가 번쩍 띄었다. 누굴 뽑아서 보내야 할지 몰라 고민을 하던 터라 앓던 이가 빠진 것 같은 쾌감이 일어났지만 속내를 감추고 점잔을 뺐다.

"허허. 그것 참… 딱하게 됐구료. 노력은 해보겠지만 큰 기대는 하지 말게. 하도 여럿이 부탁을 하니 어찌해야 할지…."

그로부터 열흘 뒤, 옥정네에게 이틀 후 아침 진시까지 광대를 관가로 데리고 나오라는 소식이 전해졌다. 옥정네는 자식을 보내야 된다고 독하게 마음을 다져왔지만, 정작 소식을 듣는 순간 다리가 풀려 땅바닥에 주저앉아 눈물을 평평 쏟았다. 그때였다. 밖에서 인기척이 나더니 이내 광대가 사립문 안으로 들어서며 무슨 일이냐고 캐물었다. 옥정네는 아무 일도 아니라며 눈물을 훔치고는 일어나 부엌으로 들어가며 중얼거렸다.

"이틀이야 이틀 이를 어쩐다!"

옥정네는 손발이 덜덜 떨려 아무 것도 할 수가 없어 허둥대다 겨우 밥상을 차려들고 방으로 들어갔다. 광대는 배가 고팠는지 허겁지겁 밥을 퍼먹었다. 옥정네는 그런 광대를 한 동안 멍하니 쳐다보았다.

"엄니, 왜 안 드셔유?"

"니가 오기 전에 감자를 좀 먹었더니 배가 부르구먼!"

"그래두 조금 더 드시지유?"

"괜찮아. 니나 많이 먹어."

옥정네는 방망이질을 해대는 가슴을 진정시키느라 몇 차례 심호흡을 하며 어디서부터 얘기를 꺼내야 할지 망설였다. 이상한 낌새를 느꼈는지 광대가 다시 물었다.

"엄니, 왜 그래유?"

"……."

"뭔 일 있쥬? 말혀봐유."

옥정네는 다그침에 그간에 있었던 모든 일을 털어놓으며 모레 아침에 떠나야 한다고 울먹였다. 가만히 듣고 있던 광대는 너무 놀란 나머지 들고 있던 숟가락을 내려놓으며 한동안 천장만 멍하니 쳐다보더니 뭔 생각이 들었는지 크게 한 번 숨을 몰아쉬고는 입을 열었다.

"엄니, 난 고자가 되고 난 뒤, 그 동안 동무들에게 놀림을 당할 때마다 죽고 싶었시유. 엄니가 너무 미워서 죽이려고도 했었구유. 근데 엄니를 어떻게 죽여유. 나 갈 거에유. 여기서 살고 싶지 않어유. 어떻게든 되겠쥬."

그날 밤 모자는 꼬박 뜬눈으로 밤을 샜다. 그리고 이틀 뒤 광대는 관원을 따라 섬뜰을 떠났고, 옥정네는 떠나가는 광대를 쫓아가며 울부짖다가 광대가 마을 어귀를 벗어나 시야에서 멀어져가자 그 자리에 주저앉아 목 놓아 울었다. 그러다가 넋이 나갔는지 횡설수설하더니 어디론가 사라지고 말았다.

수양아들

퇴청을 하다가 황궁 사무실에 두고 온 물건이 있어 다시
들어온 수령태감은 대청마루 앞에서 숨이 멎어 버렸다. 광
대가 대들보에 목을 맨 채 매달려 있는 것이 아닌가. 수령태
감은 나뒹굴어 있는 받침대를 놓고 올라가 즉시 끈을 끊었
다. 그리고 대청마루로 내동댕이쳐진 광대의 코에 손을 갖
다 대어본 후 다시 귀를 가슴에 대고 심장이 멎었는가를 확
인하고는 숨이 붙어 있음에 안도의 한 숨을 내쉬었다. 그리
고는 다급히 다른 태감들을 부르려다 멈칫하더니 이내 광대
의 몸을 정신없이 주물러댔다. 다행히 한식경이 지나 광대
는 의식이 돌아왔고, 수령태감은 광대를 부축해 방으로 데
리고 들어가 왜 목을 매게 되었는지 그간의 사정을 자세히
물었다. 한 동안 입을 떼지 못하던 광대는 수령태감 앞에 엎
드려 실컷 울고 난 뒤, 태어나서부터 황실까지 오게 된 연유

와 그간에 황실에서 있었던 일에 대해 소상하게 아뢰었다.

수령태감은 광대의 얘기를 들으면서 옛일을 떠올렸다.

"〈내가 살던 고향은 직고直沽(톈진) 남쪽의 자그마한 마을, 아버지는 약초꾼으로 아주 작은 오두막집에서 매우 가난하게 살았고, 배고픔을 달래려 식구들은 매일같이 먹을 것을 찾아 헤맸다. 아버지는 잘 사는 사람들이 부러운 나머지 자식들을 미워했다. 특히 며칠씩 산속을 헤집고 다니며 캐온 약초를 약방에 갖다가 파는 날에는 더 심했다. 약초 값을 제대로 받지 못한 분함 때문인지 약방주인에게 욕을 해대며 그 분憤을 자식에게 매질하는 것으로 풀었다. 그때마다 어머니는 도망치라 눈짓을 했고, 형제들은 집을 뛰쳐나와 밤새도록 밖에서 벌벌 떨었다.

어느 날인가. 어머니는 아버지가 한이 많아 그런 것이라며 너희들을 위해 부자가 되어 보려고 노력했지만, 그것이 뜻대로 되지 않았기 때문이었다고 했다. 아버지가 부자가 되겠다고 생각한 것은 이웃에 사는 사람을 보면서 생긴 일인데, 그 사람도 처음에는 우리처럼 가난했지만, 큰 아들이 태감으로 들어가 10여 년이 지난 다음부터 땅도 많이 사고, 가축도 사는 등 살림이 펴기 시작한 것을 보면서 시작되었다고 했다.

그러던 중 내가 11살이 되었을 때 기억하기도 싫은 끔찍한 일이 벌어졌다. 아버지는 나를 방으로 데리고 들어가 문을 잠궜다. 그리고 덜덜 떨고 있는 나를 어르고 달래면서 침상에 눕혀놓더니 옷을 모두 벗기고 손발을 묶고 재갈을 물린 다음 직접 칼을 들고 다가왔다. 아버지의 눈은 불을 뿜듯이글거렸다. 나는 비명을 지르며 자지러졌고 어머니는 잠긴 문을 열라고 울며불며 소리쳤지만 아버지는 끝내 나의 양물을 제거하고 말았다. 심장이 밖으로 튀어나올 것만 같은 고통과 혼절이 수일간 반복되다 상처는 두어 달이 지나 아물었다. 그리고 몇 년이 지난 후 나는 이곳으로 들어왔다.〉"

잠시 회상에 잠겨있던 수령태감은 그윽한 눈길로 광대를 바라보며 부드러운 말투로 말했다.

"네가 이곳에 온 지가 얼마나 되었지?"

"4년이요."

"그래? 고생이 많았겠구나. 나도 처음 이곳에 왔을 때는 그랬지. 몇 번이나 죽으려고 했다. 그러다가 몇 년이 지나서 깨달았지. 사람은 죽을 이유보다는 살아야 할 이유가 더 많은 것이라고… 지금은 길게 이야기할 시간이 없어서 알려줄 수가 없지만 훗날 자세히 알려 주마. 그러니 그때까지 오늘과 같은 일은 절대 하지 않겠다고 약속할 수 있겠니?"

"……."

"왜? 싫어?"

"약속하겠습니다요."

"그럼, 됐다. 나가 보거라."

다음날부터 수령태감은 며칠 동안 광대가 황실에 들어온 이후 태감교육과정에서의 성적, 태도, 성격, 생활태도 등과 그 동안 전연사에서 있었던 일들을 샅샅이 조사했다. 그리고 과거의 자신과 너무 닮아 있음에 깜짝 놀라며 팽윤을 불렀다.

"요즘 일이 많아서 고생이 많지? 그래도 네가 있어서 전연사의 일이 잘 돌아가고 있는 것이야. 너를 부른 것은 다름이 아니라, 얼마 전에 다른 부서에서 좋지 않은 일이 터졌다. 너도 들었는지 모르겠지만 밤에 신입 태감을 괴롭히다 죽는 일이 벌어져 관련 태감들이 모두 쫓겨나는 일이 있었지. 우리 전연사에서는 그런 일이 없겠지만…. 어떤 경우라도 전연사에서는 그런 일이 벌어져서는 안 된다. 만약 그런 일이 발견될 때에는 그 누구든 죽임을 당하거나 황실에서 쫓겨나게 될 거야. 그러니 아래 태감들을 잘 보살펴야 해. 알겠지?"

"명심 또 명심하겠습니다."

"알았다. 그럼 너만 믿는다."

팽윤은 수령태감이 자기를 그렇게 믿고 있는 줄 미처 몰랐다. 그 동안 수령태감의 눈에 들기 위해 밤마다 아래 것들을 괴롭히며 눈치를 살폈던 일들이 가슴을 콕콕 찔렀다. 팽윤은 마음을 고쳐먹었다. 그 후부터 전연사의 분위기도 완전히 달라졌고, 광대도 마음의 안정을 찾으면서 다시 생활에 적응하기 시작했다. 워낙 눈썰미가 있는데다가 영특하여 무엇이든 빨리 배우고 익혔다. 그래서인지 수령태감은 광대를 자기의 당번에서 토목건축 공사장으로 배치해 일을 배우게 했다.

그러나 공사장에서는 수령태감의 꼬리표가 붙은 놈이라고 달가워하지 않았다. 일을 가르쳐주기는커녕 손찌검과 놀림이 빈번했다. 그럴수록 광대는 어떻게든 기술을 익혀야 이곳에서 살아남을 수 있다며 스스로를 담금질하는 한편, 수령태감과의 약속을 떠올리면서 참고 또 참았다. 그리고 연장 하나하나 이름을 익히는 것부터 다루는 방법, 공사의 여러 공정을 꼼꼼하게 배우고 살피며, 밤에는 그날그날 익혔던 일들과 무엇 때문에 욕설을 들었는지를 소상하게 기록해두고, 다시는 그런 실수를 하지 않겠노라 다짐했다.

그래서인지 냉대 속에서도 광대의 기술은 동료들보다 빠르게 숙련되어갔고, 차가웠던 태감들의 눈길도 봄 눈 녹듯 사라지며 중요한 일이 있을 때마다 찾는 빈도가 높아졌다. 그렇게 순조롭게 일이 풀려가던 어느 날, 공사장에서 목재를 도난당했다는 이상한 소문이 떠돌더니 느닷없이 감찰관이 전연사로 들이닥쳐 광대를 연행해갔다.

광대는 감찰관의 갖은 회유와 윽박지름에도 그런 일이 없다며 절대 굴하지 않았다. 이에 감찰관은 도저히 안 되겠다는 듯 연신 고신을 가하면서 '수령태감의 지시로 네가 목재를 빼돌리는 것을 목격한 증인이 있으니 사실대로 불지 않으면 목숨이 달아날 수도 있다'고 윽박질렀다.

광대는 너무 고통스러운 나머지 허위자백이라도 하여 이곳을 벗어나고 싶었지만, 그럴 때마다 스승의 얼굴이 떠올라 머리를 절레절레 흔들었다. 자신을 살려준 스승을 파멸시킬 수가 없었다. 광대는 끝내 고신을 견디지 못하고 혼절하고 말았다. 감찰관들은 토설을 받아내지 못하자 멋대로 진술을 왜곡시켜 기록한 후, 혼절한 광대의 손가락을 잡아 강제로 지장을 찍어 총관태감에게 보고했다.

그 무렵 광대의 혼절 소식을 접한 수령태감은 사태가 심상치 않음을 인지하고, 급히 팽윤을 처소로 불러 사건의 단초를 찾으라고 재촉했다. 하지만 며칠이 지나도 아무런 단서를 잡지 못하고 있는 가운데 감찰부에서 곧 수령태감을 연행할 것이라는 소문이 떠돌았다. 고심하던 수령태감은 총관태감을 찾아갔다. 그러나 총관태감은 출타중이라며 해가 저물도록 만나주지 않고, 아랫것을 시켜 사건이 모두 밝혀질 때까지 전연사에서 근신하고 있으라는 전갈을 보냈다. 할 수 없이 전연사로 돌아온 수령태감은 밤새도록 사건을 어떻게 풀어야 할지 고심하였다.

그런데 다음 날 아침, 팽윤이 범인을 잡았다며 두 명의 태감을 끌고 와 무릎을 꿇렸다. 수령태감은 노기에 찬 목소리로 문초했다.

"야! 이놈들아, 일을 꾸민 연유가 무엇이냐?"

"죽을죄를 지었습니다요. 목숨만 살려주십시오. 실은 금년 승차에서 광대에게 밀릴 것이 염려되어 얼마 전에 모의를 한 후 목재를 몰래 다른 창고에 숨겨 두고, 광대가 돈을 모아 도망가려 했다고 감찰부에 밀고를 하였습니다요."

"사건의 배후에 내가 있다는 소문도 네놈들이 퍼뜨린 것이냐?"

"아닙니다요. 그건 모르는 일입니다요."

"지금 한 말에 대해 네 놈들 목을 걸 수 있겠지?"

"……."

"왜, 대답이 없느냐?"

"제발 목숨만 살려 주십시오. 실은 감찰관이 우리들의 승차를 보장해 주겠다며 그렇게 하라고 시킨 것입니다요. 이틀 전에는 사방의 태감이 찾아와 감찰관의 지시대로 소문을 퍼뜨렸는지 확인하고 갔습니다요."

"당장 저놈들을 골방에 가둬라!"

수령태감은 팽윤을 가까이 불러 귓속말로 뭔가를 지시하

고, 총관태감에게 보고하기 위해 전연사를 막 나섰다. 그때였다. 감찰관들이 들이닥치더니 수령태감에게 사건의 배후가 밝혀졌다며 감찰부로 동행해줄 것을 종용하였다. 수령태감은 대꾸도 않고 순순히 감찰부로 향했다. 감찰관들은 곧바로 수령태감에게 그 동안 광대와 제보자들이 토설하였다는 증거들을 내밀며 목재를 빼돌린 목적을 추궁하였다. 수령태감은 광대의 상태가 궁금한 나머지 제시된 증거들을 믿을 수 없다며 광대의 대면을 요구하였지만, 그런 요청은 받아들여지지 않았다. 이에 수령태감은 총관태감을 뵙게 해주면 그 자리에서 모든 것을 밝히겠다고 강력하게 저항하였다. 그때 조사실 밖이 시끌벅적했다. 감찰관은 신경이 쓰이는지 짜증스럽게 조사실을 나가며 소리쳤다.

"뭔 일인데 이렇게 시끄러워!"

번을 서고 있는 병사가 말했다.

"전연사 태감이라는데 '수령태감의 무고함을 밝힐 증거를 가지고 왔다'며 감찰관님을 뵙게 해달라고 합니다. 어떻게 할까요?"

"증거라니?"

"이게 밀고자에게 받은 자술서라고 합니다."

자술서를 건네받아 훑어보던 감찰관이 소리쳤다.

"네 놈은 누구냐?"

"전연사에서 근무하는 태감 팽윤이라 하옵니다."

"이 자술서가 사실이 아닐 때는 네놈도 죽은 목숨이라는 것쯤은 알고 있겠지?"

서슬 퍼런 감찰관의 겁박에 움찔하던 팽윤은 잠시 주춤하였지만, 이내 정신을 가다듬고 자술서 내용이 사실이라며 계속 밀고자를 조사해줄 것을 간청하였다. 그때 총관태감이 감찰부 안으로 들어섰다.

"무슨 일인데 이렇게 시끄러워! 넌 누군고?"

"전연사에 근무하는 팽윤이라 하옵니다."

"수령태감 때문이냐?"

"네. 이곳에서 수령태감이 조사를 받고 있습니다. 그래서 무고함을 밝힐 증거를 가지고 왔습니다."

"뭐라고? 증거? 어디 보자."

"감찰관께 드렸습니다."

총관태감이 감찰관을 쳐다보자 그는 마지못해 손에 쥐고 있던 자술서를 바쳤다. 잠시 자술서를 훑어보던 총관태감은 즉시 증인을 데려오라 명했다. 이에 번을 서고 있던 병사들은 곧바로 팽윤을 데리고 나가 전연사 골방에 가둬놓은 두 명을 데리고 돌아와 무릎을 꿇렸다.

"자술내용이 사실이렷다?"

"네, 목숨만 살려 주십시오. 사실입니다요."

총관태감은 노기 띤 음성으로 수행관에게 명했다.

"수령태감과 억울하게 잡혀온 전연사의 태감을 당장 풀어주고, 저 밀고자 두 놈과 사방 수령태감, 공모한 감찰관을 즉시 옥에 가두라. 내가 직접 문초를 할 것이니라."

광대는 석방된 이후 극도로 몸을 사렸다. 본국의 태감들보다 두각을 보인다는 것은 시기의 대상이 되는 것이고, 곧 죽음이라는 사실을 새삼 깨달았기 때문이었다. 그렇지만 기술을 익히는 데는 예전과 다름없이, 아니 오히려 그 전보다 더 열중하였다.

그렇게 또 1년이 지났을 때였다. 전연사에는 예기치 못한 대형사고가 터졌다. 황명으로 신축하는 전각 공사가 완공일정에 쫓겨 모든 태감들이 전력을 다하고 있는 가운데 연목편수가 서까래 규격을 잘못 알고 많은 재목을 모두 짧게 잘라버린 것이었다. 공사를 앞당기라는 황명이 내려진 가운데 벌어진 일이라 수령태감은 화가 머리끝까지 뻗쳤다. 새로운 재목을 구하는 일은 나무를 고르는 일부터 건조를 하기까지 근 1년의 시간이 걸리는 터라 자신의 목을 내놓는 방법 외에는 별다른 도리가 없었다. 며칠간 해결방법을 찾고자 고민하던 수령태감은 특별한 방법이 떠오르지 않자, 전연사 태감들을 비롯해 외부에서 들어온 목업(목수)들까지 모아놓고 난상토론을 벌였지만 뾰족한 방법은 찾을 수가 없었다. 절망에 빠진 수령태감은 마지막으로 분위기에 눌려 아무 말도 하지 않는 아랫것들에게 희망을 걸어보기로 하고, 해결방법을 내놓는 태감은 누구든 상관없이 금년도 승차를 보장하겠다는 파격적인 약속을 내걸었다. 그 말이 떨어지자 좌중이 술렁거리더니 상관의 눈치만 살피던 아랫것들이 의견을 마구 쏟아냈다. 그러나 묘책이 나오지 않자 수령태감의 얼굴에는 어두운 그늘이 짙게 드리우기 시작했다. 광대는 두 번씩이나 목숨을 구해준 수령태감이 절망하는 모습이 안타까워 묘수 찾기에 여념이 없었다. 그때 좌중을 둘러보던 수령태감이 광대와 눈이 마주쳤다.

"넌 의견이 없어? 있으면 말해 보거라."

그 순간 광대의 머릿속에 번쩍- 하며 번개가 일었다.

"서까래가 짧아진 것은 다시 붙일 수도 없고, 재목을 다시 구하는 것도 시간이 촉박하니 지금의 기술과는 색다른 새로운 기술을 시도해 보는 것이 좋을 것 같습니다요."

"어떻게?"

"서까래를 잇는 것입니다. 그냥 이어서 붙일 수는 없는 노릇이기 때문에 서까래를 덧대는 방식입니다요."

"미친놈 아니냐! 그걸 방법이라고… 쯧쯧."

좌중의 태감들은 어림도 없는 일이라고 조롱하며 웅성거

렸다. 하지만 수령태감은 '다들 조용히 하라'며 계속 말해보라고 명을 내렸다.

"서까래를 옆으로 잇대어 길이만 늘린다면 그 모양은 우스워질 것입니다. 그래서 생각해낸 방법은 짧아진 서까래 위쪽으로 필요한 길이만큼 덧대어 지붕 끝이 약간 들리게 하는 방법입니다. 그리고 지붕의 귀가 되는 곳은 다른 곳보다 덧대기를 두세 번 더하여 귀가 바짝 살아나도록 하면 서까래가 짧아진 문제도 해결되고 색다른 지붕이 만들어질 것이라고 생각되옵니다요."

광대가 말을 하는 동안 수령태감은 번개같이 머릿속으로 완성된 전각을 그려보며 무릎을 쳤다.

"오호, 그래? 그 동안 너무 고정관념에만 빠져 있었어. 획기적인 발상이야. 문제를 해결할 수 있는 유일한 방법인 것 같기도 하고…. 아니 어쩌면 새로운 건축기술을 볼 수가 있겠다! 처마가 들린 집이라…. 하하하."

광대의 의견은 즉시 구체화되어 그림으로 그려졌고, 수령태감은 자신 있게 그림을 들고 가서 총관태감을 설득한 다음 황제에게 아뢰었다. 보고를 받은 황제는 새롭게 지어질 전각에 흥미를 느끼는 듯 기대를 하신다는 표정으로 승인하며 공사 기일도 필요한 만큼 여유 있게 늦추도록 하였다. 그야말로 전화위복이었다.

그렇게 전각은 모두의 관심 속에 어렵사리 완공되었고, 황제가 참석한 가운데 준공식이 시작되었다. 공사 경과보고가 끝나고, 악대의 연주가 이어지는 가운데 황제와 태후마마를 비롯하여 대승상과 여러 대신들은 전각에 덮여있는 비단 끝 줄을 잡고 일제히 잡아당겼다. 비단 끝이 물 흐르듯 아래로 미끄러지면서 전각의 모습이 드러나자 여기저기서 탄성이 터져 나왔다. 귀가 들린 전각은 기우는 햇살, 호수 주위의 녹음과 어우러져 마치 한 폭의 아름다운 그림 같았다. 황제는 전각이 마음에 들었는지 축하연 내내 웃음이 그치질 않았다. 수령태감을 가까이 불러 술을 하사하며 노고를 치하하는가 하면, 연신 처마의 귀가 들린 새로운 전각의 모습에 탄복하였음을 숨기지 않았다.

　연회가 끝나고 전연사의 태감들은 다시 한자리에 모였다. 황제의 칭찬에 한껏 들떠 있는 수령태감은 모두에게 그 동안의 노고에 위로의 말을 전하고는 깜짝 발표를 하였다.

　"오늘부터 광대는 내 아들이다."

　태감들은 너무 놀라 입을 다물지 못했다. 모두가 그의 눈에 들고 싶어 온갖 재주를 피웠어도 한 치의 미동도 없던 수령태감이었는데, 들어온 지 10년도 되지 않은 고려출신 광대에게 저렇게 빠지다니. 태감들은 도무지 믿을 수 없다는 표정이었다.

그날 이후 광대를 대하는 태감들의 눈빛은 예전과 많이 달라졌다. 하지만 광대는 더욱 몸을 사리며 태감들과의 관계를 원만히 유지하기 위해 전보다 더 많은 노력을 기울였다. 그렇게 하루하루를 지내는 사이, 계절은 어느 새 7월 장마철로 접어들어 매일같이 비가 오락가락 했다. 오늘도 새벽부터 제법 많은 비가 쏟아져 공사를 할 수 없게 되자 수령 태감은 공사장의 정리정돈만을 강조하며 휴식을 명한 후, 자기 방으로 광대를 불렀다.

"이제 내 아들이 되었으니 이름을 고쳤으면 한다. '사행師幸이라고…. 스승 사師자에 다행 행幸자, 사師자에는 전문적인 기예가 있는 사람이란 의미가 들어있으며, 행幸자에는 사랑한다는 뜻이 들어 있다. 즉 기술을 사랑하는 사람이란 의미다. 어떠냐?"

"스승님의 분부대로 따르겠습니다."

"나를 부르는 호칭도 바꿔야겠다. 다른 사람들이 보는 곳에서는 스승이라 불러야 되겠지만, 둘만 있을 때는 아버지라 부르거라."

"그리 하겠습니다요."

"그래. 호칭은 그렇게 하기로 하고. 한 가지 묻겠다. 너는 아버지와 자식을 어떤 관계라 생각하느냐?"

"한 몸이라고 생각합니다."

"왜 그리 생각하느냐?"

"부모의 몸에서 태어났기 때문입니다."

"그래, 한 몸이나 마찬가지지. 부모의 분신이니까…. 그러니 너와 나는 이제 하나가 된 것이다. 내가 너인 것이고 네가 나인 것이야. 그래서 오늘은 네가 나를 알아야 하겠기에 나에 대해 일러 주려고 한다."

"네, 아버님."

"지금부터 하는 얘기는 그 누구에게도 알려져서는 안 되며, 죽을 상황이 닥쳐도 절대 발설해서는 안 되는 것들이다. 알겠느냐?"

"네, 명심하겠습니다."

"내가 황실에서 생활을 한 지도 벌써 수십 년이 되었다. 처음에 이곳에 왔을 때는 나도 너와 마찬가지로 견딜 수 없어서 몇 번씩이나 죽으려고 했었지. 그런데 다행히 스승님이 그런 나를 잘 보살펴 주었기 때문에 견뎌낼 수가 있었단다. 아마 스무 살이 넘었을 때였을 거야. 잠자리에 누워 이런 생각을 했지. 나는 왜 가난한 약초꾼 아버지한테서 태어나 고자가 되어 이 고생인가? 사람은 왜 태어나고 죽는 것일까? 신이 있다면, 신은 나에게 무엇을 원하는가? 가난의 굴레에서 벗어날 수는 없을까? 그러다가 불현 듯 이런 생각이 들었다. '어차피 태어났으니 사는 게 무언지 살아보자고.' 그렇게 생각을 하고 나니 세상이 다르게 보이더라. 사는 것에 흥미를 가지게 되었지. 그래서 일을 열심히 배워 스승님의 눈에 들었고 수제자가 됐다. 서른 살이 넘으면서는 또 다른 생각이 들었어. 이대로 황실에만 있으면 쫓겨날 때까지 먹고 사는 것이야 문제가 없겠지만, 세상에 태어난 의미가 없다는 생각이 들었지. 그래서 한동안 어떤 일을 해볼까 하고 고민을 했단다. 그때 고향에서 살고 있는 가족들과 친구들이 잘 살게 되면 좋겠다는 생각이 떠올랐어. 그래서 고향친구들을 불러 의논했다. 너 같으면 무슨 의논을 했겠느냐?"

"……."

"나는 연경의 저잣거리에서 본 여러 모습을 이야기 하며 장사밑천을 대줄테니 장사를 해보자고 했다. 가난에 찌든 친구들은 밑천을 대주겠다는 말에 환호했지. 그래서 연경 변두리에 조그만 점방을 내고 장사를 시작했단다. 나는 황실 사람들이 즐겨 찾는 물건들과 연경에 사는 사람들이 꼭 필요로 하는 물건이 무엇인가를 친구들에게 알려 주고, 친구들은 그 물건들을 구해다가 팔았지. 장사는 하루가 다르게 너무 잘됐어. 그러다가 문제가 생겼지?"

"왜요?"

"먹고 사는 문제가 해결되니까 다른 욕심도 생겨나고, 장사가 잘 되면 될수록 장사를 늘려야 하는데 믿을 수 있는 사람을 뽑아 들이는 것도 어려웠어. 행여 그 사람들이 배신하면 어찌하나 하는 생각이 들었지. 그래서 회합을 갖고, 고향 지명을 따서 '직고당直沽堂'이라는 상단을 만들었단다. 규율도 정하고…. 그 회합에서 나는 모두의 찬성으로 우두머리가 되었단다.

내가 우두머리로 제일 먼저 한 일은 결속력 강화를 위해 입단의식을 치르는 것이었어. 배신할 때는 죽여도 좋다는 서약을 하고, 혈서로 이름을 쓰고 의형제를 맺었지. 남들이 보기 어려운 오른팔 안쪽에는 사냥을 위해 고향마을에서 많이 사육하는 새, 하르차악의 문양을 새기고…. 그랬더니 서로간의 믿음이 강화되면서 장사는 더욱 번창했지. 그래서 지금은 꽤나 많은 부를 축적하고 나도 수령태감에 오를 수 있었던 거야."

"그럼 모두 부자가 되었겠네요?"

"그랬지. 그렇지만 내 삶은 크게 달라진 게 없었고, 마음이 허전한 것은 여전했단다. 돈을 벌어 무엇 하나, 먹고 살 정도만 있으면 되지 하는 생각이었어. 그래서 엉뚱한 생각을 했지. 배고팠던 어린 시절을 생각하고 힘들게 사는 사람들을 도와주자고 말이야."

"모두가 찬동하였나요?"

"아니야. 반대가 심했지. 그러나 난 포기하지 않고 계속해

서 설득했어. 그랬더니 자의반 타의반으로 일단 몇 명에게
만 해보자고 하더구나. 그래서 아무도 모르게 가난한 사람
으로 마음씨가 착한 사람을 선정하여 먹고 살 수 있는 양식
을 야밤에 몰래 갖다 주기 시작했지. 시간이 지나면서 도움
을 받은 사람들은 얼굴에 생기가 피어나고, 세간에는 좋은
소문도 퍼졌지. 그들을 보니까 사는 보람이 생기더구나. 그
렇지만 나이가 들수록 가슴 한구석이 허전한 것은 벗어날
수가 없었단다. 나는 밤마다 생각해봤지. 그리고 내 뒤를 이
어줄 자손이 없다는 것이 원인이라는 것을 깨달았어. 그때
부터 나는 뒤를 이어줄 사람을 찾기 시작했단다. 십여 년이
지나도 마음에 드는 사람은 찾을 수가 없었다. 그런데 네가
나타난 거야. 난, 네가 목을 매었을 때, 그 옛날 나의 모습이
떠올라 어떻게든 살리고 싶었어. 너를 살리고 난 다음에는
계속 지켜봤지. 그러던 중 목재 도난사건으로 네가 감찰부
에 붙들려가서 취조를 당했을 때 확신을 가졌지. 사람들은
어려운 일이 닥치면 어떻게든 살기 위해 힘 있는 자가 시키
면 시키는 대로 하는 것이 세상 이치지만 너는 달랐지. 네
양심을 버리지 않았다. 고신을 당하면서도, 아니 죽을 수 있
는 상황이 닥쳤는데도 허위자백을 하지 않았어. 오히려 감
찰관들이 나를 그 사건의 배후로 엮으려고 할 때, 그런 일이
없다며 항변했지. 바로 그때 너를 아들로 받아들이겠다고

결심했단다."

사행의 눈에서는 눈물이 흘렀다.

"이제 너와 내가 부자지간이 되었는데 무엇을 숨기겠느냐? 상단의 운영에 관한 모든 것은 차차 하나씩 알려 줄 것이니 오늘은 이만 하자. 목이 아프구나."

사행은 이야기를 듣는 내내 가슴이 뛰었다. 난생 처음 듣는 엄청난 이야기에 존경심이 우러나 수령태감에게서 눈을 뗄 수가 없었다. 그날 밤, 사행은 사람이 어떻게 살아가야 하는지를 보여준 수령태감의 모습과 자신의 지난 과거를 비교해보며 부끄러운 마음에 얼굴을 붉혔다. 그리고 수령태감의 삶과 같이 살아야겠다고 결심했다.

다음 날도 비는 그치지 않았다. 수령태감은 또 사행을 자기 방으로 불러들였고, 하룻밤 사이 눈이 퀭해진 사행을 보며 물었다.

"어디 아프냐?"

"아닙니다. 밤잠을 설쳤더니…."

"그랬구나. 그럼 오늘은 이야기를 그만 둘까?"

"아닙니다. 어제는 아버님의 말씀에 너무 충격을 받아 잠을 이룰 수가 없었지만, 아버님을 본받아야겠다는 생각을 하고 나니 몸이 아주 가벼워졌습니다요."

"그래 다행이구나. 그렇게 마음을 먹었다니…. 오늘은 다

른 이야기를 해볼까? 시작하기 전에 두 가지만 묻겠다. 첫
번째 물음이다. 살아가는데 있어서 힘이 무엇이라고 생각하
느냐?"

"……."

"아는 대로 말해 보거라."

"남을 부릴 수 있는 권력이라고 생각합니다."

"그래? 그것도 맞는 말이기는 하지. 근데 힘이라는 것은
어떤 환경에서도 스스로를 지켜나갈 수 있는 능력이야. 다
시 말해서 살아가는데 있어서 필요한 지식과 기술, 돈 그리
고 남을 부릴 수 있는 권력 등이지. 다른 것은 생각할 필요
없이 나를 보면 돼. 내가 아는 것이 없고 아무런 기술이 없
었다면 이 자리에 올랐겠니? 또 하루하루 입에 풀칠하기도
어려울 정도로 돈에 쪼들렸다면, 누가 나에게 수령태감까지
오를 수 있도록 도와주었겠느냐. 나는 힘을 기르기 위해서
남몰래 책도 읽고 기술도 열심히 익혔지만, 황실에서 받는
급료는 물론 장사해서 번 것까지 윗사람에게 갖다 바치며
눈에 들기 위해 노력했단다. 그래서 이 자리에 오른 것이지.
네가 알다시피 다른 태감들이 내가 지시하는 대로 말을 잘
듣는 것은 그런 것들을 갖추고 있기 때문이야. 그게 바로 힘
이라는 것이지. 두 번째 물음이다. 일단 밖에 나가 지붕의 추
녀를 보고 오너라."

사행은 분부대로 밖으로 나가 낙숫물이 떨어지는 추녀를 살펴보고 방으로 들어왔다.

"무엇이 보이더냐?"

"낙숫물이 떨어지는 것 말고는 뵈는 것이 없었습니다."

"그래? 다시 나가서 살펴보고 오너라."

사행은 다시 대청에 나가 추녀 끝에서 줄기차게 떨어지는 낙숫물을 보았다. 그러면서 뭣 때문에 그런 분부를 내렸는지 곰곰이 생각해봤지만, 도저히 심중을 파악할 수 없었다. 그렇다고 무작정 계속 있을 수 없어 들어가야겠다는 생각을 하며, 다시 한 번 떨어지는 낙숫물을 따라 추녀 끝으로부터 댓돌까지 눈을 떼지 않고 쳐다보았다. 그래도 잡히는 것이 없었다. 그냥 물이 떨어져 댓돌에 부딪혀 산산조각이 날 뿐이라는 것 외에는….

"그래, 무엇이 보이더냐?"

"……."

"아무것도 뵈지 않더냐?"

"네, 낙숫물이 추녀에서 떨어져 댓돌에 부딪혀 산산조각이 나는 것 외에는 보이는 것이 없었습니다."

"그래? 물방울이 부서지는 것까지는 보았구나? 그럼 댓돌이 어찌 되어 있는지 자세히 살펴보고 오너라."

사행은 다시 나가 댓돌을 자세히 살펴보고 들어와,

"낚숫물이 계속 한곳에만 떨어져 댓돌이 패여 있었습니다."

"그래, 바로 그거야. 수적석천水滴石穿. 물방울이 계속 떨어져 돌에 구멍을 낸다는 뜻이지. 아무리 작은 힘도 계속해서 노력하면 무서운 결과를 거둔다는 의미란다. 너도 마찬가지야. 지금은 네가 이곳에서 보잘 것 없는 일을 한다고 느껴지겠지만 집념과 끈기를 가지고 계속 배우고 익힌다면, 훗날 나를 능가하는 도편수가 될 수 있을 거야.

옛날 한漢나라 황제인 무제武帝 때, 사마천司馬遷이라는 역사가가 있었단다. 그 사람은 천문관측, 달력의 개편, 국가 대사와 조정 의례의 기록 등을 맡는 태사령太史令이었는데, 당시 황제가 군사를 길러 한족漢族의 소원인 흉노 정벌에 나섰단다. 그때 황제는 이릉李陵이라는 장군에게 군사 5천을 주며 최고사령관을 도와 흉노를 토벌하라 명했단다. 하지만 이릉은 최고사령관인 이광리李廣利의 작전 실패로 8만여 명에 이르는 흉노군에 포위되어 고군분투하다가 결국 중과부적衆寡不敵으로 대패하며 항복하고 말았지. 이 소식을 듣고 화가 난 황제는 조정대신들을 불러놓고 이릉의 처벌을 논의하였는데, 대신들은 모두 황제의 눈치를 보며 매국노라 성토하였단다. 그런데 사마천이 나서서 '이릉은 흉노족 토벌에서 패전했다고 볼 수 없습니다. 5천의 군사로 8만의 흉노군을 상대했고, 화살과 군량미가 제때 공급되지 않았음에도 분투했습니다. 그는 살아남은 부하의 목숨을 가벼이 여기지 않고 부하들의 목숨을 살리려 투항한 것일 뿐입니다. 이는 단순히 자신의 목숨을 보전하고자 함이 아니라, 지금 목숨을 지켜 후에 기회를 얻어 흉노를 멸하고자 한 것입니다'라고 아뢰었단다. 그 말을 듣고 황제는 분노했단다. 왜냐하면 총사령관 이광리가 자신의 애첩이었던 이부인의 오빠였기 때문에 그를 죽일 수가 없어 그 책임을 이릉에게 돌리려 했던 거지. 그런데 사마천이 그를 구하려 했으니 어떻게 되었겠느냐. 결국 사마천은 황제에게 미움을 사서 사형에 처해졌단다. 그때 나이가 마흔 아홉이었어. 그런데 당시에 사형을 선고받은 자는 세 가지 형벌 중 하나를 선택할 수 있었단다. 첫째는 허리가 잘리는 요참형腰斬刑으로 죽는 것, 둘째는 50만 전의 벌금을 내고 죄를 사면 받는 것, 셋째는 궁형宮刑을 받는 것이었지. 돈이 없는 사마천은 죽지 못하고 어쩔 수 없이 양물이 잘리는 궁형을 자청했단다. 왜냐하면 그는 꼭 살아야 할 이유가 있었거든. 그것은 아버지의 유지를 받들어 몇 년 전부터 집필하고 있던 2천 년의 역사를 집대성하는 태사공기太史公記를 완성하는 일이었지. 결국 사마천은 궁형을 받았고, 많은 사람들의 놀림 속에서도 울분을 참으며 엄청난 분량의 태사공기를 완성하였단다. 그 태사공기가 바로 사기史記로 불리는 이 나라 최고의 역사서다.

한 가지 더 알려주지. '뼈저린 고통을 이겨내야만 남보다 성공할 수 있다'는 말도 있단다. 이는 어려움을 많이 겪은 사람일수록 단단해져 자신이 원하는 목표에 다다를 수 있다는 뜻이야. 너는 지금 황실에서 하는 일이 고통스럽다고 하겠지만, 그 고통스런 일도 지나고 나면 결국 너를 성공에 이르게 하는 밑거름이었다는 것을 알게 될 거야. 그러니 이제까지 잘 견뎌온 것처럼 앞으로도 잘 견뎌주기를 바란다.

또 '사람이란 아는 것만큼 산다'는 말도 있단다. 아무 것도 모르는 사람이 무엇을 어떻게 하겠느냐. 개돼지만 보고 자란 사람은 개돼지처럼 살아가는 것이고, 부자만 보고 산 사람은 부자처럼 되기 위해 노력하고, 끝내는 그렇게 살게 되어 있는 것이란다. 그래서 배움이란 매우 중요한 것이지. 무슨 말인 줄 알아듣겠느냐?"

"네. 아버님!"

"그래, 난 너를 믿는다. '될성부른 나무는 떡잎부터 알아본다'는 말과 같이 너는 싹이 보였어. 그래서 내 대를 이을 토목건축의 장인으로 가르치고 싶었단다. 그것이 너를 아들로 받아들이기로 한 이유이기도 하고…. 또 너를 보호하지 않으면 다른 태감들이 고려 사람인 너를 가만히 놔두지 않거든. 그렇게 되면 너는 다른 태감들과 마찬가지로 큰 사람으로 성장하지 못하고 주저앉게 되고 말지. 나는 오늘부터 너에게 내가 터득했던 모든 기술을 전수해줄 거다."

"가르침대로 열심히 배우고 익혀서 아버님의 명성에 흠이 가지 않도록 노력하겠습니다."

"암, 그래야지. 그렇고말고."

수령태감은 자신이 평생을 갈고 닦아온 기술을 기초부터 가르치기 시작하였다.

"사행아, 너는 집이 무엇이라 생각하느냐?"

"……."

사행은 너무나 뻔한 것을 묻기에 어떻게 대답해야 할지를 몰라 아무 대답도 하지 않고 있었다.

"집은 사람이 기거하는 보금자리지. 그래서 집은 사람의 생명과 사생활을 안전하게 지켜줄 수 있어야 하며, 생활이 편리하도록 만드는 것이 아주 중요한 문제야. 따라서 도편수들은 항상 그러한 조건들을 머릿속에 간직하고 있어야만 한단다.

그럼, 오늘은 집을 짓기 전에 확인해야 할 사항부터 먼저 알려주마. 큰 집이든 작은 집이든 집을 지으려면 공사를 시작하기 전에 준비해야 할 일들은 한두 가지가 아니다. 우선 어느 곳에 지을 것인지를 알아보고, 주변의 산세, 땅의 모양과 방향, 토질 등을 확인하는 것이 중요하단다. 보통 생각하기엔 아무 땅에나 집을 지어도 될 것 같지만 실은 그렇지가 않아. 땅을 파 보면 예측하지 못한 일들이 벌어지게 되어 있어. 바위가 있다든지, 물길이 지나가던지, 너무 습하다든지 등…. 그렇기 때문에 지형과 토질, 방향을 먼저 파악하는 것이 중요해. 그렇게 집 지을 땅을 파악하고 난 다음에는 그곳에 어울리는 집을 구상해야 하는 것이다. 즉 어느 방향으로, 어떤 모양으로, 얼마만한 크기로, 어떤 재료를 이용해 지을 것이냐를 결정하여 공사를 할 수 있도록 지침을 만들어야 해. 다시 말해 머릿속으로 구상한 내용을 세부적으로 그림을 그려야 한다는 것이다. 그것을 그리지 못하는 사람은 집을 지을 수가 없어. 그저 시키는 대로 돌이나 쌓고, 나무를 자르고, 다듬고, 깎아내고, 파는 등 단순한 작업만 할 수밖에 없는 거지. 그래서 도편수는 아무나 될 수 있는 것이 아니야. 좀 전에 말했듯이 나도 이 자리에 오르기까지 수많은 고통을 감내하면서 밤잠을 줄이고 공부를 했단다.

그림이 다 그려지면 공사를 시작해야겠지? 그때 우선적으로 해야 할 일은 토질이 단단한지 무른지를 확인하고 땅에 맞는 기초를 다져야 해. 땅은 눈에 보이는 곳과 파냈을 때 보이는 곳의 모습이 다르단다. 통상 겉으로 보이는 땅은 지표라고 하는데, 지표를 약 반 길 이상을 파고 들어가면 통상적으로 질이 다른 땅이 나오지. 그렇게 팠는데도 계속 같은 흙이 나온다면 그곳은 더 파내려가야만 해. 왜냐하면 비가 왔을 때 땅속으로 스며든 물은 사람들이 알지 못하는 정도로 아주 조금씩 흙을 이동시키는데, 오랜 시간이 지나고 나면 그 이동간격이 커져 자칫 집이 무너지는 일이 생기게 되지. 따라서 파내기 어려운 단단한 흙이 나오거나 암반이 나와 더 이상 파지 못하게 될 때까지 파야 되는 것이란다. 하지만 계속 단단한 흙이나 암반이 나오지 않을 경우에는 집의 규모에 따라서 반 길이나 한 길 정도를 파고 난 다음 돌과 흙을 넣고 다져서 견고하게 바탕을 만들기도 한다. 공사장에서 봤지? 땅을 파고 다지는 작업 말이다."

"네."

"그 다음으로 집을 짓는데 중요한 것은 무엇일까?"

"나무와 돌이겠지요."

"그래. 집을 지으려면 여러 가지 자재들이 필요하겠지만, 그 중에 돌과 나무는 없어서는 안 될 아주 중요한 것이다. 그럼 먼저 돌에 대해서 알려주마. 황궁의 건물들을 보면, 기둥 밑에 받침돌이 있지? 왜 받침돌을 놓는 것일까? 그건 땅으로부터 올라오는 습기로 기둥이 썩는 것을 방지하여 집을 오래 보존하기 위해서야. 받침돌로 사용하는 돌은 아무 돌이나 사용하는 것이 아니란다. 내가 스승님으로부터 배우기로는 땅속에는 여러 물질들이 있는데 그것들이 우리가 모르는 어떤 힘에 의해서 단단하게 굳어져 돌이 된다고 하셨어. 그런데 그 돌도 어느 곳에서 어느 정도 굳어지는지에 따라 단단하기가 달라진다고 하셨지. 나도 지금은 눈으로 봐도 알 수 있는 경지에 올랐지만 처음에는 몰랐어. 그래서 스승님의 가르침대로 망치로 두드려 보면서 확인했단다. 단단한 돌은 망치로 두드리면 경쾌한 소리가 나며 망치가 튕겨 나오지만, 무른돌은 튕기는 정도가 덜하고 푸석푸석한 느낌이 들지. 그렇게 확인해서 단단한 돌만 골라 석재로 사용했단다. 무른돌은 시간이 갈수록 지붕의 무게를 견디지 못해 금이 가거나 깨져 집이 무너지는 낭패를 당할 수가 있기 때문에 절대 사용하면 안 돼. 그래서 도편수는 안전한 집을 짓기 위해 반드시 돌의 상태를 직접 확인해야 하고, 석장편수에게만 맡겨서는 안 되는 것이다. 예로부터 책임이 없는 사람들은 그저 시간 때우는 데만 급급하고 깊은 생각이 없거든…. 그 뿐만이 아니야. 도편수들은 어느 지역에서 단단한 돌이 나오는지도 알고 있어야 해. 그래야 필요할 때 곧바로 구할 수 있으니까. 무슨 말인지 알아듣겠느냐?"

"네. 잠시 쉬시지요? 차 한 잔 올리겠습니다."

사행은 재빠르게 차를 끓여 대령하고는 수령태감이 차를 마시는 동안 알려준 내용들을 되새겨보았다.

"목이 좀 풀리는구나. 계속 하자구나. 돌은 제멋대로 생겨서 바로 사용할 수 있는 것을 찾기는 어렵다. 그래서 큰 돌을 필요에 맞게 자르고 다듬어야 돼. 그렇기 때문에 도편수는 돌을 쪼개고 다듬는 방법도 알고 있어야 한다."

"돌 작업은 도편수가 하는 일이 아니라, 석편장수가 알아서 하지 않을까요?"

"그렇기는 하지. 근데 말이야, 도편수란 집을 짓는데 총책임자이기 때문에 모든 것을 알고 있어야 해. 그렇지 않으면, 다른 편수들이 말을 듣지 않아. 지금 전연사의 태감들이 내가 하는 말을 잘 따르는 것은 내가 수령태감이기도 하지만, 토목공사에 관해서 내가 가진 기술을 따라올 수 없기 때문이란다. 유능한 도편수가 되려면, 모든 것을 알고 편수들을 가르칠 정도가 되어야 해. 그럼 큰 돌은 어떻게 쪼개야 할까?"

"그거야 정으로 쪼개야지요."

"그래. 정으로 쪼개야겠지. 그런데 그에 앞서 산에 있는 큰 돌을 가져오려면 사람들이 가져올 수 있는 크기로 잘라야겠지? 너는 이제까지 산에서 쪼개온 비교적 작은 돌만 보아왔을 테니까 모를 거야. 큰 돌을 쪼개기 위해서는 정으로만 되지 않아. 나무를 이용해야 된단다."

"네? 나무로요?"

"그래, 큰 돌은 먼저 나무로 쪼개는 것이다. 돌은 위에서 누르는 압축력에는 강하지만, 늘어나는 인장력은 없어. 그래서 돌을 쪼개려면, 쪼개야 할 곳에 곱돌이나 먹으로 줄을 긋고, 그 줄을 따라서 한 뼘 정도씩 띄엄띄엄 정으로 작은 구멍을 뚫은 다음, 그곳에 마른 나무를 단단히 박고 물을 부어 두지. 그러면 시간이 지나면서 마른 나무가 팅팅 불어나 돌은 견디지 못하고 줄을 그은 대로 쪼개지고 말지. 선조들의 지혜가 대단하지? 그저 감탄할 뿐이야. 그렇게 해서 큰 돌을 쪼개고, 똑같은 방법으로 사용하기에 알맞은 크기로 잘라낸 다음, 거친 면을 다듬질하는 거야. 다듬질도 여러 가지가 있어. 먼저 거칠게 다듬은 다음 단계별로 보다 더 세밀하게 잔다듬을 하고, 마지막에 숫돌로 물을 부어가며 매끈하게 면을 갈아내면 집을 지을 수 있는 돌로 완성되는 것이다. 아주 손이 많이 가는 작업이지. 그러나 손이 많이 간다고 해서 단계를 줄이거나 건너뛰어서는 아니 된다는 것을 명심해야 해. 집은 하나의 예술품이야. 네가 지었다면 네 숨결이, 네 생명이 있는 것이나 마찬가지지. 그렇기 때문에 집을 지을 때는 돌 하나, 나무 하나에도 정성을 쏟아야 한다."

"명심하겠습니다."

"다음은 나무에 대해 공부해 보자. 나무는 집을 짓는데 제일 많이 들어가는 재료지. 기둥이며 대들보, 서까래, 문틀과 문짝 등 집의 대부분을 차지하는 중요한 자재야. 그렇기 때문에 좋은 나무를 골라 쓸 줄 알아야 해. 나무라면 그게 그거지 뭐 좋은 나무가 있겠어 하고 생각할 수 있겠지만, 종류에 따라서 매우 다른 성질을 가지고 있기 때문에 도편수는 좋은 나무를 고를 줄 아는 안목도 가지고 있어야 한단다. 나무에는 단단한 나무, 무른 나무, 가지가 많은 나무, 구부러진 나무 등 천태만상이지. 더운 남쪽지방에서 자란 나무는 빨리 크기 때문에 속살이 물러 벌레가 잘 생겨 쉽게 썩을 수가 있고, 그에 반해 추운 지방에서 자란 나무는 남쪽지방에서 자라는 나무보다 덜 자라지만, 속살이 단단해서 벌레가 잘 생기지 않아. 무슨 얘기냐 하면, 속살이 단단한 나무로 지은 집은 무른 나무로 지은 집보다 수명이 오래 간다는 얘기지. 좋은 나무로 잘 지은 집은 천 년이 지나도 변하지 않는단다. 지금 황실에서 집을 지을 때 쓰는 나무는 느릅나무, 느티나무, 참나무 등이지. 이 나무들은 단단하기도 하지만 다른 나무에 비해 문양이 아름답기 때문이야. 이런 것들을 어떻게 알았느냐 하면, 그것은 오래전부터 선조들의 경험에 의해 확인된 것이다. 처음에는 선조들도 어떤 나무들이 좋은 줄 몰랐겠지. 또 누가 아니? 후세 사람들 중에서 더 좋은 나무를 찾아낼 수 있을지. 네가 한 번 그런 나무를 찾아내 봐."

"네, 명심하겠습니다."

"그럼 지금부터는 나무를 감별하는 방법에 대해 알려주

마. 나무를 감별하는 데는 겉모양만 봐도 어느 정도 알 수 있지만, 좀 더 세밀하게 보려면 나무의 잘라진 면을 봐야 한단다. 나무를 자르면 색상이 다른 둥근 모양의 줄이 보이는데 그게 나이테라는 것으로 1년에 한 개씩 생기지. 그것이 곧 나무의 나이를 가리키는 것이다. 만약 30개의 나이테가 있다면 그 나무는 30년이 된 나무겠지. 근데 그 나이테를 자세히 보면, 간격이 넓은 곳이 있고 좁은 곳이 있어. 그것은 나무가 언제 자랐는지를 말하는 것이야. 보통 사람들이 알기로는 나무는 연중 계속 자란다고 알고 있지만, 사실은 봄과 여름에만 자라고 가을과 겨울에는 자라지 않는단다. 그중에 봄에 제일 많이 자라게 되거든. 그래서 많이 자란 부분. 즉 넓은 부분이 봄에 자란 부분이고, 좁은 부분은 여름에 자란 부분이야. 나무의 속성이 봄에는 키가 크고 뚱뚱해지는데 힘을 쓰고, 여름에는 덜 자라면서 단단해지는데 힘을 쏟는다고 봐야지. 나이테를 좀 더 자세히 보면, 중심으로 갈수록 색깔이 짙어지는 것을 볼 수가 있어. 그곳은 몇 백 년이 가도 거의 변형이 되지 않는 아주 단단한 부분이야. 그리고 중심에서 바깥쪽으로 갈수록 연한 색깔을 띠고 있는데, 그 부분은 마르면서 수축이 되는 부분이란다."

수령태감은 그림을 그려 가며 설명에 심혈을 기울였다.

"따라서 나무를 고를 때는 변하지 않는 부분이 많은 것을 골라야 해. 그것만이 아니야. 도편수가 유념해야 할 사항이 많이 있지만 절대로 해서는 안 되는 일이 있단다. 그것은 덜 마른 나무를 쓰는 일이야. 왜냐하면 덜 마른 나무는 시간이 가면서 뒤틀리거나 트거나 해서 모양이 나빠지기도 하고, 나중에는 자칫 지붕의 무게를 못 이겨 무너지는 원인이 될 수도 있기 때문이다. 따라서 나무는 베어서 최소한 1년 이상 그늘에서 말린 것을 사용해야 돼. 그래야 집이 완성되고 난 후 변형이 생기지 않거든. 그늘에서 말리는 이유는 햇볕에 말리면 볕이 닿는 부분과 닿지 않는 부분의 수축 정도가 달라지면서 트거나 뒤틀리게 되기 때문이란다. 그래서 나무는 그늘에서 오래 말린 것일수록 좋은 재목이 되는 것이다."

"네. 명심하겠습니다."

"다음은 나무의 위아래를 구분하는 방법에 대해 말해 볼까? 나무를 말려 껍질을 벗겨내고 사용할 크기로 다듬어 놓으면 어디가 나무의 윗부분이고 어디가 아랫부분인지 구분하기가 어렵겠지? 위아래를 구분하는 것은 기둥을 세울 때, 내리 누르는 힘에 잘 견딜 수 있도록 나무가 원래 서 있던 대로 세우기 위함이지. 그래야 잘 견딜 수 있거든…. 그때는 나무에 가지가 붙어 있던 부분, 즉 옹이 부위를 살펴봐야 해. 가지가 잘려나간 부분을 보면, 한쪽부분에 나이테가 길게 보이는 부분이 있지. 그 부분이 아래쪽이야. 왜냐하면 사람이 자식을 아끼듯이 나무 또한 자식 같은 곁가지가 나오면 그 곁가지가 부러지지 않고 잘 자랄 수 있도록 스스로 곁가지 아랫부분에 살을 찌워 보호를 하는 것이지. 그래서 그 부분을 보고 나무의 위아래를 찾아내면 된단다. 기둥을 만들 때는 위아래를 구분한 뒤에 굵기를 정함에 있어 윗부분을 기준으로 해야 한다는 것도 잊으면 안 돼. 아래 부분이 더 굵기 때문에 모자라는 일이 없어지거든. 만약 밑 부분을 기준으로 자른다면 윗부분이 가늘어져 규격대로 맞출 수가 없단다."

"기둥 하나를 만드는데도 유의할 것들이 많네요."

"그렇지. 그러기 때문에 집을 짓는 일은 생각보다 어려운 일이야. 도편수의 입장에서는 짓는 집이 자기 삶의 산물이고 자식이나 다름없지. 따라서 정성을 기울이지 않으면 절대로 좋은 집, 아름다운 집, 특별한 집을 지을 수는 없단다. 한참 이야기를 했더니 힘이 좀 드는구나. 오늘은 이만 쉬어야겠다."

3년 동안 사행은 수령태감으로부터 토목건축에 대한 모든 것들을 하나하나 체계적으로 전수받았다. 그러던 어느 날, 수령태감은 사행을 불러놓고 근엄하게 말했다.

"이제는 너에게 더 이상 가르칠 것이 없다. 지금부터는 오로지 네 스스로 해결해 나가야 한다. 마지막으로 너한테 전해줄 물건이 하나 있는데, 이것은 이 세상에 단 하나뿐인 '우문개비기字文愷秘記'라는 책이다. 정말로 네가 목숨처럼 지켜야 하는 물건이다. 이 책은 전연사의 수령태감에게만 비밀리에 전수되는 것으로 고대 수나라 황실로부터 현재에 이르기까지의 토목건축기술에 대한 비책이 모두 수록되어 있단다. 그래서 전연사의 태감들은 물론이고, 명성 꽤나 있다는 도편수들은 이 책에 관해 풍문으로 들어 다 알고 있지. 때문에 이 책을 손에 넣으려고 무던히 애를 쓰고 있단다. 지금도 전연사의 태감들은 호시탐탐 이 책을 찾고 있는지도 모를 일이야. 자! 받아라."

"이렇게 귀한 책을 받아도 되나요?"

"이 책을 네게 전하는 것은 오로지 이 세상에 하나뿐인 제자로 받아들인다는 뜻이고, 차후에 내 자리에 오를 수 있다는 것을 인정하는 것이다. 그러니 받아도 돼. 그런데 이 책을 받은 사람은 반드시 해야 할 일이 하나 있어. 그것은 바로 기술을 발전시켜 여기에 추가해서 기록으로 남겨야 한다는 것이다."

사행은 그날부터 밤마다 우문개비기를 읽고, 수령태감의 가르침을 되새기며 기술을 익혀나갔다. 그리고 만일에 대비하여 필사본을 만들었다.

그렇게 자리를 굳혀갈 즈음, 수령태감은 무슨 고민이 생겼는지 얼굴에 수심이 가득하더니 퇴궐하는 길에 사행을 집으로 불렀다.

　　"지금 상단에 감당하지 못할 큰 사고가 생겼어. 남경에서 큰 손해를 보아 상단이 무너질 위기에 처했단다."

　　"무슨 일인데요?"

　　"얼마 전에 상단을 늘려 남경에서 장사를 시작했단다. 그런데 그곳에 나가있는 직고당원에게서 연락이 왔다. 황제의 명으로 백성들에게 몽골의 복식을 착용하도록 관리들이 다그치는데, 그곳 백성들은 양털로 얇게 짠 모자가 없어 아우성이라며 그것을 구해다 팔면 이문이 많이 남는다는 것이었지. 판단해보니까 상단이 또 한 번 크게 일어날 수 있는 기회였단다. 그래서 나는 대규모 상단을 꾸려 상도(내몽골 자치구의 12개의 지급 행정구역 중 하나인 시린궈러 맹)에 가서 그 물건을 대량으로 구입해 남경으로 내려 보냈단다. 그런데 물건이 남경에 도착한 지금에는 그 물건을 팔 수 있는 상황이 아니라는 거야. 기근으로 먹고 살기가 어려워 민란이 일어나고 있는데다가 민란의 주모자 곽자흥이란 자가 몽골의 복식을 배격하자며 부추기는 바람에 한족들이 똘똘 뭉쳐 물건을 사려고 들지 않을 뿐만 아니라 몽골 복식을 파는 점포店鋪를 약탈하거나 불을 질러버리고 있다는 것이다. 그래서 우리

점포도 몽땅 불에 타버렸다는 거야. 가지고 있는 자금도 얼마 남지 않았는데 어찌 해야 할지 모르겠구나."

"큰일이네요. 남경의 사정을 좀 더 빨리 알았더라면 그런 일은 벌어지지 않았을 텐데…. 이참에 다른 방법을 찾아보면 어떨까요?"

"다른 방법이라니? 어서 말해 보거라."

"제 생각으로는 남경의 사정을 신속하게 주고받지 못했다는 것이 문제로 보입니다."

"그걸 왜 모르겠니? 해결할 방법이 없다는 게 문제지."

"방법을 찾을 것도 같습니다. 잘 달리는 말보다도 더 빠른 방법입니다. 아버님 말씀대로라면 고향에서는 하르차악을 길들여 사냥을 한다고 하지 않았습니까? 그 하르차악은 하루에도 수천 리를 날아갈 수 있으니까 그 놈을 이용하면 어떨지요?"

"어떻게?"

"하르차악은 시각과 후각이 뛰어나 사냥을 한 뒤 주인에게 돌아오지 않습니까? 그걸 이용하는 것이지요. 사육사 두 사람이 이편과 저편에 서서 하르차악에게 먹잇감을 주면서 부르면 돌아오게 하는 훈련을 하는 것입니다. 그때 하르차악의 발에 우리가 원하는 소식을 적어 매달아보내면, 그 어떤 상단의 말보다도 훨씬 빠르게 소식을 전할 수 있을 것이고,

대륙 어떤 지역에서 어떤 물건이 필요한지, 그 지역에서 무슨 일이 일어나고 있는지를 소상하게 알게 될 것입니다."

"그게 말처럼 쉽게 되겠느냐?"

"아버님, 지금으로서는 달리 방법이 없지 않습니까?"

수령태감은 사행의 말에 의심을 품었으나 자칫하면 상단 자체가 무너지고 말 상황이라 이것저것 고려할 시간이 없었다. 수령태감은 연경에 있는 몇몇 직고당원들을 설득하여 고향을 찾아가 하르차악을 키우는 사람을 만나 가능한 일인지를 확인했다. 사육사는 의외로 오랫동안 같이 지낸 하르차악은 특별한 교감을 갖고 있어 어디든지 찾아갈 수 있다며 3백여 리 간격으로 연락처를 둔다면 어렵지 않은 일이라고 쉽게 대답했다. 이에 수령태감은 곧바로 사육사를 설득하여 상단조직에 합류시켰고, 직고당원들은 희망을 품고 처음처럼 다시 장사를 시작했다. 설마 했던 하르차악의 효과는 상상을 초월했다. 수령태감은 연경에서 앉아 있으면서도 신속하게 지방에서 생겨나는 새로운 소식을 접할 수 있었고, 그 소식을 분석하여 지역별로 필요로 하는 물건들을 주고받도록 하며 장사를 했다. 그렇게 해서 시간이 갈수록 손해는 사라지고 이문은 점점 크게 늘어나 직고당은 예전보다 훨씬 더 결속력이 강화되어 중원 대륙 큰 고을로 상단을 확대해 나갔다.

노걸단(老乞團)의 탄생

새해 아침. 황실에서는 신년하례식으로 떠들썩했다. 황실 사람들과 주요 대신들의 하례는 이미 끝이 났고, 속국에서 온 사신단과 볼모로 잡혀있는 세자들이 황제 앞으로 나가 인사를 드리는 순서가 진행되고 있었다.

"한- 에젤 툼 나살치, 소- 알다르 바다르토개-(Хаан ээсэн түм насалж, суу алдар бадартугай)."

몇몇 속국의 사신들이 차례대로 하례를 하고 진상품을 올렸다. 이제 고려에서 볼모로 잡혀온 강릉대군 왕전王顓의 차례가 되었다.

"황제폐하, 만수무강하시옵소서."

순간 하례식장은 정적과 긴장감에 휩싸였고, 모든 사람들의 이목이 황제에게 쏠렸다. 황제는 뭔 말이냐는 듯 얼굴을 찡그리며 의아한 표정으로 곁에 있는 기황후를 쳐다보았다.

"폐하! 한- 에젤 툼 나살치, 소- 알다르 바다르토개-라는 고려 말이옵니다."

"그 놈 배포가…. 어디에 있는 놈이지?"

"작년 12월에 와서 태자궁에서 숙위宿衛를 하고 있는 고려 의 왕자 왕전이라는 자입니다."

"하하하, 맹랑한 놈이로구나! 대장부로다."

긴장감이 팽배했던 하례식장은 황제의 웃음소리에 다시 화기가 넘치는 분위기로 바뀌었다. 하지만 이를 쳐다보던 주위 사람들은 가슴을 쓸어내렸다. 그런데 다른 사람들과는 달리 그의 늠름함과 용기에 가슴이 쿵쾅대는 사람이 있었으 니 바로 위왕魏王의 딸 공주 보탑실리寶塔失里였다.

그로부터 다섯 해가 지난 뒤였다. 위왕은 왕전에게 사람 을 보내 태자궁에 모든 조치는 다 취해 놨으니, 염려 말고 내 집에 한 번 들러달라는 전갈을 보냈다. 그리고 이틀 뒤, 왕전은 의복을 말끔히 갖춰 입고 위왕의 집을 찾아가 정중 하게 예를 올렸다.

"잘 지내고 있소? 이렇게 초대를 한 것은 두 해 전 하례식 때의 모습이 너무 당당해서 인상 깊었던 때문이야."

"특별한 뜻이 있어 그렇게 한 것은 아닙니다. 그저 아무 것도 몰라 그런 것이라 여겨주십시오. 황제폐하께 감읍할 따름입니다."

"아니야. 대단한 용기였어. 그런 일은 목숨을 내놓을 각오가 없이는 할 수 없는 일이지. 황후께서 막아주셨기 때문에 화를 면하기는 했지만⋯. 그건 그렇고, 그림에 뛰어난 재능이 있다고 들었네만⋯ 우리 아이가 워낙 그림을 좋아해서 한 번 만나보고 싶다 하기에 초대했네."

"과찬이십니다. 그저 시간이 날 때마다 잠시 집중하는 것일 뿐이라 입에 올리는 것조차 부끄럽습니다."

"사양치 말고, 한 번 솜씨를 보여주게."

순간 왕전은 '고려왕으로 책봉 받지 못한 것은 어머니가 고려인이라서 황실의 도움이 없기 때문이다. 훗날을 위해서라도 조정대신들이나 황실과 깊은 관계를 맺지 않으면 아니 된다. 지금 이 시간은 하늘이 만들어주신 기회야. 이 기회를 놓쳐서는 아니 된다'고 생각했다.

"부끄러운 솜씨지만 다음 기회에 한 점 올리겠습니다."

그렇게 시작된 만남으로 몇 차례 위왕의 집에 오가던 왕전은 위왕으로부터 딸 보탑실리에게 그림을 가르쳐달라는 청탁을 받아 자주 드나들게 되었고, 위왕은 소통에 어려움을 겪는 딸에게 도움을 주고자 고려출신 태감 한 사람을 붙여주기로 하고는 총관태감에게 특별히 인선을 부탁했다. 위왕의 명을 받은 총관태감은 용모가 단정하고, 역관으로의 능력이 있는 젊은 고려출신 태감을 수소문했다. 이 일은 곧바로 목재를 빼돌렸다는 음모사건의 주범인 전연사 태감들에게도 알려졌고, 그들은 재주가 좋은 사행이 전연사에 남아 있는 한 자신들의 앞날이 어두울 것이라는 위기감을 느끼고 있던 터라, 이 기회에 사행을 몰아내기로 결심하고 담당 태감을 만나 뇌물을 건네며 청탁을 했다. 그로 인해 사행은 자신도 모르는 사이에 다른 두 명과 함께 인선대상자 명단에 올랐고, 뒤늦게 이 소식을 전해들은 수령태감은 곧바로 총관태감을 찾아갔다.

"총관님, 사행이란 놈은 황실을 위해 전연사를 이끌어가야 할 재목으로. 지난번에 귀가 들린 전각을 고안해 낸 놈입니다. 전연사에는 그보다 재주가 뛰어난 놈이 없습니다. 제발 그 놈을 빼주십시오."

"허허. 자네 참 딱한 사람이로군. 지금 선발하는 태감은 위왕의 딸 공주를 모시는 걸세. 위왕이 누군지 자네도 잘 알고 있지 않은가? 자네 앞길을 망칠 생각이야? 세 명을 올리니까 기다려 보게. 꼭 그 놈이 뽑힌다는 법도 없지 않은가? 혹여 그 놈이 지명된다 해도 자네에겐 도움이 되면 되었지 해는 되지 않을 걸세. 내가 자네의 처지를 몰라서 이러는 것은 아니잖아. 자네와 내가 한 배를 타고 있는 걸 잊었나?"

수령태감은 더 이상 말해 봤자 소용이 없다는 생각이 들자 전연사로 돌아와 사행을 불렀다. 사정을 전해들은 사행은 황당해하며 막아달라고 매달렸다. 한동안 말없이 한숨을 내쉬던 수령태감은 '세상일이란 뜻대로만 되는 것이 아니다. 하지만 이것이 네게는 기회가 될지도 모른다. 우리에게는 하르차악이 있지 않느냐.'고 하며 사행을 달랬다.

다음 날, 총관태감은 사행을 비롯한 두 명의 태감을 데리고 위왕을 찾아갔다. 위왕은 공주와 함께 생김새, 말씨, 통역 능력, 사고방식 등 많은 것을 두루 살핀 후, 사행을 지목하며 다음 날부터 자기 집에 기거할 것을 명했다. 사행은 어쩔 도리가 없었다. 전연사로 돌아온 그는 위왕의 집에서 있었던 일들을 수령태감에게 낱낱이 고하고 하직인사를 드렸다.

"너무 걱정 말거라. 이게 태감들의 한계이고 너의 운명이란다. 총관님이라도 왕명을 거역할 수는 없지 않느냐. 토목 건축 기술과 상단에 관해 가르쳐줄 것은 이미 모두 가르쳤으니 너는 어딜 가더라도 내 아들이고 제자야. 너와 나의 인연은 여기서 끝이 아니라는 것을 명심해라. 몸은 비록 떨어져 있지만, 마음은 하나인 거야. 네가 이제부터 할 일은 위왕과 공주를 잘 받드는 일이다. 그게 너와 내가 잘 될 수 있는 지름길이라는 것도 잊지 말아다오."

그날 밤은 무척 길었다. 사행은 다음날 아침, 곧바로 위왕의 집으로 거처를 옮겼다. 그리고 그곳 생활에 적응해가며 공주를 모시는데 최선을 다했다. 몇 달이 지나 어느 정도 생활에 적응되었을 무렵, 공주가 물었다.

"네가 전각을 지을 때, 귀가 들린 지붕을 만들었다는 소문이 있었는데 그게 사실이드냐?"

"공주님, 그것은 당시에 전각을 짓다가 편수가 서까래를 잘못 절단하여 문제가 생기는 바람에 그런 방법을 제시하였는데, 수령태감께서 소인의 의견을 받아들인 것뿐으로 소인이 지은 것이 아니라 수령태감께서 지은 것입니다."

"근데 넌 언제부터 집 짓는 것에 관심이 있었어?"

"제 자신과의 약속 때문입니다. 소인이 고향을 떠나올 때 어머니에게 나쁜 마음을 가졌었는데, 황실에 들어와 생활하다 보니 어머니께서 소인을 먹여 살리기 위해 아픈 몸을 이끌고 이곳저곳 쫓아다니시며 전전긍긍했던 그 마음을 알게 되었습니다. 그래서 어머니를 언제 만날지는 모르지만, 좋은 집을 지어드리고 싶은 생각이 들어 스스로 다짐을 하였던 것입니다."

"오, 그랬어. 어머니를 빨리 만났으면 좋겠구나."

"그게 어디 쉬운 일이겠습니까? 그런데 공주님은 그런 것을 왜 물으셨습니까?"

"응, 내가 그림을 워낙 좋아하다 보니까 느낌이란 게 좀 있거든. 너에게는 남다른 감각이 있어 보여! 어쨌든 좋아. 난 너에게 고려 말을 빨리 배워야 하니까 잘 가르쳐 줘야 해."

사행은 매일같이 공주 곁에 붙어 지내며, 공주가 왕전을 몹시 좋아한다는 것도 알게 되었다. 공주는 왕전이 그림을 가르치러 오는 날이면 아침부터 허둥댔다. 이 옷을 입었다 저 옷을 입었다 하기도 하고, 고려 사람들의 관습이나 먹는 것에 대해 묻기도 했다. 그 뿐만이 아니었다. 왕전이 다녀간 날 밤에는 그의 초상을 그렸다 찢었다 반복하며 밤이 이슥 토록 잠을 이루지 못했다.

그렇게 또 몇 개월이 지났을 무렵이었다. 사행에게 전혀 관심을 보이지 않던 왕전이 하루는 신상에 관해 몇 가지를 묻더니, 그 이후로는 볼 때마다 따뜻한 말을 건네며 관심을 보였다. 사행은 그런 왕전이 공주에게 각별한 감정을 가지고 있다는 것을 피부로 느끼고 있었다. 그러던 중 그가 다녀 간 어느 날, 공주가 물었다.

"오늘 왕자님의 얼굴이 어둡지 않았더냐? 부탁이 하나 있는데, 네가 왕자님의 걱정이 무엇인지 알아봐줘. 혹시 무슨 일이 있는지 말이야."

"소인이 보기에는 왕자님께서 공주님에 대한 관심이 많은 것 같습니다. 사실 아까 들어오시면서 저에게 공주님이 요즘 어떻게 지내시는지 물으셨습니다."

"그래? 뭐라고 했느냐. 내가 좋아한다고 했더냐?"

"참, 공주님도…. 소인이 공주님의 마음을 어떻게 알고 그런 말씀을 올리겠습니까?"

"그렇지? 참….."

그런데 며칠 뒤에 왕전을 수종隨從하는 신하가 사행을 찾아와 왕자께서 공주님을 깊이 생각하고 있다며 공주의 속마음을 알아봐 달라고 했다. 사행은 그 신하가 다녀간 뒤 곧바로 공주에게 그 사실을 아뢰었다.

"공주님! 요즘 왕자님께서 통 잠을 이루지 못하고 계시다 하오며, 소인에게 공주님의 속마음을 알아봐 달라고 사람이 왔었습니다."

"그래?"

순간 공주의 얼굴은 비가 온 후 맑게 갠 하늘에 무지개가 뜨듯 활짝 피었다. 그때 위왕 내외가 공주를 찾는다는 전갈이 있어 공주는 안채로 들어갔다.

"얘야, 요즘 네가 왕자를 바라보는 눈빛이 예사롭지가 않은 것 같구나. 혹시 마음에 두고 있느냐?"

"어머니, 저도 제 마음을 모르겠어요. 근데 그 사람이 오는 날에는 가슴이 뛰어요. 사실 신년하례식 때 본 순간부터 가슴이 두근두근 했어요."

"큰일이로군! 고려의 왕자를 배필로 맞으면 어려움이 많을 텐데…. 잊을 수는 없겠느냐?"

"처음에는 잊으려고 애를 썼어요. 근데 그게 마음대로 되는 것이 아니더라고요. 요즘에는 그 사람 생각만 해도 기분이 좋아져요. 그 사람도 나를 마음에 두고 있나 봐요."

"좀 더 두고 보자구나. 한 때의 바람일 수도 있으니까…."

그러나 공주의 마음은 시간이 갈수록 더욱 간절해졌다. 하루도 왕자에 대한 생각을 지울 수가 없어 매일같이 그의 모습을 그림에 담았다. 그러던 어느 날, 공주가 며칠 째 방에서 나오지 않는 것에 걱정이 된 왕후가 후원에 있는 공주의 방에 들렀다가 깜짝 놀랐다.

"얘야, 이게 다 뭐니? 벽이고, 천정이고…. 온통 왕자의 초상화를…"

공주는 고개를 숙이고 말했다.

"어머니, 그 사람이 아니면 안 되겠어요. 허락해 주세요."

그날 위왕 내외는 심각하게 딸의 혼인 문제를 논의한 끝에 훗날 왕전이 왕위에 오를 수 있다는 확신을 갖고 혼인을 허락했다. 그리고 반년이 지나 두 사람은 혼인을 했다.

위왕의 부마가 된 왕전은 그 동안 사행의 가교 역할에 고마워서인지, 공주가 아끼는 사람이라서인지, 따스한 눈길을 계속 보내더니 하루는 사행을 방으로 불러들였다.

"네가 전연사에 있었다구? 그렇다면 황실의 사정에 밝겠구나. 이것 좀 알아오너라."

"무슨 일인지 모르겠사오나 소인이 감당할 수 있는 일인지요?"

"너는 할 수 있을 것이야. 황궁에서 오래 살았다면서… 나는 요즘 고려에서 일어나는 일에 대해 도무지 알 수가 없구나. 황실에서 고려에 대해 어떻게 생각하고 있는지도 알 수가 없고 말이다."

사행은 왕전이 왜 이런 말을 할까 의아심이 들었지만 곧 확신으로 되돌아와 되물었다.

"왕자님께서 지금 황실의 동태를 알고 싶어 하시는 것이라면 위왕께 물으시면 쉽지 않겠습니까?"

"그렇게 하고 싶지 않구나."

"그럼 소인이 힘닿는 데까지 알아보겠습니다."

사행은 이 일이 자기의 힘으로는 할 수 없는 일임을 너무나 잘 알고 있었다. 그러나 왕전이 나를 신뢰할 수 있는지를 시험하고 있다는 것을 피부로 느끼고 있기에 거절할 수가 없었다. 고심 끝에 사행은 아버지에게 도움을 청하여 사흘 뒤 답신을 받았다.

"왕자는 예사 사람이 아니구먼! 왕자는 지금 심복으로 둘 사람을 찾고 있는 것일 게다. 너를 시험하고 있는 것이란 말이다. 잘 모시면 훗날 좋은 일이 있을 것 같구나. 황실의 동태를 적어 보내니 본 후에는 바로 태워서 흔적을 남기지 말거라."

사행은 아버지의 안목에 놀라움을 금치 못하며 왕전에게 황실의 동태를 아뢰었다.

"왕자님, 고려에서는 요즘 왕께서 환후로 누워 계시다고 하옵니다. 그 상태가 매우 위중하여 머지않아 큰 변이 벌어질 것이라는 소식이 있어 직접 거론하고는 있지 않지만, 대신들 사이에서는 만일의 사태에 대비하는 눈치라 하옵니다."

"그래? 수고했다."

그 일이 있은 후부터 왕전은 은밀하게 사행을 불러 여러 가지 첩보를 요구하였다. 그럴 때마다 혼자만의 힘으로는 일을 해결할 수 없음을 절감하며 아버지에게 도움을 청했고, 아버지는 직고당의 조직을 활용해 첩보를 수집하여 문제를 해결해 주었다. 뿐만 아니라, 아버지는 사행을 자기처럼 대하고 도와달라고 직고당원들에게 부탁도 하였다. 그로 인해 사행은 점차 연경은 물론, 중원의 정보를 전부 들여다 볼 수 있는 정보망을 가지게 되었다.

그런 가운데 고려에서는 사행이 왕전에게 보고했던 대로 고려왕이 병사病死하는 일이 벌어졌다. 그가 불과 8살의 어린 나이로 왕위에 오른 지 4년만이었다. 고려의 조정은 큰 충격에 빠졌다. 특히 섭정을 하던 덕녕공주의 상심은 이루 말할 수 없었다. 아들을 잃은 슬픔에 더해서 권력을 잃을 수 있는 절체절명의 위기가 닥쳤기 때문이었다. 이 일은 사신을 통해 곧바로 황실에 알려졌고, 황실에서는 누구를 고려왕으로 책봉할 것인지에 대해 논란이 벌어졌다. 위왕은 위왕대로, 왕전은 왕전대로 대신들을 찾아다니며 책봉을 도와달라고 요청하는 등 각고의 노력 끝에 왕전은 고려왕으로 책봉을 받을 수 있었다.

그러나 며칠 뒤, 왕전은 떠날 채비를 갖추고 황제에게 하직인사를 하러 황궁으로 갔다가 황당한 일을 당했다. 그 사이에 왕전의 책봉은 회수되고, 대신 왕의 이복동생 저眠(미스젠도르지迷思監朵兒只, 10살)로 책봉이 변경되어 황제를 뵐 수조차 없게 되었다. 왕전은 어이없는 현실에 분기탱천했으나 앞날을 그르칠까 싶어 조용히 황궁을 물러나오며 미처 본국 조정의 움직임에 세밀하게 대비하지 못한 자신의 부족함을 한탄했다. 알고 보니 덕녕공주가 사신을 보내 저眠를 책봉해야 자신이 섭정을 계속하게 되고, 황실의 영향력을 그대로 유지할 수 있다고 황제께 간청한 것이었다.

왕전은 그런 정보를 사전에 파악하지 못한 잘못을 뼈저리게 후회했다. 하지만 고려 정국의 상황으로 보아 섭정에 한계가 있을 것이란 위왕의 위로에 마음을 다잡고, 후일을 도모하기 위해 그 동안 도와줬던 대신들을 일일이 찾아다니며 감사의 인사를 드렸다.

한편, 사행은 왕전과 공주의 상심을 보며 책봉 불발이 마치 자신의 잘못인 것처럼 느껴졌다. 사행은 차후에 이런 일을 어떻게 예방할 수 있을까 고민한 끝에 개경의 정보를 보다 빨리 입수할 수 있는 조직을 만드는 것이 필요하다는 생각에 아버지에게 도움을 청했다.

　"이미 알고 계시겠지만, 이번에 고려왕으로 책봉을 받았던 왕자님이 번복되었습니다. 이것은 순전히 고려 내부와 황실의 연결고리를 몰랐기 때문입니다. 그래서 고려 왕실의 사정을 낱낱이 파악할 수 있도록 조직원을 심어두려 하는데 아버님께서 도와주십시오."

　"그래, 통치統治는 정보를 바탕으로 생명을 갖게 되는 것이고, 정보情報는 비밀이 생명이니까 정보 수집을 위한 조직은 반드시 필요하지. 그런데 그 조직을 어떻게 만들 것인지 먼저 네 생각을 말해 보아라."

　"우선 자금줄이 있어야 한다고 생각됩니다. 소자가 듣기로는 고려 왕실에서는 대외 교역을 활발히 하고 있다 들었습니다. 특히 고려에서 나는 인삼과 모시는 이곳 연경뿐만 아니라 서역에서도 각광받는 물품이라 이를 들여와 팔면 이문이 많을 것이라 생각되어 상단을 만들려고 합니다. 이곳 연경에는 제게 둘도 없는 천난생이란 동무가 있습니다. 그 동무가 조그만 점포를 가지고 있는데, 그에게 상단을 조직할 자금을 지원하여 개경에서 인삼과 모시를 들여와 이곳에서 팔고, 고려 사람들이 선호하는 생활필수품을 개경으로 가져가 팔면 좋겠다는 생각입니다. 그렇게 해서 남은 이문으로 고려 조정에 사람을 심어 놓으려고 합니다."

"좋은 생각이기는 하나 고려의 인삼과 모시는 나라에서 통제하는 품목이라 아무나 취급할 수 있는 것이 아니다."

"천난생의 말에 의하면, 인삼이나 모시를 생산하는 백성들은 나라에서 그 물품들을 통제하는 것에 불만이 이만저만이 아니라 합니다. 그래서 백성들은 암암리에 그 물건들을 빼돌린다고 하는데, 이것을 값을 좀 후하게 쳐주고 사들이면 가능하지 않겠습니까?"

"그렇지만 그 일은 대단히 위험한 일이다."

"아버님께서 황제폐하의 허가서를 만들어 주실 수는 없겠는지요? 허가서가 있으면 국경을 드나드는데 아무런 어려움도 없지 않겠습니까?"

"그거야 총관태감께 부탁을 하면 될 수도 있겠지만, 어떻게 고려의 인삼과 모시를 모을 수 있느냐가 중요한 문제야."

"제 생각인데요. 아버님께서 염려하시는 대로 고려의 백성들이 그런 물품을 빼돌린다는 것은 쉬운 일이 아닐 것입니다. 그렇기 때문에 여러 사람들을 풀어 그것을 조금씩 모을 생각입니다. 천난생은 자기가 아는 친구들을 동원하면 그리 어려울 것이 없다고 합니다. 그러니 아버님께서 한번만 도와주십시오."

"이문이 많이 남는 장사임은 틀림없다만 간단한 일은 아니로구나. 일단 양장梁將 대인을 한번 만나서 상의를 해봐야겠다!"

"양 대인이란 분은 어떤 분이신지요?"

"대단한 분이지. 연경의 대상大商으로 10년 전에 죽은 고려 충숙왕이 무역정책을 강화하면서 친분을 쌓게 되었는데, 나중에는 고려조정에서 우문군佑文君이란 칭호까지 받은 분이다. 그 분은 예성강 포구에서 사는 천민 장사치를 왕의 밀직부사까지 만들었지. 그런 연유로 많은 선비들이 그분에게 몰려들어 조정의 인사까지 휘둘렀다고 알려져 있어. 그때 조정에 심어놓은 사람이 지금까지도 남아 있어 암암리에 권력을 휘두르는 분이다. 일단 기다려 봐라."

몇 개월이 지난 뒤, 연경에는 황실의 허가를 받은 노걸단老乞團이라는 상인조직이 만들어졌고, 직고당의 지원을 받은 자금으로 그들은 고려에 드나들며 정상무역과 밀무역을 병행하였다. 노걸단은 그렇게 단기간에 모은 자금으로 개경 왕실의 환관과 관리들을 매수하여 왕실과 조정의 모든 정보를 빼내 신속하게 사행에게 보고하기 시작하였다.

그로부터 1년이 지난 늦가을 날, 사행은 천난생으로부터 정동행성征東行省에서 고려왕의 무능함을 탄핵한다는 내용을 받아들였다.

"고려는 지금 왜구들로 나라를 유지하기 힘들 정도로 혼란에 빠지고 있습니다. 작년 이른 봄부터 왜구들이 죽말, 고성, 거제 등 경상지방에 자주 출몰하더니 4월에는 기세를 더하여 전라도 남원, 구례, 영광, 장흥 등에 출몰하였고, 6월에는 합포에 왜선 20여 척이 침입하여 그곳의 병영과 민가를 불사르는 일이 벌어졌으며, 11월에는 동래군에 침입하여 약탈을 해가는 일이 있었습니다. 또한 금년도 8월에는 130여 척이나 되는 대규모의 배를 가지고 서해 자연도와 삽목도에 침입하여 민가를 불사르고 백성들을 잡아가는 일이 벌어졌습니다. 그런데도 왕은 통치불능의 상태에 빠져 왜구를 퇴치하지 못하고, 조정 대신들은 자신들의 권력싸움에만 몰두하고 있으므로 민심이 폭발 위기에 이르렀습니다. 따라서 지금의 고려왕으로는 이 위기를 타파할 수 없으니 새로운 왕으로 교체하여야 합니다."

사행은 머지않아 황실에서 중대한 조치가 있을 것이라고 예감했다. 아니나 다를까. 한 달 뒤 정동행성에서 보낸 파발이 황실에 도착했고, 대신들은 격론 끝에 왕전을 고려왕으로 책봉할 것을 건의하여 황명을 받아냈다.

암약(暗躍)

　황제에게 하직인사를 올린 왕전(공민왕)은 귀국을 준비하는 동안 어떻게 고려를 일으켜 세울 것인가를 고민했다. 무신정권 이후 무너진 정치제도, 권문세족들의 토지와 군대 사유화, 매관매직의 원흉인 정방政房, 혼인관계로 칡덩굴처럼 얼기설기 엮여 있는 권문세족들의 혈연관계, 원나라 조정대신들과 밀접한 관계유지를 하고 있는 대신들의 연결고리… 등, 문제는 하나 둘이 아니었다. 하지만 어떻게든 개혁방안을 찾아 새로운 나라를 세우겠다고 굳게 결심했다. 그리고 개경으로 돌아와 즉위식에서 강한 어조로 대신들에게 자신의 뜻을 밝혔다.

　"이 나라는 태조 할아버님이 창업을 하신 이후, 각고의 노력으로 나라의 기틀을 마련하시어 빛나는 발전을 해왔다. 그러나 무신년에 몰지각한 장수들이 난을 일으키고 자기들의 잇속만 챙기는 일이 벌어져 근래에는 나라가 쇠퇴하고 풍속이 퇴폐하여 조정에는 요행으로 관직을 얻은 자들이 많다. 그로 인해 나라의 곳간은 텅텅 비었으며, 외세가 침입하는 등 변고가 많이 일어나고 있다. 그러므로 조정 대신들은 사욕을 버리고 근신하여 거짓됨이 없도록 하라. 아첨하는 자도 멀리하라. 그리고 진솔하고 능력 있는 자를 등용시켜 백성들을 위한 올바른 정치를 베풀도록 하라. 그래야만 황제의 덕을 갚고 이제까지 내려온 조종祖宗을 계속 보존할 수 있을 것이다. 대신들은 이를 각별히 명심토록 하라."

대신들은 술렁였다. 그러나 공민왕은 아랑곳하지 않고 이어서 명망이 높은 이제현을 도첨의정승都僉議政丞으로 임명하고, 연저수종공신燕邸隨從功臣 조재춘을 참리參理로 임명하는 등 측근들을 대거 주요 직위에 포진시켜 친정체제를 구축하였다. 사행은 대전 내관으로 임명되어 왕을 측근에서 계속 보필하게 되었다.

혈기왕성한 공민왕은 즉위식 이후 며칠 밤낮을 가리지 않고 부패한 나라를 바로 세우기 위해 도첨의정승과 많은 이야기를 나눴다. 그 자리에서 도첨의정승은 나라가 처한 현실과 대책에 대해 소상하게 아뢰었다.

"전하, 새로운 나라를 건설하기 위해서는 민생과 정치 두 분야를 바꿔야 하옵니다. 전하께서 연경에서 돌아오시면서 보셨겠지만, 지금 백성들은 흉년에 굶어죽는 이들이 부지기수이고, 권문세족들이 강제로 토지를 빼앗고 세금을 내라고 아우성이라 눈 뜨고는 볼 수 없는 지경이옵니다. 이를 일시에 척결한다는 것은 그들의 목을 죄는 일로 반발이 만만치 않을 것이라 예상되옵니다. 따라서 그들의 반발을 누그러뜨리기 위해서는 한 가지씩 점진적으로 개혁을 추진해야 할 것이옵니다."

"어떻게?"

"민생 분야는 우선 조세업무에 종사하는 관리들을 교체하거나 권한을 금지시켜야 하옵니다. 현재 나라에서는 조세를 대납케 하는 제도를 두고 있는데, 조세를 대납하는 자들은 먼저 조세를 내고, 그 다음 백성들에게는 대납한 세금에 그들이 취하고자 하는 액수를 제멋대로 보태 징수하는 폐단이 있사옵니다. 이 제도는 조정에서 안정적인 세수를 수월하게 확보할 수 있는 제도이기는 하나 중간 조세부담자들에게 약탈의 빌미를 주고 있는 잘못된 제도이옵니다.

두 번째는 재판과 형벌을 공정하게 해야 하옵니다. 이 나라의 송사訟事는 권문세족들과 전법사典法司의 관리들이 야합하여 제멋대로 판결하고 있사옵니다. 자신들에게 불리한 재판은 고의로 지연시키거나 사장시키고, 부득이 재판을 할 때는 백성들에게 억울한 판결을 내리고 있사옵니다. 이를 바로 잡기 위해서는 우선 현재까지 지체된 송사를 조속히 처결토록 하명하시고, 잘못된 판결이 있을 경우에는 이를 백성들이 직접 조정에 고할 수 있도록 새로운 제도를 만들어야 하옵니다.

마지막은 토지제도를 재정립하여야 하옵니다. 이는 권문세족들이 차지하고 있는 국가토지의 불법점유를 바로 잡는 일이옵니다. 지금 조정에서 시행하고 있는 토지제도는 전시과田柴科 제도로 관직에 있는 자에게 나눠 주었던 토지를 관직에서 퇴직하면 다시 국가에 반환하여 새로 임명된 관료에게 주는 제도입니다. 그러나 이를 엄격하게 관리하지 않음으로써 퇴직관료와 신임관료 사이에 소유권 분쟁이 발생하고, 그 땅을 받아 소작하고 있는 백성들은 소작료를 퇴직관료와 신임관료에게 이중 삼중으로 내게 되는 폐단이 있사옵니다. 이로 말미암아 소작인들은 세금을 내고 나면, 그들이 생계를 유지할 양식조차 남지 않아 빚을 내어 갚게 되니, 어찌 그들이 살아갈 수가 있겠사옵니까? 그 뿐이 아니옵니다. 원 황실의 대신이나 태감들의 비호를 받고 있는 일부 권문세가들이 문서를 위조하여 토지를 강제로 빼앗고, 세금을 내지 않았다는 이유로 핍박을 가하여 이를 견디지 못한 백성들이 자녀들을 노비로 내어 놓거나 본인 스스로 노비가 되는 경우도 허다하게 벌어지고 있사옵니다."

"아니, 어찌 그런 일들을 버젓이 벌인단 말이오? 도저히 묵과할 수 없는 일이니, 반드시 뿌리를 뽑도록 하시오."

"정치 분야는 세 가지의 쇄신이 필요하옵니다. 첫째는 관리의 선발 방식을 바꾸는 일이옵니다. 이제까지는 정방에서는 고급관료들의 자제들에게 시험을 치루지 않고 임명(음서제도)하는 경우가 다반사였습니다. 또한 그렇게 임명된 자들은 능력이 부족한데도 부친의 천거로 주요 직위에 오름으로써 능력 있는 젊은 관료들의 불만이 극에 달해 있는 상태이옵니다. 허나 그들은 권문세가들의 눈에 날까 두려워 불만을 토로치 못하거나 관직을 내어 놓기도 하고, 일부는 아예 그들에게 달라붙어 관직을 유지하는 지경이옵니다. 따라서 음서제도를 폐하고 올바른 인재를 선발할 수 있는 공정한 인사제도를 마련해야 하옵니다."

"좋은 방책이오. 과인도 연경에 있을 때부터 깊이 생각해 보았소. 근본적으로는 정방이 문제인데… 정방을 폐지하고 그 업무를 본래대로 문관의 선발은 전리사典理司(이부와 예부를 합친 기관)로 이관하고, 무관의 선발은 군사부(병부兵部)로 이관하도록 하는 제도를 새로 만들어야 하오. 그러나 아무리 제도를 정비한다 하더라도 관리를 소홀히 하면 소용이 없을 것이니 인재를 선발하는 데 있어서 지공거知貢擧와 동지공거同知貢擧를 능력 있는 사람으로 임명해야 할 것이오.

이들을 잘못 임명하면 그들이 원하는 사람들에게 문제를 유출시키거나 편리를 보아주게 될 것이니, 경과 같이 명망 있는 사람들이 이를 맡아야 할 것이오."

"이 문제는 매우 예민한 문제이옵니다. 정방을 차지하고 있는 이들은 대부분 황실의 조정대신들과 연계되어 있사옵니다. 그들은 정기적으로 그들에게 상납을 하며 관계를 유지하고 있기 때문에 그들을 놔두고는 개혁은 불가하옵니다."

"맞는 말이오. 다음은 또 무엇이요?"

"나라의 기강을 세우는 일이옵니다. 현재의 전법사典法司는 권력의 시녀로 전락한 지 오래이옵니다. 정방을 장악하고 있는 권세가들이 그들의 입맛에 맞는 사람을 임명합니다. 그래서 문제가 생기더라도 그들의 지시를 따라 판결을 내리는 등 사정의 칼날이 무디어진지는 오래 되었사옵니다. 따라서 기강확립을 도맡고 있는 전법사를 비롯하여 감찰사, 전법도관(노비담당관아), 선관도관(병역담당관아), 안렴사(각 도에 파견된 지방장관으로 절도사·안찰사라 부름)의 인사와 교육을 철저히 하고, 업무추진 성과를 정기적으로 보고토록 해야 하옵니다."

"경의 뜻이 모두 과인과 같소이다."

"전하! 마지막으로 가장 중요한 것이 또 있사옵니다. 그것은 소통이옵니다. 전하와 신하, 신하와 신하 간에 벽이 없이 바른 말을 주고받을 수 있는 통로가 필요하옵니다. 신하가 올바른 말을 못하고 전하에게 좋은 말만 아뢴다면, 백성들의 실생활에 관해 듣지 못함으로서 바른 정치를 펼 수 없게 되는 것이옵니다. 바라옵건대 전하께서는 모든 일을 신하에게만 맡기지 마옵시고, 직접 챙기시어 신하들로 하여금 일을 왜곡하는 일이 없도록 하시옵소서. 그리하면 신하들이 감히 나쁜 생각을 갖지 못하게 될 것이옵니다."

"과인은 경만 믿을 것이니 과인에게 아뢴 대로 강력하게 개혁을 추진하시오."

공민왕의 하명이 떨어지자 이제현은 제일 먼저 정방의 폐지를 공포하였다. 조정은 발칵 뒤집혔다. 젊은 관료들은 환호하였지만, 찬성사 조재춘을 비롯한 권문세가들은 조직적으로 연일 반대운동을 벌여나갔다. 따라서 조정은 매일같이 찬성과 반대상소로 시끄럽기 이루 말할 수 없었다.

사행은 조재춘 일당이 강도 높게 반대운동을 벌여나가자, 전하의 통치에 금이 갈 것을 우려하고 은밀히 노걸단에게 주모자들을 색출하고 그들의 일거수일투족을 감시토록 밀명을 내렸다.

그런 가운데 연경에 있는 천난생으로부터 기황후의 소생 아유시리다라愛猶識理達臘가 황태자로 책봉되었다는 새로운 소식이 전해졌다. 사행은 정국이 또 한 번 요동칠 것이라 예견했다. 아니나 다를까. 뒤늦게 소식을 접한 부원배들은 마치 자신들이 황태자라도 된 듯 대전으로 달려와 황태자를 초청해 축하연을 베풀어야 한다고 호들갑을 떨었다. 이에 공민왕은 할 수 없이 황태자를 초청하는 사신을 연경에 파견하였다.

사행은 즉시 아버지에게 하르차악을 보내 황실의 동태를 요청하였다. 닷새가 지나 도착한 답신에는 중원의 사태가 심상치 않아 보였다.

"전하, 황실의 동태가 심상치 않사옵니다. 남방에서 일어난 민란이 점점 커지고 있어 조정에서는 다른 곳으로 민란이 번질까 촉각을 곤두세우고 있사옵니다. 이때에 황실의 신뢰를 얻는 방법은 민란 제압에 군사를 보내 힘을 보태면 좋겠지만, 쉽지 않은 일이오니 황태자가 왔을 때 축하연을 성대하게 하여 절대적으로 충성하는 모습을 보이는 것이 필요하옵니다. 또한 황후 일족을 융숭하게 대접하면 조금이나마 그들이 가지고 있는 전하에 대한 반감이 누그러질 것이옵니다."

"어떻게 중원에 민란이 일어나고 있다는 것을 단정하느냐?"

"전하! 그것은 황실의 동료들이 소신에게 알려오는 것이옵니다. 그 이상은 묻지 마시옵소서. 더 이상 알게 되시면, 전하에게 누가 될까 염려되옵니다. 원하옵건대 전하께서는 소신을 믿으시고, 소신이 하는 일에 대해 모른 척 하셔야 하옵니다. 전하께서 알고 계시듯이 통치는 정보를 바탕으로 생명을 갖게 되는 것이옵고, 정보는 비밀유지와 신속성이 생명이옵니다. 소신은 전하를 모시고 이 땅으로 돌아오면서 전하의 눈과 귀가 되겠다고 결심하였사옵니다. 그러니 소신을 믿으시고, 대신들 앞에서 절대 소신의 존재가 드러나지 않도록 살펴주시옵소서. 소신의 존재가 드러나는 순간, 소신은 권력을 탐하는 자들의 표적이 되어 전하를 위해 아무 것도 할 수가 없게 될 뿐만 아니라, 끝내는 자객들에게 죽임을 당할 수도 있사옵니다."

"알았다. 더 이상 아무 것도 묻지 않을 것이니라."

이듬 해, 황태자가 고려를 방문하였다. 공민왕은 정중하고 성대하게 축하연을 베풀고, 예를 다하여 무릎을 꿇고 경하의 잔을 올렸다. 그러나 어린 황태자는 서서 잔을 받아 마시더니 답잔을 내리지도 않고 외할머니인 영안대부인에게 먼저 잔을 올려 기씨 일족의 위상을 올려주며 노골적으로 공민왕을 무시했다. 이 일로 인해 황태자가 돌아간 후에도 기철의 기세는 하늘을 찔렀다. 나라에 왕이 두 명이라는 소문을 퍼뜨리는가 하면, 정동행성을 중심으로 국사에 직·간접으로 간여하며 자신을 따르는 인사를 주요직위에 올려놓도록 찬성사 조재춘을 압박하였다. 사태가 이 지경에 이르자 그 동안 공민왕에게 불만을 품고 있던 조재춘은 기철의 행동에 동조하며 '정방을 폐지하여 원나라 대신들의 청탁을 들어주지 못해 곤란을 겪고 있다'며 노골적으로 정방의 부활을 촉구하였다. 이에 공민왕은 노기가 폭발하였다.

"네 놈이 감히 과인을 겁박하는 것이더냐? 과거 이 나라의 기강이 흐트러진 것이 모두 정방에서 전횡을 일삼았기 때문이라고 그토록 일러줬건만 벌써 잊었느냐? 과인이 연경에 있을 때, 고생했던 일을 생각해서 이 정도로 그치는 것이니 자중토록 하라."

혼쭐이 난 조재춘은 다음 날부터 칭병을 하고 조정에 나가지 않았다. 그러자 그를 따르던 일당들은 모두 대전 앞에 엎드려 원나라 조정대신들을 들먹이며 조재춘의 뜻을 받아달라고 청원을 하였다. 며칠째 소란이 계속되자 심기가 불편해진 공민왕은 자리를 박차고 일어나 소란을 피해 중전의 처소로 갔다.

"중전! 중전은 그 동안 보아서 잘 알 것이오. 조정이 얼마나 부패했었는지를…. 사실 고려는 중전의 모국에 너무 시달려서 백성들의 삶이 피폐하기 이를 데 없소. 개돼지만도 못하게 사는 일이 허다하고 그나마도 견딜 수 없어서 죽는 사람들이 부지기수입니다. 그래서 내가 이를 바로 잡아 백성들의 삶을 편안케 하고자 하나 대신들이 저 모양이니…. 중전은 이런 내 뜻을 어찌 생각하시오?"

"전하, 저는 이 나라의 모후입니다. 어찌 모국에 기대겠습니까? 전하의 뜻대로 하시옵소서. 저는 전하께서 어떤 일을 하시든 그 뜻을 따르겠습니다. 무릇 정치란 백성들의 지지를 먹고 자라는 것이옵니다. 연경에서 돌아오는 길에 백성들의 환호를 보지 않았습니까? 그들에게 실망을 시켜서는 아니 되옵니다. 그러니 제 모국의 눈치를 보지 말고, 오직 백성들만 생각하시옵소서."

공민왕은 자기를 지지해주는 중전이 너무 고마워 처음 대면했을 때를 떠올리며 술을 한 잔 쭈욱 들이켰다.

"중전은 언제부터 나를 마음에 두었소?"

"장부다운 패기에 반한 때부터였지요. 기억이 나실지 모르겠지만 새해 첫날 황제께 신년하례를 올릴 때, 다른 사람들은 모두 '한- 에젤 툼 나살치, 소- 알다르 바다르토개-' 하고 인사를 올리는데, 전하만 당당하게 '황제폐하, 만수무강하시옵소서.'라고 했지 않습니까? 그때 모두가 조마조마 했지요. 볼모로 잡혀온 사람이 자기 나라 말로 인사를 드린다는 것은 곧 반항을 의미하는 것이었으니까요. 그 용기와 눈빛에 반했습니다."

"그럼, 그림을 가르쳐달라고 한 것도?"

"처음에는 그랬지요. 그런데 제 모습을 그려준 그림을 보고 전하의 마음을 읽었사옵니다."

"하하하. 그랬군요. 그런 줄도 모르고… 난, 중전의 마음을 알아보려고 김 내관에게 물어보며 애를 태웠지요. 그때 김 내관이 중전의 속마음을 알려줬어요. 인연의 끈을 이어준 내관이죠. 하하하. 그때를 생각해서 술 한 잔을 내리려 하는데 괜찮겠소?"

"그렇지 않아도 저는 이따금씩 김 내관을 불러 전하의 근황을 묻기도 하고, 지난날을 떠올리기도 하옵니다. 충직한 사람이지요."

공민왕은 사행을 불러 잔을 하사하며 요즘 조정에서 일어나고 있는 사태에 대해 물었다.

"전하. 매일같이 대전 앞에 엎드려있는 대신들을 보고 계시지 않사옵니까? 찬성사가 정방의 부활을 주장하는 것은 개혁에 반하는 일이기는 하나 지금은 찬성사를 버릴 때가 아니옵니다. 그를 따르는 신료들이 많사옵니다. 찬성사는 그것을 잘 알고 있기 때문에 그를 쳐내는 것은 신중을 기해야 할 일이옵니다. 요즘 그들은 황실에 전하의 폐위를 주청하겠다고 하옵니다. 일단 물러서서 개혁의 속도를 조절하다

보면, 좋은 때가 올 것이라 믿사옵니다."

"좋은 때라…. 아직 배가 덜 찼으니 먹이를 더 주라?"

사행은 공민왕의 지지기반이 약한데 대해 가슴이 아팠다. 연경에서는 그토록 목숨을 내놓고 따르던 무리들이 권력의 달콤함에 물들어 백성들은 안중에도 없으니 안타깝기 그지 없었다.

다음날도 대전 앞은 조재춘을 따르는 무리들과 기철 일파의 청원으로 시끄러웠고, 조정은 마비상태에 이르렀다. 공민왕은 사태가 왕권을 위협하는 지경으로 치닫게 되자, 그들의 뜻을 따라 칩거 중인 조재춘을 판삼사사判三司事에 제수하는 것으로 마무리 짓고, 그에게 첨의정승과 더불어 조정을 이끌도록 하였다.

그렇게 판삼사사에 오른 조재춘은 며칠 뒤 사행을 자신의 자택으로 초청하였다.

"김 내관, 전하를 모시느라 고생이 많네. 나도 여간 머리 아픈 게 아닐세. 전하의 의중을 알아야 잘 모실 텐데 도무지 속내를 알 수 없으니 말일세. 자네가 나 좀 도와주게나. 공을 잊지 않겠네."

"대감께서 그토록 염려하시는데 당연히 그리해야지요."

주안상을 마주한 조재춘은 늦게까지 은밀한 이야기를 주고받았다. 그리고 사행이 집을 나설 때 비단으로 싼 보따리를 건네주었다.

그날 이후, 조재춘의 행보는 더욱 거칠 것이 없었다. 정사를 처리함에 있어서 지나치게 독선적으로 변했다. 이를 보고 있는 관료들은 그의 심기를 건드리지 않으려고 애를 썼고, 그의 자택에는 밤낮없이 사람들의 발길이 끊이지 않았다. 조재춘은 따르는 무리들이 부쩍 늘어나자, 과거 자신을 압박했던 기철 일파를 떠올리며 측근들과 그들을 제거하기 위한 계획을 세웠다.

이 일은 노걸단의 감시망에 여지없이 걸려들었고, 빠짐없이 모두 사행에게 보고되었다. 사행은 예사롭지 않은 그의 행보에 무슨 연유가 있을 것으로 판단하고 연경의 천난생에게 황실의 동태를 보고토록 하였다. 며칠 뒤 도착한 첩보는 우려하던 대로 한족들의 크고 작은 민란이 더 확대되고 있으며, 민심이 흉흉해져 관군을 모으기도 어려운 지경이라 세간에는 황실이 머지않아 무너질 것이라는 조심스러운 소문이 떠돌고 있다는 것이었다. 사행은 판삼사사 조재춘이 기철 일파와 각을 세우는 것이 약화되어가고 있는 황실의 동태를 알고 있기 때문이라 판단하며 머지않아 정변이 있을 것이라 예견하고 왕에게 대비가 필요함을 아뢰었다. 그러나 공민왕은 빙긋이 웃으며 혼잣말로 중얼거렸다.

"이이제이以夷制夷라…."

아니나 다를까. 공민왕이 이에 대한 조치를 않고 방관하고 있는 사이 조재춘은 당여들과 모의하여 기철奇轍 일파를 기습하였다. 하지만 그들은 일부만 죽이고 나머지 살생부에 올라 있는 대상자들은 놓치고 말았다. 그러자 조재춘은 돌연 군사들을 몰아 왕궁을 포위하고, 숙직하던 판밀직사사와 상호군 등을 마구 찔러 죽였다. 사행은 사태의 급박함에 놀라 급히 간언하였다.

"전하, 일단 저들의 요구를 들어 주시어 안심시키고 때를 기다리시옵소서. 저들은 절대로 전하를 어찌 할 수 없사옵니다. 소신이 저들을 제거할 방도를 찾을 것이옵니다."

공민왕은 불안감을 감추고 태연하게 조재춘을 불러 기철 일파를 응징한 일에 대해 잘했다고 격려하고, 다음날 대전 회의에서 그를 좌정승으로, 일당 정기유를 우정승으로 임명하여 안심시켰다.

그렇게 정변이 마무리되어갈 무렵, 위왕은 가노를 통해 왕비에게 서신을 보내왔다. 서신을 펴든 중전은 낯빛이 어두워지더니 곧바로 대전으로 향했다. 대전은 삼경이 지났는데도 불이 환하게 켜져 있었다. 공민왕은 예고도 없이 찾아온 왕비의 얼굴을 보며 걱정하는 눈빛으로 웬일이냐고 물었지만 중전은 아무런 말도 없이 서신을 건넸다.

"보탑실리야! 너를 보낸 후 걱정이 이만저만이 아니다. 본래 고려 왕실은 빈껍데기뿐인데다가 조정 대신들이 모두 이곳 황실의 대신들과 연결되어 있어 사위와 너의 일거수일투족이 하루가 멀다 하고 보고되고 있더구나. 매사에 몸조심을 하여야 한다. 근래에는 사위가 정방을 폐지함으로써 이곳 대신들의 청탁을 도저히 수행하지 못하겠다고 비난하는 소리가 심심치 않게 들려오고 있단다. 개혁도 좋지만 너무 급하게 서두르는 감이 있다. 아무리 발버둥을 쳐도 고려의 왕권은 황실의 손아귀에 있음을 헤아려 한 발자국 물러서서 이곳 대신들과 척지지 말고 현명하게 대처하도록 이르거라. 이 아비의 말을 숙고하기 바란다. 그리고 몸조심하여라."

공민왕은 길게 한숨을 내쉬었다. 이 모습을 보고 왕비는 조심스레 입을 열었다.

"전하, 일단 정방을 부활하여 그들의 불만을 잠시 잠재울 필요가 있사옵니다. 그래야 폐위의 불씨를 조기에 진화할 수 있을 것이옵니다. 지금 이 나라는 누가 황실의 지지를 더 많이 받을 수 있느냐 하는 것이 관건이옵니다. 개혁도 왕권을 유지해야만 할 수 있는 일이니, 일단 훗날을 위해 한 발짝 물러서는 것도 현명한 방법이 될 것이옵니다."

"알았소. 빙부聘父께 많은 걱정을 끼쳤나 보오."

공민왕은 때가 오고 있다는 생각을 하며, 다음 날 어전회의에서 정방을 부활한다는 교지를 내렸다. 그러자 느닷없이 내려진 전하의 교지에 개혁의 선봉에 섰던 첨의정승 이제현은 불만을 품고 사직하고 말았다. 이로 인해 개혁은 좌초되고, 조정은 완전히 조재춘 일당에게 넘어가고 말았다.

그리고 얼마 후 그들이 방심하고 있는 사이, 사행은 왕권까지 위협하는 조재춘을 제거할 시기가 되었다고 판단하고, 공민왕에게 그간에 있었던 그의 행적과 그의 집에 드나들었던 일당들의 명단, 자신을 끌어들이기 위해 자택으로 불러 전하의 동태를 알려달라고 하며 선물로 준 은병보따리를 내보이며 그를 처단할 때가 되었다고 아뢰었다. 듣기만 하던 공민왕은 혼잣말로 '때가 되기는 했지.'라고 하며, 한통의 밀서를 써서 삼사좌사三司左使 이인복李仁復에게 전하도록 건네주었다.

사행으로부터 밀서를 받아든 이인복은 곧바로 은밀하게 군사들을 집결시켜 조재춘의 자택 주변에 매복하고 있다가 이른 새벽에 급습하여 그를 참수하고, 당여들을 모두 잡아들였다. 그런데 이상하게도 공민왕의 얼굴에는 수심이 가득하였다. 사행은 가슴 속에 집히는 바가 있어 수심의 원인이 무엇인지를 헤아려보고는 급히 아버지에게 황실의 동태를 알려달라고 도움을 요청하여 답신을 받았다.

"지금 중원에서는 몇 해 전부터 가뭄이 이어지는 가운데 홍수까지 겹치고 역병까지 돌면서 엄청난 유민들이 생겨났다. 특히 허베이성(하북성: 河北省)에서 백련교주 한산동韓山童 이란 자가 자신이 미륵불이라 지칭하며 이들을 규합하여 머리에 붉은 두건을 쓰고 조직적으로 민란을 주도하고 있는데, 그 세력이 커지자 조정에서는 군사를 보내 그를 잡아 처형하였다. 그런데 그것이 오히려 화근이 되어 전국적 민란으로 번지고 있고, 특히 남방 호주濠州(지금의 안후이성 평양현)에서는 탁발승으로 떠돌던 주원장이 민란의 수괴 곽자흥이 죽자, 그 뒤를 이으며 호주를 완전히 장악하고 계속 세력을 확대해가고 있다. 따라서 황실에서는 민란을 퇴치하느라 조재춘 따위의 문제에 신경 쓸 겨를이 없으니, 얼마 후면 다가오는 황후의 생신에 축하사절을 보내 그간의 사정을 보고하면 해결될 것으로 본다."

사행으로부터 이를 보고 받은 공민왕은 자칫 목숨을 빼앗길지도 모르는 이 일에 누구를 사신으로 보내야 문제를 슬기롭게 해결할 수 있을지를 염려하며 한숨을 내쉬었다.

"전하, 권력을 쫓는 사람들이란 우두머리가 없어지면 서로가 우두머리가 되겠다고 발톱을 드러내는 것이 세상의 이치라 생각되옵니다. 근심을 떨치시고 도당에 사신으로 갈 사람을 선발하라 하면 자연스럽게 해결될 것이옵니다."

도당에 왕명이 전해지자 조재춘에게 아첨을 떨던 신하들은 언제 그랬냐는 듯 조재춘을 비난하며 자신들의 목숨보전에 열을 올렸고, 논란 끝에 원나라 대부부자참군大傅府咨參軍의 관직을 가지고 있는 윤일중을 사신으로 결정하여 왕에게 아뢰었다. 이에 공민왕은 그를 황후 생신 축하사절로 임명하여 선물보따리를 들려 연경으로 보냈다. 윤일중은 먼저 기황후에게 축하의 선물을 바치고, 탈탈 대승상에게 정란의 전모를 보고하며 불가항력이었음을 설명했다. 이에 대승상은 대노하여 큰소리로 꾸짖고는 한 통의 서신을 건네며 '직접 왕이 개봉하라' 일렀다.

개경으로 돌아온 윤일중은 곧바로 공민왕에게 대승상의 대노했던 정황을 낱낱이 아뢰며 서신을 올렸다. 이를 펴든 공민왕은 순간 얼굴색이 하얗게 변했다.

"고려왕은 들어라! 이번 일은 짐을 능멸한 사건으로 크게 책임을 물어야겠지만, 한 번 더 두고 보겠다. 대신 회동(지금의 강소성)지방에서 일어나는 민란을 제압하는 일을 그대에게 맡길 것이니 충성을 증명해 보이라."

대전에서는 난상토론이 벌어졌다. 반대파들은 삼남지방에 들끓는 왜구를 토벌할 군사도 없는 형편에 파병이 가당키나 한 일이냐며 반대를 했고, 윤일중을 비롯한 찬성파들은 황제의 명령을 거역하였을 때 닥칠 위기를 우려하며 파병을 주장하였다. 며칠 동안 거듭되는 논의에도 신하들이 싸움질만 하자, 보다 못한 공민왕이 입을 열었다.

"황제의 명을 거역할 수 있는 대신들은 나서보라!"

이 말에 반대파들은 그 누구도 나서는 자가 없었다. 이때 윤일중이 아뢰었다.

"전하, 탈탈 대승상에게 직접 들은 바로는 전하를 믿지 못하겠다며 파병을 하여 충성을 증명해 보이라는 것이었습니다. 이는 곧 파병치 않으면 전하의 안위를 보장할 수 없다는 말씀이 아니옵니까?"

좌중에서 한 사람이 소리쳤다.

"전하 앞에서 어찌 그런 망발을…. 집어치우시오!"

다시 소란해지자 공민왕이 일갈했다.

"다들 들으라. 지금 나라의 형편으로 파병하기는 어렵다. 그렇다고 황명을 거역할 수도 없는 노릇이니 일단 나라의 안위를 위해 어렵더라도 황명을 받들어야겠다. 다만 나라의 사정을 황실에 보고하고 파병 규모를 줄여야겠다."

공민왕은 윤일중을 다시 연경으로 보냈다. 사신의 임무를 마치고 돌아온 그는 황실에서 받아 온 서신을 올렸다.

"고려왕의 건의를 숙고熟考하여 병력의 규모를 2,000명 수준으로 줄여주니, 강윤충을 비롯한 유능한 장수를 보내라."

공민왕은 황실에서 장수들까지 지명하여 보내라는데 의심하지 않을 수 없었다. 공민왕은 대신들을 물리고 조용히 사행에게 그간 윤일중의 연경 행적에 대해 물었다.

"전하, 그것은 흉계이옵니다. 연경에서 받은 첩보에 의하면, 윤일중이 탈탈 대승상을 뵙고 자신을 도와 달라 매달렸다고 하옵니다. 그는 조정을 장악하기 위해 정적이 될 만한 사람을 모조리 죽음으로 내몰고 있는 것이옵니다. 하지만 황실의 불신을 해소하는 것이 시급하오니 일단 그에게 조정을 맡겨 파병을 처리토록 하고, 사태를 지켜보다가 처내심이 옳은 줄로 아옵니다."

다음 날 공민왕은 윤일중을 첨의정승으로 임명하고, 파병 문제를 내맡겼다.

사태가 급박하게 돌아가자 사행은 또 다시 연경에 있는 천난생에게 특별 지시를 내려 사흘에 한 번씩 민란의 전황과 황실의 움직임에 대해 소상하게 보고토록 했다. 연경에서 도착한 첩보들은 시간이 지날수록 예사롭지가 않았다. 남방의 한족뿐만이 아니라 곳곳에서 민중봉기가 일어나 관병으로는 그들을 진압하기가 어려운 지경이라 만약의 사태에 대비하여 황실에서는 비밀리에 조정을 북쪽으로 옮기려는 준비를 하고 있고, 국경을 맞대고 있는 곳에서는 다루가치들이 급변하는 정세에 어찌 대처해야 할지 몰라 갈팡질팡하고 있어 그야말로 황실의 앞날은 하루 앞을 예측하기가 어렵다는 것이었다.

그런 가운데 동북면 쌍성지역을 장악하고 있는 원나라 다루가치 이자춘(이성계의 아버지)이 은밀히 공민왕을 찾아와 기철 일파가 쌍성지역 반민叛民과 내통하며 역모를 꾸미고 있다는 사실을 알리며 내부來附의 뜻을 밝혔다. 그렇지 않아도 원나라로부터의 자주독립을 갈망하며 때를 기다리던 공민왕은 즉시 이자춘의 내부를 허락하고, 지금과 같이 쌍성지역을 다스릴 수 있도록 모든 권한을 그대로 인정하며 반민들의 동태를 보고토록 하였다.

그로부터 두 달 후, 공민왕은 나랏일에 공이 많은 사람들을 위해 궁정에서 연회를 베풀기로 하였다. 모처럼 연회 소식에 신료들은 들떠 있었다.

당일 저녁.

대부분의 신료들은 연회시간 훨씬 전에 도착했으나 기세등등한 부원배들은 연회시간이 가까워서야 도착하기 시작했다. 공민왕으로부터 밀명을 받은 경칠승은 궁문 누각에 올라 살생부에 적혀있는 자들이 도착할 때마다 궁문 안에 대기하고 있는 군사들에게 수신호를 보내 그들이 들어서는 족족 단칼에 목을 베어버렸다. 이런 사실을 까마득히 모른 채 연회시간이 다 되어 맨 마지막으로 도착한 기철이 한껏 거드름을 피우며 가마에서 내려 궁문으로 들어섰다. 순간 궁문이 닫히며 군사들이 뛰어나와 그를 에워싸자 경칠승이 누각에서 내려오며 소리쳤다.

"네 이놈! 전하께서 그동안 너를 어찌 대해주었는데, 쌍성 지역의 반민들과 내통하여 역모를 꾸몄느냐?"

기철은 순간 음험한 분위기를 느끼며 뭔가 잘못되어가고 있다는 생각이 들었지만 아무렇지도 않은 듯 너털웃음을 지으며 빠져나갈 궁리를 했다.

"하하하, 경 대감, 어찌 없는 일을 꾸미는 것이오? 내가 무엇을 했다는 말이오? 이러지 말고 군사들을 물리시오."

"없는 일을 꾸몄다고? 그 동안 네놈이 해온 짓을 생각해 보아라. 역적질이 아니고 무엇이었더냐?"

"이러지 말고 내 말을 들어보시오. 제발…."

"더 들어볼 것도 없다. 저 더러운 주둥아리를 놀리지 않도록 놈을 당장 베어버려라!"

경칠승의 한마디에 기철은 황급히 목숨을 구걸했지만 군사의 칼날은 가차없이 바람을 가르며 그의 목을 긋고 지나갔다.

사태가 마무리 되자 공민왕은 홍유택, 경칠승을 주축으로 한 인사를 단행하고, 그들과 함께 원나라의 보복에 대비해 강온 양면책을 준비했다. 그리고 곧바로 사건의 전말을 보고할 사신을 원 황실에 파견하는가 하면 서북면 병마사에게는 요동으로 가는 교통로 거점을 선제공격토록 하고, 동북면병마사에게는 쌍성지역을 공격케 하였다.

한편 연회에 초청받지 못해 살아남은 부원배들은 급히 기황후에게 밀사를 보내 구원을 요청했다. 하지만 황실에서는 남방에서 주원장이 홍건적을 통합하여 남경을 접수하고 북으로 진군하고 있는데다가 고려가 요동과 쌍성지역을 공격하고 있는 등 사면초가에 걸려 우왕좌왕 하다가 고려의 배반을 우려한 나머지 고육지책으로 사신을 보내 '근자에 죄를 저지르고 도망한 무리들이 군대를 일으켜 분란을 일으킨 것으로 알고 있으니 그들을 잡아 처리하고 보고하라'며 화친을 요청해왔다.

원의 공격을 우려했던 공민왕은 그제야 그들의 화친에 한숨을 돌리며 사행을 불러 의견을 물었다.

"이 상황을 어찌 하면 좋겠느냐?"

"전하의 뜻대로 하시옵소서."

"내 뜻이 무엇인지 알고 그리 아뢰느냐?"

"전하, 서북면병마사를 처형하여 위기를 벗어나고자 하시는 것 아니옵니까? 오직 나라만을 생각하시옵소서."

공민왕은 입가에 엷은 미소를 띠며 경칠승을 불러 서북면병마사를 처단하여 수급을 황실에 보고하라 명하였다. 이렇게 통치의 걸림돌이 되었던 기철을 제거하고, 쌍성총관부의 옛 땅을 수복하며 왕권을 강화한 공민왕은 그 동안 중단되었던 개혁을 다시 추진하였다. 정방을 폐지하고 이사도를 이부시랑과 병부낭중에 임명하여 인사업무를 전담토록 하는 한편, 권문세족들이 불법으로 겸병한 토지 환수를 비롯하여 가혹한 고리대금으로 인한 자녀 매매, 세금의 과다 징수, 억울한 재판으로 피해를 본 백성들의 구제 등 민초들의 고통을 덜어주기 위한 정책들을 추진하며 감찰활동도 강화하였다. 이 뿐만 아니라 원나라 관제를 따랐던 모든 조직을 혁파하여 본래의 상태로 되돌리고, 백성들에게 신망이 두터운 고승 보우에게 전국의 주지 임면권을 부여하여 불교의 폐단도 개혁토록 하였다.

그러나 개혁은 조정의 명령만 있을 뿐, 정작 개혁을 수행할 하부 관리들은 그 동안 자신들이 누렸던 권력의 달콤함을 뿌리칠 수 없어 개혁의 시늉만 냈다. 개혁의 속도가 지지부진하자 공민왕은 관제를 더 늘려 백성들을 잘 보살피도록 조치하였지만, 새로 임명된 관리들 또한 기득권을 가지고 있는 세력들의 반발에 부딪혀 아무 것도 하지 못하고 있었다.

공민왕은 뜻대로 되는 일이 없자 회의에 빠져 연일 술로 시간을 보냈다. 그때 원나라 사신이 서경을 지나 개경으로 오고 있다는 내관의 아룀에 마지못해 대전에 나와 짜증스럽게 대신들과 마주했다.

"이번엔 또 뭔 사신인고?"

심기가 불편한 공민왕을 보고 신료들은 누구 하나 나서는 이가 없었다. 공민왕은 화가 치밀었다.

"아니, 왜 말들이 없어? 사신이 왜 오는지도 모르고 있단 말이야? 지피지기知彼知己면 백전불태百戰不殆란 말과 같이 상대방을 알아야 대응할 것이 아니더냐? 매번 요 모양이니 과인이 모욕을 당하는 것이야. 도대체 누굴 믿어야 한단 말이냐?"

"……."

"과인은 그 원인이 무엇인가를 여러 모로 되짚어봤다. 그것은 바로 우리가 자주적이지 못하기 때문이야. 그렇다 보니 사신이 도착할 때마다 제후국이니, 소국이니 하는 패배의식에 빠져 올바른 대응책을 마련하지 못하고, 그저 복종하기에만 급급했던 것이란 말이다. 이제 이 지긋지긋한 불안감에서 벗어나고 싶으니 사신이 왜 오는지를 확인해 보고 대응할 방책을 조속히 강구해오시오!"

대전을 물러나온 대신들은 도당에 모여 전하께서 왜 이 시점에 예전과 달리 그런 문제를 거론하는지에 대해 투덜대며 사신이 오는 이유를 찾아 대책을 논의했다.

이틀 후, 개경에 도착한 사신이 대전에 들었다.

"전하, 황제께서는 민란 진압군을 파병해 준데 대해 고맙다고 하시며, 되돌려준 쌍성 이북의 땅에 살고 있는 백성들도 잘 보살펴 달라고 당부를 하셨사옵니다."

의외의 황명에 안도한 대신들이 물러나고 공민왕은 사신과 밀담을 나눴다.

그 시각 대신들은 도당에 모여 황제가 내민 회유의 손길에서 중원의 사태가 예사롭지 않음을 예감하고는 전하와의 밀담이 무엇인지에 대해 궁금해 했다.

사신이 돌아가고 며칠 뒤, 대전회의를 마치고 도당에 모인 대신들은 분란에 휩싸였다.

"아니, 거시기도 없는 놈들하고 같이 국사를 논하라 하시니 주상께서 옥체가 미령해진 것 아니요?"

"말씀을 삼가시오. 꼭 그렇게만 생각할 일은 아니지요? 지금 황실에서 오는 사신의 대부분이 태감들이 아닙니까? 또 그들이 원나라에 보내는 사신들을 환관으로 했으면 좋겠다고 하지 않았습니까? 그 뿐이 아닙니다. 황실에서는 이미 그들을 높은 관직에까지 오르게 하여 국사를 처리토록 하고 있습니다. 남자 구실을 못하는 것과 나랏일을 하는 것은 다르다는 것을 알아야 합니다."

"그것을 몰라 그러는 것이 아닙니다. 내시부가 설치되면, 놈들이 우리의 말을 듣겠습니까? 이것은 우리 스스로 족쇄를 채우는 일이란 말입니다."

"그렇다고 주상의 명을 거역할 수도 없질 않습니까?"

"설득해야지요."

대신들은 며칠 동안 이 문제를 논의했지만, 뾰족한 방법을 찾지 못하고, 그저 자신들의 권한이 환관들에게 넘어갈 것에 대해서만 볼멘소리만 할 따름이었다. 그 시간 사행은 자신의 방에서 도움을 준 아버지를 떠올리며 빙긋이 미소를 지었다.

공민왕은 며칠이 지나도 도당의 보고가 없자 모두를 대전으로 불러놓고 수시중에게 물었다.

"과인이 하명한 일은 어찌 되었소?"

"……"

"이래서야 과인이 어찌 도당을 믿을 수 있단 말이오?"

"전하, 아뢰옵기 황송하오나 그 문제는 쉽게 결정할 사안이 아니옵니다. 이제까지 이 나라를 지탱해온 관습이 있사온데, 하루아침에 내시부를 설치하여 그들에게 많은 권한을 부여한다는 것은 온당치 않다는 것이 중론이옵니다."

"뭐라고? 그렇다면 황실의 요구는 어찌할 것이며, 그들이 우리를 못 마땅히 여겨 압박을 해온다면 어찌할 것이냐? 무조건 대신들의 권한을 침해당한다고 할 것이 아니라, 이 나라를 어떻게 개혁하여 백성들을 편안케 할 것인지에 대해 생각들을 해보라. 정말 내시부의 신설이 부당하다면 누가 황실에 가서 이 사실을 고할 것이냐?"

대신들은 꿀 먹은 벙어리가 되어 나서는 이가 없었다. 비록 원나라가 민란으로 쇠퇴해가고 있다고는 하나 자칫 사신으로 지목되어 연경으로 가게 된다면 불귀의 객이 될 수도 있지 않은가.

"보라. 나서는 신료들이 없지 않느냐. 그러면서 무조건 안 된다 하면 어쩔 것이오. 황실에서는 황명의 출납은 물론 나랏일에 태감부가 간여하고 있음은 모두들 잘 알 것이다. 그런데도 그 큰 나라를 다스리는데 별 다른 문제가 없지 않느냐. 사신들은 소통을 문제 삼아 과인에게 내시부의 설치를 요구해 왔는데 이를 거절할 수가 있겠느냐? 그러니 내시부의 설치를 조속히 숙고해 보시오."

질책을 듣고 나온 대신들은 이구동성으로 관제를 바꾸는 일은 신중해야 한다며 왕의 성급한 성미만 탓했다. 그러면서도 후환이 두려운 나머지 내시부(내상시) 신설을 결정하고, 으뜸 벼슬을 판내시부사判內侍府事로 명명하는 등 이제까지 6품 이하의 품계로 제한하던 벼슬을 정2품 이하 종9품까지로 하여 인원을 121명으로 정하였다. 그러면서도 관장업무는 왕명의 출납을 비롯하여 궁궐관리와 왕실의 관리로 제한하였다.

공민왕은 도당에서 올라온 관제개편을 승인하고, 사행을

판내시부사로 임명하며 내시부를 총괄하도록 하였다. 이에 사행은 곧바로 내시부 장악에 저해가 되는 환관들을 가차 없이 쳐낸 다음, 새로 편제된 내시부의 관직에 따라 인사를 단행하고, 행동규범을 만들어 발표하였다.

"우리는 전하의 깊으신 은혜로 이제까지 문·무 관료들에게 억눌려왔던 과거를 청산하고, 새로운 사람들로 태어나는 계기를 맞이하였다. 그러므로 우리는 모두가 하나처럼 뭉쳐 전하를 보필하는 강력한 힘을 갖도록 노력하여야 한다. 전하의 명령을 출납하는 일은 물론이고, 왕실과 관련된 일은 우리가 모두 간여하여 처리해야 한다. 그러려면 알아야 한다. 모두가 공부를 하여 관료들과 견줄 수 있는 능력을 겸비하는 것이 최우선이다. 그래서 나는 정기적으로 여러분들에게 시험을 치르게 하여 계속해서 세 번 이상 수준에 미달된 사람은 이곳을 떠나게 할 것이다. 또 하나 우리가 명심할 것은 실력을 갖추었다 해도 절대로 드러내서는 아니 된다. 묵묵히 음지에서 전하의 눈과 귀가 되어야 할 것이다. 그러기 위해서는 일사불란한 조직체계의 확립과 절대적인 복종이 필요하다. 만약 위계질서를 지키지 않을 때는 어떠한 경우를 막론하고 죽임을 면치 못할 것이다. 오늘부터 하루하루 궐내에서 일어나는 일에 대해서는 하나도 빠짐없이 모두 나에게 보고하고, 또한 왕실과 관련된 일이라면 궁궐 외에서 일어나는 일도 샅샅이 파악하여 보고하라. 여러분들은 높은 관직에까지 오를 수 있는 길이 열렸다. 나를 믿고 따르도록 하라."

환관들은 환호하며 전하를 위해 목숨을 내놓겠다고 충성 맹세를 했다. 그렇게 내시부의 안정을 도모하는 사이, 연경의 천난생으로부터 새로운 첩보가 도착하였다.

"요즈음 황실에서는 번지고 있는 민란을 퇴치하기 위해 안간힘을 쓰고 있습니다. 그래서인지 민란은 곳곳에서 관군과 부딪혀 패하며 잔당들이 도망치고 있는데, 그 일부가 압록강 북방으로 밀려가고 있습니다. 만약 그들이 계속해서 관군에게 쫓긴다면 국경을 침범할 것으로 우려되니 대비를 해야 할 것입니다."

사행으로부터 이를 보고 받은 공민왕은 곧바로 대신들을 불러 대비책을 마련하라고 하명하였다. 그러나 대신들은 흔들리고 있는 원나라를 믿어야 할지, 아니면 민란을 주도하고 있는 신흥세력을 믿어야 할지 갈피를 잡지 못했다.

그렇게 도당에서 뚜렷한 대책을 내놓지 못하고 지지부진하게 두어 달 시간만 허비하고 있을 때, 사행은 또 심양에서 보낸 첩보를 접수하였다.

"전하! 요동과 심양에 살던 백성들 다수가 모거경이란 자가 이끄는 약 4만의 홍건적이 국경을 넘고 있어 서북면병마사가 이를 막고 있으나 역부족으로 밀리고 있다 하옵니다."

보고를 받은 공민왕은 즉시 대신들을 불러 다그쳤다. 그러나 대신들은 긴박한 상황을 인식하지 못하고 안이한 말로 공민왕의 화를 돋우었다.

"대신이라는 자들이⋯. 쯧쯧. 당장 나가 알아보고 대책을 강구하라!"

의구심을 떨치지 못한 대신들은 대전을 나와 사태를 파악하기 위해 먼저 서북면으로 파발을 띄우고는 전하께서 어디서 그런 소식을 들었는지 배후에 관해 논란을 벌인 끝에 연경으로 간자를 보내 전하와 내통하는 자들이 있는지를 살펴 보도록 하고, 있다면 쥐도 새도 모르게 처리토록 하였다.

그 시각 홍건적은 물밀듯이 압록강을 건너 백성들을 마구 도륙하고 있었다. 서북면병마사는 그들과 맞서 싸우며 조정에 이 사태를 알리기 위해 황급히 파발을 띄우는 한편 봉수대에 불을 피우도록 하였다. 이 봉수는 평양을 거쳐 남으로 계속 전달되어 한나절이 지나서야 개경 송악산 봉수대로 전해졌다. 군사들은 다섯 개의 검은 연기가 피어오르는 것을 보고 곧바로 북방에 적의 침입이 있다고 조정에 알렸다. 그제야 대신들은 허둥대며 공민왕에게 이를 아뢰었고, 마음이 급해진 왕은 대신들을 불러 어떻게든 적들의 남하를 막도록 하고, 양민들을 차출하여 군대를 조직해 지원에 나서도록 하였다. 그래서인지 서경까지 남하한 홍건적은 관군과 백성들의 결사항전에 밀려 북으로 도망치고 말았다. 그러나 전쟁의 상흔은 이루 말할 수 없을 지경이었다. 홍건적의 노략질로 서경과 서북면 곳곳에는 식량이 바닥났고, 전염병이 창궐하여 참상은 이루 말할 수 없을 지경에 이르렀다. 노걸단은 이런 사태를 낱낱이 사행에게 전달하였다.

"전하, 서경과 서북면의 민심이반이 우려되옵니다. 이를 막으려면 전하께서 직접 현장을 시찰하시어 민심을 다독이고 조치를 취하셔야 하옵니다."

서북면을 시찰한 공민왕은 가는 곳마다 시신을 끌어안고 우는 이들이 부지기수인데다가 불타 없어진 가옥들, 먹을 것을 찾아 송장을 뒤지는 아이들… 등 참상을 목격했다. 공민왕은 즉각 구휼미를 풀고, 구호소를 더 증설토록 하는 등 복구를 독려하는 한편, 스스로 하루 한 끼만 먹는 모범을 보였지만, 대신들은 왕을 비난하기만 할 뿐 특별한 대책을 세우지 못하고 우왕좌왕 시간만 허비했다. 그렇게 두 해가 지날 즈음 요동과 심양의 노걸단으로부터 또 긴박한 첩보가 도착했다.

"홍건적이 엄청난 세를 불려 다시 국경으로 향하고 있습니다."

사행은 상황의 다급함을 공민왕에게 아뢰었다. 그러나 공민왕은 앞서 물리친 홍건적에 대한 자신감 때문인지 사태를 대수롭지 않게 여겼다. 그러나 하루가 지나 파발이 가져온 서북면병마사의 장계는 상상을 초월하는 소식이었다.

"전하, 끝이 보이지 않을 정도로 수많은 홍건적이 압록강을 건너 내려오고 있사옵니다. 죽기를 각오하고 막고 있사오나 중과부적이옵니다. 속히 원군을 보내주시옵소서."

그제야 사태의 심각성을 인식한 공민왕은 대신들과 머리를 맞대고 논의한 끝에 순군만호 김기용을 총병관으로 임명하여 1차 저지선을 청천강으로 하고, 2차로 자비령에 요새를 쌓아 개경으로의 진입을 차단하도록 명하였다. 그러나 물밀듯이 몰려오는 홍건적들의 공세에 청천강 방어선은 힘없이 뚫렸고, 총병관은 긴급히 수하 장수 최영을 보내 개경에 남아있는 수비대를 보내달라고 간청하였다. 하지만 공민왕은 수비대를 보내기는커녕 종사를 보존해야 한다며 몽진蒙塵을 명했다. 이에 첨의시랑 홍유택과 최영이 온몸으로 몽진을 막으며 '개경에 남아 백성들과 같이 목숨을 걸고 싸워야 한다'고 간곡하게 아뢰었으나 공민왕은 만류를 뿌리치고 측근과 주요 대신 등 30여 명을 대동하고 한양을 거쳐 복주목福州牧(지금의 안동)으로 몽진을 떠났다.

이를 본 백성들은 혼란에 빠졌다. 너나 할 것 없이 왕을 비난하며 목숨 보존을 위해 피난길에 올랐다. 죽기 살기로 자비령을 지키고 있던 군사들은 몽진소문과 백성들의 피난 행렬을 보고 동요하기 시작했고, 일부 병사들은 두려움에 군진을 이탈하기 시작했다. 장교들은 탈영자 방지를 위해 안간힘을 썼지만 시간이 갈수록 그 수는 점점 늘어났고, 방어진은 급속하게 무너지기 시작했다. 이 틈을 노려 홍건적은 총공세로 관군을 몰아붙였다. 쫓기는 군사들은 전투의지를 상실한 채 우왕좌왕하며 그들의 칼날에 힘없이 쓰러져갔고 개경은 적들의 수중으로 떨어졌다.

그 사이 복주목으로 간 몽진행렬은 백성들로부터 외면을 당하고 있었다. 사행은 몽진 도중에 보았던 백성들의 원성을 듣고, 민심을 다스릴 방안과 홍건적을 퇴치할 방안을 시급히 마련해야 한다고 아뢰었다.

공민왕은 궁여지책으로 수종한 대신들과 논의 끝에 백성들에게 개경을 포기하고 피난한데 대한 사과의 교서를 발표하였다. 그리고 자비령 전투에서 적을 막지 못한 총병관 김기용을 파직시키고, 응양군상장군 정세운을 새로운 총병관으로 임명하며 자신이 가지고 있는 생사여탈권을 모두 부여하는 등 긴급조치를 취하였다. 이에 정세운은 구국의 일념으로 어렵사리 장정 20여만 명을 모아 군대를 조직하고 군기를 세워 출정에 나섰다. 그렇게 적들을 물리치며 임진강 남쪽에 도착한 정세운은 먼저 세작들을 적진에 침투시켜 동태를 살피게 하고, 그들이 가져온 첩보를 종합하여 면밀하게 기습작전계획을 수립한 후, 안수·이방욱·김욱배 등 여러 장수들에게 임무를 부여하고 공격을 명했다. 야음을 이용해 은밀하게 강을 건넌 군사들은 약속된 시각에 징과 꽹과리를 치고 호각을 불며 일거에 적을 공격했다. 최소한의 경계병을 남겨두고 단잠에 빠졌던 홍건적은 혼비백산하여 우왕좌왕 갈피를 잡지 못했다. 이때를 놓칠세라 관군들은 적을 사정없이 도륙하고 후퇴하는 자들을 밤낮없이 몰아붙였다. 홍건적은 전의를 상실한 채 쫓기고 쫓기며 절반의 병력을 잃고 압록강 밖으로 도망쳤다.

정세운은 즉시 파발을 띄워 홍건적을 퇴치했다는 소식을 왕에게 전했다. 이 소식을 접한 공민왕은 간만에 파안대소를 하였지만 머릿속은 복잡해졌다. 무신정변(정중부의 난)이 떠올랐기 때문이었다. 공민왕은 총병관에게 부여했던 전권을 어떻게 회수할지에 대해 고심했다. 총병관을 잘못 건드렸다가는 어떤 일이 벌어질지는 불 보듯 뻔한 일이라 공민왕은 장고 끝에 사행을 불러 밀명을 내리고는 첨의시랑 홍유택을 불러 수습책을 물었다.

"전하, 이제 국난을 극복하였으니 왕경으로 돌아가셔야 하옵니다. 왕경을 오랫동안 비워두는 것은 아니 되옵니다. 또한 총병관에게 주었던 전권도 회수하셔야 하옵니다."

"그래야겠지? 그런데 그가 쉽사리 전권을 내어 놓겠느냐? 과인은 그가 그 옛날 정중부와 같이 반란을 일으키지 않을까 심히 걱정이 되오."

"염려 마시옵소서. 총병관은 그런 인물이 되지 못하옵니다."

행재소行在所를 물러나온 홍유택은 처소에서 기다리고 있던 사행과 함께 전하의 의중을 헤아려보며 장시간 이야기를 나눈 뒤, 전 총병관 김기융을 처소로 불러들였다.

그리고 한 달 뒤, 행재소에는 왕경에서 보낸 긴급한 장계가 도착하였고, 홍유택은 이를 공민왕에게 아뢰었다.

"전하, 총병관 정세운이 살해되었다 하옵니다."

"뭔 소리야. 그게 사실이더냐? 어떻게 그럴 수가…."

"수하 장수인 안수·이방욱·김욱배 등이 전하의 명령을 받들어 홍건적과의 전투에서 자기들만 임진강 너머 개경으로 들어가 싸우게 하고, 총병관은 임진강 남쪽 도솔원에 주둔하고 있으면서 여차하면 도망가려 하였다며 죽이라는 명을 받았다고 하옵니다."

"뭐라고? 내 명을 받들었다고? 과인이 언제 그들에게 명을 내렸단 말이더냐? 그리고 또 그 명은 누가 전달했다는 것이고?"

"전 총병관 김기융이 조카를 시켜 안수에게 전달했다 하옵니다."

"아니 그렇다면 김기웅이 반란을 일으킨 것 아니냐? 총병
관은 나의 전권을 위임받은 장수이고, 그를 죽였으니 반란
이 아니고 뭐란 말이더냐? 그 자가 시기심이 많은 것은 알고
있었지만 그래도 그렇지. 어떻게 그런 일을 벌인단 말이더
냐?"

"심려 놓으시옵소서. 좋은 소식이 또 있을 것이옵니다."

"경은 어찌 그런 말을 하는 것인고?"

"총병관을 죽였다는 것은 장수들끼리 내분을 일으키고 있
는 것이 확실하옵니다. 아직 그들은 왕명이 거짓인줄 모르
고 있을 것이옵니다. 이럴 때 그들에게 왕명이 거짓이었다
는 것을 알리면 그들은 혼란에 빠지게 될 것이고, 그들은 살
기 위해 서로 싸움을 벌일 것이옵니다. 무신들이란 본시 타
협을 모르고 창과 칼로 모든 것을 해결하려고 하는 자들이
아니옵니까? 머지않아 궤멸하게 될 것이옵니다."

"과인은 그들이 궤멸되는 것을 바라지 않소. 모두 과인에
게 충성스런 신하가 되길 바랄 뿐이오."

"전하의 말씀이 지당하오나 과거 무신들에게 휘둘려 나라
를 위기에 빠뜨린 선대왕들을 떠올려 보시옵소서."

"음…. 그렇기도 하지. 경의 뜻대로 하라."

홍유택은 대전을 나와 그의 심복을 시켜 다시 안수에게 서

신을 보내 전하께서 벼슬을 내렸다는 것과 김기용이 거짓 왕명을 전하게 한 것이니 그를 잡아들이라고 하였다. 세 장수는 혼란에 빠졌다. 안수가 먼저 입을 열었다.

"왕명을 받들었던 일이 잘못되었다니…. 우리는 반역자가 된 것이 아니오? 그런데 우리에게 벼슬을 내리는 이유는 또 뭐요?"

"전하께서 우리의 공을 인정하여 벼슬을 내린 것 아니겠소? 나는 전하의 뜻을 받들 것이오."

"난, 아니요. 전하의 명을 받든다면 우리는 그 즉시 체포되어 처형될 것이 뻔하오. 난 가지 않겠소!"

격론을 벌였지만 의견이 통일되지 않자 안수는 몸이 달았다. '만약 전하가 내린 벼슬을 받지 않는다면 그 또한 반역이 아닌가.' 안수는 결국 공민왕을 알현하기로 결심하고 행재소로 갔다. 그가 아무런 의심 없이 중문에 들어섰을 때였다. 숨어 있던 군사들의 칼날에 그의 목은 힘없이 땅바닥으로 떨어져 피를 뿜으며 데굴데굴 굴렀다. 이 소식을 들은 김욱배와 이방욱은 역시 모략이었다고 판단하고 산양현(현재의 문경)으로 도망쳤다. 그러나 그들은 얼마 되지 않아 추적하는 관군에게 발각되어 처참하게 살해되고 말았다.

이렇게 세 장수가 제거되었는데도 공민왕은 사건의 주범인 김기용의 죄를 묻지 않았다. 오히려 그를 찬성사贊成事에 제수하고, 이듬해에는 순군제조巡軍提調를 겸직토록 하였다. 김기용은 공민왕을 믿지 않았지만 절대 권력을 갖고 싶은 야망에 머리를 숙여 충성하는 척 했다.

그 즈음 황실에서는 기황후를 따르는 태감들이 기철 일파가 살해된 것을 보복하기 위해 공민왕 즉위와 동시 심양으로 도망쳐 온 덕흥군에게 군사 1만 명을 주어 공민왕을 치도록 하였다. 이 일은 곧바로 노걸단의 감시망에 걸려 사행에게 보고되었고, 사행은 급히 공민왕에게 사태의 심각함을 아뢰었다.

"전하, 지체할 시간이 없사옵니다. 급히 환도하여 개경을 장악하고, 덕흥군이 압록강을 건너지 못하도록 막아야 하옵니다. 만약 덕흥군이 개경을 접수한다면 사태를 예측할 수 없사옵니다."

공민왕은 허겁지겁 환도를 서둘렀다. 그렇게 개경의 남쪽 홍왕사에 도착한 공민왕은 더 이상 덕흥군의 진군 소식이 없음에 안도하며 그곳에서 하룻밤을 머물기로 하였다. 사행은 정국이 어디로 흘러갈지 예측할 수 없이 불안정하고, 전하와 중전의 안위가 걱정되어 마음을 놓을 수가 없는데다가 전부터 김기용의 야심이 만만치 않음을 피부로 느끼고 있던 터라, 어떻게 그를 충복으로 만들지를 고민하며 삼경이 지나도록 잠을 이루지 못하고 있었다. 바로 그때였다. 밖에서

창칼 부딪히는 소리가 들려왔다. 사행은 바짝 긴장하며 칼자루를 쥐고 문틈으로 밖을 내다보았다. 복면을 한 괴한들이 숙위를 하고 있는 군사들과 싸우고 있었다. 순간 번개처럼 스치는 생각이 있어 지체 없이 침전으로 뛰어가 벌벌 떨고 있는 대전내관 안도치를 밀치며 공민왕을 마구 흔들어 깨웠다. 그리고는 작은 소리로 아뢰었다.

"전하, 적들이 급습하였사옵니다. 어서 이 옷으로 갈아입으시옵소서!"

사행은 다짜고짜 안도치의 옷을 벗겨 공민왕에게 갈아입히고는 안도치에게 용포를 입혀 자리에 돌아눕게 한 후, 왕을 업어 밀실로 피신시키고, 곧바로 곁에 있던 환관을 시켜 최영 장군에게 이 소식을 전하도록 뒷문으로 내보냈다. 그야말로 전광석화 같은 조치였다. 그 사이 숙위병을 베어버린 복면무사들은 침전으로 뛰어들었다. 그러나 노국공주가 침전 앞에서 그들을 막아서며 일갈했다.

"무엄하다. 감히 여기가 어디라고 칼을 들고 뛰어드느냐?

"길을 비키시옵소서. 우리는 황명을 받들 뿐이옵니다."

복면무사들은 노국공주를 밀치고 침전으로 뛰어들어 자고 있는 안도치의 가슴에 칼을 두세 차례 내리꽂았다. 순간 피가 솟구치는 가슴을 부여안고 안도치는 어어 하며 몸을 일으키려다가 푹 고꾸라지고 말았다. 죽음을 확인한 복면무사들은 지체 없이 밖으로 나와 첨의사랑 처소로 달려갔다. 그러나 그곳에선 벌써 다른 무사들이 그를 도륙내고 있었다.

한편 궁에서 전하의 환궁을 기다리던 최영은 정신없이 달려온 환관이 전하는 말을 듣고, 수하 군사들을 데리고 단숨에 흥왕사로 달려가 그곳을 나서고 있는 복면무사들과 마주쳤다. 복면무사들은 몇 합을 겨루다 힘에 부치는지 도망치기 시작했다. 이에 최영은 군사들에게 그들을 뒤쫓아 잡으라고 소리쳤다. 군사들은 번개같이 복면무사들을 뒤쫓아 닥치는 대로 베어버리고, 끝까지 달아나는 몇몇 무사들을 포박해 끌고 왔다. 최영은 칼끝으로 끌려온 무사들의 복면을 벗겼다. 그리고는 깜짝 놀랐다.

"아니, 네 놈들은 김기용의 군사들이 아니더냐? 당장 저놈들을 끌고 가 순군옥에 가두어라."

밀실에서 밖을 엿보고 있던 사행은 그제야 사태가 진정되는 것을 확인하고, 공민왕을 모시고 밖으로 나왔다. 이를 본 최영은 황급히 머리를 조아리고는 그간의 경위를 낱낱이 아뢰어 안심시킨 후, 호위를 하여 환도하였다.

공민왕이 떠난 후, 사행은 다시 침전으로 들어가 안도치의 시신을 부여안고 뜨거운 눈물을 흘리며 탄식했다.

"여보게, 미안하네! 환관이 어디 사람이던가. 처지가 그러하니 어쩌겠나. 그래도 자네는 전하의 목숨을 구했으니 염

라대왕께서 그 공을 알아주지 않겠나. 나를 원망하게. 언제 죽을지는 모르겠으나 죽어서 자네를 만나면 그때 무릎 꿇고 사죄하겠네. 그러니 용서해 주시고 극락왕생하시게나."

다음날 아침, 그는 시신을 양지바른 곳에 묻어주고 궁으로 향했다.

한편, 최영은 환도하자마자 반란의 수괴 김기용을 잡아들여 문초한 끝에 덕흥군과 내통한 사실을 밝혀내고, 공민왕에게 자초지종을 아뢴 후 목을 베어버렸다.

공민왕은 작금의 사태가 예사롭지 않음에 곧바로 찬성사 최영을 도순위사都巡慰使로 임명하고 이성계 등과 함께 압록강을 건너 침입한 덕흥군의 군대를 막도록 급파하였다. 서북면에 도착한 최영은 대치하고 있는 군진을 돌아보며 병마사에게 싸우지 않고 있는 이유를 추궁하였다.

"장군! 덕흥군이 사람을 보내와 자신이 황제의 칙서를 가지고 있다고 하는 탓에 어찌할 도리가 없었습니다."

"그걸 말이라고 지껄이느냐? 이 나라에는 엄연히 전하가 계시거늘 어찌 덕흥군이 왕이 된다는 말이냐? 그것이 모두 계략임을 몰랐단 말이냐? 병마사란 자가 그렇게 판단력이 없어서야 원···. 그간의 사정은 묻지 않겠다. 지금부터 모두 나의 명을 따르라!"

그러나 모여 있던 군사들은 아무 대답도 하지 않고 웅성거렸다. 예사롭지 않은 분위기에 흠칫 놀란 최영은 뚜벅 뚜벅 군사들 앞으로 걸어가 이리저리 살피다가 군기가 빠져있는 군사 한 명의 목을 내리쳤다. 앗- 하는 외마디 비명과 함께 군사의 목이 땅에 뒹구는가 싶더니 잘린 목에서 뜨거운 피가 솟구쳤다. 이를 보고 있던 군사들은 벌벌 떨었다. 그때 최영이 큰소리로 명을 내렸다.

"나의 명을 어기는 자는 저 놈과 같이 목이 떨어질 것이다. 자! 공격하라!"

그 명령에 최영의 지원군이 일제히 적진을 향해 진격하자, 머뭇대던 서북면 장수들도 군사를 이끌고 함성을 지르며 그들을 따랐다. 이를 본 적군의 선봉도 이에 뒤질세라 함성을 지르며 달려 나와 치열하게 맞서 싸웠다. 한동안 전투는 혼전을 거듭했다. 그러나 시간이 지나면서 승패의 윤곽이 드러나기 시작했다. 적들이 힘에 부쳐 밀리기 시작한 것이다. 이를 중군에서 지켜보던 덕흥군은 전세가 점점 불리한 상황으로 빠져들자 퇴각명령을 내려 압록강 밖으로 물러났다.

덕흥군을 물리쳐 급한 불은 껐지만, 그 동안의 전쟁으로 백성들의 삶은 참담하기 이루 말할 수 없었다. 공민왕은 자신의 개혁정책이 무산되고 민심이 곁을 떠나고 있음에 절망했다. '그 동안 백성들을 위해 이룬 것이 무엇이란 말인가?'

세상 일이 사람의 뜻대로 되는 것이 없다고 생각한 공민왕은 무력감에 모든 것이 귀찮아지자 모든 일은 하늘이 주관한다고 믿으며, 무상관無常觀에 빠져 하루하루를 술로 지냈다. 그러다가 번쩍 스치는 생각이 있었다.

"도선국사道詵國師는 어떻게 하늘의 이치를 알았을까? 무설설無說說 무법법無法法은 무엇일까?"

공민왕은 왕사 보우를 불러들였다.

"왕사! 도선국사께서는 국조國祖의 탄생을 예언하셨는데, 그게 과연 가능한 일이오? 또 국사께서 깨달음을 얻었다는 무설설 무법법은 도대체 무엇이오?"

"전하! 도선국사께서는 참선을 통해 만물의 이치를 깨달은 분이십니다. 그렇기에 국조의 탄생을 보신 것이옵고, 무설설 무법법이란 참선을 통해 눈에 보이는 현상보다는 자연과 마음의 근본자리를 깨닫는 것이옵니다."

"참선이 도대체 무엇이길래 이치를 깨닫는다는 것이오?"

"참선이란 화두話頭를 일념으로 참구參究하는 간화선看話禪(화두를 들고 대오철저大悟徹底하는 수련법)으로 세상 만물을 주관하는 신神의 마음을 닮아가고, 신과 같은 마음을 찾아가기 위해서 자신을 돌아보며 자기성찰을 하는 것이옵니다."

"그러면 왕사께서는 깨달음을 얻었소이까?"

"깨달음을 얻으면 부처가 되는 것이온데, 소승은 아직 그

단계까지 이르지 못하여 계속 수련을 하고 있사옵니다."

"왕사께서도 보셨다시피 나는 불철주야 이 나라와 백성들의 편안한 삶을 위해 개혁을 추진하였지만, 돌이켜보니 이루어진 것이 하나도 없소. 세상은 하늘의 뜻대로 이루어지는 것이지 사람이 노력한다고 이루어지는 것은 아닌가 보오. 그래서 도선국사와 같이 세상의 이치를 깨닫고 싶은데 어찌하면 좋겠소?"

"전하! 마음을 편히 하시고 참선을 해 보시옵소서. 그리하면 세상의 이치를 깨달을 수 있을 것이옵니다."

"그래요? 과인도 해봐야겠소. 그건 그렇고 왕사! 이 나라를 어찌하면 좋겠소?"

"전하, 지금의 난국을 타개하는 방법은 삿된 사람을 버리고, 권력에 물들지 않은 바른 사람을 등용하여 개혁을 추진하는 길뿐이옵니다."

"어디에서 그런 인사를 찾는단 말이오? 이 나라에 저들의 손아귀에 들지 않는 이가 남아있겠소?"

"널리 구하시옵소서. 사람의 귀천을 구분하지 말고 백성들을 귀히 여기는 마음을 보고 찾으시면 좋은 사람이 있을 것이옵니다."

왕사가 물러간 뒤, 공민왕은 며칠 동안 숙고했다. '이 나라에 권문세족들을 빼고 나면 누가 있단 말인가? 그들과 전혀 관계가 없는 사람이라…. 세상을 읽을 줄 아는 지혜를 가진 사람으로서 조정대신들을 장악하고 자신의 뜻을 따라 개혁을 추진할 수 있는 사람이어야 하는데…. 신진 유생? 무신? 승려? 신진 유생들은 유약하여 강직함이 적은데다가 어느 정도 조정에 발을 디딘 사람은 이미 권문세족들의 수족 노릇을 하고 있어서 되지 않고, 무신들은 병권을 가지고 있어 국방에 도움이 되기는 하나 머릿속에 들은 것이 적어 국내외 상황을 잘 알지 못하는데다가 붕당朋黨을 만들고 끝내 사욕에 물들고… 승려는? 그들 또한 부패하기는 마찬가지지만 그 중에 가장 나은 편이다. 도선국사와 같은 승려라면 혜안도 있고 권력과 인연을 맺지 않으니 그보다 좋을 수는 없지 않은가.' 생각이 거기까지 미치자 공민왕은 옛날 꿈에서 누군가가 자신을 칼로 찌르려는 순간에 어떤 승려가 나타나서 구해 주었던 일을 떠올렸다. 그리고 승려가 이 나라를 구해 줄 것 같은 믿음이 생겼다. 공민왕은 사행을 불렀다.

"이 나라 구석구석을 다 뒤져서 백성들로부터 추앙받는 승려가 누구인지 찾아보라. 조정을 맡아줄 만한 승려 말이다."

사행은 한 달 동안 노걸단을 통해 백성들에게 신망이 두터운 승려가 누구인지 수소문했다.

"전하, 여기 몇몇 승려들의 신상이 있사온데, 그 중에 편조

遍照라는 기이한 승려가 있사옵니다. 그는 오랫동안 전국 방방곡곡을 떠돌아다니며 도를 닦는 수도승으로 청한거사清閑居士라 불리옵니다. 특이한 것은 애나 어른이나 할 것 없이 그가 나타나기만 하면 거부감 없이 쫓아가서 이것저것 대소사를 어찌 처리해야 좋을지를 묻는다고 하옵니다. 그러면 어느 곳에서든지 이야기를 들어주고 처방을 알려준다고 하옵니다. 그 승려는 본래 경상도 밀양 영산현이 고향인데 출가하여 편조라는 이름을 얻었다 하오며, 그의 아버지는 누군지 모르지만 어머니는 그 고을에 있는 옥천사玉川寺라는 절의 노비였다고 하옵니다. 아마 권세가가 그 노비를 범해 낳은 것 같사온데 아비의 도움으로 승적에 오른 듯하옵니다. 그런 관계로 그는 다른 승려들로부터 따가운 눈총을 받아 외톨이처럼 산방에서 공부에만 열중하였는데, 그 결과로 상당한 지혜를 얻게 되었고, 세상을 알기 위해 전국 곳곳을 떠돌아다니며 만행萬行을 한다 하옵니다."

"그래? 그 승려를 데려 오도록 하라."

며칠 뒤, 허름한 옷차림의 편조는 공민왕을 알현하였다.

"거사를 보고자 한 것은 삼한을 돌아다니며 백성들을 많이 보듬어준다 하기에…. 그래, 이 나라의 백성들이 어찌 지내고 있던가?"

"소승이 무엇을 알겠사옵니까? 그저 발길 닿는 대로 다니다가 어려움을 호소하는 백성들이 있으면, 짧은 식견으로 몇 마디 들려줬을 뿐이옵니다."

"그때마다 백성들이 하는 말이 있지 않았겠느냐? 과인은 그 말을 듣고 싶은 것이다."

"전하, 본 대로 들은 대로 아뢰겠나이다. 나쁜 것을 아뢰어도 노여워 마시고 굽어 살피시옵소서. 백성들은 100년 가까이 원나라의 갈취와 권문세족들의 가렴주구苛斂誅求에 죽을 날만 기다리는 사람들이 부지기수로 차마 눈 뜨고 보기가 어렵사옵고, 그들의 원망은 하늘을 찌르고 있사옵니다. 악에 받쳐 새로운 세상이 오기만을 고대하고 있는 것이 사실이옵니다."

"백성들이 과인을 몹시 원망하고 있겠구나. 그들을 어찌 구해야 한다고 보느냐?"

"물은 고여 있으면 썩기 마련이옵니다. 조정에 득실거리는 썩어빠진 권문세가들을 모두 잘라내고 새로운 사람으로 바꿔야 하옵니다."

"허허. 그 많은 사람들을 쳐내면 어디서 새로운 사람을 찾을 수 있단 말이더냐?"

"한꺼번에 모두 쳐낼 수는 없는 노릇이옵니다. 먼저 썩은 기둥을 잘라내고 서서히 곁가지를 쳐내야 하옵니다. 그리하면 신진 인사들은 그들과 거리를 두게 될 것이고, 새로운 세력 집단을 형성할 것입니다. 그때 전하께서 그들에게 힘을 실어주면 자연스럽게 권문세가들은 쇠하게 될 것이옵니다."

"허허. 그렇군. 나라 밖의 사정은 어떻다고 보느냐?"

"중원 대륙에는 새로운 기운이 강하게 솟아오르고 있사옵니다. 주원장이라는 사람이 100여 년 동안 쌓인 한족의 한을 불러일으켜 불같이 타오르는 기세로 거대한 세력을 형성하고 있사옵고, 원나라는 머지않아 그 기운이 다할 것이옵니다. 차제에 우리도 중원의 움직임에 촉각을 세우고, 새로운 세력과 교류를 터야 할 것으로 아옵니다."

공민왕은 편조의 거침없는 말투와 국내외 정세를 꿰뚫고 있음에 감탄했다. 그는 도를 얻어 욕심이 적고, 출신이 미천하여 권문세족과 연결이 없는데다 결단력까지 있어 보였다. 공민왕은 흡족한 듯 만면에 미소를 띠며 말했다.

"종종 궐에 들어와 과인에게 지혜를 좀 나눠주시오."

그날 이후 공민왕은 간간히 그를 불러 국사에 관해 허심탄회하게 의견을 나누며, 그가 부패한 조정을 바로잡을 수 있을 것이라는 믿음을 가지게 되었다.

유택(幽宅)을 지어라

    공민왕은 편조를 만난 이후 점차 마음의 안정을 찾아갔다. 그런데다가 중전마마가 결혼한 지 14년 만에 애타게 기다리던 자식의 출산을 앞두고 있었으니 이보다 더 큰 기쁨이 어디 있겠는가. 왕실의 축복이고, 나라의 경사였다.

    사행은 지금이 민심을 다독일 계기라 판단하고 조심스레 옥에 갇혀있는 죄인들의 사면을 주청하였다.

    "전하, 나라의 경사인 세자마마가 곧 태어날 것인데, 세자마마의 홍복을 위하여 사면을 단행하심이 어떠하실런지요?"

    "그거 좋은 생각이로구나."

    공민왕은 이튼 날 도첨의시중에게 명하여 도당에서 사면의 방법을 논의토록 하되 죄목별로 선별하여 2급 이하의 죄인들을 모두 풀어주도록 하였다. 그 결과 개경의 민심은 다소 우호적인 변화를 보였다. 이를 보고 시중은 대전에 들어 백성들이 감읍感泣한다는 보고를 하였다. 이때 대전내관이 만면에 웃음을 머금고 다급히 아뢰었다.

"전하, 중전마마께서 산실청으로 거처를 옮겨 진통을 하고 계시다 하옵니다."

"뭐라? 산실청으로 옮겼다고? 하하하. 이제 세자를 보게 될 모양일세. 시중."

"전하, 경하드리옵니다."

시중이 나가자 공민왕은 조급한 마음에 대전에 앉아 있지 못하고 정원으로 나왔다. 정원에는 개나리와 진달래가 꽃망울을 터트려 봄의 기운이 가득 퍼지고 있었다.

공민왕은 거닐며 생각에 잠겼다. '어떻게 생겼을까? 나를 닮았을까? 중전은 괜찮을까? 세자를 위해 무엇을 할까? 백성들에게는 어떻게 알릴까?' 공민왕은 궁금증과 신비로움, 기대 등으로 행복감에 젖어 얼굴에는 정원에 꽃들이 꽃망울을 터트리듯 미소가 가득했다.

저만치 떨어져 따르는 대전내관은 언제 하명이 있을지 모를 때를 대비하여 궁녀들에게 빨리 산실청의 소식을 알아오라는 눈치를 주었다. 그러나 가져오는 소식은 아직 진통이 계속되고 있다는 말만 되풀이할 뿐이었다.

두어 식경이 지나도 출산소식이 없자 공민왕은 대전내관을 다그쳤다.

"야, 이놈아. 출산이 이리도 힘든 것이더냐?"

"전하. 저는……."

"그렇지. 네 놈은 알 수가 없지. 그래도 그렇지. 대전내관이란 놈이 그걸 모르면서 어찌 내 곁에 있단 말이냐?"

그때 산실청 궁녀가 허겁지겁 달려와 대전내관에게 귓속말로 뭔가 속삭였다. 순간 대전내관은 사지를 벌벌 떨며 아뢰었다.

"전하! 이를…."

"야, 이놈아, 답답하다. 뭔 일이더냐?"

"전하. 어서 산실청으로 납시옵소서. 중전마마께서 난…난산이라 하옵니다."

"뭐라고? 난산?"

공민왕은 허겁지겁 산실청으로 뛰다시피 발걸음을 옮겼다. 산실청 앞에 줄지어 서서 왕을 맞이하는 어의와 나인들은 새파랗게 질려 벌벌 떨고 있었다.

어의가 아뢰었다.

"아뢰옵기 황공하오나 마마께서 난산으로 사경을 헤매고 있어 여러 방도를 다 취했사오나 아직도 효험이 나타나질 않고 있사옵니다. 죽여주시옵소서."

공민왕은 순간 현기증으로 휘청거렸다. 그러나 정신을 바짝 가다듬고는 부랴부랴 산실청으로 들어가 기진맥진해 있는 중전의 손을 덥석 잡고 소리쳤다.

"중전! 중전! 정신을 차리시오."

"……."

"어의는 무엇하고 있느냐? 중전을 살려내지 않고…. 이대로 보낼 수는 없다. 어서 손을 써 보거라."

어의는 이미 할 수 있는 방법은 다 동원해 보았던 터라, 허둥대며 마마의 얼굴만 들여다 볼 뿐이었다.

"내 전생에 무슨 죄가 있어, 하늘이 나를 도와주질 않는단 말이더냐!"

공민왕은 사경을 헤매고 있는 중전을 들여다보며 자책했다. 그러다가 다급히 내관을 불렀다.

"즉시 사찰에 전하여 중전이 생기를 찾을 수 있도록 불공을 드리라 이르고, 지난번에 풀려나지 않은 죄수를 모두 방면하라 이르라."

중전은 이승과 저승을 오락가락 하며 정신을 잃지 않으려고 부단히 애를 쓰는지 손가락을 움직이기도 하고, 때로는 눈꺼풀이 움직이기도 했다. 그러나 두어 식경이 지나면서 몸은 점점 더 늘어져가고 숨을 몰아쉬기 시작했다. 공민왕은 무릎을 받쳐 중전을 안았다. 그때 중전이 힘겹게 실눈을 뜨더니 뭐라 말을 하려는 듯 입가의 근육이 움직였으나 아무 소리도 들리지 않았다. 공민왕이 얼른 귀를 입 가까이 대자 모기소리만한 소리가 들렸다.

"전~하, 우리 아가~."

중전의 눈에서는 눈물이 주르르 흘러내렸다. 그리고 한 차례 공민왕이 잡은 손에 힘을 주는가 싶더니 이내 힘없이 놓고 말았다.

"중저언~!"

공민왕은 비명을 질렀다. 그리고는 숨 죽여 흐느꼈다. 한참이 지나 공민왕은 중전을 품에서 조심스럽게 내려놓았다. 시립해 있던 여관女官이 조심스럽게 중전을 받들어 머리를 동쪽으로 눕히고, 입과 코 위 사이에 고운 햇솜을 얹었다. 솜은 미동도 하지 않았다.

"중전마마!"

여관이 엎드려 곡哭을 했다. 나인들도 곧바로 엎드려 곡을 했다. 이 소리에 중전을 모셨던 내관은 즉시 중전의 평상복 저고리를 받쳐 든 후 사다리를 타고 지붕으로 올라가 용마루를 밟고 서서 왼손으로는 옷깃을 잡고 오른손으로는 옷의 허리를 잡고, 북쪽을 향하여 흔들며 초혼을 불렀다.

"중궁복中宮復! 중궁복! 중궁복!"

내관의 손을 떠난 옷은 마치 혼이 떠나가는 양, 지붕 위를 자유롭게 날아다니더니 아래로 내려왔다. 이를 지켜보던 여관女官이 옷을 함函으로 받아 안으로 가지고 들어가 중전의 대행代行(왕비가 죽은 뒤 아직 시호를 정하기 전의 호칭) 위에 덮었다. 궁궐은 온통 울음바다로 변했다.

공민왕은 시중을 불러 엄숙히 장례를 치르도록 명하였다. 이에 시중을 중심으로 도당에서는 빈전도감殯殿都監·국장도감國葬都監·조묘도감造墓都監을 설치하고, 산소영반색山所靈飯色·법위의색法威儀色·상유색喪帷色·이거색輀車色·제기색祭器色·상복색喪服色·반혼색返魂色·복완색服玩色·소조색小造色·관곽색棺槨色·묘실색墓室色·포진색舖陳色·진영색眞影色 등 13개 분과를 설치하고 장례 준비를 하였다.

한편 공민왕은 식음을 전폐하고 밤낮으로 중전의 혼이 돌아오기를 기다리며 사흘 동안 곁을 떠나지 않았으나 중전은 끝내 돌아오지 못하는 강을 건너고 말았다.

무거운 침묵이 흐르는 빈전에서는 머나먼 저승길을 떠날 중전을 위해 습襲과 반함飯含을 하고 있었다. 내의녀 다섯이 들어와 한 명은 향탕수, 또 한 명은 불린 쌀과 버드나무로 만든 숟가락, 그리고 한 명은 진주가 담긴 보석함을 정갈한 그릇에 받쳐 들었다. 그리고 나머지 두 명은 깨끗한 솜을 향탕수香湯水로 적셔 중전의 몸을 깨끗하게 목욕시키고 새 옷으로 갈아입힌 다음, 베개를 빼어 입을 벌려 받쳐 들고, 쌀을 버드나무 숟가락으로 떠서 입의 오른쪽에 넣으며 백 석이요, 왼쪽으로 넣으며 천 석이요, 가운데로 넣으며 만 석이요라고 외쳤다. 그리고 난 후 진주함에서 진주를 꺼내 다시 입 속으로 넣어 머나먼 저승에 도착할 때까지의 양식과 노자路資를 드렸다.

내의녀가 나가자 또 다른 여관女官이 들어와 깨끗하게 준 비된 평상에 대행을 모신 후, 그 앞에 명정銘旌(붉은 천에 흰 글 씨로 죽은 사람의 관직이나 성명 따위를 적은 조기)을 설치했다. 그리 고 제상祭床을 차려 왕족과 대신들이 습전襲奠(죽은 후 처음 올 리는 제사)을 올렸다.

이틀 후 영전에서는 소렴의식이 진행되었다. 여관들이 대 행 앞에서 경건하게 인사를 올리고는 깨끗하게 준비된 소렴 상에 눕혔다.

소렴상 위에는 먼저 깨끗한 자리를 깔고 그 위에 하얀 지 금地金(시신 밑에 까는 요)을 펴 놓은 다음, 그 위에 속포束布를 일곱으로 나누어 놓고, 장포長布를 길이로 깔아 놓은 다음 대 행을 모신 후 여관은 소렴상을 가운데 두고 좌우 2명씩 나누 어 서서 조심스럽게 수의(원삼, 원삼끈, 속치마, 겉치마, 복건, 악수, 오낭, 천금, 지요, 베게, 멱목, 손싸개, 버선, 겉저고리, 속저고리, 허리띠, 댓님, 턱받침, 장메, 족두리)를 아래로부터 위로 올라가면서 입혔 다. 수의를 입힐 때는 왼편으로부터 여미되 고름은 매지 않 고, 손은 악수로 포개 배 위에 바르게 올려놓았다.

다시 살아나기를 바라는 마음으로 대행을 묶지도 않고 얼굴을 덮지도 않았다. 그리고 빈전에 영좌靈座(혼백이나 신위를 모셔 놓은 자리)를 마련하고 혼백魂帛(신주를 만들기 전에 임시로 모시나 명주를 접어 영위를 모시어 놓은 자리에 봉인하는 신위)을 모셨다.

이틀이 또 지나도 중전은 살아나지 못했다. 빈전도감에서는 대렴大斂을 시작했다. 소렴 때 씌우지 않은 눈에 명건命巾을 싸매고, 폭건과 두건을 씌운 다음 이불로 고르게 싼 후, 장포 두 끝을 찢어서 각각 매고, 속포로 묶은 다음 끊어서 속포 한쪽 끝을 세 갈래로 찢어 아래서부터 차례로 일곱 마디를 묶어 올라갔다. 그리고 다시 아흔 벌로 준비된 의관을 소렴과 같은 절차로 하고 재궁梓宮(관)에 안치하였다. 먼저 깍은 손톱, 발톱을 담은 주머니와 평소 중전이 좋아하던 소장품도 함께 귀퉁이에 넣었다. 재궁은 안벽과 바깥 대관大棺으로 된 2중관이었다. 입관을 마친 시신 위에는 천금天衾(시신 위에 덮는 이불)을 덮고 관 뚜껑을 닫은 후 나무못을 박아 고정시켰다. 그리고 그 위에 명정을 쓴 관보를 덮어 모신 뒤 중전이 생전에 좋아하던, 왕이 직접 그린 그림으로 만든 병풍으로 가리고 영상靈床을 설치했다.

왕실에서는 모두 성복成服(정식으로 상복을 갈아입는 일)을 하고, 제물을 차려 올린 후 조석으로 곡을 하고, 제(상식)를 올렸다. 그리고 신료들을 비롯한 사신들의 문상을 받았다.

찬성사 최영崔瑩이 건강을 염려하여 거처를 옮기시라 몇 차례 청함에도 '내가 생전에 중전과 항상 같이 있기로 맹세를 하였는데 어찌 내 한 몸 편하자고 약속을 어기겠느냐. 절대 그렇게 할 수 없다.'며 뿌리쳤던 공민왕은 그제야 거동을 시작했다.

　공민왕은 조묘도감 판사인 판내시부사 사행을 비롯한 각 도감의 판사 그리고 왕사를 대동하고, 전부터 예부에서 추천했던 길지吉地, 봉명산 무선봉으로 향했다. 나지막한 능선에 올라 이리저리 지형을 살피던 공민왕은 숨을 돌리고 앞을 내다보며 지관에게 물었다.

　"이곳이 어떠하냐?"

　"전하, 이곳은 풍수로 보아 용龍, 혈穴, 사砂, 수水, 향向이 완벽한 명당보국이옵니다."

　"용龍, 혈穴, 사砂, 수水, 향向이라니?"

　"송나라 풍수의 대가 호순신이 지은 '지리신법'에 기록된 내용으로 용龍은 산의 능선(맥)으로 지기가 흐르는 선을 말함이며, 혈穴은 용맥으로부터 모인 땅을 말하는데 이는 생기 넘치는 용에서만 결지하기 때문에 이곳을 명당이라 하는 것이옵니다. 그리고 사砂는 혈의 생기가 흩어지지 않도록 주변을 감싸고 있는 산으로 묘지에서 앞을 바라보고 섰을 때, 뒷산을 현무, 앞산을 주작, 좌측 산을 청룡, 우측 산을 백호라 부르옵니다. 수水는 용과 혈의 지기를 보호하고 인도하고 멈추는 역할을 하는 것으로 용맥이 멈추어 혈을 맺으려면 반드시 앞에 물이 있어야 하기 때문에 매우 중요하게 여기옵니다. 향向은 햇볕을 받아들이고 경관을 나타내는 공간을 이르는 것이온데, 양지바르고 경관이 수려한 곳을 보는 것이옵니다."

"그래, 이곳이 좋겠다. 판내시부사, 네가 이곳에 과인과 중전의 유택幽宅을 직접 지어라. 과인은 세상에서 가장 아름다운 유택을 만들어 중전을 위로하려 한다."

"전하. 신명을 바치겠나이다."

이후 사행은 묘지 조성에 전념하였다. 고국으로 돌아와 본업과는 다른 판내시부사로서 임명되어 왕궁을 관리하는 일을 해 오다가 이제 본업인 토목건축공사를 하게 된 것이었다. 사행은 원 황실에서 일개 태감으로 죽어야 할 자신이 꿈에도 그리던 고국으로 돌아올 수 있게 기회를 만들어준 은인 왕과 중전마마가 함께 할 유택을 마련하는 일이라 절로 마음이 우러났다.

"이 세상에서 가장 아름다운 유택이라…."

사행은 급히 연경에 있는 천난생에게 황제들의 능역 공사에 관한 자료를 긴급히 수집하여 보고토록 하였다. 그리고 자신은 삼한시대부터 이어져 내려온 왕들의 묘역에 관해 자료들을 살펴보는 한편, 선왕들의 묘역을 직접 찾아가 관찰하였다. 그리고 모든 자료를 종합하여 앞으로 조성할 유택을 그림으로 그려 아뢰었다.

"중원에서는 진나라의 시황제부터 전한시대까지는 황릉을 크게 조성하는 관습이 있었는데, 그 이유는 살아있었을 때의 생활모습을 지하에 구현하려했기 때문이옵니다. 그러던 것이 후한 말기에 들어서면서 불교의 영향으로 규모가 축소되거나 화장을 하여 사리만을 모시는 탑으로 대체되기도 하였사옵니다요. 그러나 이 풍습은 당나라가 전국 통일을 이룩하면서 그 위업을 기리기 위해 다시 대규모의 황릉 조성이 재현되었사옵니다. 다른 점은 진대에서는 황제릉 옆에 대신이나 귀족의 무덤을 조성하였던 것에 반해 당대에서는 호랑이나 석양 등 12지신의 석물을 세웠다는 것이옵니다.

능의 조성사업은 대규모 공사이기 때문에 대부분 황제가 등극하면 곧바로 자신이 묻힐 능을 조성하는 사업을 시작하였사옵니다. 이는 많은 조세와 부역으로 백성들은 고초가 많았을 뿐 아니라, 국고가 바닥이 나서 나라가 무너지는 결과를 초래하는데 한 몫을 하여 당나라의 뒤를 이어 들어선 송나라에서는 당의 그런 폐해를 되풀이 하지 않기 위하여 묘지의 규모를 대폭 축소하는 한편, 사후 7개월 이내에 안장하는 것을 법제화하여 백성들의 고초를 덜어주었으며, 풍수설에 의존하여 남향으로 조성하였사옵니다.

송나라의 뒤를 이은 지금의 원나라에서는 황제가 사망하면 몽골의 풍습을 따라 평원으로 옮겨 밀장密葬을 하여 무덤이 어디에 있는지 알려진 것이 없사옵니다."

"그래? 얼마나 크게 조성하였기에 백성들이 견디기 어려울 정도의 폐해가 되었다는 것이더냐?"

"진이나 한, 당에서는 대부분 평지에 조성하였는데, 진시황제의 능은 살아생전 생활하던 모습을 그대로 재현하기 위해 엄청난 역사를 벌였사옵니다. 능의 하단부 길이가 남북이 약 1,280척(384m), 동서가 약 1,583척(475m)이나 되는 방형 토대로 만들었으며, 그 높이는 무려 263척(79m)이나 되었사옵니다. 이 능을 만들기 위해 진시황은 즉위한 지 얼마 되지 않아 연 인원 70만 명씩을 동원하여 38년간 조성했다고 전해지옵니다."

"삼한에서는 어떻게 했더냐?"

"고구려왕들의 무덤은 대체적으로 매장을 기본으로 하여 지하 또는 지상에 연도(들어가는 길)와 전실前室, 주실主室, 측실側室로 구성된 횡혈식 석실을 만들고, 벽면에 석회를 발라 면을 고르게 한 다음 평소에 생활하던 모습을 그려 넣고, 그위에 석판을 덮은 다음 봉분을 만드는 방식으로 새로운 생활의 시작이라는 것을 나타낸 것이 후대 중원의 형태와 유사하옵니다.

신라왕들의 무덤은 돌무지 덧널식으로 평지에 광을 파고 그곳에 나무덧널을 만들어 그 안에 시신을 안치한 후, 나무 덧널 위에 돌무지를 둥글게 쌓고 흙으로 둥글게 봉분을 쌓았사옵니다. 그리고 봉분 둘레에는 12지신 상이 새겨진 병풍석屛風石을 사용하고 돌난간을 만들었는데 지금도 그 묘제가 이어지고 있사옵니다. 선왕들의 묘제를 보면, 신라와 송대의 제도를 절충하여 봉분을 둥글게 하고, 봉분 앞과 주위에 석물을 사용하는 제도를 취하고 있사옵니다."

"그래, 어떻게 만들려 하느냐?"

"당나라와 신라, 고구려의 제도의 좋은 점만을 취하여 지하에 석실을 만들어 중전마마께서 평소에 생활하시던 침전처럼 아늑하게 만들고, 명기明器(무덤 속에 시신과 함께 묻는 식기, 악기, 무기 등의 기물)를 그대로 생전과 동일하게 배치하여 이승과 저승이 따로 없이 하나가 되도록 할 것이옵니다. 내부는 밖으로부터 들어가는 통로와 중전마마가 계실 주실을 구분하여 꾸미되 통로는 길이를 30척(9.1m), 넓이를 7척(2.04m), 높이를 6척(1.82m)으로 만들고, 마마가 계실 곳은 사방 10척(3m), 높이는 6척(1.82m)의 석실로 조성하고 한가운데에 1자 높이로 된 사각의 널(석단)을 놓아 그곳에 마마가 누워 쉬시도록 할 것이오며, 바닥에는 박석을 깔아 청결을 유지하고,

천정은 판돌로 덮을 것이옵니다.

외부는 능선을 최대한 살려서 자연스럽게 3단으로 만들되 윗 단의 넓이는 동서 130척(약 40m), 남북 80척(약 24m)로 하여 분묘를 2기로 만들 것이오며, 분묘의 간격은 1.5척(약 0.5m)로 하고, 1기의 묘는 폭을 45척(약 13.7m), 높이는 22척(약 6.5m)으로 하여 위엄을 보이도록 둥글게 봉분을 쌓도록 하겠사옵니다. 그리고 봉분의 흘러내림을 방지하고 사악한 것들이 침투하지 못하도록 봉분 하단에 20척(0.7m) 높이로 12지신상과 연꽃이 새겨진 병풍석을 12조각으로 두를 것이옵니다. 또한 약 1.5척을 띄어 난간석을 두르고, 병풍석과 난간석 사이 바닥은 사악한 것들과 물이 스미지 않도록 잘 다듬어진 박석을 깔도록 하겠사옵니다.

분묘 앞 중앙에는 영혼이 나와 쉴 수 있는 혼유석 한 쌍을 놓고, 혼유석 좌우측에는 나쁜 기운이 들어오지 못하도록 망주석 한 쌍을 세우며, 망주석 뒤편으로 석호와 석양을 한 쌍씩 배치하여 능을 지키도록 할 것이옵니다. 분묘 뒤쪽으로도 석양과 석호를 번갈아 배치하여 사악한 기운의 침입을 막도록 할 것이옵니다."

"또 이것은 무엇이더냐?"

"그것은 두 번째 단으로 윗 단에서 1.5자 아래로 턱을 만들어 분묘 중앙에 한 쌍의 석등을 설치하고, 좌우로 두 쌍의

문인석을 설치할 것이옵니다. 세 번째 단은 두 번째 단에서 또 1.5자 턱을 두어 좌우에 무인석 두 쌍을 설치하여 문무 관료들이 모시도록 하고, 맨 하단 지역은 뜰처럼 넓은 공간을 만들도록 하겠사옵니다.

그리고 그 아래는 본래의 능선 흐름을 유지하면서 7단으로 만들어 중앙에는 어도를 설치하며, 어도 좌우에는 나무와 꽃을 심어 화려하게 조성할 것이옵고, 능선 맨 하단부 평면에는 위로부터 내려오는 어도와 연계하여 홍살문까지 중앙에 삼도三道를 만들 것이옵니다.

뿐만 아니라, 능선 하단부 어도 중앙 우측으로는 정자각과 비각을 세우고, 반대편에는 제례가 끝난 뒤 제물을 묻거나 축문을 태워서 묻는 망료위望燎位를 두고, 그 옆으로 산신석山神石(장례 후 3년 동안 산신에게 제사지내는 곳)을 배치할 것이옵니다. 또 능 조성이 완료되면 주변에는 잡목을 제거하고, 기품 있는 소나무를 심어 사철 푸름을 유지토록 하겠사옵니다."

"얼마나 걸리겠느냐?"

"기본적으로 유택만을 조성하는 데는 1개월이면 될 것이오나 묘역 주변정리까지 완성하려면 족히 수개월이 걸릴 것이옵니다."

"음! 그렇겠지. 일단 장례를 치를 수 있도록 유택을 먼저 준비하고, 그 뒤 묘역정리는 다시 생각해 보라. 그리고 묘실 내부에는 나와 중전의 혼이 드나들 수 있는 통로를 만들도록 하라. 그리고 묘를 두를 병풍석과 난간석에 쓰일 12지신상은 내가 직접 그려줄 것이니, 그 모양대로 조각하도록 하고, 또한 석실 내부에도 내가 직접 그림을 그려 넣을 것이니 그리 준비하도록 하여라."

"분부 받들겠사옵니다. 하온대 전하! 한 가지 아뢸 것이 있사옵니다."

"그래! 뭔가?"

"그 동안 중전마마는 황실의 지지를 이끌어온 분이십니다. 그런데 이렇게 망극罔極한 일을 당하여 황실의 지지가 흔들릴 수도 있사오니 위왕을 위무慰撫할 방책을 강구하심이 좋을 듯하옵니다."

"음, 그래 무엇을 생각했느냐?"

"사신을 보내 직접 위무를 하는 방법도 있사오나, 중전마마의 혼백을 모시는 것을 소홀히 하지 않아야 할 것이옵니다."

"그래. 과인도 생각해 둔 것이 있으니 때가 되면 알게 될 것이니라."

대전을 나온 사행은 곧바로 봉명산 무선봉 아래에 임시거처를 짓고 묘지조성에 착수하였다. 지관과 함께 무선봉에 올라 세심하게 지형을 살피고는 좌우 산과 남쪽 진산의 기가 한 곳으로 모이는 혈穴을 찾아 남과 북, 동과 서에 표목標木을 하고 줄을 띠어 좌우에 두 기의 분묘가 들어갈 수 있도록 충분한 공간을 설정하였다. 그리고 곧바로 준비해온 술과 포, 혜를 남쪽에 진설하고 사토제祠土祭를 올리고 난 후, 술을 사방에 뿌려 토지신을 위무하였다.

사토제가 끝나고 공사는 곧바로 시작되었다. 지방 관아에서 차출되어 온 최고의 토목기술자와 역부들로 하여금 열흘이 넘도록 잡목을 베어내고 뿌리를 캐내는 등 묘역 기초정리를 끝냈다.

사행은 한 숨을 돌리며 앞을 내다보았다. '누구나 한번 왔다 돌아가는 삶인데 가는 길이 험하지 않기를 바라는 것이 인지상정人之常情 아니던가. 이렇게 좋은 곳으로 돌아간다면, 그나마 가는 길이 편안하지 않을까?' 사행은 삶과 죽음에 대한 생각으로 한동안 시간이 가는 줄 몰랐다.

"부사님, 부사님! 다음 작업을 일러 주십시오?"

역부가 묻는 소리에 제정신으로 돌아온 사행은 역부들을 다시 세 부류로 나누었다. 한 부류는 현궁(玄宮. 광壙)을 파고, 또 한 부류는 묘역 입구(홍살문, 정자각, 비각, 입구 광장)를 만들고 나머지 부류는 능선 하단부로부터 묘지까지 오르는 비탈을 정리하는데 투입하였다. 또한 석수들에게는 운반해온 화강석을 병풍석, 문인석, 무인석, 석호, 석양, 축대를 만들 크기대로 자르는 작업을 지시하였다.

한편, 공민왕은 빈전殯殿에서 붓을 잡고 생전의 중전 모습을 떠올리고 있었다. 중전은 연경에서의 어린 시절을 이야기할 때는 천진난만한 얼굴을 하고, 자기에게 처음 그림을 배울 때는 부끄러워 귓볼을 붉히고, 혼인을 하여 왕후가 되어서는 어엿한 국모로서 품위를 유지하고 있었다. 그런 중전과의 추억들은 붓끝에서 다시 살아나 화선지에 하나하나 12지신으로 날아다녔다.

공민왕은 그림이 구겨지지 않도록 한 장 한 장 비단에 같이 말아서 내관을 통해 봉명산으로 보냈다. 사행은 이를 무릎을 꿇고 두 손으로 받아든 뒤, 그림을 펼쳐 놓고 석수들을 불러 병풍석에 본을 떠서 정성껏 새기도록 지시를 하였다.

석수들은 사행의 빈틈없는 지시와 충성스런 마음에 감동하였는지 망치질 하나하나에 온 정성을 다하였다. 그렇게 병풍석과 난간석, 혼유석, 장명등, 망부석, 문인과 무인석, 석양과 석호 등 필요한 석물들이 만들어지는 사이 석실이 들어설 광壙이 완성되었다. 대전내관이 이 소식을 아뢰자 공민왕은 묘역으로 행차하였다. 미처 찬 기운이 다 가시지 않은 봉명산 무선봉 자락은 소음과 공사로 엉망진창이었지만, 아랑곳 하지 않고 성큼성큼 능선을 오른 공민왕은 바닥을 드러낸 현궁자리를 내려다보면서 '이 차가운 곳에서 지내야겠구료!'하며 중얼거렸다.

공민왕은 가슴이 미어져왔다. '언젠가는 다시 땅으로 돌아가야 하는 것이 운명이지만, 이렇게 떠나는 것은 너무 가혹한 일이 아닌가. 전생에 무슨 업보가 있어 이렇듯 황망한 일이 닥쳤단 말인가!' 실타래 풀리듯 꼬리를 물고 이어지는 추억과 신에 대한 원망은 공민왕의 발길을 좀처럼 놓아주질 않았다.

곁에서 지켜보는 사행은 용안에 어리는 애절한 슬픔이 그대로 자신의 가슴을 눌러 감히 숨조차 크게 쉴 수가 없었다. 그렇게 한참을 지나고 나서야 공민왕은 하명했다.

"판내시부사, 석실이 완성되면 과인이 직접 벽화를 그릴 것이야. 그리고 지난번에 일러두었듯이 중전의 방과 내 방이 연결될 수 있도록 서쪽 벽면에 창을 만들고 그 아래 유혼혈遊魂穴을 만들도록 해. 생전에 못다한 정을 여기서라도 나눠야지!"

공민왕이 환궁한 뒤 사행은 밤낮으로 공사를 독려하여 묘실을 비롯하여 각종 석물을 완성하였다. 이제 벽화만 그려지면 장례를 치룰 수 있게 되었다.

석실이 완성되었다는 보고를 받은 공민왕은 식음을 전폐하고 그 동안 화선지에 그림을 그렸다가는 찢어버리고, 또 다시 그렸다가 찢어버리기를 반복하며 완성한 그림을 가지고 봉명산으로 향했다. 묘역에 도착한 공민왕은 시종한 신료들에게 엄명을 내렸다.

"모두 듣거라. 내 하명이 있기 전까지는 그 누구도 이곳으로 들어오지 마라. 판내시부사, 붓과 물감은 네가 직접 챙기도록 하라!"

공민왕은 사행과 함께 현궁으로 들어갔다. 공민왕은 한동안 벽과 천청을 둘러보더니 붓을 잡고 동쪽에서부터 그림을 그리기 시작했다.

벽을 뚫어낼 듯 불을 뿜는 눈빛, 신들린 듯 손끝에서 춤을 추는 붓이 지나가는 자리마다 서서히 드러나는 형상은 중전을 떠나보내는 것이 너무나 아픈 나머지 저승에서라도 외롭지 않고 안전하게 지낼 수 있도록 보살펴주고 싶은 애틋한 마음을 나타낸 것으로 홀(笏. 신하가 임금을 만날 때 조복朝服에 갖추어 손에 쥐던 패)을 들고 구름 위를 떠다니는 12지신 형상을 한 신하들의 모습이었다.[24]

벽면의 그림이 완성되자 공민왕은 다시 천정에 그림을 그리기 시작했다. 완성된 그림은 하늘을 상징하는 해와 북두칠성, 그리고 세 개의 별이었다.

공민왕은 그림을 그리는 며칠 동안 잡귀가 들어오지 못하도록 몸과 마음을 정갈히 함은 물론이고 음식까지도 가렸다.

이를 지켜보던 사행은 공민왕의 지극한 사랑에 감복해 뜨거운 기운이 목구멍으로 치오르는 것을 느끼며 '하루를 살더라도 저런 사랑을 한 번 받아봤으면…. 아니 저렇게 지극히 사랑할 수 있는 사람이 곁에 있어줬으면' 하는 생각이 들었다.

그림을 완성한 공민왕은 눈에 띄게 수척해졌을 뿐만 아니라, 열병을 앓아 이틀 동안 꼬박이 어의의 보살핌을 받아야 했다.

중전이 유택으로 향하는 날.

공민왕을 비롯한 왕실 종친과 조정대신, 장례도감에 소속된 모든 사람들이 참석한 가운데 재궁梓宮을 꺼내기 위해 빈전을 여는 계빈의啓殯儀가 엄숙히 진행되고, 이어 대여大輿에 재궁을 올리는 일도 순조롭게 이루어졌다. 여기저기서 슬픔을 억누르고 있는 곡소리가 새어나오는 가운데 대여 앞에 집탁호군이 탁鐸(방울의 일종)을 흔들어 떠날 신호를 보내며 발인을 하자, 공민왕은 대여를 붙들고 오열하였다. 워낙 중전과의 사랑이 지극하여 백성들의 입에 오르내릴 정도로 애절했던지라 대여는 차마 한동안 움직이지 못했다. 이를 보다 못한 명덕태후가 공민왕을 겨우 뜯어 말리고서야 대여가 움직였다.

"가지 마오! 가지 마오! 공주!"

애간장을 끊어내는 공민왕의 비명이 전각에 부딪혀 부서지는 가운데 나인들의 곡소리가 궁궐 곳곳으로 퍼져나갔다. 대여는 중전이 생활했던 중궁전과 궐내를 천천히 돌아 오문 앞에서 멈춰 섰다. 대여가 내려지고 견전의遣奠儀(대문 앞에서 지내는 제사)가 진행됐다. 이를 끝으로 중전은 생전에 정들었던 궐을 떠나 영영 다시는 돌아올 수 없는 세상으로 가는 것이다.

궐문 앞에는 장례행렬을 보기 위해 이른 아침부터 모여든 백성들이 연도를 메우고 있었다.

발인행렬은 맨 앞에 행렬을 인도하는 개경윤開京尹이 서고, 그 뒤로 영정을 모신 가마, 보삽黼翣(검은색과 흰색이 반반 섞인 빛으로 자루가 없는 도끼 모양의 무늬를 수놓은 것으로 발인 때에 화삽과 함께 상여의 앞에 서며 하관할 때에 명정과 함께 묻는다)과 화삽畫翣(구름 모양의 구름 운(雲) 자를 그려 넣은 것. 구름은 하늘을 뜻하는 것으로 곧, 사람이 죽으면 영혼이 하늘로 올라가고 넋은 땅으로 떨어진다는 이야기에서 비롯된 것이며, 보삽과 함께 상여의 앞에 서며, 하관할 때 명정과 함께 묻는다) 의장이 한 쌍씩 서고, 그 뒤로 대여가 자리했다. 그리고 대여 옆으로는 집탁호군이 여덟 명씩 서고, 그 밖으로 여섯 명이 장막을 쳐서 외부 사람들이 볼 수 없도록 호위를 하였다. 대여 뒤로는 불삽黻翣(검은색과 청색이 반반 섞인 빛으로 '기(己)'자 두 개를 서로 맞대어 '아(亞)'자 모양을 띠고 있는 것이며, 발인 때에 상여의 뒤에 서고, 하관할 때에 명정과 함께 묻는 것) 의장이 한 쌍씩 섰고, 뒤를 이어 국장도감의 주요책임자, 호위군사, 각종 의장기와 의장물을 든 기수, 악대, 시책諡冊(시책문을 새긴 옥책이나 죽책), 시보諡寶(왕후의 시호를 새겨 넣은 도장), 향로 등을 모신 가마, 제기를 비롯한 각종 집기류를 실은 가마, 만장, 좁은 길을 지날 때 쓰는 견여, 대여, 관리들, 곡을 담당하는 나인 등이 따랐다. 그리고 맨 뒤에는 호위군과 기수대가 따랐다.

백성들이 뒤따르는 가운데 장례행렬은 중전이 살아생전 행차했던 곳에 머물러 노제路祭를 지내고, 오랜 시간 끝에 봉명산 무선봉 자락에 다다라 묘역 앞에 멈춰 섰다. 대여가 내려지고 문무관료를 비롯한 장례행렬이 모두 정렬한 가운데 엄숙하게 천전의遷奠儀(영면에 들기를 기원하는 의식)를 지냈다. 그리고 중전의 재궁은 호군들의 손에 들려 조성해 놓은 꽃길을 따라 능선 위에 있는 유택으로 안치되었다.

그렇게 장례가 끝나자 공민왕은 사행을 불렀다.

"이제부터 과인은 공주를 모실 영전을 짓도록 할 것이다. 그리고 공주가 있는 유택도 아름답게 꾸며나가도록 할 것이니 부사는 만반의 준비를 하라."

영공을 내치시옵소서

　장례가 끝나고 수일 뒤에 공민왕은 도당에 공주를 모실 영전의 건립을 하명하고 사행에게는 건립계획을 세워오라 하는 등 국사에 의욕을 보였다. 그러나 시간이 점차 흐르면서 의욕을 잃기 시작하더니 몇 개월이 흐른 뒤에는 밤낮으로 공주만을 그리워하며 아예 무기력증에 빠져 술로 모든 것을 잊으려 했다. 그러던 어느 날 공민왕은 만조백관들을 불러놓고 하명했다.

　"과인은 오늘 그 동안 나랏일에 관해 자문을 아끼지 않은 편조遍照를 왕사王師로 임명하고 일체의 정사를 내맡기려 한다. 그러니 신료들은 모두 그를 과인과 같이 대하라."

　"전하, 아니 되옵니다. 부처만 받들던 중이 어찌 나랏일을 할 수가 있겠습니까? 명을 거두어 주시옵소서."

　수시중 경칠승을 비롯한 신료들은 어이없는 하명에 잠시

할 말을 잃었으나 곧 정신을 차리고 명을 거두어 달라 청원했다. 이에 공민왕은 치솟는 화를 억누르며 '그가 도를 얻어 욕심이 없으며, 친당親黨이 없으므로 큰일을 맡길 만하다'며 신료들의 청을 모두 묵살하고는 자리에서 일어나 침전으로 향했다. 그리고 조용히 편조를 불러 정권을 맡아 국정을 개혁해 줄 것을 부탁했다. 편조는 수차례 사양하다가 공민왕의 진심을 떠보기로 마음을 굳히고 아뢰었다.

"전하, 일찍이 듣자오니 전하께서는 대신들이 많이 참소하고 이간함을 믿는다 하옵니다. 그렇게 하시면 그 누가 아무리 좋은 정책을 내놓아도 헐뜯는 이들의 참소를 믿어 내치실 것이 아니옵니까?"

"그런 일은 없을 것이니라."

"바라옵건대 대신들의 참소와 이간을 뿌리치기를 다짐하신다면 소승이 세간을 복리福利케 할 것이옵니다."

"이 자리에서 다짐하노라. 왕사王師는 과인을 구하고, 과인은 왕사를 구하고, 사생결단하여 사람의 말에 미혹함이 없을 것을 부처와 하늘에 증명할 것이니라."

공민왕의 다짐을 받은 편조는 정사에 뛰어들었다. 하지만 사사건건 대신들의 반발에 부딪혀 아무 것도 이룰 수가 없자 왕을 알현하고 '왕사의 직함만으로는 개혁을 성공적으로 추진할 수 없다'며 그 이상의 권한을 요구하였다. 이에 공민왕은 그를 진평후眞平侯에 봉하고, 정부의 최고 의결기관과 감찰기관, 종교기관, 음양천문관을 모두 관장하는 '수정리순논도섭리보세공신守正履順論道燮理保世功臣, 벽상삼한삼중대광壁上三韓三重大匡, 영도첨의사사領都僉議司事, 판감찰사사判監察司事, 취성부원군鷲城府院君, 제조승록사사提調僧錄司事, 겸판서운관사兼判書雲觀事라는 직함을 내려 자신과 대등한 정도의 권력을 부여하는 한편, 신돈辛旽이라는 속명을 내렸다.

모든 권력을 손아귀에 넣은 신돈은 자신의 행보에 거칠 것이 없어지자 자신의 세력기반 구축에 최대의 걸림돌이 되는 최영과 그의 추종세력, 그리고 개혁의 중심이 되었던 경칠승, 이윤수, 원칠성 등 문신들을 정치 일선에서 축출시키는 한편 사대부의 대부 이제덕을 무자비하게 탄핵하여 묶어두고, 그 동안 소외당했던 새로운 인물을 등용하여 자신의 측근으로 삼았다. 뿐만 아니라 왕의 눈을 가리기 위해 궁리 끝에 정치와 궁중 업무를 완전히 분리시켜 정무는 내재추內宰樞라는 새로운 조직을 만들어 본인이 장악하고, 궁중의 업무는 일체를 판내시부사 사행에게 일임하였다.

이로써 권문세가들이 독차지 하고 있던 권력을 일거에 빈껍데기로 만들어버리고, 자신을 통하지 않고는 그 누구도 왕을 대면하지 못하도록 족쇄를 채운 후, 전민변정도감田民辨正都監을 설치하고 민심 달래기에 나섰다.

"근래에 나라의 기강이 크게 무너져 탐욕스러움이 풍조가 되어 종묘, 학교, 창고, 사사寺社, 녹전祿轉, 군수전軍須田 및 사람들의 생활터전인 토지와 노비를 권력자들이 거의 빼앗았다. 이미 전법사에서 땅 주인에게 반환하도록 판결한 것도 그대로 가지고 있고, 양민을 노비로 삼고 있다. 주현州縣, 역리驛吏, 관노官奴와 백성 중 국역을 피하여 도망한 자들이 모두 권력자의 농장에 숨어버리고, 권력자는 크게 농장을 두고 있다. 이것이 백성을 병들게 하고 나라를 쇠하게 하여 하늘이 그 원통함에 감응하여 물난리와 가뭄이 초래되고 질병이 쉬지 않는다. 이제 도감都監을 두어 이를 다스리게 하되 개경은 15일, 지방은 40일을 한정하여 그 잘못을 알고 스스로 고치는 자는 죄를 묻지 않을 것이다. 기한이 지나 일이 발각되는 자는 규찰하여 다스릴 것이며, 거짓으로 고소하는 자는 도리어 죄를 줄 것이다."

포고문을 본 백성들은 그놈이 그놈이라며 피식거렸다. 그러나 신돈은 흔들림 없이 백성들이 억울함을 호소하는데 따라 사실여부를 조사하여 유력자들에게 빼앗긴 땅을 돌려주고, 양민으로서 노예가 된 사람은 본래의 신분으로 되돌려주며, 노예가 양민이 되기를 원하는 자에게는 양민으로 만들어주었다. 또한 나라의 인재를 모으기 위해 1회 시험으로 실시해왔던 과거제를 폐지하고, 원나라의 제도를 도입하여 향시鄕試(각 도에서 실시하는 초시), 회시會試(중앙과 지방의 초시에 합격한 사람이 개경에서 다시 보는 시험), 전시殿試(향시·회시에 이은 최종시험으로 과거의 당락은 회시까지로 결정하고 등차를 정하기 위해 왕 앞에서 보는 시험)의 3단계 시험으로 개혁하였다. 그리고 성균관을 중수하여 100여 명의 학생들을 사서재四書齋와 오경재五經齋로 그룹을 나눠 교육하며, 성리학을 나라의 관학으로 받아들였다. 개혁은 일부 권문세족들의 저항에 부딪치기는 했으나, 백성들은 환호하였다.

그렇게 권력기반이 다져지고 거칠 것이 없어진 신돈은 괴물로 변해가기 시작했다. 관료들이 바치는 뇌물을 받아 여러 채의 집을 마련하고 여자를 탐닉했다. 금욕생활은 그에게 번뇌의 불씨였다. 번뇌를 벗어나 해탈의 길로 나가는 것은 육신의 욕망을 채워나가는 것뿐이라 여기며, 사람이란 모두 여자의 몸에서 태어나는 것인데 이를 부정할 필요가 없다고 믿었다. 그런 생각에 사로잡힌 신돈은 억울함을 호소하는 자, 벼슬을 구하고자 하는 자들의 처첩들 중 미모가 아름다운 여자들을 닥치는 대로 집안으로 불러들여 육욕을 채웠다.

그 즈음 반야가 찾아왔다. 그녀는 과거에 신돈의 절로 찾아가 부모님의 극락왕생을 빌어달라고 했던 여인으로 워낙 미모가 뛰어난지라, 신돈이 한 눈에 반해 그녀를 꾀어 승려로 만든 다음, 반야라는 법명을 붙여주고는 자신의 여자로 만들어버린 사람이었다. 반야는 이후 정신적 충격으로 절을 떠났었는데, 그가 일인지하만인지상一人之下萬人之上의 자리에 올랐다는 말을 듣고 찾아온 것이었다. 신돈은 꿈에 그리던 사람을 만난 듯 반기며 그녀를 곧바로 첩실로 들어앉혔다.

그렇게 부족할 것 하나 없는 듯 보이는 신돈도 내심 커다란 걱정거리가 하나 있었다. 그것은 바로 공민왕의 마음을 어떻게 사로잡느냐 하는 문제였다. 그는 후사에 목말라 하는 공민왕의 환심을 사기 위해 공덕을 쌓아야 한다고 역설하며 새로운 절을 짓는 등 불교행사를 자주 열었다. 그래서인지 우연의 일치인지 연이은 흉년은 풍년이 들었고, 공민왕은 신돈에게 더 빠져들어 모든 일을 그가 하자는 대로 따랐다. 해마다 대사원 연복사演福寺에 비단을 둘러 수미산을 만들고, 그 둘레에 사자와 코끼리 등을 조각한 장대높이의 큰 촛불을 휘황찬란하게 밝히며, 진수성찬을 진열하여 놓고, 법요식을 성대하게 열었다. 이를 지켜보던 백성들은 왕이 신돈의 손아귀에 놀아나고 있다고 수군거렸다. 하지만 공민왕에게는 그런 소리가 전혀 들리지 않았다. 아니 들을 수가 없었다. 공민왕은 불교에 심취한 것이 아니라, 샤머니즘에 빠져버렸다.

사행은 신돈의 행태가 날이 갈수록 사악해짐을 보며, 더이상 묵인할 수 없는 정도에 이르렀다고 판단해 공민왕에게 간청을 드렸다.

　"전하, 항간에 떠도는 말들이 심상치 않사옵니다."

　"뭐라고?"

　"요즘 영공이 전하의 눈을 가리고, 나라의 주인 행세를 하는 요괴라 부르고 있사옵니다. 특히 지난 법요식에서 전하와 나란히 앉아 있는 것을 보고, 이 나라가 신돈의 나라가 되어 간다고 하옵니다. 굽어 살피시옵소서."

　"네 이놈! 과인이 네 놈을 어여삐 여겼거늘… 영전이나 빨리 완공할 일이지. 이 무슨 해괴한 망발이더냐!"

　"전하, 소신은 언제든지 죽을 각오가 되어 있사옵니다. 그동안 전하께서 보살펴준 은혜를 어찌 잊을 수가 잊겠사옵니까? 그래서 간청을 드리는 것이옵니다. 전하의 주변에 충성된 사람은 신 말고는 아무도 없사옵니다. 영공과 그를 따르는 자들을 쳐내야 하옵니다. 소신에게는 피붙이 하나 없이 오직 전하만이 있을 뿐이옵니다. 목숨을 내놓고 아뢰옵건대, 항간에 떠도는 민심을 살피시옵소서."

　"음….."

　공민왕은 사행의 말에 잠시 역정을 냈지만, 그가 나가고 난 뒤 깊은 시름에 잠겼다.

그 즈음 신돈도 고민에 빠져 있었다. 어떤 법요식을 한다고 아들을 얻을 수 있겠는가. 그는 자신이 쳐 놓은 덫에 스스로 걸려들고 있음을 느끼고 빠져나갈 궁리를 하기 시작했다.

"전하, 성심聖心이 어지러울 터인데, 저희 집으로 한번 모실까 하옵니다. 윤허하여 주시옵소서."

"그거 좋구먼!"

며칠 뒤, 공민왕은 신돈의 집으로 향했다. 정성스럽게 준비한 연회는 공민왕의 마음을 사기에 충분했다. 신돈은 온갖 달콤한 말로 분위기를 띄우며 금배에 미주를 올렸고, 기분이 좋아진 공민왕은 권하는 대로 마셔댔다. 취기가 오른 것을 확인한 신돈은 소피를 핑계로 잠시 자리를 비우고 밖으로 나갔다 들어왔다. 그리고 잠시 뒤, 미색이 출중한 여인이 특별한 안주를 받쳐 들고 연회석에 나타났다. 순간 공민왕은 자신의 눈을 의심했다. 그토록 기다리던 공주가 서 있는 것이 아닌가. 잠시 착각에 빠졌던 공민왕은 정신을 차리고 여인을 곁에 앉혔다. 여인은 은쟁반에 옥구슬 구르는 소리로 전하의 만수무강을 기원한다며 공손히 금준미주金樽美酒를 올렸고, 공민왕은 몇 차례 받아 마신 후, 여인의 손을 잡아끌었다. 이를 본 신돈은 빙그레 미소를 지으며 슬며시 자리를 빠져나왔다.

그런 일이 있은 후 두 달이 지나 신돈은 대전에 들어 귀가
번쩍 뜨이는 소식을 아뢰었다.

"전하! 경하드리옵니다. 반야가 수태를 하였사옵니다."

"영공, 반야가 누구냐?"

"전하께서 소신의 집에 기거하셨던 날, 곁에서 모셨던 여
인이옵니다."

"하룻밤에도 만리장성을 쌓는다고는 하지만… 그럴 리가
있겠느냐?"

"신이 어찌 거짓을 아뢰겠사옵니까? 그 여인은 반야라는
보살로 본래 양민의 자식이었사오나 어린 시절 권문세가의
횡포로 인해 부모가 노비가 된 것이옵니다. 신과 인연이 닿
은 것은 양광도를 만행萬行할 때, 어느 날 남루한 옷차림의
어린 아이가 신을 찾아와 살려달라며 끝까지 따라다녔사옵
니다. 그래서 어쩔 수 없이 가까운 사찰에 기거토록 해주었
는데, 얼마 전에 인사를 하러 찾아왔기에 잠시 집에 머물도
록 해주었사옵니다. 그리고 전하를 모시게 된 것이옵니다."

"어쨌든 과인의 씨를 수태하였다니 잘 보살펴 줘라."

신돈이 대전을 나간 뒤, 공민왕은 그 말을 믿어야 할지, 말
아야 할지 고민에 빠졌다. 반가의 규수도 아니고, 그의 집에
기거하고 있는 보살이라 하니… 도무지 그 태생을 믿을 수
가 없던 공민왕은 사행을 불렀다.

"영도첨의 집에 기거하는 여인의 태생을 살펴보라."

사행은 즉시 날렵하고 무술이 뛰어난 노걸단원을 선발하여 주야로 영공의 주변을 각별히 감시토록 하였다. 그러나 며칠이 지나도 아무 소식도 가져오지 못했다. 초조해진 사행은 고민 끝에 특단의 방책을 지시했다.

이틀 후, 신돈의 집에는 마당쇠 개똥이의 엄마가 찾아와 아들과 이야기를 나눈 뒤 보따리 하나를 주고 돌아갔다. 그리고 며칠 뒤, 신돈의 집에는 제법 덩치가 큰 체구에 허름한 옷차림의 먹쇠란 놈이 찾아들어 마당쇠와 같이 일을 하기 시작했다. 먹쇠는 뭐를 시키든 못하는 것이 없었다. 노비의 우두머리는 그런 먹쇠가 쓸모 있다며 자신의 측근으로 인정하였다. 그렇게 자리를 잡은 먹쇠는 틈나는 대로 다른 노비들과 어울리며 우스개로 그들의 마음을 사로잡았다. 그래서인지 그들은 먹쇠가 필요한 것이라면 뭐든지 도와주려 애를 썼고, 먹쇠는 자연스럽게 그러나 치밀하게 그 집에서 일어나는 일에 대해 샅샅이 조사를 하여 아무도 모르게 노걸단원에게 전해주었다. 그렇게 신돈과 반야의 관계를 알아낸 사행은 대전을 찾아들었다.

"전하! 반야라는 보살은 영공의 애첩이옵니다. 그 여인은 영공이 예전에 자그마한 절에 머물고 있을 때, 부모님의 극락왕생을 빌기 위해 찾아갔다가 꾐에 빠져 반야라는 법명을 받고 제자가 되었으며, 그 이후 영공은 그 여인을 자신의 여자로 만들어버렸고, 영공에 오른 이후 찾아온 그녀를 그대로 집에 주저앉힌 것이옵니다."

"으~음. 그래? 수태를 한 것은 사실이렷다?"

"예, 사실이옵니다. 영공은 그 여인의 수태를 확인하고, 아무도 모르게 친구의 어머니 집에서 기거토록 하였사옵니다."

사행의 보고에 공민왕은 묘한 표정을 지었다.

"일단 반야가 위험에 빠지지 않도록 보살피도록 하고, 매달 쌀 30석을 하사하라."

그렇게 해서 노걸단의 은밀한 비호 아래 반야는 몇 달 뒤 사내아이를 출산하고 몸을 추스른 후, 다시 신돈의 집으로 돌아왔고, 신돈은 노비 금장金莊을 유모로 삼아 돌보게 했다.

그 즈음 조정에는 영공을 탄핵하는 상소문이 올라왔다. 중서문하성에 있는 정언正言(정6품 벼슬) 유존하가 올린 것이었다.

"전하, 영공을 내치시옵소서. 그는 지난 문수법요식에서 재상반열에 앉지 않고 전하와 나란히 앉아 군신의 예를 저버린 것은 물론이고 전하를 능멸한 것이옵니다. 백성들은 요즘 그를 권왕이라 부르고 있사옵니다. 이것이 반역이 아니고 무엇이겠사옵니까?"

상소문을 본 신돈은 분노가 치솟아 견딜 수가 없었다. 그 날 밤, 그는 급히 측근들을 자택으로 불러 대책을 논의하였다.

"저놈들이 우리를 치려는 속셈이야. 틀림없이 상소의 배후에는 경칠승과 원칠성이 있어. 이번 기회에 그들을 모조리 제거해버려야 한다."

다음 날, 신돈은 재추宰樞회의에서 상소의 배후가 있다는 것을 선포하고, 측근 인사 이영춘을 조사관으로 임명하였다. 조사는 그의 의도대로 짜맞추기식 수사로 진행되었고, 그 결과를 토대로 공민왕에게 그들의 처벌을 주청하였다. 이에 공민왕은 예전에 사행의 보고가 떠올라 신돈의 주청을 의심하며 유존하를 좌천시키는 선에서 사건을 종결토록 하명하였다. 이에 경칠승과 그를 따르는 당여들은 공민왕이 신돈을 불신하기 시작했다고 판단하고, 그 틈새를 파고들어야 한다며 매일같이 대전 앞에 나가 그를 성토했다.

"전하, 영공을 내치시옵소서. 그는 군신의 예를 저버린 것은 물론이고 전하를 능멸하고 있사옵니다. 또한 백성들은 그를 권왕이라 부르고 있사옵니다. 이것이 반역이 아니고 무엇이겠습니까? 그는 장차 나라의 큰 우환이 될 것이니 굽어 살피시옵소서."

그들은 양면작전을 폈다. 한편에서는 대전 앞에 나가 성토를 하고, 또 한편에서는 제거계획을 세웠다. 하지만 제거 계획은 그의 첩보망에 걸려 역으로 관련자들만 무고죄로 곤장을 맞고 유배되고 말았다. 그러나 그들의 제거계획은 그것으로 끝난 것이 아니고 더욱 거세졌다. 사태를 지켜보던 신돈은 자신의 권력에 균열이 가고 있음을 피부로 느끼며 살아남기 위해 고심을 거듭했다.

한편, 공민왕의 명을 받들어 왕륜사 동편에 공주마마의 영전影殿을 짓고 있는 사행은 공사에 여념이 없었다. 이 공사는 미륵전, 관음전, 종루 등을 비롯해 약 100여 채의 건물을 짓는 방대한 공사로 전국에 있는 유능한 편수들을 비롯하여 징발된 수많은 인력과 가축들이 투입되었다. 공사장은 밤낮없이 돌과 나무를 나르며 외치는 소리가 천지를 진동하였고, 자재를 나르다 죽어간 소와 말 등이 길바닥에 즐비했다. 농번기도 무시한 채 백성들을 징발한 탓으로 아녀자들은 남편 대신 농사일에 매달려 고통이 이만저만이 아니었다. 그런데다가 이어지는 가뭄으로 백성들은 기근에 시달렸고, 세금 또한 걷히지 않아 국고는 고갈되고 있었다. 하지만 누구 하나 바른 말을 하는 사람이 없었다. 오히려 공민왕의 심기를 잘못 건드려 파직을 당하지 않을까 전전긍긍하다 못해 세금을 더 걷어 영전공사를 추진해야 한다고 부추기는 신하들까지 생겨났다.

공민왕은 신돈을 제거해야한다는 반대세력의 잇단 요구에도 불구하고 영전을 완공하기 위해 무언으로 그를 보호했다. 그렇게 영전은 완공이 되어가고 있었지만, 영전을 둘러보던 공민왕은 눈살을 찌푸리며 청천벽력 같은 명을 내렸다.

　"공주의 복을 빌어줄 승려 3,000여 명이 지내기에는 협소하지 않느냐? 다시 마암으로 옮겨 더 크게 짓도록 하라."

　시종했던 대신들은 경악을 금치 못했다. 하지만 누구 하나 역린逆鱗을 건드릴 수는 없었다. 사행은 왕명대로 마암에 터를 닦고 다시 공사를 시작하였다. 굶주림에 허덕이며 이를 지켜보던 성난 백성들은 죽기를 각오하고 저잣거리를 휘젓고 다니며 불만을 쏟아내 분위기는 험악하기 이루 말할 수 없었다. 사태가 걷잡을 수 없이 악화되고 있음을 목격한 신돈은 목전에 민란이 닥쳐왔음을 예견하고 돌파구를 찾기 위해 고심했다. 그리고 며칠 뒤, 저잣거리에는 괴소문이 떠돌기 시작했다.

　"글쎄, 영전을 다시 짓는 것이 사행이란 내시 놈이 왕을 꼬드겨 벌인 일이라네."

　소문은 타오르는 불길에 기름을 붓는 것과 같았다. 공민왕과 신돈에게 쏠렸던 원성의 불길이 급격히 사행에게로 옮겨 붙은 것이었다.

　"내시 놈을 때려죽여라! 원흉을 때려잡아라!"

사행은 졸지에 백성들의 고혈을 빨아먹는 만고의 역적이 되어버려 자칫 맞아죽을까 문 밖으로 나갈 수가 없었다. 사행은 소문이 잦아들 때까지 집안에서 지내며, 천난생을 불러 소문의 진원지를 파악토록 하였다. 그로부터 사흘 뒤, 밝혀진 소문의 진원지는 다름 아닌 영공이었다.

"영공! 네 놈이 나에게 살수殺手를 쓰다니…."

이를 갈던 사행은 어느 정도 소문이 잦아들자 자리를 털고 일어나 아무 일도 없었다는 듯 공사장으로 나가 공사를 재개했다. 그런데 어찌된 영문인지 영공의 집에는 그의 당여들이 잰걸음으로 속속 모여들고 있었다.

"대감님! 큰일 났습니다. 영전공사는 사행이 왕을 부추긴 것이 아니라, 대감께서 벌이신 공사라고 저잣거리에 소문이 파다하게 번지고 있습니다."

아닌 게 아니라, 백성들의 원성은 다시 신돈에게로 향하며 시간이 갈수록 더욱 거세게 번져나갔다. 신돈은 당혹감을 감추지 못했다. 영전공사가 중단되지 않으면 모든 죄를 혼자 뒤집어쓸 판국이었다. 그때 느닷없이 유모 장 씨가 나섰다.

"전하! 이제 농사철인데 가뭄이 심해 많은 일손이 필요하니, 영전공사를 당분간 중지하옵고 역부들을 돌려보내 백성들의 어려움을 살펴주시옵소서."

신돈은 이때다 싶어 곧바로 당여들을 불러 모아 잠시 영전공사를 중지하고, 삶이 어려운 백성들의 아픔을 헤아려 달라는 상소문을 올리라 하였다. 이에 시중 유진택과 첨서밀직 정균이 상소를 올렸고 이를 받아든 공민왕은 대노하였다.

"당장 저 두 놈을 하옥시켜라!"

사태가 걷잡을 수 없이 험악해지자, 곁에서 눈치를 살피던 신돈은 돌연 마음을 바꿨다.

"전하! 영전공사를 반대하는 저들을 쳐내시옵소서."

이에 공민왕은 이사도를 불러 하명했다.

"저 두 놈의 죄를 올려라."

"전하! 아뢰옵기 황송하오나, 그들은 죄가 없사옵니다."

"뭐라? 죄가 없어? 시중으로 있으면서 극심한 가뭄이 있었던 일이나 연복사의 토지를 강제로 빼앗은 것, 공주가 타계했을 때 사흘 동안 제사를 지내지 않은 일은 무엇이며, 공주 장례의 격식을 낮춘 일이 죄가 아니고 무엇이더냐?"

이사도가 '이제 두 사람이 꼼짝없이 죽게 되었다'고 생각한 순간, 그의 머릿속에 번개가 스쳤다.

"전하! 이 일은 이미 영공도 알고 있사옵니다."

"뭐라? 영공도 알고 있었다고?"

공민왕의 날카로운 눈빛이 신돈에게로 향했다. 그 순간 신돈은 살이 떨리고 머리칼이 쭈뼛 섰다.

"저저저 전하! 신도 알고 있기는 하였는데…."

말이 채 끝나기도 전에 공민왕은 용포자락을 홱 털며 침전으로 향했다. 어찌할 바를 모르던 신돈은 날이 저물기를 기다렸다가 조용히 침전으로 찾아들어 명을 거역한 이사도의 죄를 물으라고 주청하였다. 그로 인해 이사도는 졸지에 하옥되고, 찬성사 이인석의 심문을 받았다. 이사도는 땅바닥에 엎드려 울며 소리쳤다.

"이 몸이 가난하고 문벌이 변변치 못한 몸으로 전하의 크나 큰 사랑을 받았사옵니다. 보잘 것 없는 학식인데도 재상에까지 이르렀으니 이 은혜를 어찌 갚아야 할지 모르겠사옵니다. 그래서 신은 미력하나마 전하께서 백성들의 존경을 받을 수 있는 일이라면 목숨을 아끼지 않고 은혜에 보답하려 하였사옵니다. 신의 이 통곡은 전하께 알려 동정을 구하려는 것도 아니옵고, 죽는 것이 두려워서도 아니옵니다. 오직 한 가지 전하의 명성이 백성들과 그의 후손들에게 아름답지 못한 이름으로 남을까 염려하기 때문이옵니다."

이인석으로부터 이사도의 고변을 보고받은 공민왕은 감동하여 그를 풀어주고, 유진택과 정균도 석방토록 명하였다. 그리고 곧바로 사행을 불러들여 신돈의 동태를 물었다.

"영공은 영전공사와 관련하여 이제껏 아무 말이 없었사오나 실은 그 속내가 전하의 심기를 건드리면 자신이 몰락할 수 있다는 위기감에서 비롯된 것이었사옵니다. 얼마 전, 영전공사를 신이 부추긴 것이라고 저잣거리에 유포시킨 것도 영공이었고, 이번 상소문 사건의 배후에도 영공이 관여하고 있었사옵니다. 지금 민심은 대단히 위험한 지경에 이르고 있으니 이를 굽어 살피시옵소서."

한편 속내가 드러난 신돈은 영민한 왕이 자신을 불신하기 시작했다는 판단을 하고, 이 상황을 어찌 타개해나갈 것인지 머리를 짜내고 있었다. '이 시점에 전하가 지금 가장 중요시하는 일은 무엇일까? 그것은 영전공사의 추진과 후계자를 세우는 일이다. 그래서 영전공사는 이제까지 국고가 텅텅 비어가는 속에서도, 백성들의 원성이 자자함에도 모른 척 수수방관하여 왔다. 그러나 예기치 않은 유모의 공사중단 주청과 정언과 유존하의 사건으로 자신의 속내가 그대로 노출되었다. 이사도의 고변에 눈빛이 확연하게 달라지는 것을 보지 않았던가. 이제 나를 제거하려 할 것이다. 어떻게 이 사태를 모면해야 하나? 반야를 이용해서 왕을 끌어들여 모니노牟尼奴를 낳게 하였지만, 정작 그 아이는 내 아이인지 왕의 자식인지 모른다. 만약 모니노를 부정한다면, 내 목숨은 부지하기 어려울 것이다. 이 또한 안전판은 아니다. 그럼 무엇을 어찌해야 하나? 판내시부사! 바로 그 사람이다. 왕이 오로지 믿는 것은 그 사람뿐이지 않은가. 그는 나와 무언의 공생관계였으니 나를 구해줄 것이다.' 신돈은 은밀하게 사행을 집으로 초대하였다.

"요즘 공사에 수고가 많소이다. 그 동안 노고를 위로코자 하는 마음이 가득하였으나 워낙 일들이 많이 터져서 시간을 내지 못하였소. 늦었지만 잠시나마 위로코자 불렀소이다."

"황송하옵니다. 영공께서 이렇게 위로의 자리를 마련해 주시니…."

"공사는 잘 되어가고 있죠? 어서 빨리 공사가 끝나 전하의 근심을 덜어 드려야할 텐데…. 백성들의 원성은 날로 더해가고 걱정이 이만저만이 아닙니다."

"저도 그런 점을 고려하여 최대한 공사를 빨리 마무리하려고 박차를 가하고 있습니다."

"그래야지요. 판내시부사도 잘 알겠지만, 요즘 계속되는 가뭄으로 백성들은 농사를 지을 수 없어 원성이 극에 달하여 민란으로 번질까 심히 우려하는 의견이 많아 몇몇 사람들이 영전공사 중지를 주청하였소이다. 부사께서는 이 문제를 어찌하면 좋겠소? 잠시 공사를 중단하는 것이 좋지 않겠소? 판내시부사께서는 전하를 측근에서 오랫동안 모셨으니 저잣거리에 나도는 민심을 아뢰어 공사의 중지를 주청해 주셨으면 좋겠는데…."

"제가 무엇을 알겠습니까? 전하께서 하명하시는 대로 할 뿐이지요. 대신들께서 하시는 일에 제가 나서는 것은 도리가 아니라고 생각되옵니다."

"허허. 그렇게만 생각지 말고, 전하의 마음을 풀어드려야 이 난국을 헤쳐 나가지 않겠소? 그래야 백성들의 원성도 잦아들고 말이요."

"그래야지요. 백성들이 편안해지려면 정국이 평온해져야 하겠지요. 정국이 소란한 이유가 무엇이겠습니까? 전하를 잘못 보필하는 게 원인이 아니겠습니까? 상소문 사건으로 전하의 심기를 건드린 것이 문제지요. 기왕에 꺼냈으니 한 말씀 더 드리죠. 지난 번 사건 때 전하의 대노를 보셨지요? 지금 저를 부르신 것도 그 때문이 아닌가요? 여러 사람 끌어들이지 마시고, 깨끗하게 용단을 내리시는 것이 좋지 않을까 합니다만…."

"뭐라고? 내 그 동안 전하를 가까이서 모신다 하여 아무 말도 않고 있었더니 말씀이 지나치구려!"

"주제넘은 말씀입니다만 사람은 물러서야 할 때를 알아야 하는 것입니다. 이제 때가 되었으니 모든 것 내려놓고 다시 절로 들어가시지요."

사행은 신돈이 이번 사건에서 자신을 끌어들여 공사 중지의 정당성을 인정받아 전하의 마음을 돌리려는 의도를 파악하고 일격을 가했다. 그리고 그곳을 나와 긴급히 노걸단의 핵심 조직원들을 소집했다.

"이 시간 이후 너희들은 조정대신들의 어떠한 꼬임에도 빠져서는 아니 된다. 그들은 지금 전하의 심기를 건드려 위기에 처해 있다. 그러니 절대로 그들과 접촉하지 마라. 너희들이 살아남는 방법은 궐내에서 보고들은 것을 절대로 말해서는 아니 되는 것뿐이다. 유념해주기 바란다."

그리고 며칠 뒤였다. 사행은 머지않아 정국이 요동칠 것이라 판단하고 이후 어떻게 왕을 보필할 것인가를 생각하고 있는데, 예기치 않게 마암의 영전공사장에서 관음전 대들보를 올리다가 줄이 끊어져 인부들이 압사당하는 큰 사고가 발생했다. 사고 소식을 접한 신돈은 이때다 싶어 곧바로 여러 대신들과 함께 공사의 중지를 간청하며 책임자인 사행을 내치라고 주청했다. 사태가 불리하게 돌아감을 감지한 사행은 대전에 들어 사건의 발생원인과 경위를 보고하였다.

"전하, 사고는 대들보를 들어 올리다가 묶어 올리는 밧줄이 끊어지면서 대들보가 바닥으로 떨어져 생긴 일입니다. 그로 인해 지붕에 있는 인부가 땅으로 떨어지고, 아래에서 밧줄을 잡아당기던 인부들까지 깔려 죽는 일이 벌어졌습니다. 그러자 이를 본 인부들이 들고 일어나면서 사태가 악화되어 이를 진압하다가 여러 명의 인부들이 또 죽었습니다.

긴급한 사태는 수습되었지만, 이로 인해 잠시 공사를 중단하고 있는 실정이옵니다."

"조심했어야지. 어찌 일을 이 지경까지 만들었단 말이더냐? 그토록 믿었는데…. 어찌 수습하는 것이 좋겠느냐?"

"청하옵건대 죽은 자들의 장례를 먼저 치르고, 그들의 가족들에게 구휼미를 보내어 민심을 다독인 다음, 다시 공사를 재개해야 할 것이옵니다. 죽을죄를 지었습니다. 마땅히 처벌을 달게 받겠사오나 공주마마를 위한 영전이오니 완성을 하고난 뒤 그 죄를 물으시옵소서."

사태의 심각성을 깨달은 공민왕은 자칫 민란으로 이어질 것을 우려하여 마암 영전공사를 중단시키고, 대신 왕륜사의 영전을 다시 수리토록 명하였다. 그 후 넉 달의 시간이 흘러 술렁대던 민심도 어느 정도 가라앉았다. 하지만 신돈의 속내를 간파한 공민왕은 더 이상 그에게 정사를 내맡길 수 없다고 판단하고 대전회의에서 이를 공포했다.

"오늘부터 모든 정사는 과인이 직접 챙길 것이다. 영공에게 주어졌던 모든 권한은 이 시간 이후로 거두어들일 것이니라."

신돈은 얼굴에 핏기가 사라졌다. 반면에 찬성사 이인석은 이 선언이 그를 제거하려한다는 신호임을 알아차리고 집으로 돌아와 자신의 문객으로 교분이 두터운 윤인기에게 영공의 동태를 감시토록 하였다. 이 일을 전혀 눈치 채지 못한 신돈은 비밀리에 당여들을 기도현의 집으로 불러 대책 마련을 서둘렀다. 이는 곧바로 윤인기에게 포착되었고, 그는 보고 들은 역모를 한림거사寒林居士라는 가명으로 기록하여 한밤중에 이인석의 담장 너머로 던졌다. 다음날 아침 가노가 주워온 종이를 펴본 이인석은 온몸이 긴장되었다. 그는 내용을 읽고 또 읽기를 반복하며 어떻게 처리할 것인가를 고민했다. 그리고 곧바로 문하시중 이영춘을 찾아가 약간의 귀뜸을 하고는 전하에게 아뢸 것을 청했다. 그러나 시중 또한 너무나 엄중한 일이라 며칠을 고민에 빠져 이 사실을 왕에게 고하지 못하고 있었다. 이를 지켜보고 있던 이인석은 자칫 목숨이 위태로워질 수 있다고 판단하고 직접 왕에게 고할 계획으로 대전 주위를 서성이며 기회를 엿보고 있었다. 이런 이인석과 우연히 마주친 이영춘은 사태가 급박하게 돌아가고 있음을 느끼고, 자신에게 화가 돌아올 것을 우려한 나머지 곧바로 공민왕을 알현하고 역모를 아뢰었다.

"뭐라? 역모? 당장 이인석을 잡아 들여라!"

이인석은 즉각 군사들의 오랏줄에 묶여 끌려왔다.

"네 이놈! 영공의 역모가 사실이더냐?"

"전하, 아뢰옵기 황송하오나, 요즘 영공이 전하를 원망하여 당여들과 기도현의 집에 모여 역모를 꾸미고 있었던 것이 사실이옵니다."

"네 목을 걸고 하는 소리렷다!"

"감히 어느 안전이라고 없는 일을 아뢰겠사옵니까? 사실인지 아닌지는 그들을 국문하시면 밝혀질 것이옵니다."

공민왕은 즉시 영공과 그의 당여들을 모두 잡아들여 국청을 열었다. 그들은 고신을 당하면서도 결사적으로 역모를 부인했다. 사실을 토설하지 않자 조사관들은 이인석의 고변이 의심스럽다고 아뢰었다. 이에 공민왕이 자리에서 일어나 이인석에게 다가서며 직접 하문했다.

"네 이놈! 역모사건의 증거를 대라. 사실이 아니면 즉시 참할 것이다."

"전하! 그 증거가 제 집 서책에 꽂혀있사옵니다."

"당장 가택을 수색하여 증거를 찾아오라!"

군사들은 지체 없이 이인석의 집에 가 그가 말한 증거를 찾아다 공민왕에게 바쳤다.

"이것만으로 어찌 사실이라고 할 수 있느냐? 영공을 음해하는 자의 소행이 아니냐?"

"아니옵니다. 거기에 기록되어 있는 한림거사는 틀림없이 선부의랑選部議郎 윤인기입니다. 그를 불러 하문하시면 모든 것이 밝혀질 것이옵니다."

"당장 가서 그 놈을 끌고 오라!"

군사들은 즉시 선의부랑 윤인기를 잡아다가 공민왕 앞에 무릎을 꿇렸다.

"네 놈이 영공이 역모를 꾸미는 것을 보았다는 것이 사실이렸다!"

"네, 그러하옵니다. 대감의 부탁으로 계속 영공의 뒤를 밟았는데, 영공께서 몇몇 사람들과 함께 기도현의 집에 모여 전하께서 영전으로 행차하는 길가에 미리 군사를 숨겨 두었다가 시해하자는 모의를 하는 것을 두 귀로 직접 들었사옵니다."

윤인기는 공민왕의 하문에 또박또박 답하였다. 이를 곁에서 듣고 있던 신돈은 극구 부인했다.

"전하! 신이 기도현의 집에 드나든 것은 사실이지만, 그것은 어떻게 전하를 잘 모실 것인가를 논의한 자리였사옵니다. 저 놈이 하는 말은 모두 거짓이옵니다. 굽어 살피시옵소서."

"과인을 위해 논의할 일이라면 도감이나 자택에서 하면 될 일이지 왜 남의 집이며 그것도 그대를 따르는 몇몇 놈들만 모여서…."

"전하! 그것은…."

"더 이상 들을 필요 없다. 당장 놈들을 유배토록 하라."

신돈은 눈물을 흘리며 애원했다. 그러나 공민왕은 그를 외면하며 국문장을 떠났다. 그렇게 무소불위의 권한을 휘둘렀던 신돈은 곧바로 수원으로 유배되었고, 이후 누군가가 보낸 자객에 의해 불귀의 몸이 되고 말았다.

신돈을 제거한 공민왕은 역모의 사건에 공을 세운 이인석을 수시중으로 임명했다. 그러나 그 또한 신돈의 수하에 있던 터라 의심의 눈초리를 버릴 수가 없어 사행에게 비밀리에 도당의 움직임을 면밀히 살피라 하명하였다.

"전하. 이인석이 수시중으로 임명된 후, 갈팡질팡하던 대신들이 그의 집에 자주 드나들고 있습니다. 특히 지도윤, 방홍염, 견흠민 등이 수시중을 지지하며 도당을 좌지우지하고 있는데, 이에 반발하며 젊은 사대부들이 사사건건 그들의 전횡을 견제하고 있는 실정이옵니다. 전하께서 사대부들에게 힘을 실어 준다면 도당은 충분히 균형을 이루어나갈 것이옵니다. 우려되는 것은 대신들 모두가 전하께서 너무 강하다며 저지해야한다는 의견이 팽배하다는 것이옵니다. 이런 분위기를 감안하여 전하의 의도대로 정사를 조용히 처리하시려면 수시중을 이용하는 것이 좋을 것이옵니다."

"음…. 그래?"

며칠 뒤, 공민왕은 수시중 이인석을 불렀다.

"수시중, 지금 이 나라에 가장 시급한 문제가 무엇이라고 생각하느냐?"

"신이 생각하기에는 나라의 국본을 세우는 일보다 더 중한 일은 없다고 판단하고 있사옵니다."

"그렇겠지? 과인도 이제 나이도 있고…. 국본이 있어야 안정이 되겠지. 그래서 말인데 사실 과인에게는 '모니노'라는 아들이 있어. 전에 영공의 집에 들렀다가 글쎄 아들을 낳지 않았겠느냐. 그래서 두 해 전에 그 아이를 궐로 데려와 '우禑'라는 이름을 지어주고, '강녕부원대군江寧府院大君'이란 봉작도 내렸다. 그런데 이 일이 알려지면 또 시끄러울 것 같아서…. 수시중! 그 아이를 끝까지 지켜줄 수 있겠느냐?"

수시중은 왕이 자신과 거래를 하고 있다고 느끼며, 이 기회에 확실하게 마음을 잡아두겠다고 다짐했다. 그리고 잠시 뜸을 들인 뒤 아뢰었다.

"전하, 반드시 지켜 드릴 것이옵니다. 하오나 반대하는 세력들도 만만치 않사옵니다. 특히 태후의 지원을 받고 있는 젊은 사대부들의 반대가 심할 것이옵니다. 이를 잠재우려면 전하의 교서가 필요하오니 내려주시옵소서."

공민왕은 잠시 숙고하더니 문방사우를 가져오라 하여 직접 교서를 적어 수결을 한 뒤 이인석에게 건넸다.

"이거면 되겠느냐? 그러면 어찌 지킬 것이냐?"

"그것은 전하께서 더 잘 알고 계실 것이옵니다. 그 동안 태후마마가 누구를 의지하고 전하와 대립하셨는지를…. 그들을 쳐낼 것이옵니다."

"알겠다. 일단 도당에서 시끄러운 일이 벌어지지 않도록 하라."

광인전(廣仁殿) 화재

공민왕은 수시중을 통해 모니노의 문제를 조용히 처리하였다. 하지만 공주를 떠나보낸 후 생긴 우울증이 점점 심해져 영전에 수시로 드나들며 목 놓아 울기도 하고 대부분의 시간을 술로 보냈는데, 광기가 발동하는 날이면 환관들을 두드려 패기 일쑤였다. 그 뿐만이 아니었다. 후비들을 자제위에게 능욕케 하고는 그를 엿보는 등 변태적인 행실을 보이는 날이 빈번했다. 그런 광경을 지켜보는 환관과 궁녀들은 쉬쉬하며 왕을 미치광이로 불렀다.

사행은 정사를 내팽개치고 매일같이 자제위들과 어울리며 술로 소일하는 왕을 보면서 머지않아 일이 터질 것만 같은 불안감에 휩싸여 노걸단에게 궐 안팎의 감시를 철저히 하여 작은 일도 놓치지 말고 보고하라 일렀다. 그런 가운데 예기치 않은 곳에서 큰일이 벌어지고 말았다.

후궁 익비가 시름시름 앓고 있다는 보고를 받은 지 얼마 되지 않아 익비의 상태를 진맥한 어의의 입에서 회임이라는 경천동지할 말이 나온 것이었다. 사행은 '전하께서 기가 약해 이제까지 한 번도 후궁들을 가까이 하지 않았는데 회임이라니' 도무지 믿을 수가 없어 고개를 갸우뚱했다. 그런데 이 말을 전해들은 대전내관은 사행과 달리 벌벌 떨고 있었다. 자제위 홍철이 수시로 후궁 익비의 처소를 드나드는 것을 알면서도 묵인한 것이 후회스러웠다. 하지만 이 일을 숨길 수는 없는 노릇이라 공민왕에게 아뢰었다.

"과인이 씨를 뿌리지도 않았는데… 대체 어느 놈이냐?"

노기에 찬 목소리에 잔뜩 겁을 먹고 있는 대전내관이 화들짝 놀라며 머리를 조아렸다.

"그 동안 자제위 홍철이…."

그 말이 채 끝나기도 전에 공민왕은 미친 듯이 웃어 제치더니 이내 씩씩대며 대전을 왔다 갔다 했다. 그렇게 한 식경이 지난 후 공민왕은 대전내관에게 다가와 속삭였다.

"그 놈을 죽여라. 며칠 뒤 과인이 기회를 만들 것이니, 그때 무예가 뛰어난 내관들을 준비시켰다가 베어버려라."

대전을 나온 내관은 두려움에 떨며 곰곰이 생각했다. '이를 아는 사람은 홍철과 나뿐인데, 그를 죽이고 나면 전하께서는 이 일을 감추기 위해 반드시 나를 죽일 것이다.' 대전내관은 온몸에 소름이 돋았다. '살아야 한다, 살아야 해.' 수차례 되뇌며 살아남을 방법을 모색했지만 뾰족한 방법이 떠오르지 않았다. 대전내관은 홍철을 불러 이 사실을 털어 놓았다. 홍철은 길길이 뛰며 이를 갈았다.

"그렇게 하라고 시켜놓고 희희덕거릴 때는 언제고, 이제와서 충견노릇을 한 나를 죽이라고? 난 죽을 수 없어. 내가 왜 죽어!"

분기탱천한 홍철은 다른 자제위들을 불러 모든 사실을 털어놓은 뒤 그날 밤 삼경에 이르러 왕이 술에 취해 있는 틈을 노려 침전으로 뛰어들어 왕을 시해하고 도주하였다.

이 일은 새벽녘이 되어서야 왕의 기침을 확인하러 간 환관 이강달에 의해 확인되었다. 이강달은 너무나 놀란 나머지 한동안 정신이 나가 있다가 겨우 진정이 되고서야 부리나케 아무도 들어갈 수 없게 침실을 잠궈 놓고 태후전으로 달려갔다.

"태후마마, 전하께서…전하께서… 승하하셨사옵니다."

"뭐라? 승하? 알아듣게 아뢰거라."

"어서 침전으로 납시옵소서."

명덕태후는 뛰다시피 왕의 침전으로 갔다. 그곳에는 피비린내가 진동하는 가운데 칼로 난자亂刺 당한 왕이 쓰러져 있었고, 용포자락을 적신 피가 계속 흘러 바닥을 흥건하게 적시고 있었다.

"이를 아는 사람이 누구냐?"

"아는 사람은 아무도 없사옵니다. 소인이 목격한 후, 곧바로 문을 걸어 잠그고 마마께 달려간 것이옵니다."

"즉시 시중과 수시중에게 나의 명이라 전하고, 역도들을 쫓도록 하라."

이강달이 자리를 떠나자, 명덕태후는 그제야 공민왕의 시신을 부둥켜안고 숨죽여 흐느꼈다.

이강달은 대전을 나와 곧바로 시중과 수시중에게 태후마마의 명을 전하며 사건의 전말을 털어놓았다. 이에 놀란 수시중 이인석이 제일 먼저 군사를 이끌고 들어왔다. 그는 왕의 총애로 궁중에 머물고 있는 승려 신조神照가 심왕 독타불화篤朶不花와 내통해 모의한 것으로 의심하여 그를 잡아들이고 곧바로 침전으로 달려갔다. 침전은 피를 흘리고 바닥에 쓰러져 있는 왕의 시신과 칼날에 찢겨나간 병풍, 여기저기에 뿌려져 있는 혈흔들로 아수라장이었다. 그는 침전을 꼼꼼하게 살핀 후 군사들에게 대전내관을 잡아들이라고 명했다. 그러자 군사들은 일제히 궐내 이곳저곳을 샅샅이 뒤져 창고에 숨어 있던 대전내관을 붙잡아 사헌부로 끌고 왔다. 그곳에는 벌써부터 이인석이 왕사 신조를 취조하고 있었다.

"네가 독타불화와 내통하여 전하를 시해한 것이렸다! 바른대로 고하라."

"시해라니요? 전하께서 승하하셨다는 말씀입니까? 흐흑. 전하께서 얼마나 많은 것을 소승에게 베풀어 주셨는데… 맹세컨대 그런 일은 없사옵니다."

신조의 하소연을 지켜보던 이인석은 그가 진정 사건의 내용을 모르는 것으로 판단하고 취조를 중단했다. 그리고 끌려온 대전내관을 취조하기 시작했다. 하지만 대전내관도 모르쇠로 버텼다. 화가 치솟은 이인석은 벌떡 자리에서 일어나 대전내관에게 다가가 벽력같이 소리쳤다.

"네 이놈! 옷자락에 묻은 이 피는 무엇이냐? 네 놈이 진정 전하를 지키기 위해 역도들과 싸웠다면, 네 놈은 살아 있을 수가 없을 터…. 바른대로 토설하라!"

"……."

"당장 이놈의 주리를 틀라!"

취조관들은 사태가 엄중한지라 처음부터 고신의 강도를 높였다. 으드득 뼈가 으스러지는 소리가 들렸다. 계속되는 고신에 비명을 지르던 그는 견딜 수 없었는지 크게 숨을 몰아쉬고는 토설하기 시작했다.

"어차피 살아날 수 없는 죽은 목숨인데 무엇을 숨기겠느냐. 이 일은 전하께서 자초하신 일이다. 하루가 멀다 하고 광기가 발동하여 환관들을 두들겨 패는가 하면, 자제위들에게 강제로 후비들과 간통케 하고 이를 몰래 들여다보며 미친 듯이 좋아하니 어찌 그를 전하라 하겠느냐. 그렇게 해서 익비가 회임케 되자 전하는 나에게 회임을 시킨 홍철을 죽이라 명하였다. 그리고 이 일을 알고 있는 나도 죽일 것이라 생각하니… 필요할 때 쓰고 버리는 것이 내관의 운명이란 말이냐? 나는 두려워서 견딜 수가 없었다. 그래서 익비와 내통한 홍철에게 모든 사실을 알렸다. 그 후의 일은 모두 홍철이 꾸민 일이다."

사건의 주모자가 확인되자 이인석은 직접 군사를 이끌고 가서 홍철을 검거하여 사헌부로 끌고 왔다. 그 즈음 공모자들을 검거하러 갔던 군사들 또한 그들을 잡아끌고 왔다.

"홍철, 네 놈이 전하를 시해한 것이 사실이렷다?"

"어차피 죽을 몸인데 무엇을 망설이겠느냐? 내가 그렇게 하였으니 어서 죽여라."

"누구와 공모를 하였느냐?"

"이미 대전내관이 토설을 하였을 터, 무엇을 더 말하랴? 우리 자제위들은 그 동안 죽음을 불사하고 전하를 보필하였다. 익비마마와 동침한 것도 명을 따랐을 뿐인데 죽이겠다고 하니 너무 억울해서 견딜 수 없었기에 미치광이가 된 전하를 시해할 수밖에 없었다. 그러니 더 이상 묻지 말고 어서 죽여라."

사건의 전말을 보고받은 명덕태후는 분에 못 이겨 최고의 형을 명했다. 형벌은 저잣거리에서 모든 백관과 백성들이 보는 가운데 집행되었다.

이인석은 시해사건을 해결하면서 권력의 중심축으로 부상했고, 그는 당면한 문제, 후사를 세우는 일에 집중했다. 이인석은 지체 없이 대전회의를 주청하여 전하가 살아생전에 부탁했던 대로 어린 모니노(우)를 후계자로 내세웠다. 그러나 명덕태후를 따르는 문하시중 경칠홍과 젊은 사대부들은 모니노의 태생근거가 불명확하다며 왕씨 혈족 중에서 세울 것을 주장해 양측은 한 치의 양보도 없이 계속 대립하였다. 이인석은 며칠 동안 정쟁을 하며 반대세력이 누구인지가 확인되자 전에 전하께서 내려준 교서를 모든 신료들이 보는 가운데 태후에게 바쳤다. 이를 받아본 태후는 자신의 눈을 의심하지 않을 수 없었다. 그 교서에는 '세자 모니노'라고 적혀 있었고, 그 아래에 왕의 수결이 선명하게 찍혀 있었다. 태후는 교서를 시중 경칠홍에게 건넸고, 그것을 받아든 그 또한 할 말을 잃었다. 그러나 젊은 사대부들은 믿을 수 없다며 들고 일어났다.

"태후마마, 그 교서는 위조이옵니다. 선왕께서 후사를 정하셨다면 그 동안 어찌 말씀이 없으셨겠습니까? 그것은 수시중이 조작을 한 것이옵니다."

"태후마마, 제가 어찌 거짓을 아뢰겠사옵니까? 저들의 헛된 망동에 흔들려서는 아니 되옵니다. 지금은 후사문제로 왈가왈부 할 때가 아니옵고, 선왕의 뜻대로 하루 빨리 세자를 왕위에 올려 나라를 안정시켜야 할 것이옵니다."

태후는 회의를 파하고 침거에 들어갔다. 며칠이 지나도록 태후의 하명이 없자 이인석은 기다리기만 하다가는 일이 틀어질 것을 우려한 나머지 태후전을 찾아들었다. 그리고 다음 날 태후는 직접 후사에 대한 교지를 내렸다.

"신료들은 들으시오. 왕실에서는 모니노(우)를 왕위에 올리기로 결정하였소. 그리고 왕이 친정할 나이가 될 때까지 내가 섭정을 하기로 하였으니 모두 따르시오."

그렇게 모니노를 왕위에 올려 정권을 휘어잡은 이인석은 우선 요동치는 민심을 안정시킬 방법을 찾기 위해 당여들과 머리를 맞댔다. 그리고 며칠 뒤, 조정에는 상소문이 하나 올라왔다.

"태후마마! 이 나라가 파탄에 빠진 것은 영전건립 때문이옵니다. 지체 없이 영전 건립을 부추긴 판내시부사 사행을 처단하시어 민심을 안정시키시옵소서."

이 소식을 들은 사행은 상황이 예기치 않은 방향으로 흐르고 있다며 피신을 권유하는 천난생의 진언에도 전혀 피할 생각을 하지 않고, 자신의 집 툇마루에 서서 하늘에 떠가는 구름을 보고 깊은 탄식을 했다.

"아, 저 구름이 꼭 내 신세와 같구나!"

그때였다. 멀리서 말발굽 소리가 들려왔다. 사행은 그 소리가 자기 집 문 앞에서 멈출 것을 예견하였는지 방으로 들어가 옷을 깨끗이 갈아입고 대궐을 향해 사배(四拜)를 올렸다.

"전하! 소신도 전하의 곁으로 갈 시간이 된 것 같사옵니다. 전하를 공주마마가 계신 유택으로 모시고 가야 하오나 시국이 허락지 않고 있사옵니다. 부디 용서해 주시옵소서."

사배가 채 끝나기도 전에 말발굽소리가 멈추는가 싶더니, 이내 군사들이 요란스럽게 대문을 박차고 들어왔다.

"죄인은 나와서 오라를 받으라!"

사행은 저항해 봐야 아무런 소용이 없다는 것을 알고 스스로 걸어 나와 포박을 받았다. 그리고 옥에 갇혀 취조를 기다렸다.

"아! 짧은 세월을 사는데 어찌 이렇게도 가혹한가. 지금 죽어도 원은 없지만 전하를 공주마마 곁에 모셔다 드리지 못하는 것이 안타깝고, 꿈에도 그리던 어머니를 한번 만나 뵙지 못하고 가는 것이 아쉽구나. 저승에 가면 두 분을 만나 뵐 수는 있을지…."

취조가 시작되었다. 방홍염은 기세가 등등하여 처음부터 매섭게 다그쳤다.

"죄인은 들어라. 너는 선왕을 부추겨 조정이 감당하기도 어려운 영전을 세운다고 국고를 탕진하여 나라를 파탄에 빠뜨렸다. 누구와 공모하여 선왕을 부추겼는지 사실대로 고하라. 그러면 고신은 면할 것이다."

"……"

몇 차례 심문에도 묵묵부답으로 일관하자, 그는 화를 돋우며 주리를 틀라고 재촉했다. 사행은 참을 수 없는 고통을 감내하면서도 입을 열지 않았다. 독이 오른 방홍염은 주리를 바짝 틀라 소리쳤다. 이 소리에 고신은 더욱 거세졌고, 사행은 견디지 못해 끝내 기절하고 말았다. 그러자 그 위로 찬물이 끼얹어졌고, 다시 정신을 차린 사행에게 문초가 계속되었다.

"토설을 하지 않으면 목숨을 잃을 것이다. 누구와 모의를 하여 선왕을 부추겼는지 바른대로 고하라"

사행은 마지못해 입을 열었다.

"여보시오, 방 대감. 내가 원나라 황실에서 많은 일들을 겪어봤지만, 이렇게 억울하게 무고를 당한 적은 없었소이다. 더구나 전하의 명을 충실히 받드는 것이 죄가 된단 말도 들어본 적도 없소이다. 그것이 죄가 된다면 대감을 비롯하여

여기에 앉아 있는 대신들 모두가 죄인 아니오? 나는 그 누구
와도 공모하여 전하를 부추긴 적은 없소. 단지 죄가 있다면
이 나라 전하의 존엄을 만방에 알리기 위해 역사에 길이 남
을 전각을 지으려고 노력했던 것뿐이외다. 이것도 죄라면
달게 받겠소이다."

방홍염은 취조를 해봤자 아무런 소용이 없을 것이라 예견
했는지 그 사실을 수시중 이인석에게 보고했다. 묵묵히 듣
고만 있던 그는 취조를 중단시키고, 죄인을 옥에 가두라고
명하고는 대전으로 나가 우왕께 아뢰었다.

"전하, 죄인 사행은 승하하신 선왕에게 누가 될까 모든 것
을 본인이 하였다고 토설하고 있사옵니다. 대부분의 죄인들
은 자신이 죽임을 당할까 봐 없던 일도 있다고 토설하는데,
사행은 선왕을 위해 그 어떤 것도 토설하지 않고 있사옵니
다."

이를 듣고 있던 명덕태후가 작심한 듯 말을 했다.

"수시중께서도 알다시피 그는 민심을 달래기 위한 도구가
아니었소? 이쯤해서 그만 둡시다. 사실이지 판내시부사가
무슨 잘못이 있겠소이까? 영전 건립은 순전히 선왕의 욕심
에서 비롯된 것이지요."

"그렇다고 지금 모든 것을 덮는다는 것은 조정이 웃음거
리밖에 되지 않사옵니다."

"그럴 필요 없소. 관직을 삭탈하고 태형으로 다스려 관노로 보내시오. 그러면 민심도 잦아들 것이오. 그러면 시중의 면도 서고요…. 국상중인데 괜한 옥사를 만들어 나라를 혼란에 빠뜨리지 마시오."

두 사람은 타협을 하였다. 그렇게 죽음의 문턱에서 살아난 사행은 가산을 몰수당하고 곧바로 익주의 관노로 쫓겨났다. 이 소문은 삽시간에 개경을 뒤덮었고, 사행은 만신창이가 된 몸으로 익주의 관아에 도착했다.

"아, 글쎄. 저 놈이 백성들의 고혈을 빨아먹은 내시라 하네. 저 꼴 좀 봐. 얼마나 치도곤을 당했으면 저 모양인지? 사람 꼴이 아니야."

"하기야 죽어도 싸지. 먹고 살기도 어려운 판국에 영전인지, 나부랭인지 세운다고 그 난리를 쳤으니…."

"저 놈이 그랬겠어? 내시라는데… 내시가 무슨 힘이 있겠어. 임금이 하라는 대로 했겠지? 쥐어 지내는 것은 우리와 마찬가지 아니겠나. 그러니 일단 살려 놓고 봄세. 그대로 둘 수는 없잖아. 한솥밥을 먹어야할 텐데…."

남자종들은 그에게 분노를 느꼈지만, 마음 약한 여종들은 안쓰러운 마음에 상처를 보살피자 하였다. 그렇게 해서 사행은 근 열흘을 꼼짝 없이 거적때기가 깔려 있는 방에 누워 보살핌을 받고 겨우 거동을 할 수가 있게 되었다. 그러자 놈들의 핍박이 시작되었다.

"진수성찬만 먹던 놈이 이런 밥이 목구멍으로 넘어가겠어? 참, 거시기가 없으니 힘쓸 데도 없는데 먹어 무엇해. 마누라도 없고…. 그 맛을 모르니 그 동안 어떻게 살았을꼬? 우린 비록 천것으로 살지만, 마누라 엉덩이는 두드리며 살잖아."

사행은 참을 수 없는 분노가 목울대로 치밀었지만, 죽으려고 목을 맸던 황실생활을 떠올리며 한숨으로 삭였다. 견디기 힘든 비아냥과 핍박이 사라지기 시작한 것은 목사牧使가 관아를 수리하기 위해 그를 찾기 시작하면서부터였다. 목사는 그를 불러 허물어진 관아 수리를 명하면서 관원 모두에게 엄명을 내렸다.

"사행은 토목건축에 관한 한 우리나라에서 제일가는 장인이다. 그러니 너희들은 그에게 지원을 아끼지 말라. 그리고 잘 배워둬라."

목사의 말이 떨어지자 그 동안 비아냥거렸던 노비들은 사행에게 두려움을 갖기 시작했다.

"정말 저 놈이 얼마나 대단하기에 저러는지 모르겠네. 노비면 다 똑같은 노비지. 뭐 우리와 다를 게 있어?"

"그러게 말이야. 한 놈 들어와 이제 좀 나아지려니 했더니 그게 상전이 될 줄이야 누가 알았겠나? 죽을 놈은 자빠져도

코가 깨진다더니 우리가 그 꼴일세그려."

노비들의 속사정을 아는지 모르는지 목사는 간간이 사행을 불러 자리를 같이 하며 조정의 움직임에 관해 물었다.

"김 부사, 개경과 시중의 근황에 대해 이야기를 좀 해 주시오. 내가 듣기로는 시중이 무소불위의 권력을 행사하고 있다고 하던데 그것이 사실이오?"

"노비인 제가 어찌 그런 것을 알겠습니까? 그저 하루하루 하명하신 일을 하는 것이 소임인걸요."

"이 사람아, 왜 그렇게 답답하게 구는 거요? 조금만 귀띔을 해주면 나도 가만히 있지는 않을 것이야. 개경으로 올라가면 자네의 방면을 약속할 테니 도움이 될 만한 것들을 알려주게나. 멀리 떨어져 있으니 조정이 어떻게 돌아가는지 도무지 사정을 알 수가 있어야지."

"……."

사행은 목사의 꿍꿍이가 진실인지 거짓인지 도무지 알 수 없었다. 또 죽일 구실을 만들기 위해 시중이 어떤 밀명을 내렸는지도 알 수 없는 일이었다. 사행은 입을 다물고 지켜보기로 했다. 원나라 태감으로 있을 때부터 수많은 세월 동안 살아남기 위해 터득한 방법이 그 누구도 믿지 마라, 내 목숨은 내가 지켜야 한다는 것이었으니….

목사는 몸이 달았다. 며칠이 멀다하고 그를 불러 입을 열게 하려고 안간힘을 썼다. 그러나 사행은 꿈쩍도 하지 않았다. 그러자 목사는 먼저 시중으로부터 내려온 밀명을 털어놓았다.

"여보게. 시중대감께서 내게 한 가지 밀명을 내렸네. 그게 뭔 줄 아나? 그게 말이야. 절대 자네를 해하지 말고 잘 보살펴주라는 거야. 이게 무슨 뜻이겠나?"

"제가 어찌 시중대감님의 뜻을 헤아리겠습니까?"

"나는 말이야. 자네가 머지않아 개경으로 올라갈 것이라고 보네. 그렇지 않은가?"

"모르겠습니다. 소인은 목사님의 하명만 따를 뿐입니다."

사행은 오라를 받을 때부터 삶에 대한 애착을 버렸다고 생각했는데 그게 아니었는지 삶에 대한 애착이 되살아나며 목사의 회유가 함정이라는 생각이 들었다. 그러면서 한편으로는 사실일 것이라는, 아니 사실이었으면 하는 막연한 희망을 가졌다. 그로부터 며칠 뒤였다. 잠이 오지 않아 옛일을 생각하는데 불현듯 가슴 속 깊은 곳에서 울려오는 소리가 들렸다.

"너는 이 세상에 온 이유를 무엇이라 생각하느냐?"

순간 정신이 번쩍 들었다. 사행은 밤새워 생각에 생각을 거듭한 끝에 삶을 포기하려던 생각을 접고 때를 기다리기로 결심했다. 그러자 온몸에 힘이 생기고 사는 것이 즐거워졌다. 그리고 기회가 된다면, 죽기 전에 멋들어진 집을 지어봐야겠다는 생각이 들어 떠오르는 좋은 궁리들을 빠짐없이 기록해나갔다.

그 즈음 공민왕의 장례가 끝난 개경의 한 오두막집에서는 천난생이 며칠째 사행을 구명하기 위해 단원들과 비밀리에 회합을 열고 있었다. 그리고 보름 뒤 왕궁에서는 큰불이 났다.

"불이야! 광인전廣仁殿에 불이 났다!"

순라의 고함소리에 놀라 잠을 깬 내시와 궁녀, 무수리들은 물론 궐을 지키는 숙위병들이 모두 나와 진화에 나섰지만, 불은 점점 더 거세게 타올랐고, 뒤늦게 보고를 받고 나온 왕과 태후, 여러 신료들은 그저 화염 속으로 사라져가는 광인전 모습만 지켜볼 따름이었다.

왕과 태후가 자리를 뜨자 대신들은 도당에 모여 화재의 원인을 밝혀 관계자를 엄중 문책하여야 한다며 광인전과 관련된 내시들과 궁녀, 무수리 등 모두를 사헌부로 끌고 가 조사케 하였다. 하지만 원인은 며칠이 지나도 오리무중이었다. 그런 가운데 저잣거리에는 이상한 소문이 나돌았다.

"글쎄, 궁궐에 불이 난 것은 권력을 틀어쥐기 위해 수시중이 아래 것들을 시켜 한 짓이라네."

소문을 들은 이인석은 누구의 짓인지는 알 수 없지만, 이를 조속히 수습하지 않으면 자신에게 불리해질 것을 예견하고, 대사헌을 불러 삼일 내에 범인을 찾아내라고 다그쳤다. 이에 사헌부에서는 이틀 밤낮으로 조사를 해도 단서가 잡히지 않자 무수리 한 명을 족쳐서 인사불성이 되게 만든 후, 실화라는 억지 자백을 받아내 사건을 마무리하였다. 이 조사로 저잣거리에 떠돌던 소문도 점차 가라앉았지만 궐내에서의 정보에 목이 마른 이인석은 이를 세력 구축의 새로운 기회로 삼기로 하였다.

"태후마마, 광인전을 재건하여 왕실의 위엄을 되찾아야 하옵니다. 도당에서 이 문제를 논의토록 하겠사옵니다."

"좋은 생각이오. 한데 그만한 전각을 지을 사람을 어디서 찾을 수 있겠소?"

"이 나라에 궁궐의 전각을 지을 사람은 몇 사람 되지 않을 것이옵니다. 소신의 생각으로는 영전공사로 물의를 일으켜 곤장을 맞고 관노로 쫓겨난 판내시부사만한 인물이 없을 것으로 생각하옵니다."

"아, 그 자가 아직 살아 있소? 죽은 줄로만 알았는데…."

"아니옵니다. 지금 익주의 관노로 있사온데, 그 자를 사면해 다시 궁궐로 데려와 전각을 짓도록 하면 될 것이옵니다."

"도당이 시끄러워질 것인데…."

"그 문제는 염려 마시옵소서."

"좋아요. 그 자라면 전각을 재건하는데 문제가 없을 것이야. 시중의 뜻대로 하시오."

태후는 이인석의 주청을 받아들였다. 비록 사행이 영전을 짓다가 악화된 민심을 잠재우기 위한 정치적 희생물이 되어 노비가 되었지만, 전각을 새로 짓는 데는 이 나라에 그 만한 기술을 가진 사람이 없었다. 그런데다가 왕실을 오랫동안 관리해온 터라 그가 자신에게 도움이 될 것이라 생각하였다.

그렇게 해서 익주의 관노로 있던 사행은 사면되어 개경으로 돌아와 소실된 광인전 재건 공사에 전념하였다. 광인전의 재건은 실추되었던 왕실의 권위를 되살린다는 의미가 담겨 있는 터라 태후는 물론 대신들의 관심도 크게 집중되었다. 이에 시중 또한 이 일에 신경을 쓰지 않을 도리가 없어 간간이 공사장을 돌아보았다. 그리고 어느 날, 이인석은 공사장을 둘러본 뒤 넌지시 사행에게 저녁에 자신의 집에 들르라는 말을 남기고 돌아갔다. 사행은 날이 저물자 일을 마치고 시중의 의중을 헤아리며 집으로 찾아갔다.

"여보게, 익주에서 참으로 고생이 많았네. 그대가 무슨 죄가 있었겠나. 영전을 짓는 일은 모두 승하하신 전하께서 명하신 일인 것을…. 나는 말일세. 벌써부터 자네를 사면시키려 하였지만, 조정의 사정이 여의치 않았다네."

"대~대감님, 이 은혜는 평생 잊지 않겠습니다."

"그럴 것까지야. 그래서 말인데 자네가 나를 좀 도와주게. 자네는 왕실에서 오래 생활했으니 왕실 사정을 잘 알지 않겠나. 지금 태후마마와 젊은 사대부들은 내가 추진하는 일에 대해 사사건건 시비를 걸고 있다네. 그들이 언제 무슨 일을 벌일지 모르니 왕실에서 일어나는 일들을 낱낱이 파악하여 자세하게 좀 알려 주게나."

"그리 하겠습니다. 목숨을 구명하여 주셨는데 무엇을 가리겠습니까. 대감님께서 하명하시는 일이라면 불구덩이라도 뛰어들어 명을 받들겠습니다. 그런데 왕실에는 보는 눈이 많은데 어떻게 전해드려야 할지 모르겠사옵니다."

"그렇지. 저들이 알면 자네도 살아남지 못할 것이야. 그럼 내가 궐 밖 은밀한 장소를 알려줄 테니, 그곳에다 서찰을 써서 아무도 모르게 갖다 놓게나. 그러면 나는 집사를 시켜 그것을 가져오고 표식을 해두겠네."

사행은 궁궐로 돌아온 후, 관노로 쫓겨나 있었던 지난 몇 개월 동안 개경에서 일어났던 일들을 이미 천난생으로부터 낱낱이 보고 받아 이인석의 의도를 꿰뚫고 있었지만, 짐짓 아무 것도 모른 체 그의 환심을 얻는데 힘을 썼다. 그리고 다음날부터 며칠에 한 번씩 적당히 태후의 동태를 전해주었다. 그렇게 달포가 지났을 무렵, 태후마마의 부름이 있었다.

"그 동안 고생 많았소. 나는 부사가 미워서 내친 것은 아니야. 대신들이 백성들의 분노를 가라앉혀야 한다고 아우성이어서 어쩔 수 없이 그리 결정했던 것이니 너무 서운해 하지 말게. 부사는 선왕의 최측근으로서 왕실을 도와 수많은 일을 하지 않았는가. 비록 선왕이 떠났지만…. 그때를 생각해서 왕실과 이 나라를 위해 나를 도와주게나."

"태후마마, 무슨 말씀을 그리 하시옵니까? 선왕께서 하늘에서 지켜보고 계실 터인데, 제가 누구를 위해 살겠사옵니까? 무엇이든 하명하시옵소서. 왕실을 지키는 일이라면 신명을 다 바치겠나이다."

사행은 있는 듯 없는 듯 수시중과 명덕태후의 사이에서 서로가 필요로 하는 정보를 적당히 제공하며 자신의 안위를 지켜나갔다. 그러나 사행의 줄타기는 명덕태후가 사망하며 끝이 났고, 모든 권력이 수시중에게 쏠리자 우왕은 그를 문하시중으로 올리며 그의 견제를 위해 최영을 수시중으로 임명하였다.

황산대첩(荒山大捷)

　명덕태후와 수시중의 권력싸움이 끝난 지 몇 개월이 지나지 않아 조정에는 양광도 관찰사로부터 왜구가 500여 척에 이르는 대규모 선단을 이끌고 진포로 침입했다는 장계가 도착했다. 도당에서는 즉각 제주 토벌전에서 부원수로 최영과 함께 공을 세우고, 전라도 상원수 겸 도안무사로 왜구 토벌에 공을 세웠던 나세羅世를 해도원수海道元帥로, 심덕부沈德符와 최무선崔茂宣을 부원수로 결정하고, 전함 100척과 군사를 주어 출병시켰다.

　토벌군이 바닷길을 통해 진포 앞바다에 도착해 보니 왜구들의 선단은 감히 접근하기 어려울 정도로 엄청난 규모의 위세를 보이고 있었다. 이를 본 병사들은 싸우기도 전에 사기가 떨어졌다. 이에 해도원수는 적을 치기 전에 그들의 동태 파악을 위해 간자를 육상으로 보냈다. 간자가 가져온 첩보는 다행스럽게도 왜구들은 경계병만 남겨둔 채 약탈을 위해 모두 상륙한 상태라는 것이었다. 해도원수는 밀물 때를 기다렸다가 전함을 최대한 왜구 선단 가까이 빠르게 접근시켜 화포를 쏘아대며 불화살을 날렸다. 불화살이 적선에 꽂히며 선단은 온통 화염에 휩싸였고, 화포소리에 놀라 약탈을 나갔던 왜구들이 황급히 해안으로 돌아왔다. 그러나 함선은 이미 화염에 휩싸여 가라앉고 있었다. 발을 동동 구르며 함선을 바라보던 왜구들은 내륙으로 도주하기 시작했다. 토벌군은 왜구들의 뒤를 추격했고, 쫓기는 왜구들은 옥천, 영동방향으로 도주하며 닥치는 대로 방화와 약탈을 하고 백성들을 마구 도륙했다. 왜구들이 지나간 마을은 시체가 산같이 쌓였고 개울은 피로 물들었다.

그들은 추풍령을 넘어 상주에 이르러 숙영지를 편성하고 전열을 가다듬는 한편 신녀神女에게 토벌군의 퇴치를 비는 기원제를 올리도록 하였다.

신녀神女는 납치해온 어린 여아의 머리를 깎고 배를 갈라 깨끗이 씻어낸 뒤 제단에 올려놓고, 밥과 술을 비롯하여 각종 음식과 과일도 함께 올린 후 신께 제사를 지냈다. 그리고는 차려진 음식을 군사들과 나누어 먹으며 여아를 불태웠다. 그때였다. 아무런 이유 없이 창자루가 꺾어지는 일이 벌어졌다. 신녀는 화들짝 놀라며 말했다.

"이곳에 머물러 있으면 반드시 패할 것이다."

신녀의 외침을 들은 왜장 아지발도는 관군의 추격이 가까이 왔다고 판단하고, 군사들을 다그쳐 그곳을 떠나 선주(선산)를 거쳐 경산으로 향했다.

한편 진포에서 왜선의 선단을 모두 불태우고, 내륙으로 도주하는 왜구들을 추격하고 있다는 소식 이후, 뒤늦게 백성들의 피해가 심각하다는 전황을 보고 받은 대신들은 도당에 모여 왜구의 토벌을 놓고 또 설전을 벌였다. 이에 사태가 급박함을 인식한 수시중 최영이 입을 열었다.

"지금 사태는 홍산전투보다 더 심각합니다. 적의 숫자가 약 15만 명에 이른다고 하니 지방군으로서는 감당할 수가 없습니다. 토벌군을 편성하여 즉각 출정하여야 합니다."

임시동이 말했다.

"좋은 생각이오만, 누구에게 토벌군을 맡기는 것이 좋겠소?"

"내 생각으로는 이성계 장군이 가장 적합하다고 생각하오."

"뭔 말씀을 하시는 겝니까? 그 자는 본디 원나라에서 내부한 자인데 어찌 믿고 그를 보낸다는 말입니까? 고려의 장수들이 그만도 못하단 말입니까?"

"다른 장수들이 그만 못하다는 말씀이 아니오."

방홍염이 거들고 나섰다.

"그게 아니면 뭐란 말씀이오. 그는 고려인도 아니지 않습니까? 믿을 수가 없어요. 더군다나 함흥 변방에서 자란 그가 무엇을 알겠습니까? 또 애비처럼 언제 배반을 할지도 모를 일이고요. 만약 그가 반란이라도 일으킨다면 어찌하겠습니까?"

최영은 어이없다는 듯 쯔쯔 혀를 차고는 다시 설득했다.

"왜 그 사람을 믿지 못하시오? 지금 이 땅에 그 만한 장수가 어디 있습니까? 비록 일족이 원나라에서 내부한 것은 사실이지만, 그 동안 그가 이 나라를 위해 한 일이 한두 가지가 아닌 것은 대신들이 모두 잘 알고 있지 않소이까? 홍건적이 침입했을 때 개경수복작전에서 2,000명의 친병으로 성벽을 오르는 등 맹활약을 보였고, 그 뒤에 나가추의 침입도 격퇴하였으며, 덕흥군의 침입 때는 나의 휘하에서 대활약을 하였습니다. 또한 지난 요동 공격 때에는 주장主將으로 작전을 성공적으로 수행했습니다. 그런 사람이 여러분들이 말씀하시는 것처럼 다른 생각을 가졌다면 그렇게 할 수가 있었겠습니까? 이성계만큼 전공을 세운 사람 있으면 말씀을 해 보시오?"

임시동이 발끈하며 소리쳤다.

"그가 몇 번의 전투에서 공을 세운 것은 사실이지만 그때는 운이 좋았던 것이지요. 그만큼 능력 있는 장수가 어디 한둘입니까? 만약 그의 세력이 점차 커진다면 이 나라의 앞날이 어찌 되겠습니까?"

최영은 분을 삭이며 조용히 타일렀다.

"이성계는 공들이 걱정하는 그런 사람이 아니에요. 정작그가 못마땅하다면 그 많은 왜구와 싸울 사람을 천거해 보세요? 이번 싸움은 이제까지 있었던 전투와는 근본적으로다를 것입니다. 이번 전투에서 만약 우리가 패한다면, 그것은 홍건적에게 쫓겨 안동으로 파천했던 것처럼 조정이 위태로워지는 지경에 이를 것입니다. 그렇기에 유능한 장수를보내 토벌을 성공적으로 수행해야 하는데, 그에게는 용맹한가별치 군대가 있습니다. 우리 장수들 중에 아니 여기 계신대신들 중에 그만큼 용맹스런 사병을 가지고 있는 분이 있습니까? 이번 작전을 성공적으로 이끌 사람은 이성계 그 사람뿐입니다. 나는 그가 반드시 승리할 것이라 확신합니다."

최영은 이성계를 절대로 신임하며 천거했다. 사실 고려는원나라에 침탈을 당한 이후, 군대는 괴멸되고 소수의 군대가 존재하고 있을 뿐이었다. 그런 관계로 전쟁이 벌어지면천민이나 농민들을 강제로 징발하여 훈련되지 않은 상태로전장에 나갈 수밖에 다른 방도가 없었다. 전쟁은 병력의 규모도 중요하지만, 작전계획과 전투의지가 중요한 것이다. 그러나 고려군 장수들은 장계의 내용을 보고 내심 상당한 부담을 가지고 있었다. 그렇지만 이성계의 가별치는 끊임없이 원나라의 침입에 대비하여 조직이 정비되고 훈련된 병사들로 구성되어 있었다.

가만히 듣고만 있던 시중 이인석이 말했다.

"이성계 장군만으로는 아니 됩니다. 그들의 병력 규모가 워낙 커서 혼자서는 감당하기가 어려우니 변안렬 장군도 같이 보냅시다. 그는 전투 경험도 많을 뿐 아니라, 신중한 성품이니 작전에 실패가 없을 것입니다. 연배가 많은 변 장군을 도체찰사로 하고, 이 장군을 도순문사로 하였으면 좋겠습니다."

결국 도당에서는 이인석의 의견대로 두 사람을 선정하고, 예하장수 여러 명을 선정하는 등 양민들을 차출하여 증원군을 조직해 급히 출정시켰다.

그 즈음, 배극렴 장군 등이 이끄는 관군은 사근내역沙斤乃驛 (지금의 함양군)에서 왜구들과 전투를 벌이고 있었다. 하지만 관군은 장수 2명과 500여 명의 전사자만 남긴 채 참패하고 말았다. 사기가 오른 왜구들은 사근내역을 도륙하고 계속해서 남원성을 공격하였다. 그러나 관군의 강력한 저항에 실패하고 퇴각하여 운봉현 인월역引月驛(지금의 남원시 인월면)에 진지를 편성하고 다시 공격준비를 하고 있었다. 변안렬과 이성계 장군이 이끄는 증원군이 도착한 것은 그때였다. 배극렴 장군은 즉각 전황을 설명했다.

"적들은 지금 인월역 일대에 주둔하고 있습니다. 추정컨대 왜구의 숫자는 우리 군의 10배에 이르고 있으며, 적은 계속되는 승전으로 사기가 충천되어 있습니다. 그에 반해 우리는 군사의 숫자는 물론 장비에서도 열세한데다가 연속된 패배로 사기가 매우 저하되어 있는 상태입니다."

전황을 보고받은 도체찰사는 일단 장거리 행군에 지친 병사들을 하루 쉬게 하고, 장수들만 대동하여 황산荒山 정산봉에 올라 적정을 살폈다. 주변 지형이 한눈에 들어오는 가운데 멀리 인월역에 주둔하고 있는 왜구들이 보였다. 체찰사는 머릿속으로 작전을 구상한 뒤 주둔지로 돌아와 전투회의를 했다.

"자, 여러분들이 구상하고 있는 의견들을 말해 보시오?"

이성계가 말했다.

"상황이 다급하니 내일이라도 공격을 하는 것이 옳을 듯합니다. 적들도 우리가 증원되었다는 것은 이미 알고 있을 것이나 장거리를 달려온 관계로 피로가 쌓여 즉각 공격은 불가하다고 판단할 것입니다. 따라서 적들의 허를 찌르기 위해서는 내일이라도 공격을 하는 것이 유리할 것입니다."

다른 장수들은 눈치만 살피고 있었다. 이에 도체찰사가 말했다.

"이 장군의 의견도 좋기는 하나 내 생각으로는 우리 토벌군이 장거리를 오느라 피로가 쌓인 상태로 공격하는 것은 무리요. 며칠간 휴식을 취하면서 적의 동태를 더 자세히 살피고 완벽한 작전계획을 세워 공격에 나서는 것이 좋겠소."

"전장에서 승리의 요건에는 여러 가지가 있지만, 오늘 적정을 살펴본 바로는 적들도 매우 지쳐 있고, 군기가 흐트러져 있는 것으로 판단되었습니다. 따라서 기습작전이 유효할 것으로 보입니다."

"그 계획도 좋은 방안이기는 하지만 피로에 누적된 병사들이 우리군의 열 배에 해당하는 왜구를 감당할 수 있을지 장담할 수 없소. 만약 우리 병사들이 피로에 지쳐 그 작전을 수행하기 어렵다면, 아무리 좋은 작전도 실패할 수밖에 없소이다. 따라서 며칠 기다리는 것도 좋은 작전이라 생각되오."

"도체찰사께서는 너무 완벽한 작전만을 고집하고 계십니다. 왜구들이 그동안 저지른 만행을 잊으신 것은 아니겠지요? 하루라도 빨리 그 놈들 씨를 말리고 싶은 심정입니다."

"왜 그렇게 생각하시오. 희생을 줄이고 완벽한 작전을 하자는 것인데…. 좀 더 신중하게 판단합시다."

오랜 시간 논란 끝에 공격은 사흘 뒤, 여명 공격으로 결정되었고, 세부적인 작전계획이 수립된 후 수하 장군들에게 명령이 하달되었다. 그리고 공격 준비를 위해 전날 자시에 증원군은 야음을 이용하여 이동작전을 개시하였다.

이성계는 왜구들이 황산의 정산봉 서편 소로를 이용하여 배후를 칠 것에 대비하여 소로에 병력을 매복시키는 한편, 일부 병력을 그 소로로 이동하여 왜구들의 배후를 포위하도록 하였다. 만약 적에게 발각되어 그들이 먼저 공략을 한다면, 지체 없이 후퇴하여 매복지점으로 적을 유인 타격하고, 그렇지 않으면 그들의 배후를 치게 하는 작전이었다. 이성계는 날이 밝았을 때, 작전지휘가 용이하도록 전장지역이 훤히 내려다보이는 정산봉에 올랐다.

한편 도체찰사 변안열은 정산봉을 연해서 가장 좁은 개활지를 선택하여 물이 흐르는 개천까지 3중으로 병력을 배치하고 일부 병력을 개천 건너편 산비탈 위에 배치한 후 본인은 중군에서 병력을 지휘하였다.

변안렬은 이성계의 군사들이 포위작전을 용이하게 하도록 날랜 군사들을 적진 가까이 보내 횃불을 들고 전진후퇴를 반복하며 왜구들의 주위를 이끌었다. 그 사이 이성계의 포위병력은 소로를 이용하여 산중으로 들어섰다. 동이 틀 무렵, 이동하던 병력이 재를 넘어 적진의 후미로 돌아가려는데 별안간 왜구들이 공격을 가해왔다. 공격을 예측하고 있던 선봉은 싸우는 척 하다가 후퇴하며 왜구들을 유인했다. 왜구들은 순간 승기를 잡았다고 생각했는지 전력을 다해 추격해왔다. 후퇴하던 이성계의 선봉은 아군의 매복 위치까지 왜구를 깊숙이 유인했을 때, 별안간 되돌아서며 반격을 가했다. 당황한 왜구들이 잠시 멈칫하는 순간 매복했던 군사들이 일제히 좌우에서 왜구들을 향해 화살을 쏘아댔다. 왜구들은 전열이 흐트러지며 우왕좌왕 퇴로를 찾기 위해 아우성이었다. 하지만 이미 때는 늦었다. 퇴로를 막아선 매복조 때문에 왜구들은 독 안에 든 쥐가 되어 관군의 활과 칼날아래 무참히 죽어갔다. 사기가 충천한 이성계의 가별치는 기세를 몰아 인월역으로 들어서서 왜구의 후방을 공략했다.

이 무렵, 변안렬 장군이 이끄는 군사들과 대치했던 왜구들은 그들의 후방에서 전투가 벌어지는 소리를 듣고 혼비백산했다. 앞뒤로 포위된 왜구들은 사력을 다해 포위망을 뚫기 위해 안간힘을 쓰며 관군의 취약지로 판단되는 개활지를 돌파하기 위해 정면으로 공격해 들어왔다. 이때를 기다리던 변안렬 장군이 총공격 명령을 내렸다. 그와 동시에 후방에 아껴 두었던 예비 군사들이 왜구의 돌파지역을 두텁게 보강하며 강력하게 그들과 접전을 벌였다. 적의 후면에서 아군이 공격하고 있다는 것을 알고 있는 병사들은 사기가 충천하여 적들을 마구 무찔렀다. 그렇게 동이 틀 무렵부터 시작된 싸움은 하루 종일 접전을 벌이다가 해가 서서히 산 너머로 넘어가기 시작할 때 적장 아지발도가 화살에 맞아 죽자 왜구들은 급격히 전의를 상실하며 우왕좌왕했다. 이를 놓치지 않고 관군은 더욱 압박을 가했다. 이에 도주로를 찾지 못한 왜구들은 사력을 다해 개천을 건너 가파른 산비탈을 기어오르기 시작했다. 이때를 놓치지 않고 위에서 기다리고 있던 관군들은 왜구들을 향해 일제히 화살을 쏟아 부었다. 예상치 못한 화살을 맞고 대부분의 왜구들은 무참하게 산비탈에서 굴러 떨어져 죽고, 극소수만 목숨을 건져 지리산 방향으로 도망쳤다.

관군들은 서로 부둥켜안고 승리의 환호성을 질렀다. 전투가 끝난 인월역은 왜구들의 시체들이 산더미처럼 쌓였고, 개천은 핏물로 물들었다. 변안렬과 이성계 장군은 그렇게 대승을 거두고 개경으로 돌아왔다.

우왕은 왜구들의 토벌작전이 성공리에 마무리되자 그 동안 공이 많았던 대신들과 장수들에게 대대적인 포상을 내렸다. 최고의 공을 세운 변안렬과 이성계 장군에게는 금 50냥을 내리고, 예하 장수들에게는 공적에 따라 은 50냥씩을 내렸다. 그러나 장수들은 하나같이 포상받기를 거부하였다.

"전하, 장수가 적을 격멸하는 것은 그 본분이온데, 어찌 포상을 바라겠사옵니까?"

이에 감동한 우왕은 변안렬과 이성계 장군에게 찬성사를 제수하여 조정의 재추로 임명하였다. 이에 따라 무장들의 위세는 날로 강화되어 갔다. 이를 지켜보고 있던 사행은 머지않아 정국에 변화가 있을 것이라 예감하고, 만약을 대비하여 노걸단원들에게 변안렬과 이성계 장군의 뒷조사를 시켰다.

한편 찬성사에 오른 이성계는 중앙 정치무대에 등장하였지만, 지지 세력이 전무한 상태여서 자신의 뜻을 펼칠 수 있는 활동을 하기에는 무리였다. 그런데 그에게 손길을 뻗치는 이들이 있었다. 그들은 다름 아닌 젊은 사대부들로 그동안 명덕태후의 지지를 받으며 이인석의 독단을 견제해 왔으나 태후 사망이후 구심점을 잃게 되자 새로운 대안으로 백성들의 폭넓은 지지를 받고 있는 이성계에게 손을 내민 것이었다. 시중 이인석 또한 마찬가지였다. 민심이 급격히 쏠리고 있는 이성계를 그냥 놔뒀다가는 머지않아 조정에 회오리가 칠 것을 예견하고 있던 터라 암암리에 손길을 뻗치고 있었다.

이성계는 두 세력 사이에서 갈팡질팡했다. 도당에서 이루어지는 여러 정책들이 백성들을 위한 방향으로 결정되는 것이 아니라 자신들의 이익과 권력유지만을 위해 결정되는 것에 불만을 품고, 이를 타개할 정치적 기반이 없음에 괴로워하고 있던 터라 자신의 세력구축을 위해 그들의 손길을 마냥 뿌리칠 수는 없었다. 장고 끝에 그는 호랑이를 잡으려면 호랑이굴로 들어가야 한다고 판단하고 이인석의 당여가 되었다. 이 일로 이인석은 자신의 세력기반이 더욱 공고히 되었다는데 대해 기쁨을 감추지 않았고, 이성계 또한 이인석의 비호 아래 정치적 기반을 다져나갈 수 있음에 만족해했다. 그러나 이를 본 사대부들은 이성계마저 시중의 개가 되었다고 분개했다.

그 즈음, 우왕은 전횡을 일삼는 이인석의 칼날이 언제 자기 목으로 날아올지 몰라 불안한 나날을 보내고 있었다. 친위세력이 없는 우왕은 목숨을 보존하기 위해 이인석에게 모든 국정을 내맡기고 권신들이 유도하는 대로 미친 척 유희에만 몰두하였다.

그렇게 4년이 지나 어느 날, 유희를 마치고 궁으로 돌아온 우왕은 보원고寶源庫(궁중의 귀중품을 보관하던 곳)에 명해 비단 1백 필을 가져오라 명하였다. 이에 별감 판도총랑(정4품의 벼슬)이 아뢰었다.

"전하, 지금은 창고에 물품이 없어 비단을 가져올 수 없사옵니다."

"뭐라고? 비단이 없다고? 당장 판내시부사를 들라 하라!"

이에 대전내관이 화들짝 놀라 내시부로 달려가 사행에게

전후사정을 전하고는 대전으로 당장 들라는 전갈을 하였다.
사행은 달려가 머리를 조아렸다.

"도대체 궁궐 살림이 어찌 되기에 비단 1백 필이 없다는
것이더냐?"

"황공하옵니다, 전하. 지금 궐에서는 필요한 물품들을 받
지 못해 어려움이 많사옵니다. 도당에 필요한 물목을 조달
해 달라고 하였으나 수년 동안 왜구의 약탈과 흉년으로 세
금이 잘 걷히지 않는다며 차일피일 미루고 있는 실정이옵니
다."

"그래? 대신들의 창고는 금은보화가 차고 넘치는데 왕실
창고는 비었단 말이지? 하하하. 당장 수시중을 들라하라."

퇴청했던 수시중 임시동이 전갈을 받고 입궐했다.

"여보시오, 수시중. 이 나라의 지존인 과인이 비단 1백 필
이 없어 쓸 수가 없다면 어찌 해야겠소?"

"어찌 그렇게 망극하신 말씀을 하시옵니까?"

"내 비단 1백 필이 필요해 저 놈에게 가져오라 했더니 창
고가 텅텅 비었다고 하더군."

"망극하옵니다. 하오나 지금 온 나라가 수년간 맹위를 떨
쳤던 왜구들의 약탈과 이어진 흉년으로 세금이 잘 걷히지
않고 있사옵니다."

"하하하, 그렇겠지? 그래서 왕실의 창고는 텅텅 비었고,

그대들의 창고는 넘쳐 터진다?"

"지방관들을 추궁하여 당장 세금을 더 많이 거두어들이겠
사옵니다."

"과인이 언제 세금을 더 걷으라고 하였느냐? 너희들이 거
두어들인 재물로 채워 놓으라는 말이다. 그리고 창고궁사(倉
庫宮司. 왕실 운영에 필요한 비용을 담당하는 사장고와 궁사를 이르는
말)의 전민田民을 빼앗아 점유한 자들을 조사하여 그 명단을
가져오라."

수시중은 확연히 달라진 왕의 태도에 불안감을 감추지 못
하고, 곧바로 영문하부사를 찾아갔다.

"대감님, 전하가 달라졌습니다. 왕실의 창고를 저보고 채
워 놓으랍니다. 이게 말이나 됩니까? 세금을 더 거두어들여
야지요. 그 뿐이 아닙니다. 전민을 빼앗아 점유한 자들의 명
단도 가져오라 하셨습니다."

"그래, 어찌할 셈이오?"

"답답해서 찾아온 것이 아닙니까? 어찌해야 되겠습니까?"

"일단 전하의 명을 받드세요. 그리고 토지점탈 명단 문제
는 간단한 일이 아니니 도당에서 논의해 봅시다."

다음 날, 도당은 발칵 뒤집혔다. 논의는커녕 전하의 하명
이 잘못되었다는 성토만 이어졌다. 최영 등 극히 일부 대신
들을 제외하고는 너나없이 토지점탈을 하지 않은 대신들이

없었으니 논의 자체가 될 수 없어 이 문제는 차일피일 시간만 끌게 되었다. 사태를 관망하던 사행은 은밀히 천난생을 불러 뭔지 모를 지시를 하였다. 그리고 한 달 뒤 도당에는 상소문 하나가 올라왔다.

"전하, 동지밀직사사 신아申雅가 남의 노비와 전토田土를 빼앗는 비행을 일삼고 있사오니 처벌해 주시기 바라옵니다."

상소문은 곧바로 우왕에게 보고되었고, 이를 본 우왕은 몸을 부르르 떨었다. 이틀 뒤, 우왕은 대전회의에서 결연한 표정으로 하명했다.

"그들을 철저히 조사하라!"

왕의 발목을 잡았다고 쾌재를 불렀던 대신들은 생각지도 못한 하명에 어리둥절했다. 동지밀직사사가 누구인가. 부원군이 아니던가. 그래서 부원군을 처벌하지 못할 것이라 생각했는데, 철저히 조사하라 함은 무슨 뜻인가.

살려달라고 애원하는 왕비의 매달림에도 불구하고 우왕은 조사를 강행시켜 부원군과 처남인 신효온, 동서 박보령의 죄를 밝히고, 그들을 모두 장형으로 다스려 멀리 각산角山으로 유배시켰다. 이를 본 권문세족들은 절치부심하며 왕에게 재갈을 물릴 수 있는 새로운 방안을 찾기 위해 머리를 맞댔다.

그 즈음, 서해도 백주白洲(지금의 황해도 연백군 온정면 일대)에서는 예기치 않은 살인사건이 발생했다. 전 밀직부사 조반이 순군부 상만호 방홍염의 종이 자기의 땅을 강탈한 것에 격분하여 가노 여러 명을 데리고 집을 찾아가 그의 목을 베어버리고 집을 불살라버린 것이었다. 이를 보고받은 방홍염은 이를 역모사건으로 만들어 우왕에게 아뢰었다. 놀란 우왕은 곧바로 그를 잡아들여 문초토록 하였다. 이를 모르고 자신이 저지른 사건의 전말을 방홍염에게 알리기 위해 개경에 올라온 조반은 곧바로 붙들려 순군옥에 갇혀 문초를 받는 신세가 되고 말았다. 그는 역모를 꾸몄다고 자백하라는 문초에 항변하였다.

"나는 역모를 꾀한 적이 없다. 탐관오리들이 사방에 종을 내놓아 타인의 땅을 강탈하고 백성들을 잔인하게 짓밟고 있다. 내가 이번에 네 놈의 종놈을 죽인 것도, 오직 나라에 도움이 되고 백성을 괴롭히는 탐관오리들을 뿌리 뽑으려는 것인데 어째서 내가 반란을 꾀했다고 하느냐?"

조반은 참혹한 고문에도 굴하지 않고 방홍염을 꾸짖었다.

"나는 몇몇 탐관들이 종놈들을 사방에 풀어 남의 전민을 빼앗고 백성들을 학대하는 도적을 베고자 하는 것뿐인데 어찌 모반이라 하며, 네 놈은 나와 송사訟事하는 관계인데 어찌 나를 국문할 수 있느냐?"

낯빛이 변한 방흥염은 분을 참지 못하고 조반의 입을 마구 짓밟았다. 그리고는 모반을 자백했다고 우왕에게 허위로 아뢰었다. 우왕은 고심을 하다가 하명을 기다리라며 방흥염을 보내고, 그날 밤 은밀하게 최영의 집을 찾아갔다.

"장군! 조반이 모반을 하였다는데 믿을 수가 없소. 그는 선왕의 시호諡號와 나의 승습承襲을 청하러 명나라에 다녀온 충성된 사람인데 이유도 없이 그렇게 끔찍한 일을 저질렀을 리 만무하니 토지점탈에 연루된 자들을 모두 잡아들여 사건의 진실을 밝혀내시오."

그렇지 않아도 이미 조반의 무고함을 알고 있어 구명방법을 고심하던 최영은 조심스럽게 우왕의 하명에 대해 진위여부를 가늠한 뒤 명을 받들기로 결심하고, 곧바로 이성계를 불러 토지점탈로 백성들의 원성을 듣고 있는 임시동, 방흥염, 부길도를 일거에 잡아들일 계책을 논의하였다. 그리고 다음날 아침, 가노들과의 충돌을 피해 그들이 등청하는 시간에 맞춰 길목에 군사들을 배치하였다가 기습적으로 그들을 포박하여 옥에 가두고 우왕에게 아뢰었다.

"지금 사헌부를 장악하고 있는 이들은 모두 권문세족들의 수족이니 올바른 조사를 할 수가 없사옵니다. 그러니 이해관계가 없는 새로운 사람을 조사관에 임명하셔야 하옵니다."

"그럼, 누구를 임명하면 좋겠느냐?"

"전 평리였던 왕윤식을 도만호로 하고, 지문하 이식영을 상만호로, 이방과를 부만호로 임명하면, 공정한 조사가 이루어질 것으로 사료되옵니다."

"그렇게 하라."

이 소식을 들은 영문하부사 이인석은 곧바로 대전으로 향했다. 그러나 이를 예견한 우왕은 그를 만나주지 않았다. 이에 몰락을 예감한 이인석은 곧바로 최영을 찾아가 사정을 하였으나 그 또한 아무 것도 들어주지 않았다.

결국 며칠 뒤, 토지를 점탈한 그들의 죄상은 낱낱이 밝혀졌고 이인석을 비롯한 그의 추종자 임시동, 방홍염, 부길도 등 30여 명도 모조리 참수를 당하거나 유배에 처해졌다.

이 사건을 계기로 왕권을 확고히 한 우왕은 곧바로 최영을 문하시중에, 이성계를 수문하시중에, 이사도를 판삼사사에 임명하는 등 대대적인 인사개편을 단행하였다.

의문의 문장(紋章)

최영과 이성계가 정권을 장악하면서 조정은 안정을 찾아 갔다. 그러던 어느 날 밤, 이성계의 가택에는 쌕 하며 바람을 가르는 소리와 함께 화살 하나가 대청마루 기둥에 꽂혔다. 놀란 이성계는 즉시 대청마루로 나와 주변을 살펴보며 화살을 수거하고는 가노들에게 집 주변에 수상한 자를 찾아보라 하명하였다. 그리고 방으로 들어가 화살에 매달려 있는 쪽지를 펴 보았다. 그 쪽지에는 새의 문장紋章이 찍혀있었다.

"대감님, 지금 명나라 요동군이 고려를 향해 움직이고 있으니, 속히 대응책을 마련해야 할 것입니다."

이성계는 알 수 없는 첩보에 의문을 품었지만, 나라의 안위를 걱정하는 급박한 내용이라 무시하기도 곤란해 즉시 가병을 서북면으로 보내 진위여부를 확인토록 하는 한편, 서북면병마사에게도 경계를 강화토록 파발을 띄웠다.

그 일이 있은 후, 사흘째 되던 날 사신으로 명나라에 갔던 설장수가 황제의 서신을 가지고 돌아왔다.

"고려왕은 듣거라. 철령鐵嶺을 따라 이어진 북쪽과 동쪽과 서쪽은 원래 개원로開元路에서 관할하던 군민軍民이 소속해 있던 곳이니, 그 땅을 반환하라."

조정은 발칵 뒤집혔다. 시중 최영은 즉시 도당회의를 열어 군사적 대응의 필요성을 설득하고, 서북면에 군사를 증원하여 경계를 강화하는 한편, 밀직제학 박의중을 명나라로 보내 철령 이북이 예부터 고려의 영토였다는 것을 주장하였다. 그러나 명나라는 눈 하나 깜짝이지 않고, 요동백호 왕득명을 사신으로 보내 일방적으로 요동에서 철령까지 70개의 역참을 설치한다는 통보를 하고 군사 1천여 명을 강계江界로 보내 역참을 설치하기 시작하였다. 서북면병마사로부터 이 소식을 접한 최영은 우왕에게 아뢴 후 즉시 서북면병마사에게 요동군을 퇴치하도록 하여 그들을 몰아냈다. 저잣거리에 이 소식이 알려지자 백성들은 이제야 나라가 바로 섰다며 환호했다. 그리고 민심은 급격히 시중 최영에게 쏠리기 시작했다. 이에 불안을 느낀 우왕은 혹시라도 모를 배반에 대비해 시중에게 후처 소생인 딸을 후궁으로 달라하여 그를 부원군으로 삼은 뒤 편안한 마음으로 정사를 내맡겼다.

정권을 더욱 공고히 한 최영은 과거 이인석이 갈팡질팡하던 원·명 양면외교정책에서 탈피하여 북원과의 관계를 강화하고, 명나라를 요동에서 몰아낼 계획을 세워 우왕을 설득했다. 이런 일이 벌어지고 있음을 까마득히 모르고 있는 이성계의 집에는 또 하나의 알 수 없는 화살이 대청마루 기둥에 꽂혔다.

"전하께서는 시중과 함께 요동정벌을 계획하고 있습니다. 북원을 몰아낸 명나라와 전쟁을 벌이는 일은 지금으로선 결코 나라에 이롭지 못할 것입니다."

화들짝 놀란 이성계는 시중을 찾아가 시국의 위중함을 논하였다.

"장군님, 북원은 이제 세력이 쇠하여 명과 맞설 수 있는 힘이 없습니다. 지난번에 억지 주장을 하여 우리 군사들이 명나라 군대를 몰아내기는 하였지만, 그들은 반드시 보복을 하려 할 것입니다. 따라서 그들이 침략을 하기 전에 회유할 방책을 마련해야 할 것입니다."

"이 장군! 명과 손을 잡으라고? 그게 될 말이요?"

"그렇게 역정만 내실 일이 아닙니다. 소장도 그들과 맞서 싸우고 싶지만 지금은 때가 아닙니다. 불같이 일어나는 기세를 꺾기에는 우리의 힘이 부족합니다."

"이 장군! 자네는 나와 많은 전장을 누비며 생사고락을 같이 했어. 그래서 나는 누가 뭐라 해도 자네를 믿지. 그런데 왜 몸을 사리는 것이오? 우리는 이참에 요동을 정벌해야 하오. 우리가 요동을 치면, 북원도 명을 협공하게 될 것이오."

"장군님, 제발 좀 더 정세를 살펴보시고 계획을 세워도 늦지 않으니 숙고하시옵소서."

이성계의 간절한 요청에도 불구하고, 최영은 끝내 우왕에게 주청하여 요동정벌을 공포하고 곧바로 양민들과 군량미를 징발하여 3만 8천여 명의 요동정벌군을 조직하였다. 우왕은 최영을 팔도도통사로 임명하고, 좌군도통사에 조민수, 우군도통사에 이성계를 임명하였다. 이에 이성계는 간절하게 전쟁의 불가함을 진언하였다.

"전하! 작은 나라로서 큰 나라를 친다는 것은 이치에 맞지 않는 일이며, 농번기에 군사를 일으키는 것은 백성을 도탄에 빠뜨리는 일이옵니다. 또한 군사를 동원하여 멀리 정벌을 나가면 그 틈을 타서 남방에서 왜구들이 침략을 할 것이옵니다. 그러면 두 군데서 전쟁을 해야 하는데 지금은 그럴 군사가 없사옵니다. 뿐만 아니라 머지않아 장마가 닥치는데 그렇게 되면 활이 풀어지고, 군영 안에 역병이 창궐하여 군사들은 전투를 할 수가 없게 됩니다. 그러니 신의 충언을 살펴 주시기 바랍니다. 명을 거두어 주시옵소서."

"당치도 않은 말은 삼가라. 과인은 이미 출정을 공포하였으니 안 된다고 할 것이 아니라, 나가서 명군을 물리치고 요동 땅을 찾아오란 말이다."

"전하, 전쟁에 임하면 그렇게 할 것이옵니다. 허나 다시 한 번 숙고해 주시기 바라옵니다."

"이 장군! 항명을 하는 것이냐? 그렇지 않으면 당장 물러가 정벌 준비를 하라!"

"전하! 거듭 청하옵니다. 한 번만 신의 충언을 헤아려주시옵소서."

"당장 물러가라. 그렇지 않으면 항명으로 다스릴 것이다."

우왕은 버럭 소리를 지르며 침전으로 들어가 버렸다. 이성계는 할 수 없이 대전을 나와 출정준비를 서둘렀다. 준비를 마친 정벌군은 왕에게 신고를 하고 출정길에 올라 서경을 출발하여 여드레 만에 압록강 하류 위화도에 숙영지를 편성하였다. 이성계는 곧바로 세작을 요동 땅으로 들여보내 적정을 살피도록 한 후, 강을 건널 방법을 찾기 위해 위화도의 곳곳을 둘러보았다. '적에게 들키지 않기 위해서는 캄캄한 그믐이거나 오늘같이 잔뜩 흐린 날이어야 하고, 짧은 시간에 많은 병사들이 건널 수 있는 얕은 곳이라야 한다. 또 강을 건너 상륙할 지점도 가파르지 않은 곳이어야 함은 물론 군사들이 몸을 숨길 수 있는 곳이어야 한다.' 많은 생각을 하며 면밀히 지형을 살필 때, 잔뜩 흐렸던 하늘에서는 빗방울이 떨어지기 시작했다. 하지만 지형답사를 멈출 수가 없었다. 답사를 마치고 막사로 돌아올 즈음에는 빗방울이 폭우로 변했다. 이성계는 예하 장수들에게 강물이 불어날 수 있으니 범람에 대비하라고 하명한 후, 지형답사 결과를 토대로 꼬박 이틀 동안 작전계획을 수립하였다.

이틀 뒤 정벌군은 야음을 이용해 도강을 시도하였다. 그러나 강물이 많이 불어나고 물살마저 빨라져 뗏목이 떠내려가며 뒤집히는 바람에 손쓸 사이도 없이 수많은 군사들이 수장되고 말았다. 도강에 실패한 이성계는 작전을 중지하고 군사들을 주둔지로 복귀시킨 후 죽은 군사들의 장례를 치러 줬다. 그날 밤, 이성계는 밤을 꼬박이 새우며 생각에 잠겼다. 그래서인지 머리가 몹시 무겁고 피로가 몰려와 새벽녘이 되어서 깜빡 잠이 들었다. '이놈아! 지금 자빠져 자고 있을 때가 아니다!' 이성계는 할아버지의 청천벽력 같은 호통에 깨어났다. 하도 꿈이 선명하여 골똘히 생각하다가 동북면에 있을 때, 임금이 될 길몽이라고 했던 꿈이 생각났다.

어느 시골 마을을 지나는데 고을 닭들이 일제히 울어대고 집집마다 방아 찧는 소리가 들렸다. 그리고는 하늘에서 꽃비가 떨어져 내렸는데, 불이 난 집에서 자기가 서까래 세 개를 짊어지고 밖으로 나왔다. 꿈이 하도 이상해서 꿈 해몽을 잘한다는 점쟁이 노파를 찾아가 물었더니, 설봉산 토굴에 사는 스님에게 가보라고 하여 그곳을 찾아가 물었다. 스님은 서까래 세 개는 임금 왕자를 뜻하는 것으로 장차 왕이 될 운명이라며 이를 절대로 발설해서는 안 된다는 말을 들었다. 이성계는 지금 왜 이 꿈이 생각났을까 하며 몇 차례를 곱씹어 보았으나 도무지 그 이유를 알 수가 없었다. 그때 밖이 소란했다. 그러더니 번을 서던 예하 장수가 장막을 제치고 들어와 남루한 옷차림과 산발한 머리가 비에 흠뻑 젖어 마치 미치광이 같은 자를 이성계 앞에 무릎 꿇렸다.

"장군님을 뵙고 싶다는 수상한 놈을 잡아왔습니다."

이성계는 그 자의 용모를 위 아래로 훑어보고는 눈빛이 살아있음에 예사롭지 않은 놈이라는 것을 직감했다.

"누구길래 나를 보자고 한 것이냐?"

"이성계 장군님이 맞습니까요?"

"그렇다만… 나를 왜 찾아왔느냐?"

"소인은 천난돌이란 고려인으로 대대로 요동에서 농사를 지어 먹고 지내면서 비밀리에 요동의 동태를 살펴서 연경에 알리는 일을 하고 있습니다요."

"간자라고? 누구에게 알린다는 것이냐?"

"소인이 아는 것은 단 한 사람뿐입니다. 바로 형님입지요? 연경에 거주하고 있는데, 천난생이라 합니다. 형님은 이 땅에서 수집된 첩보들을 개경으로 보내는 것으로 알고 있습니다요."

"개경? 누구에게 어떻게 보낸다는 것이냐?"

"누군지는 모르지만, 소인이 형님에게 소식을 전하는데 하루면 되니까, 개경까지는 이틀이나 사흘 정도면 연경의 소식을 전할 수가 있습니다요."

"이 놈이 뉘 앞에서 거짓말을 하느냐? 연경에서 개경까지가 얼마나 먼 길인데… 저 미친놈을 당장 끌고나가 목을 쳐라!"

"장군님, 소인의 얘기를 한번 들어보고 목을 치십시오."

"그래? 어디 한번 말해 보거라."

"소인은 하르차악이라는 새를 사육하여 훈련시키고 있습니다요. 이 하르차악의 발에 첩보를 적은 쪽지를 돌돌 말아 매달아 날려 보내면, 연경에서 이를 받아보고 다시 소인에게 필요한 첩보수집 지시를 보내오고 있습니다요. 소인이 악천후에 위험을 무릅쓰고 이곳에 온 것도 그 때문입니다요."

"갈수록 태산이로구나. 새를 어찌 길들인다는 것이냐?"

"아주 드물기는 하지만, 이곳 요동뿐만 아니라 북방에 사는 사람들이 하르차악을 길들여서 사냥을 하는 것은 오래 전부터 내려오는 전통입니다요. 처음에는 야생의 새 둥지를 찾아 갓 깨어난 어린 새를 집으로 가져와 계속 먹이를 주면, 사람이 자기의 어미인줄 알고 떠나질 않습지요. 길들이는데 몇 년씩 걸리지만, 일단 길들이고 나면 절대로 새는 도망가지 않습니다요."

"그래도 그렇지. 어떻게 연경까지 보낼 수 있다는 것이냐?"

"부모님께서는 새를 이용하여 사냥을 했기 때문에 형님과 소인은 어려서부터 새와 친구같이 지냈는데 그래서인지 모르겠지만 하르차악은 소인과 형님의 휘파람 소리를 들으면 아무리 먼 곳에 있더라도 곧바로 찾아옵니다요. 형님은 이 기술을 여러 사람들에게 가르쳤고, 그들은 연경으로 가는 길목에 군데군데 배치되어 있습니다요. 그래서 첩보를 전하는 데는 아무런 문제가 없습니다요."

이성계는 속으로 감탄했다.

"그래, 네 형이 무엇을 전하라 했느냐?"

천난돌은 흠뻑 젖은 옷 속에서 기름종이로 봉한 봉투를 꺼내 내밀었다. 이성계는 곧바로 봉투 안의 내용물을 꺼내 들고는 미심쩍은 표정으로 들여다보았다. 그 속에는 요동에 배치되어 있는 명나라의 군사 배치와 숫자, 교대시간, 상륙하기에 가장 안전한 위치 그리고 명나라 조정의 동태와 양광도에 대규모로 왜구들의 침입이 있어 왕경방어군 일부를 양광도로 보냈다는 내용이 자세히 기록되어 있었다.

"아하! 고맙소. 내 잠시 그대를 의심하여 무뢰를 저질렀는데 미안하오."

"아닙니다. 장군님을 뵙게 되어 다행입니다요."

"그런데 한 가지만 다시 묻겠소. 연경의 동태는 개경에 누구에게 전달되는 것이오?"

"소인은 알 수 없습니다요. 다만 얼핏 황실에 있었던 사람이라고만 들었습니다요."

"고맙소. 또 만날 기회가 있기를 바라겠소."

이성계는 군사를 불러 천난돌을 안전하게 보내주라고 하명한 뒤, 자신의 집 대청마루 기둥에 꽂혔던 화살을 떠올렸다.

비는 며칠째 그치질 않고 군사들은 강이 범람할까 동요하고 있었다. 그런데다가 도강을 위해 준비한 가교마저 떠내려가는 일이 벌어져 군사들이 강을 건너는 것은 불가하였다. 사태를 관망하며 고심하던 이성계는 좌군도통사의 군막을 찾아갔다.

"장군! 아무리 생각해도 이번 요동정벌은 잘못된 것 같소이다. 주상께 정벌을 중지해달라는 상소를 올립시다."

"이 장군! 지금 한 말이 반역이란 걸 모르시오?"

"장군! 반역을 하자는 게 아니오. 지금 이곳의 사태를 보시오. 며칠째 비가 계속 내려 범람이 우려되는 상황에서 군사들은 죽음을 두려워하고 있어요. 그런데다가 우리가 며칠 동안 비를 맞으며 준비한 가교도 떠내려가지 않았습니까? 그 뿐만이 아닙니다. 병사들이 가지고 있는 활이 습기로 풀어져 강을 건넌다 해도 전투를 할 수 없고, 질병 또한 우려되는 상태입니다. 병사들의 사기는 말이 아닙니다. 또한 우리 세작들에 의하면, 요동군은 우리 땅을 침략할 의사가 없다는 것이 확인되었습니다. 이때에 우리가 공격을 한다면 일시적으로는 유리할 지 모르나 끝내는 몽골에게 지배당했던 것처럼 또 명나라의 지배를 받게 될 것입니다. 나는 이 전장에서 죽는 것은 두렵지 않습니다. 하지만 백성들이 핍박받는 것은 두고 볼 수가 없어요. 우리나라는 명나라와 화친을 해야 합니다."

펄쩍 뛰던 좌군도통사는 이성계의 말에 아무런 대꾸도 하지 못한 채 '내게 시간을 좀 주시오.'라고 답했다. 그리고 이틀 뒤, 좌군도통사는 이성계의 의견에 동조키로 했다.

정벌이 불가하다는 상소문은 조전사 최유경崔有慶을 통해 봉주鳳州(지금의 황해도 봉산지역)에 머물고 있는 우왕에게 전해졌다. 상소문을 받아든 우왕은 항명이라 펄쩍 뛰며, 최영 장군에게 즉시 진군하라는 명을 내리라 다그쳤고, 최영 장군은 조전사에게 왕명을 들려 위화도로 돌려보냈다.

"즉시 진군하라! 그렇지 않으면 항명으로 다스릴 것이다!"

그러나 위화도의 사정은 도저히 진군할 수 있는 상황이 아

니었다. 이성계는 내내 고심을 하다가 좌군도통사의 군막을
또 찾아가 회군의 뜻을 밝혔다.

"장군! 지금 무슨 소리를 하는 게요. 그러지 말고 왕명을
따릅시다. 상소문을 올리는 것까지는 동의했으나 회군은 아
니 되오. 회군이 무엇을 뜻하는지 알지 않소. 그것은 반역이
오. 곧 죽음이란 말이오."

"장군! 이 상황에 진군을 하라는 것이 말이 되오? 이것이
얼마나 가당찮은 명령이오. 이참에 둘이 힘을 합쳐 썩어빠
진 조정을 바꿔 백성들이 잘 살 수 있는 나라를 만듭시다."

"이 장군의 말씀이 전부 틀린 것은 아니지만, 모두 맞는
것도 아니니 좀 더 숙고해 봅시다."

"더 생각한다고 왕과 시중의 생각이 바뀌지는 않습니다."

"좋소. 나에게 수하 장수들과 이야기할 시간을 주시오."

한 나절이 흐른 뒤, 좌군도통사는 이성계의 군막을 찾아
와 회군에 동참하겠다는 뜻을 전했다. 이에 이성계는 곧바
로 군사들을 모아 놓고 회군을 선포했다.

"나의 충성스런 군사들이여! 우리는 이 시간 요동정벌을
멈추고 회군할 것이다. 그 동안 나는 전하께 상국上國의 경계
를 범해 황제께 죄를 얻으면, 종사와 백성에게 화가 곧 미칠
것이라고 회군을 청했다. 그러나 전하는 이를 살피지 못하
고, 시중은 늙고 어두워 듣지 않으니, 그대들과 함께 돌아가

서 친히 정벌의 잘못을 아뢰고, 전쟁을 부추긴 자들을 제거하고자 한다."

군사들은 일제히 환호했다.

"이성계 장군 만세! 조민수 장군 만세!"

이 소식은 곧바로 조전사 최유경에 의해 봉주에 머물고 있는 우왕과 최영 장군에게 전해졌다.

"시중! 반란이오. 이 일을 어찌하면 좋겠소?"

"전하, 염려 마시옵소서. 즉시 개경으로 돌아가 이성계와 조민수의 모반을 공포하고, 그들의 관직을 삭탈하시옵소서. 소신이 남아 있는 군사들과 양민들을 징발하여 그들을 제거할 것이옵니다."

최영은 곧바로 우왕을 모시고 개경으로 환궁하여 징발령을 내리는 한편, 호위대와 왕경수비대, 서해도에 있는 군사들을 불러 개경 외곽에 배치하여 방어선을 구축하기 시작했다.

그 즈음 정벌군은 위화도를 출발하여 서경에 도착해 잠시 휴식을 취하고 있었다. 그때 어디서 날아왔는지 알 수 없는 화살이 이성계의 군막으로 떨어졌다.

"최영 장군이 남아 있는 호위대와 왕경수비대, 서해도 군사로 궁궐은 물론 도성 외곽에 방어선을 구축하고 있으며 징발령을 내려 양민들을 모집하고 있습니다. 또한 장군들의 관직을 삭탈하고, 정벌군을 반란군이라며 장군들의 목을 베거나 잡는 자에게는 후하게 포상하겠다고 하였습니다. 하지만 저잣거리의 민심은 무모한 전쟁을 일으켜 남편과 자식을 전쟁터로 보냈다는데 대한 반감이 확산되고 있는 상태입니다. 또한 명과의 화친을 주장하는 사대부들은 장군의 회군을 암암리에 지지하고 있습니다."

이성계는 이것이 천난돌이 말한 알 수 없는 사람이 돕고 있는 것이라 생각했다. 그리고 곧바로 작전회의를 열어 이동 간에 혹시나 모를 방어군과의 일전에 대비하라는 명을 내렸다. 그렇게 두 장수는 개경 외곽에 도착해 진지를 편성하고, 왕에게 최영을 제거하지 않으면, 종사를 전복시킬 것이라 상소를 또 올렸다. 그러나 왕은 이를 묵살했다. 아무런 답이 없자 이성계는 조민수 장군과 개경성 공격계획을 세워 조민수 장군이 이끄는 좌군은 선의문을, 자신이 이끄는 우군은 숭인문을 공격키로 하였다. 이에 이성계는 숭인문 밖 산대암山臺岩에 진을 치고 예하 장수 류민수를 선봉으로 보내 숭인문을 공격케 하였다. 그러나 성곽이 워낙 견고한데다가 방어군들이 악착같은 활약으로 류만수는 패퇴하고 말았다.

이 즈음 선의문을 공격한 좌군은 힘겹게 방어선을 뚫고 성안으로 진입했다. 이에 최영은 급하게 1차 공격에 승리한 숭인문 군사들을 일부만 남겨 놓고 주력을 선의문으로 돌렸다. 이를 간파한 이성계는 '내가 직접 성문을 열 것이다. 나를 따르라' 소리치며 직접 숭인문을 공격했다. 이에 사기가 충천한 군사들은 닫혀있는 성문을 공격하는 한편 사다리를 걸치고 파죽지세로 성곽을 기어올랐다. 주력이 빠진 방어군 군사들은 결사적으로 정벌군을 저지했으나 끊임없이 기어오르는 정벌군에 지쳐갔고, 결국 기세에 눌려 도망치기 시작했다. 이를 망루에서 지켜보던 최영이 탄식했다.

"아아, 하늘이 이 나라를 버리는구나!"

그 사이 성벽을 넘은 정벌군 병사들은 곧바로 성문을 지키는 병사들을 무찌르며 성문을 열어젖혔다. 그러자 봇물처럼 쏟아져 들어온 정벌군은 파죽지세로 성안을 점령하고 궁궐을 포위했다. 이에 최영은 급히 대전에 있는 우왕을 궁성화원 팔각전八角殿으로 피신시킨 후, 몰려드는 정벌군을 막아서며 마구 무찔렀다. 이에 정벌군 병사들이 두려움에 더 이상 앞으로 나가지 못하고 주춤했다. 그때 최영이 소리쳤다.

"더 이상 병사들의 목숨을 빼앗지 마라. 이번 요동정벌은 내가 계획한 것이니 나를 죽여라!"

최영은 칼을 버리고 정벌군 앞으로 나가 포박을 받았다.

그렇게 광풍이 지나간 뒤 팔각전에서 잡혀 나온 우왕은

모든 것을 포기하고 조민수를 좌시중에, 이성계를 우시중에 임명하며 정권을 내주었다.

두 사람은 먼저 흩어진 민심을 달래기 위해 최영을 회유하였으나 끝내 거절을 당하자 할 수 없이 그를 고봉현(고양시)으로 귀양 보내고, 그 동안 권력을 농단했던 무리들을 모조리 축출했다. 그리고 최영의 딸 영비를 강화도로 유배시키는 한편 요동정벌을 명하여 많은 군졸들을 사지로 내몬 우왕을 폐위시키기로 하였다.

이 소식은 곧바로 우왕에게 전해졌고, 울분을 참지 못한 우왕은 사행을 불러들여 '오늘 밤 두 놈을 제거할 것이다' 라고 하며 내관들을 단단히 무장시키도록 명했다.

이런 계획을 전혀 모르는 이성계가 퇴궐하여 대청마루로 올라섰을 때였다. 쒜액 하며 귓전을 스치는 소리가 들리는가 싶더니 화살 한 개가 대청마루 기둥에 꽂혔다.

"오늘 밤 술시에 왕께서 직접 두 장군의 집을 급습할 계획이니 자리를 피하시옵소서."

이성계는 곧바로 가노를 조민수에게 보내 긴급히 논의할 사안이 있다며 휘하 장수들과 함께 숭인문으로 모이라 전했다. 그리고 자신도 바로 그곳으로 향했다. 이를 눈치 채지 못한 우왕은 술시가 다가오자 무장한 내관 80명을 둘로 나눈 후, 본인은 40명을 데리고 이성계의 집으로 향하고, 사행에게는 나머지 40명을 주면서 조민수의 수급을 가져오라 하였다. 허나 급습한 두 사람의 집은 이미 비어 있었고 주살계획은 물거품이 되고 말았다.

이 소식은 곧바로 가노들에 의해 숭인문에 머물고 있는 이성계에게 전해졌고, 이를 전해들은 장수들은 분통을 터트리며 밤을 보낸 후 다음 날 아침 대비전으로 쳐들어가 어젯밤 가택을 급습한 일을 비롯해 그간 왕의 실정을 문제 삼아 즉각 폐위를 하라고 압박하였다. 하지만 대비는 굴하지 않고 꿋꿋하게 버텼다. 이에 장수들은 사흘째 되던 날, 무장을 한 채 대비전으로 쳐들어가 위협을 가했다. 더 이상 견딜 수 없음을 인식한 대비는 할 수 없이 폐위교서를 내리고, 이를 받아든 장수들은 나는 듯이 대전으로 달려가 왕을 끌고 나와 그 길로 강화도로 유폐시켰다.

그렇게 한 고비를 넘긴 이성계는 모처럼 집에서 여유로운 시간을 보내며 향후 대책을 구상하다가 문득 우왕의 가택 급습을 피할 수 있게 해준 사람의 정체가 무엇일까 하는 생각이 떠올랐다. 만약 왕과 무력으로 맞닥뜨렸다면…. 이성계는 머리를 절레절레 흔들었다. 제거하면 역적이요, 따르자면 죽은 목숨인 것이다. 생각이 여기에 미치자 그 사람이 보고 싶어졌다. 그 동안 명나라 요동군의 움직임과 최영 장군의 요동정벌 계획, 위화도에서 악천후에도 불구하고 압록강을 건너와 요동군의 동태를 알려준 일, 회군 도중에 최영 장군이 개경 외곽에 방어진을 구축하고 있다는 첩보 등…. 고비마다 한 발 먼저 나를 도와준 사람은 누구일까? 대륙의 정세까지 꿰뚫고 있는 사람이라면? 이성계는 위화도에서 만난 요동의 간자 천난돌을 떠올렸다. 자세히는 모르지만 원 황실에서 지냈던 사람이라 하지 않았던가. 누구일까? 간자망을 운영할 수 있으려면 많은 자금이 필요할 터인데…. 누가 그런 거금을 가질 수 있다는 말인가? 순간 먹구름 속에서 한 줄기 햇살이 내리비치듯 머리를 맑게 해주는 생각이 스쳤다. 아! 판내시부사. 그는 원 황실에서 태감으로 있다가 선왕을 따라 들어왔다 하지 않았던가. 선왕을 측근에서 그림자처럼 보필하며 영도첨의 신돈 조차도 무시하지 못했던 사람, 그를 통하지 않고는 출세를 할 수 없다는 말이 떠돌 정도로 장막 속에서 보이지 않는 권력을 가졌던 사람, 선왕이 승하하고 난 후에 폐왕이 등극하면서 영전 건립의 책임자로 몰려 익주의 관노로 쫓겨 갔다가 다시 복권된 사람…. 그 사람이다. 생각이 거기까지 미치자 이성계는 곧바로 판내시부사를 불렀다.

"부사, 고생이 많소. 그런데 왕이 폐위되었으니 어찌해야 되겠소?"

"저 같은 소인이 무엇을 말씀드릴 수 있겠습니까? 대감께서 결정하는 대로 따라야겠지요. 모든 일은 대감의 뜻에 달려있지 않사옵니까?"

"하하하. 그래요? 그건 내가 결정할 일이 아니고, 대비전에서 결정할 일이지 않소. 그건 그렇고 내가 부사를 부른 것은 의견을 듣고 싶어서요. 그러니 솔직히 대답해 주시오."

"무슨 말씀인지는 모르오나 하명하시면 아는 대로 말씀드리겠습니다."

"부사께서는 언제 궁에 들어오게 되었소?"

"선왕께서 황실에 볼모로 와 계실 때, 소인이 공주님을 모시고 있던 관계로 따라 오게 되었습니다."

"그럼 한 가지만 더 묻겠소. 새의 문장紋章를 본 적이 있소?"

"무슨 말씀을 하시는지 도무지 모르겠습니다."

"그럼 천난돌이란 사람은 아시오?"

사행은 순간 낯빛이 흔들렸다.

"그런 사람이 누구인지 어찌 알겠습니까. 궁궐에는 그런 이름을 가진 사람이 없는 줄로 아옵니다."

"부사. 그 사람은 궐에 있는 사람이 아니고, 요동에 사는 고려 사람이오."

"글쎄요. 금시초문입니다만…."

"허허허. 그렇게 모른 체 할 필요 없소. 내가 위화도에 주둔하고 있을 때, 그가 빗속을 뚫고 압록강을 건너와 내 군막을 찾아들었소. 그리고는 요동군의 배치와 동향을 알려 주었지.

그래도 모르겠소?"

"모르는 일입니다. 소인이 어찌 그런 일을 알겠습니까? 아마도 그 사람이 대감님을 존경해서 그런 것이겠지요?"

"그때 나는 그가 가져온 첩보의 진위여부를 확인하기 위해 그의 목숨을 빼앗으려 위협했소. 그랬더니 그는 요동군의 간자가 아니라며 자기의 윗선에 대해 토설하면서 자신의 형은 천난생이란 사람이고, 그 윗선은 개경에 있는 사람으로 과거 황실에 있던 사람이라고 했소이다."

"글쎄요. 어찌 그런 엄청난 일을 할 수 있었을까요? 목숨을 버려야 하는 일인데…. 아마도 대감님께서 동북면에 계실 때 백성들을 편안케 해줬다는 소문을 듣고 따르는 것이 아니겠습니까?"

"그래도 부사는 모른 척 하는구려. 요동군이 국경으로 이동하고 있다는 첩보와 최영 장군이 요동정벌 계획을 세우고 있다는 쪽지를 화살에 묶어 내 집 대청마루로 쏘아 보낸 일이 있었는데, 그 쪽지에는 새의 문장紋章이 찍혀 있었소. 계속 궁금했었는데 위화도에서 천난돌의 토설을 듣고 짐작하게 되었소. 그런데다가 또 폐왕의 기습계획을 알려와 어려운 사태를 피하게 되었으니 내가 어찌 그 사람이 궁금하지 않겠소. 곰곰이 생각한 끝에 나는 그 사람이 부사일 것이라는 판단을 내렸소. 이래도 아니라고 할 것이오?"

"그렇게까지 말씀하시니 뭐라고 드릴 말씀은 없습니다. 하지만 소인은 알 수 없는 일입니다. 대감께서 그렇게 믿고 싶으시다면 그렇게 도와드리고 싶어 그러는 게로구나 하고 계시면 되지 않겠습니까?"

"좋소. 그러면 내 청을 하나 들어주겠소?"

"대감께서 물으신다면 숨김없이 모든 것을 말씀드리겠습니다."

"고맙소. 나는 부사를 특별히 생각할 것이오. 그러니 앞으로 왕실에서 이루어지는 일들을 빠짐없이 알려주시오. 부탁이외다."

"그리 하겠습니다. 대신 대감님께서도 소인의 안전을 보장해주셔야겠습니다."

계략(計略)

　　조정은 다시 폐왕의 뒤를 이을 후계 문제로 두 편으로 갈라졌다. 조민수와 그를 따르는 일당들은 폐왕의 아들 세자 창昌을, 이성계와 그를 따르는 사대부들은 왕족 왕요王瑤를 옹립해야 한다며 대립했다.

　　도당에서는 어떤 결론도 도출하지 못하고 매일같이 난장판이 되어 싸움을 벌이며 지지세력 모으기에 혈안이 되었다. 그러던 어느 날, 노걸단의 감시망에 조민수가 야심한 밤에 이사도 대감 집에 들어가는 것과 그곳을 나와 대비전에 들어가는 것이 포착되었고, 이는 곧바로 사행을 통해 이성계에게 전했다.

　　다음 날, 도당에서는 또 다시 후계자 선정을 놓고 대립하는 가운데 조민수 일파의 의견에 이사도의 제자인 정몽주가 힘을 보태며 의견이 점차 그쪽으로 기울어갔지만 격론만 있었을 뿐, 합의는 이루어내지 못하고 회의를 끝냈다.

그날 밤 이성계는 사행을 자택으로 불러들였다.

"부사는 공민왕을 황실에 있을 때부터 가까이서 모셨고, 귀국 후에도 가까이 모시면서 일거수일투족을 모르는 것이 없을 것이라 믿소. 내가 오늘 부사를 부른 것은 폐왕의 출생에 관해 알고 싶어서요. 이것은 이 나라 왕실의 정통성에 관한 민감한 사안이라는 것도 부사는 잘 알 것이오. 알다시피 도당에서는 지금 후사문제로 격론이 벌어지고 있어요. 나는 후사문제를 바로 잡아 이 나라의 정통성을 지키려고 하고 있소. 그러니 폐왕의 출생에 관해 아는 대로 자세히 알려주시오. 은공은 잊지 않겠소이다."

"아는 대로 소상히 말씀을 드리겠나이다. 대왕께서는 정기가 약하시어 사랑하는 공주마마와도 잠자리를 자주 하지 못하였습니다. 그를 모르고 태후께서는 후비를 자꾸 들이셨죠. 그러나 대왕께서는 한 번도 후비와 잠자리를 하지 않으셨습니다. 공주마마께서 돌아가시고 나서는 후사에 관해 태후로부터 독촉과 압박이 심했습니다. 그래도 대왕께서는 공주를 그리워하는 마음이 워낙 크셨는지 어느 후비와도 잠자리를 같이 하지 않았습니다. 그러던 어느 날, 죽은 영도첨의 신돈이 대왕을 자택으로 초청하였습니다. 대왕께서는 심란함을 달래고 싶으셨는지 그 청을 받아들여 영도첨의 집에 들렀죠. 주안상이 잘 차려져 있었습니다. 풍악이 울리는 가운데 잔이 오고가기를 한참, 분위기는 최고조에 달했죠. 그때였습니다. 영도첨의가 미모가 출중한 여자를 불러 들였죠. 새 안주를 들고 들어온 여자는 반야라고 인사를 올렸습니다. 대왕께서는 얼굴을 살피면서 그녀가 올리는 금준미주를 몇 잔 받았지요. 그리고 그날 밤을 반야와 함께 지냈습니다. 나중에 알고 보니, 반야는 영도첨의의 애첩이었습니다. 그런 일이 있은 후, 두어 달 지났을 때 영도첨의는 반야가 수태를 했다고 아뢰었고, 반야를 아무도 모르는 곳으로 옮겨 기거토록 하였습니다. 그리고 몇 달 후 폐왕이 태어난 것입니다. 소인이 생각하건대 폐왕은 대왕의 후손이라 확신할 수는 없사오나 후사에 목말랐던 대왕께서 폐왕을 자신이 낳은 아들이라고 하셨으니 어찌 하겠습니까?"

"그럼, 폐왕이 출생한 뒤 왜 곧바로 궁으로 데려오지 않았을꼬?"

"그것은 태후 때문이지요. 태후께서는 반야가 천민 출신인데다가 영도첨의의 애첩이라는 소문까지 듣고 있었으니, 그의 몸에서 태어난 폐왕을 후손으로 인정하기가 어려웠던 것이지요. 그러나 시간이 갈수록 대왕께서는 폐왕에 대해 애착을 가지고 있었고, 영도첨의가 죽자 데려 온 것입니다. 이 일이 새어 나갈까봐 대왕께서는 영문하부사에게 밀명을 내려 반야를 처리토록 하였고, 폐왕을 돌아가신 궁인 한씨韓氏의 소생이라고 하였지요. 그런 가운데 대왕께서 황망한 일을 당하신 것이옵니다."

"고맙소. 난 오늘 부사의 참모습을 보았소이다."

"부끄럽습니다. 대왕을 만나서 지금 이 자리에 있습니다만, 대왕과 공주마마의 유택을 짓는 일과 영전 건립을 보셨듯이 이 몸은 사실 황실에 있을 때부터 본업이 도편수이옵니다. 다른 것은 잘 모르지만, 토목건축에 관해서는 삼한에 이 몸을 따를 자는 없을 것입니다. 필요하실 때 하명해 주시면 성심을 다하겠습니다."

이성계는 사행이 돌아간 후 정도전을 불러 폐왕의 출생경위를 설명하고, 폐왕과 그의 자손 창昌이 왕씨의 혈족이 아님을 내세워 조민수 일파를 공격토록 하였다. 이에 조민수 일파는 순간 할 말을 잃었으나 곧바로 거짓이라며 대립했다. 하지만 이성계는 민심이 자신에게 쏠리고 있음을 의식한 정비定妃가 자신이 추천한 왕요王瑤를 후사로 정할 수밖에 없을 것이라는 막연한 자신감을 가지고 있었다. 그래서 추종자들에게 대비전을 찾아가 압박토록 하였다. 위협을 느낀 정비定妃는 그들을 달래어 보내고, 그날 밤 백성들의 신망이 두터운 이사도와 정몽주 대감을 불러 이성계 측근들의 압박을 털어놓고 의논하였다. 두 사람은 대비를 위로하며 세자를 후사로 정하면, 이성계 일파를 몰아내고 조정의 기강을 바로 잡겠다고 약속하였다.

이를 모르고 이성계는 다음 날 아침 대전회의에 나왔다가 돌이킬 수 없는 낭패를 당했다. 정비定妃가 세자 창昌을 후사로 세운다는 교지를 내린 것이었다. 이성계와 그를 따르던 사대부들이 강하게 항변하였지만, 이미 엎질러진 물이었다.

다음 날, 조민수는 곧바로 즉위식을 서둘렀다. 주도권을 빼앗긴 이성계는 실망하여 개경을 떠나 고향 함흥으로 돌아가 칩거에 들어갔고, 그를 따르던 세력들은 정국을 반전시킬 구실을 찾기 위해 안간힘을 썼다. 이를 지켜보던 사행은 궁궐 밖에서 노걸단원들과 회합을 열고, 조민수 측근의 행각에 촉각을 집중토록 하였다. 이후 노걸단원들의 활동은 은밀하면서도 광범위하게 펼쳐졌고, 추적 끝에 그의 토지점탈을 찾아냈다. 이를 보고받은 사행은 즉각 단원을 통해 함흥에 있는 이성계 장군에게 전했다.

"대감님, 저들의 가장 치명적인 약점은 토지점탈입니다. 이를 이용하면 민심은 크게 동요할 것입니다. 현 정국에 실망하여 초야에 묻혀 사는 조윤택이란 사람이 있는데, 그가 백성들의 고통을 잘 헤아린다는 소문이 자자합니다. 그를 만나보시면 난국을 타개할 좋은 방책을 얻을 수도 있을 것입니다. 그는 폐왕 즉위년에 급제하여 이후 전법판서를 거

쳐 밀직제학과 도검찰사를 지낸 사람인데, 몇 년 전 권간權奸
들의 발호跋扈에 실망하여 사직하고 지금은 초야에 묻혀 지
내고 있사옵니다."

이성계는 칩거를 끝내고, 조윤택을 두 차례나 찾아갔다.

"불시에 찾아온 이 사람의 무뢰를 용서해 주십시오. 이성
계라고 합니다."

"장군의 존함은 익히 들어 알고 있습니다. 그런데 장군께
서 이렇게 누추한 곳까지 어인 일이십니까?"

"고견을 듣고 싶어 왔습니다."

"고견이라니요? 관직을 떠난 지가 언제인데 무엇을 알겠
습니까?

"사양치 마시고 어찌하면 백성들을 편안케 할 수 있는지
가르침을 주시지요? 익히 존함을 많이 들었습니다."

"글쎄요. 과찬의 말씀입니다. 그런 문제라면 조정에 많은
신료들이 있지 않습니까? 장군께서는 그보다도 조민수 장군
에게 밀려나 반전을 꾀할 묘책을 찾는 것이겠지요."

"그렇게 말씀하시니 숨기지 않겠습니다. 하지만 그 기저
에는 이 나라의 백성들을 구하고자 하는 마음이 간절하기
때문입니다. 그러니 사양치 마시고 도와주십시오."

"그럼 한 가지만 묻겠습니다. 장군께서는 이 나라가 이렇
게 혼란스러운 이유가 무엇이라고 보시는지요?"

"미욱한 생각으로는 민본정치가 실종된 탓이라고 봅니다만…."

"한 가지만 더 묻겠습니다. 무엇을 보고 민본정치가 실종되었다고 판단하시는지요?"

이성계는 조윤택의 태도에서 예사롭지 않은, 곧은 마음이 도사리고 있음을 직감했다. 그러면서 동북면에서 시행했던 안변책과 사행이 보낸 서신을 떠올렸다.

"현재 시행되고 있는 토지의 무분별한 점탈이 문제가 아닐까 합니다만…. 고견을 들려주시지요?"

조윤택은 현실을 보는 안목에 놀라움을 금치 않았다. 그러면서 자신의 뜻과 같이 백성들의 삶을 편안케 할 것이라는 확신이 들었다.

"장군께서는 생각이 저와 맥을 같이 하는 것 같아 피력해 보겠습니다. 몇 년 전부터 소생은 과전법의 문제점을 인식하고 토지의 점유실태를 알아보기 위해 전국을 떠돌아다니며 백성들과 많은 이야기를 나누었지요. 소생이 파악한 바로는 현재 전국 토지는 60만결 정도인데, 이 토지는 왕족과 관료, 퇴직 관료, 환과고독鰥寡孤獨 등 국가의 보살핌을 받아야 할 이들에게 분배하고 나면 남는 것은 17만 결뿐입니다. 따라서 백성들은 경작할 토지가 턱없이 부족하여 하루 끼니를 해결하기가 어려운 상태지요. 그래서 제가 내린 결론이 전제개혁입니다. 이 문제를 해결하지 않고는 절대로 나라는 물론이고, 백성들의 삶 또한 어렵다고 판단했습니다. 지금 이 나라의 토지는 공전과 사전으로 나누어져 있는데, 공전은 왕토로서의 공전公田, 국·공유지로의 공전, 수조권收租權으로서의 공전이 있고, 사전은 사유지로서의 사전과 수조권으로서의 사전이 있지요. 이 중 사전은 국가의 관료로서 직역을 부담하는 대가로 문무 관료에게 주는 것이었습니다. 그런데 관직에서 떠난 사람이 수조권을 가지고 있던 땅을 내놓지 않고, 계속 세금을 받아먹는 데서 문제가 발생되는 것입니다. 그 뿐이 아닙니다. 현직에 있는 사람들이 수조권이 있는 사전뿐만이 아니라, 국가의 땅인 공전도 자신의 땅이라고 몰래 탈점하고서 조세를 받아 챙겨 국가에 들어와야 할 세금을 빼먹어 나라의 재정이 파탄에 이르고, 소작을 하는 농민들이 이중 삼중 심지어 한 토지에 일곱 명이 주인이라고 나서며 조세를 걷어가는 일이 벌어져 백성들이 먹고 살 방도가 없습니다. 이는 곧 국가의 기강이 극도로 문란해졌음을 나타내는 것으로 머지않아 민란으로 번질 우려가 있는 상태지요. 따라서 이를 바로 잡아야 한다고 생각하고 있습니다. 나라의 근본이 무엇이겠습니까? 백성이 근본입니다. 이 근본이 흔들리면 나라도 없지 않겠습니까?"

"그럼, 이 문제를 어떻게 해결할 수 있겠소이까?"

"전제개혁을 해야겠지요."

"기득권을 가진 권문세족들이 가만히 있겠습니까?"

"그야 반발이 심하겠지요. 아니 반발 정도가 아니고, 목숨을 걸고 막으려 하겠지요. 하지만 그런 반발을 무릅쓰고 토지를 몰수하여 이를 다시 백성들에게 나눠주어야지요. 이를 시행하면 왕실의 곳간도 늘어나고 백성들도 쌍수를 들어 환영할 것입니다. 장군께서는 이를 추진할 생각이 있으신지요? 그럴 생각이 없으시다면 당장 돌아가시오. 더 이상 드릴 말씀이 없습니다."

"왜 없겠습니까? 백성들을 위한 일이고, 이 나라를 지키는 일인데 어찌 마다 하겠습니까? 소생과 함께 이 나라를 구하는데 힘을 모읍시다."

조윤택은 이성계의 결연한 표정을 보고, 일어나 큰 절을 올렸다.

"오늘부터 소생은 장군과 뜻을 함께 하며 나라를 구하는데 힘을 보태겠습니다."

이성계는 조윤택을 일으켜 세워 두 손을 마주잡았다. 천군만마를 얻은 듯 가슴이 벅차올랐다. 두 사람은 다시 토지몰수와 분배방법 등에 대해 소상하게 이야기를 나눴다. 그리고 며칠 뒤, 조윤택은 개경으로 돌아와 개혁세력들과 합류하여 조정의 분위기를 반전시킬 묘책을 찾기 시작했다.

한편 조정을 장악한 조민수는 고민에 빠져 있었다. 이사도와 정몽주만 믿을 수 없었다. 좌시중에 올랐지만 언제 밀려날지 모르는 불안한 생각에 자기를 지켜줄 지지기반을 확고히 하고 싶어졌다. 이때 권문세가 자제인 조윤택이 금은보화를 싸들고 찾아와 관직을 부탁했다. 이것저것 살펴보던 조민수는 권문세가 출신으로 과거 밀직제학을 지냈던 재사가 자신의 뜻을 따르겠다는 말에 쾌재를 부르며, 그를 대사헌이란 중책에 천거하였다.

그렇게 조정에 다시 나가게 된 조윤택은 자신의 뜻을 펼치기 위해 수년 동안 준비해온 전제개혁 방안을 정리하여 조민수와 상의도 없이 상소를 올렸다. 조민수는 기겁을 했다. '아니, 저 놈이 내 등에 칼을 꽂다니… 배은망덕도 유분수지!' 조민수는 분기탱천하여 어찌할 줄 몰라 길길이 뛰었고, 따르던 당여들은 큰 충격에 빠져 이사도의 집으로 몰려들어 정국을 타개할 방안에 대해 자문하였다.

"이보게들, 이것은 반역일세. 전제개혁이 무엇인가? 우리가 차지하고 있는 땅을 몰수하여 백성들에게 나눠준다는 말이 아닌가. 그러면 땅 한 떼기 없는 우리의 말을 누가 들어준단 말인가. 이것은 한 마디로 우리들을 한 번에 쓸어버리고, 나라를 뒤엎어버리겠다는 무서운 속셈이 깔려 있는 것이야. 막아야 하네. 어떻게든 막아야 해."

다음 날부터 기득권을 가지고 있는 수구세력, 조민수의 당여들은 나라를 뒤엎어버리겠다는 속셈이라며 맞불작전을 폈다. 하지만 가진 것이 별로 없는 개혁세력들과 백성들은 손해 볼 것이 없었다. 이에 수구세력들은 전전긍긍했다. 그 사이 저잣거리에는 목자木子가 나타나서 권문세족들의 땅을 몰수하여 백성들이 먹고 살 수 있도록 땅을 나눠준다는 괴소문이 일파만파 걷잡을 수 없이 퍼져 나갔다. 백성들은 자기들을 구해줄 목자가 나타나기를 학수고대했다. 소문이 퍼지면서 개혁파들의 전제개혁 압박은 더욱 거세졌고, 수구세력들은 초조함에 떨었다. 이에 정국을 반전시킬 묘책을 찾던 이사도가 대전회의에서 새로운 카드를 꺼내들었다.

"전하, 조정의 안정을 위해서는 시급히 주청사를 명나라에 보내야 하옵니다."

가만히 듣고 있던 정도전의 얼굴이 순간 일그러졌다.

"주청사라니요? 이 엄정한 시국에…. 필요하기는 하오나 지금은 아니 될 말씀이옵니다. 전하."

이사도가 반박했다.

"뭣이 안 된다는 말이오? 지금 나라의 안정을 찾는 길은 오직 주상의 왕위 계승이 타당하다는 것을 황제로부터 승인받는 길 뿐인데, 지금은 안 된다는 말은 무슨 뜻이오? 혹시 전하의 왕위 계승이 타당치 않다는 말이오?"

정도전은 말문이 막혔다. 자칫 하다가는 역적으로 몰릴 수 있기 때문이었다. 좌중을 둘러보던 이사도는 개혁파들이 주춤하는 것을 보고는 분위기에 못을 박았다.

　"전하, 이번 주청사는 소신이 직접 다녀오겠나이다. 시급한 일이오니 윤허해 주시옵소서."

　대비가 입을 열었다.

　"조정이 혼란스럽기는 하나, 대감께서 원하시니 그리 하십시오."

　예상치 못했던 반격으로 이성계 일파는 휘청거렸다. 이사도가 직접 주청사를 자청하는 것은 요동정벌의 책임을 최영이 아닌 이성계에게 떠넘기려는 것이고, 주상의 왕위 계승에 정통성을 부여하려는 것이며, 전재개혁을 무산시키려는 속셈이 숨어있기 때문이었다.

　이성계와 개혁파들은 대전을 나와 급히 대책 논의에 들어갔다.

　"이 난관을 어찌 헤쳐 나가야 하겠소?"

　조윤택이 입을 열었다.

　"조금만 기다려 보시지요. 지금 그들의 비리를 조사하고 있으니 조만간 잡아낼 수 있을 것입니다."

　"그건 그렇다고 해도 주청사가 황제의 승인을 받아 온다면, 그게 무슨 소용입니까? 전하께서 우리를 내치면 그만이

질 않소이까?"

"그러니까 주청사가 황제를 알현하기 전에 이 일을 마무리해야겠지요. 주청사의 행동도 감시를 해야 하고요. 또한 우리도 비밀리에 사신을 보내 맞불을 놓아야겠지요."

"일단 주청사의 출발은 좀 시간이 필요하니 사신을 파견하는 문제는 잠시 접어두고, 저들의 비리를 밝히는데 집중합시다."

이성계는 논의를 끝내고, 사행을 불러들였다.

"부사는 이 나라 조정이 어떻게 돌아갈 것이라 보시오?"

"대감님께서 더 잘 알고 계시지 않사옵니까? 지금 대전회의에서 처리되는 일들은 모두 야심한 밤에 이사도와 정몽주 대감께서 대비와 의견을 나눈 뒤에 처리되고 있습니다. 지금 두 사람은 장군님을 비롯하여 정도전, 조윤택 대감을 척결대상으로 지목하고 있지만, 저잣거리의 민심은 장군님께 쏠리고 있습니다. 장군님만이 이 나라의 희망이라고 외치고 있습니다. 들어보셨는지 모르겠사오나 세간에는 '목자가 땅을 나눠 준다'는 말이 번지고 있사옵니다. 이것이 무엇을 말하는 것이겠습니까? 그 만큼 백성들은 그들을 구해줄 목자가 장군님이라고 믿고 있는 것 아니겠습니까? 백성들은 아주 단순합니다. 배불리 먹고 살면 그만이지요. 그런데 지금은 그렇지 못하다는 반증이 아니겠습니까?"

이성계의 집을 나온 사행은 밀서를 써서 황실에 계신 양부養父에게 보냈다. 그리고 며칠 뒤, 대전에서는 대사헌 조윤택이 그 동안 조사해온 토지 점탈자들의 명단을 공개해 큰 파문이 일었다. 개혁파들은 일제히 그들의 조사를 거세게 요구했고, 왕도 어쩔 수 없이 조사를 진행시켰다. 그 결과 좌시중 조민수를 비롯하여 핵심 수구세력들의 비리는 낱낱이 밝혀져 형을 받고 유배를 떠났다. 이로 인해 수구세력들이 장악했던 조정은 혼란에 빠져 국정이 마비상태에 이르렀다.

이를 보다 못한 정몽주가 긴급히 대비전을 찾아가 수습책으로 연립정권체제를 제안했다. 즉 이사도에게는 왕의 사부 역할을 맡겨 정치를 지도하고, 왕의 장인인 이임치에게는 왕실 보호를 책임지게 하며, 이성계에게는 정치를 담당하는 책임을 주어 권력을 삼등분하면서 서로를 견제케 하는 방책이었다. 대비가 이 방책을 받아들이면서 조정은 한 동안 잠잠한 듯했다. 그러나 정권을 잡은 이성계는 발 빠르게 당여들을 탄핵기관과 왕명 출납 직위 등 주요직위에 대거 임명하여 조정을 장악해나갔다. 그리고 수구세력의 수장인 이사도를 제거할 목적으로 그의 최측근 제자인 이장길의 뒤를 캐내어 탄핵토록 하였다.

"전하! 이장길은 무고를 저지른 죄인이옵니다. 그는 왜구에게 잡혀갔던 영흥군永興君 왕환王環을 영흥군이 아니라고 하였으나 영흥군 부인께서는 그가 영흥군이라 하여 무고가 확인되었사옵니다. 이는 왕실을 능멸한 무고죄로 살려두어서는 아니 되옵니다. 그 뿐만이 아니옵니다. 이장길은 부모상을 당해 3년 상을 마치기도 전에 과거시험 감독을 맡은 일이 있었고, 명나라에 사신으로 가서는 상행위를 하여 나라의 명예를 훼손하였으며, 사면에도 불구하고 사은하지 않는 불충을 저질렀사옵니다."

탄핵이 계속되는 이 때에 창왕의 친조를 청하기 위해 명나라에 갔던 문하평리門下評理 윤봉춘이 황제의 칙서를 가지고 돌아왔다. 그 칙서에는 다음과 같이 쓰여 있었다.

"왕씨를 가장하여 다른 성씨를 임금으로 세우는 것은 삼한을 지키는 좋은 방법이 아니다. 그러니 왕은 이곳에 올 필요가 없다."

이를 본 수구세력들은 아연실색했다. 누가 황제에게 그런 일들을 전했는지는 알 수는 없으나 황실에서는 고려의 조정에서 일어나는 일들을 속속들이 알고 있었던 것이다.

이성계 일파는 황제의 칙서를 왕을 폐위시켜도 좋다는 뜻으로 받아들이고 정비定妃와 수구세력들을 집요하게 몰아붙여 끝내 창왕을 폐위시켰다. 그리고 전에 옹립하려 했던 왕요王瑤를 왕위에 올렸다.

용상에 오른 왕요(공양왕)는 즉위와 동시에 나라를 바로 잡아야겠다는 다짐을 하고, 곧바로 이사도를 판문하부사, 무장 변안렬을 영삼사사, 이성계를 수문하시중, 왕안덕을 판삼사사, 정몽주를 문하찬성사, 조윤택을 대사헌, 정도전을 삼사우사에 올리는 등 많은 사람들에게 새로운 관직을 내렸다.

그러나 개혁파들은 구세력들의 기용에 불만을 품고 그들을 척결하기로 한 후, 판문하부사 이사도를 겨냥해 '그는 폐왕 우를 용상에 올린 이인석을 추종하였으며, 조민수와 결탁하여 폐왕 창을 왕위에 올린 역적'이라며 대전 앞에 나가 탄핵했다. 뿐만 아니라 성균관 유생들까지 탄핵에 가담시켜 대전 앞은 매일 시끄럽기 이루 말할 수 없었다.

이를 보고 공양왕은 한 숨을 내쉬며 신세를 한탄했다. '내가 전생에 무슨 일을 저질렀기에 몸에 맞지도 않는 용포를 입고, 이토록 시달려야 하나. 나더러 어떻게 하란 말인가.' 공양왕은 용상에 오른 지 석 달이 되기도 전에 넌덜머리가 났다. 당장 용상을 내팽개치고 이제껏 살아왔던 장단으로 돌아가고 싶었다. 하지만 한편으로는 쓰러져가는 나라를 어떻게든 되살려야 한다는 생각에 이사도를 파직시키고 정국의 안정을 꾀했으나 주마가편走馬加鞭이라고 했던가. 개혁파들은 폐왕을 제거하기 위해 또 다시 공양왕을 압박했다.

"전하! 풀을 뽑으면서 뿌리를 뽑지 않으면, 뒤에 반드시 되살아나는 법이옵니다. 훗날 역모의 싹을 없애기 위해서라도 반드시 폐왕을 제거해야 하옵니다."

공양왕은 밤마다 폐왕을 제거하라는 환청이 들려 잠을 이룰 수가 없었다. 힘들게 잠이 들어도 자신이 폐왕의 목숨을 거두어야 한다는 부담감 때문인지 헛소리까지 했다. 견디다 못한 공양왕은 결국 폐왕 우와 창을 주살토록 하교하였다.

이 일로 정국의 주도권을 잡은 이성계는 수구세력들이 구심점을 잃고 흔들리는 사이를 틈타 조윤택을 앞세워 전제개혁을 밀어붙였다.

"전하! 조정의 간흉한 무리들이 불법으로 나라의 토지를 점유하거나 겸병하여 그 크기가 산천을 경계로 하기에 이르렀습니다. 따라서 땅뙈기 하나에 주인이 대여섯이 넘으며, 일 년에 세금을 많게는 여덟아홉 차례나 거두어 가고 있어 백성들의 원성이 이만저만이 아니옵니다. 원컨대 이제까지 잘못된 폐단을 바로잡고 개혁하여 선비가 아니고, 군사가 아니고, 국역國役을 맡은 자가 아니면, 전지를 주지 말 것이며, 죽을 때까지 사사로이 서로 주고받지 못하게 엄격하게 금지케 하시옵소서. 그리하면 국용國用은 풍족하게 되고, 민생을 후하게 할 수 있으며, 조정의 신하를 우대할 수 있어 충성을 이끌어낼 수 있습니다. 또한 군사를 넉넉하게 할 수 있어 나라가 부富하고 군사가 강하여 국가의 위엄을 만천하에 알릴 수 있어 외세의 침략의지를 꺾을 수 있으며, 만약에 외적의 침략이 있더라도 능히 패퇴시킬 수 있을 것이옵니다."

"이 문제는 과인이 알기로 두 차례나 건의되었던 문제로 그 동안 못한 것은 그만한 이유가 있었을 것인데, 어떻게 바로 잡는단 말이오?"

"전하. 그 동안 이를 바로 잡지 못한 것은 이를 추진해야 할 대신들이 모두 연루되어 있고, 자신들의 배를 불리는 정책이기 때문이옵니다. 그로 인해 백성들은 더욱 도탄에 빠져 허덕이고 있는 실정이오니 가납하시어 백성들의 삶을 편안케 하시옵소서. 이 정책을 추진하는 방법은 먼저 나라의 땅을 모두 환수하여 얼마인지를 확인하고, 백성들의 숫자가 얼마인지를 확인하여 모두 고르게 나눠주면 되는 것이옵니다. 방법은 두 가지가 있습니다. 첫째는 계민수전計民授田으로 국가의 토지와 백성들의 숫자를 헤아려 똑같이 나눠주는 방법으로 왕족과 사군자士君子, 환과고독(鰥寡孤獨: 홀아비, 과부, 고아, 무자식 노인) 등 나라의 보살핌을 받아야 하는 사람들까지 고려하지 않고 무조건 똑같이 나누어주는 방법입니다. 이 방법은 백성들이 쌍수를 들어 환호할 일이지만, 왕족과 사군자, 환과고독 등은 매우 곤란한 지경에 이를 것입니다. 그 다음 방법은 계민수전을 보완한 과전법科田法입니다. 토지의 국유화를 원칙으로 공전을 확대하고 사전의 분급은 일정한 제한을 두는 방법입니다. 사전은 권문세족에게만 이롭고 국가에는 이익이 없으며, 공전은 국가에 이익이 되고 백성에게도 심히 편한 것이옵니다."

이 소식을 접한 수구세력은 아연실색하며 모두 대전 앞으로 나가 전제개혁 상소를 용납해서는 아니 된다고 주청하였다. 하지만 수구세력들은 자신들의 주청이 더 이상의 명분이 없음을 알고 정몽주를 내세워 개혁세력과 타협한 끝에 과전법에 동의하였다. 이에 갈피를 잡지 못하고 분위기만 살피던 공양왕도 한시름 놓았다.

이로써 수구세력들을 일거에 쓸어버리려던 개혁파들의 계민수전은 완화된 과전법으로 공포되었고, 얼마 후 개경 저잣거리에서는 과거의 공사전적公私田籍을 모두 태워버리는 일대 사건이 벌어졌다. 이를 지켜보던 백성들은 전적이 타오르는 불길을 보며 환호성을 질렀다.

"이성계 장군 만세! 만세!"

이후 민심은 더욱 급격히 이성계에게 쏠렸고, 이를 잘 알고 있는 개혁파들은 수구세력의 핵심인 정몽주를 제거하는 데 힘을 쏟았다. 그러나 백성들의 신임을 한 몸에 받고 있는 그를 제거한다는 것은 그리 쉬운 일이 아니었다. 개혁파들이 탄핵의 빌미를 찾는 와중에 정몽주는 비밀리에 공양왕을 알현하고 쓰러져가는 왕실을 살리기 위한 방법을 주청하였다. 이에 공양왕은 정몽주에게 조정을 총괄할 수 있는 벽상삼한삼중대광・판도평의사사壁上三韓三重大匡・判都評議使司로 임명했다.

그때 이성계에게는 영흥에 있는 부인 한 씨가 사망했다는 비보가 전해졌다. 이성계는 곧바로 공양왕을 알현하고 자식들과 함께 장례를 치르러 함흥으로 내려갔다. 정몽주는 속으로 '하늘이 아직 이 나라를 버리지 않았다'고 안도의 한숨을 내쉬며 개혁파들을 제거할 기회라고 여겨 곧바로 이성계의 최측근으로 전제개혁에 앞장 선 조윤택을 탄핵하려 빌미를 찾았다. 그러나 탄핵할만한 빌미가 드러나지 않자 그 화살을 정도전에게 돌렸다.

"전하! 정도전의 에미는 연안延安 차씨車氏 공윤公胤의 외예얼속外裔孼屬으로 정도전은 노비의 피가 섞인 천출이옵니다. 그는 이를 숨기고 천지賤地에서 기신起身해 당사堂司의 자리에 몰래 앉아 무수한 죄를 지었습니다. 그를 순군부로 압송하여 국문을 하면 사실이 밝혀질 것이옵니다."

"어찌 그런 일이 있겠소. 허나 그것이 사실이라면 국법에 어긋나는 일이니 조사를 하여 명명백백하게 밝히도록 하시오."

왕명은 지체 없이 순군부에 전해져 정도전은 꼼짝없이 잡혀가 조사를 받고 보주甫州(지금의 예천)로 유배를 당했다. 개혁파들은 핵심인사가 유배를 떠나자 휘청거렸다. 이를 놓치지 않고 정몽주는 왕권을 확고히 하기 위해 세자 석奭을 정조하례사로 보내 황제를 알현케 하는 전략을 펴는 한편 유배중인 이사도를 비롯한 수구세력을 복귀시키고, 개혁파들에게 갖가지 죄목을 붙여 조사케 하여 대부분을 유배시켰다. 이로써 개혁파들은 지리멸렬하여 재기불능 상태에 빠져들었다.

사행은 이 소식을 곧바로 영흥에 전했고, 이성계는 이를 갈며 개경으로 돌아와 상황을 살폈다. 그러나 이미 자신의 수족들은 관직에서 밀려나 유배를 가고 없었다. 이성계는 울분을 삼키며 때를 기다렸다. 그 사이 정몽주는 또 다시 이성계에게 족쇄를 채우기 위해 공양왕에게 아뢰어 명나라에 정조하례사로 갔던 세자가 돌아오는 것을 맞이하라는 명을 내리도록 하였다. 이는 세자가 황제로부터 인정을 받았으니 다른 마음을 품지 말라는 경고였다. 그런데 엎친 데 덮친 격이라고 황주로 세자 영접을 나갔던 이성계는 잠시 해주에서 사냥을 하다가 그만 말에서 낙상하는 큰 사고를 당하여 꼼짝없이 민가에 드러눕고 말았다. 이 소식은 곧바로 조정에 보고되었고, 정몽주는 이를 기회로 또 다시 남아 있는 그의 수족 조윤택, 남식, 윤소종 등을 탄핵하여 모두 유배를 보냈다. 이를 지켜보던 사행은 이성계의 죽음이 코앞에 닥쳐오고 있음을 예견하고, 급히 노걸대원을 해주로 보냈다.

"장군님, 즉시 아무도 모르게 다른 곳으로 피신을 하십시오. 사태가 위급합니다. 머지않아 살수殺手들이 들이닥칠 것이옵니다."

이성계는 곁을 지키고 있는 이지란에게 위계僞計를 명하여 몇몇 부하들로 이곳을 지키게 하고, 남은 군사들을 이용해 자신을 인적이 뜸한 소로를 이용하여 집으로 향하게 했다. 그렇게 일행이 해주를 벗어났을 무렵, 살수들은 이성계가 머물던 집을 급습했다. 집을 지키던 군사들은 목숨을 내걸고 살수들이 집안으로 들어가지 못하도록 온 힘을 다해 싸웠다. 그러나 그들은 중과부족으로 모두 목숨을 잃었고, 살수들은 집 안으로 뛰어들었다. 하지만 이성계는 온 데 간데 없었다.

계획이 실패했음을 보고받은 정몽주는 앞으로 닥쳐올 일들이 떠올라 백방으로 이성계의 행방을 수소문한 끝에 한 달이 지나 자택에서 치료하고 있음을 알아냈다. 정몽주는 지체할 겨를이 없었다. 향후 대책을 마련하기 위해서는 이성계의 동태를 두 눈으로 직접 확인해야만 했다. 그래서 다음날 저녁 퇴청하는 길에 문병을 갔다. 분노에 휩싸인 이성계는 노걸단의 첩보가 떠올라 누워 지내야할 정도가 아님에도 중병인 양 자리에서 일어나지 않고 그를 맞이했다.

"대감님, 어찌 이렇게 누워계시는 것이옵니까? 그 동안 행방을 몰라 걱정이 많았습니다."

"수시중, 걱정을 끼쳐 미안하오이다. 얼른 일어나야할 텐데…."

"이만하길 다행입니다. 머지않아 쾌차하실 것입니다. 정사는 소신이 알아서 잘 처리할 테니 걱정하지 마시고 몸이나 잘 추스르옵소서."

곁에서 이를 지켜보고 있던 이방원은 정몽주의 가증스러움에 치를 떨며 어떻게든 그를 제거해야겠다는 결심을 굳혔다.

정몽주가 문병을 마치고 대문을 나설 때였다. 따라 나오던 이방원이 조용히 뵙고 드릴 말씀이 있다며 자신의 거처로 안내를 하고 주안상을 내오게 했다. 두 사람이 마주 앉은 사랑방에는 팽팽한 긴장감에 휩싸였다. 이방원은 딱딱한 분위기를 바꾸기 위해 술잔을 올리면서 말했다.

"대감님, 요즈음 제가 하도 마음이 산란하여 시 한 수를 지었는데 한 번 봐 주시기를 청하옵니다."

순간 정몽주는 방원의 얼굴에 스쳐가는 어두운 그림자를 느끼며 오늘은 바쁘니 다음 기회에 보자고 하였다. 그러나 이방원은 물러서지 않고 재차 청하며 적어 놓은 시를 앞으로 내밀었다.

如此亦如何 如彼亦如何(여차역여하 여피역여하)
城隍堂後垣 頹落亦何如(성황당후원 퇴락역하여)
吾輩若此爲 不死亦何如(오배약차위 불사역하여).
이런들 어떠하며 저런들 또 어떠하리
만수산 드렁칡이 얽혀진들 어떠하리
우리도 이같이 얽혀서 백년까지 누리리라.

정몽주는 심장의 박동이 빨라짐을 느끼며 숨을 깊게 몰아쉬고는 마음을 가라앉히고 눈을 감고 잠시 생각에 잠기더니, 지필묵을 내오라 하였다. 그리고는 붓을 잡고 단숨에 시를 한 수 써내려갔다.

此身死了死了 一百番更死了(차신사료사료 일백번갱사료)
白骨爲塵土 魂魄有也無(백골위진토 혼백유야무)
向主一片丹心 寧有改理與之(향주일편단심 영유개리여지)
이 몸이 죽고 죽어 일백 번 고쳐 죽어
백골이 진토 되어 넋이라도 있고 없고
임 향한 일편단심이야 가실 줄이 있으랴.

'이것이 내 대답이다. 이만 가야겠다.'하며 일어서 밖으로 나와 대기하고 있던 말을 타고 떠났다. 정몽주는 가면서 시종관 녹사錄事에게 일렀다.

"이보게. 그 동안 고생 많았네. 오늘은 나 혼자 가고 싶으니 먼저 가게나."

"아닙니다. 제가 모시고 가겠습니다."

"허허, 이 사람아. 내 말대로 하래두. 괜한 고집 피우지 말고…. 어린 아이들이 기다리고 있지 않은가? 나는 선지교 건너편에 들릴 곳이 있어."

시종관은 대감의 말투가 이상해졌다고 느꼈지만, 모시고 가야한다는 일념으로 말을 선지교善地橋 방향으로 몰았다. 그렇게 두 사람이 선지교에 들어섰을 때였다. 흑두건을 쓴 무사들이 다리 밑에서 올라와 앞뒤로 길을 막아서며 큰소리로 일갈했다.

"네 놈이 우리 장군님을 죽이려 했지? 먼저 죽어줘야겠다!"

위기를 느낀 시종관이 말에 채찍을 가했다. 이에 놀란 말이 달리려는 순간 앞을 막아섰던 복면무사의 도끼가 사정없이 말머리를 찍어 내렸다. 말은 비명도 지르지 못하고 앞으로 푹 고꾸라졌다. 그와 동시에 정몽주도 말에서 떨어지며 나뒹굴었다. 이 때를 놓치지 않고 또 한 명의 복면무사가 정몽주를 향해 칼을 내리그었다. 이를 본 녹사가 뛰어들어

몸으로 칼을 막아내자 뒤편에서 기다리고 있던 또 한 명의 무사가 철퇴로 정몽주의 머리를 내리쳤다. 머리에서는 선혈이 뻗쳤고, 그는 희미해져가는 정신을 부여잡으며 웅얼거렸다.

"기어코 네놈들이…."

그 소리는 너무 작아 아무도 듣지 못했다.

다음 날, 소식을 들은 공양왕은 식음을 전폐하고 자리에 누웠다. 그리고 며칠을 보낸 뒤 이성계를 불러 정권을 내맡기고, 한숨으로 나날을 보냈다. 그렇게 봄이 다 가고 하지가 지난 어느 날 밤, 공양왕은 홀로 주안상을 들이라 하여 술 몇 잔을 마시고는 판내시부사를 불러들였다.

"김 부사! 너는 공민대왕 때부터 왕실에 있었으니, 앞으로 사직이 어찌 돌아갈지를 잘 알 것이야. 과인도 내일을 장담할 수 없는 지경이니, 어찌될지 네 말이나 한 번 들어나 보자구나."

"전하, 소신이 무엇을 알겠사옵니까?"

"어허, 괜찮다. 이 나라의 명운이 다했다는 것쯤은 나도 알고 있다. 이 자리가 어디 내게 가당키나 한 자리였더냐. 저놈들이 강제로 끌어다 놓은 자리가 아니더냐. 그 동안 난 하루도 편할 날이 없었다. 그나마 정몽주가 있었기에 희망을 가지고 있었다만, 그도 가고 없는 지금, 내 누굴 믿고 이 사직을 지키겠느냐. 이렇게 황망한 일이 왜 나에게 벌어지는지 모르겠구나. 이제 끝났다 다 끝났어! 저 놈들은 머지않아 나를 끌어낼 것이다. 어떻게 선왕들을 뵈어야 할 지 난감하구나!"

"전하, 드릴 말씀이 없사옵니다. 작금의 사태로 보아 사직을 지탱하기가 쉽지 않아 보입니다. 지금 저잣거리에는 어서 빨리 나라가 조용해져서 먹고 살기가 편안해졌으면 좋겠다는 말들이 계속 퍼지고 있사옵니다. 백성들은 나라가 어찌 되었든 자신들의 삶이 행복하기를 바랄 뿐이옵니다. 민심이란 자신들이 먹고 살기가 편해지면 하루에도 열 두 번씩 마음이 바뀌기 마련이옵니다. 전제개혁을 통해 보시지 않았사옵니까? 땅 한 뙈기 없던 백성들이 땅을 쥐게 되니 얼마나 기뻐하였습니까? 그간 이 나라는 권문세족들의 전횡으로 피폐할 대로 피폐해져 그 결과가 바로 오늘을 만든 것입니다. 전하! 백성들과 전하의 안위만을 생각하시옵소서. 용상을 지키고 있는 한, 저들은 하루도 가만히 있지 않을 것이고, 전하의 고통은 점점 더 심해질 것이옵니다. 사가에 계실 때를 떠올려보시옵소서. 그러니 무거운 짐을 벗으시옵소서. 그것이 천수를 누리는 길이옵니다."

"네놈도 저들과 한통속이더냐? 감히 나더러 나라를 내주라고? 당장 목을 쳐버리기 전에 썩 물러가라!"

"전하! 목숨을 내놓고 한 말씀만 더 올리겠사옵니다. 소신이 어찌 저들과 한통속이 되겠습니까? 소신은 피붙이 하나 없는 몸으로 이제까지 여러 전하를 모시고 살아왔습니다. 소신이 이제까지 보아온 것은 대신들의 권력다툼으로 용상의 자리만 자주 교체되었다는 것이옵니다. 선왕들의 말로가 어찌되었습니까? 용상을 내준다고 이 나라의 땅과 백성들이 바뀌는 것은 아니옵니다. 용상에 앉은 사람은 이 땅에 살고 있는 백성들을 지키는 것이 제일 중요한 일입니다. 그래야 백성들이 따르게 되는 것이지요. 그런데 지금 백성들은 삶이 편치 않아 세상이 변하기를 바라고 있사옵니다. 전하! 작금의 사태에 너무 괴로워 마시옵고, 더 큰 것을 보시옵소서."

"음…. 네놈의 말이 전부 틀린 것은 아니다만, 그래도 그렇지. 감히 내 면전에서…. 목을 치기 전에 당장 물러가라!"

황급히 침전을 빠져나온 사행은 곧바로 이성계의 집으로 가 한 동안 단 둘이 자리를 같이했다.

그로부터 며칠 후, 공양왕은 더 이상 사직을 지킬 수 없음을 인식했는지 이성계의 집을 찾아가 술자리를 베풀며, "경이 있지 않았다면 과인이 어찌 이에 이를 수 있었겠소? 경의 공과 덕을 과인이 감히 잊을 수 있겠소? 황천(皇天)이 위에 있고 후토(后土)가 곁에 있으니, 자손 대대로 서로 해함이 없을 것이오. 또한 과인이 경을 저버리는 일이 있을 경우에는 이 맹세와 같이 할 것이오."라고 하며 동맹을 하고자 하였다. 그러나 이성계는 아무런 대답도 하지 않았다. 이에 계책이 실패로 돌아갔다고 판단한 공양왕은 궁궐로 돌아와 자리를 보전하고 누워버렸다.

그 시간 우시중 배극렴 등은 며칠째 이어진 폐위주청을 끝내고자 모두가 갑옷으로 갈아입고 왕대비를 겁박하기 위해 대비전으로 향했다.

"왕대비마마! 지금 왕이 혼매하여 군왕의 도를 이미 잃었고, 민심이 이미 떠나 사직과 백성의 주인이 될 수가 없으니, 왕을 폐하여 주시옵소서."

왕대비는 날마다 이어지는 겁박에 견딜 수 없었는지, 대신들과 왕실 종친들을 모두 불러놓고 체념한 듯 내뱉었다.

"이 시간부로 왕실에서는 시중 이성계 대감에게 선위를 하고자 한다. 내관은 어보를 저들에게 내어 주라!"

내관은 왕대비의 명을 받들었다. 어보를 받아든 배극렴 등은 곧바로 시중 이성계의 집으로 찾아가 어보를 받들 것을 청하였다. 그러나 이성계는 신료들의 간곡한 주청에도 어보를 사양하였다. 이 소문은 개경 저잣거리로 급속히 퍼져나갔다.

"이성계 장군이 선위를 받지 않는다고 한다네. 포은대감이 죽었을 때만 해도 역적이라 생각했는데, 이제 보니 장군이 꾸민 일이 아닌 것 같네그려!"

악화되었던 민심은 며칠 만에 다소나마 수그러들고 있었다. 그렇게 어느 정도 민심이 안정을 찾아갈 무렵, 이성계는 신료들의 간곡한 주청을 계속 뿌리칠 수 없어 어보를 받들고 조선의 태조로 등극하였다.

음지에서 양지로

"아아아악!"

번을 서고 있던 내관이 깜짝 놀라 침전으로 뛰어들어 진땀을 흘리고 있는 태조의 이마를 물수건으로 훔쳤다. 소스라쳐 일어난 태조는 곁에 있는 자리끼를 들이키고는 꿈속에서 일어났던 일을 곰곰이 떠올리며 중얼거렸다.

"원혼들이야. 원혼!"

그날 아침조회에서는 다시 악화되어가는 개경의 민심을 잠재울 방법에 대해 논의가 있었다. 사헌부 집의執義가 아뢰었다.

"전하! 두문동에 들어간 자들이 민심을 악화시키는 원흉이옵니다. 그들을 모두 제거해야 하옵니다."

순간 태조는 꿈속에서 보았던 원혼들이 떠올라 노기 띤 목소리로 소리쳤다.

"뭐라? 또 그들을 죽이자고? 그 동안 죽어간 사람들이 얼마나 되는지 알고 하는 소리야? 살육은 이제 그만 하고, 그들을 끌어안을 수 있는 방법을 찾아. 그들도 이제는 모두 다 내 백성들이니까!"

태조는 새 나라를 건국한 이후, 구세력의 조직적인 저항과 민심의 동요를 고려하여 국호를 그대로 사용하고, 대부분의 정치제도를 그대로 유지시켰으며, 공양왕과 그 일족들도 죽이지 않고 낙도로 유배시켰다. 그로 인해 한 동안은 민심도 가라앉는 듯 했다. 그런데 근래 들어 다시 악화조짐을 보이자 조정대신들은 그 배후에 고려부흥운동을 벌이는 왕씨 일족이 있다고 판단하고, 은밀하게 그들을 잡아다가 바다로 싣고 나가 수장해버리는 일을 서슴지 않았다.

그래서인지 태조는 얼마 전 꿈에서 고려 태조를 만났다. '네 놈이 감히 내 나라를 빼앗더니 후손들마저 몰살시켜? 내가 네 아들들을 가만두지 않을 것이야'라고 소리치며 칼을 휘두르고 쫓아오는 바람에 혼비백산하여 도망쳤던 일이 있었다. 그리고 그날 이후부터 억울하게 죽어간 원혼들은 밤마다 꿈에 나타났다.

"전하! 그들을 살려두면 언제 또 반역을 할지 모르는 일이옵니다. 아예 뿌리를 뽑아버려야 하옵니다."

"뿌리를 뽑는다? 그대들이 원혼들을 본 적이 있어? 난 밤마다 죽어간 이들의 원혼과 사투를 벌리고 있단 말이야? 지금부터라도 무고한 이들의 목숨을 빼앗는 일은 용납할 수 없어. 원혼을 달래줄 위령제를 올릴 것이니 준비하도록 하라!"

"전하! 심신이 너무 피로해서 그런 것이옵니다. 성심을 굳건히 하시옵소서. 그들을 살려두었다가는 후환이 있을 것이옵니다."

"더 이상 그 문제에 대해서는 거론치 말라. 두문동에 들어간 놈들은 군사를 풀어 출입을 막고, 그곳에서 살도록 내버려 둬!"

며칠 뒤 태조는 연복사에서 원혼을 달래는 위령제를 올렸다. 하지만 그날 밤도 원혼들은 어김없이 나타났다. '위령제를 지냈는데도…. 이곳을 떠나야 해. 반드시.' 알 듯 모를 듯 혼잣말로 중얼거리는 태조를 곁에서 지켜보며 이상히 여긴 대전내관은 이 사실을 사행에게 보고하였다. 그런데 그날 밤 사행은 느닷없이 전하의 침전으로 불려갔다.

"김 부사, 그대는 원 황실에서 황궁의 전각을 지어봤다고 했지? 공민대왕 때는 영전을 짓기도 하고, 그 후에는 광인전을 중수하지 않았더냐. 그러니 궁궐건축에 관해서는 네가 전에 말했듯이 너 만한 사람이 이 나라에는 없을 것이다. 그래서 묻겠는데, 궁궐을 지으려면 얼마나 걸리겠느냐?"

"궁궐을 짓는다 하심은 어디에 지으려고 하시는지요? 짓는 장소와 크기에 따라 기간이 달라질 수 있어 어떻게 아뢰어야 할지 모르겠사옵니다."

"이 궁궐만한 것을 짓는다면?"

"이 같은 곳에서 편수와 자재, 부역자들이 충분하다면 족히 일 년은 걸려야 하옵니다."

"그래? 지금 과인과 나눈 말은 다른 사람에게 절대로 발설해서는 아니 된다. 발설을 하면 너도 목숨을 부지하지 못할 것이야."

"명심하겠사옵니다. 전하."

사행은 거처로 돌아와 곰곰이 생각해 보았다. 그리고는 비밀 벽장에 숨겨두었던 주례고공기周禮考工記와 우문개비기宇文愷秘記를 꺼내 대도 황궁의 크기와 배치, 특징, 건축자재, 배수관계 등을 다시 훑어보았다.

그로부터 며칠 후, 태조는 아침 조회에서 평소와는 달리 결연한 목소리로 대신들에게 뜻밖의 명을 내렸다.

"과인은 오늘 천도할 것을 명하노니, 대신들은 모두 합심하여 이 나라를 반석에 올려놓을 좋은 터를 찾아서 조속한 시일 안에 보고토록 하라."

모두가 술렁이는 가운데 정도전이 아뢰었다.

"전하! 천도를 명하심은 어찌된 일이옵니까? 황망하기 그

지없사옵니다. 지금 조정이 시급히 해야 할 일은 민심을 안정시키는 것인데, 천도를 명하심은 부당한 줄 아옵니다. 일단 민심을 안정시키고 제도를 정비한 후에 재고하심이 옳은 줄 아뢰옵니다."

"과인도 그것을 모르는 바는 아니나 개경의 지기가 다하여 전조에서도 여러 번 한양으로 천도를 하려 한 것을 경들도 잘 알고 있지 않더냐? 해야 할 일들이 산적한 것은 알지만, 지기가 쇠한 이곳에서 시간을 허비할 수는 없다. 서운관에서는 새로운 길지를 찾아보라. 이 문제는 과인이 심사숙고하여 내린 결정이니 그리들 알라."

"전하! 이 문제는 도당과 의논하여 결정해야 할 사안이옵니다. 부디 하명을 거두어주시옵소서."

"과인이 심사숙고하여 내린 결정이라 하지 않았더냐. 누구든지 할 말이 많을 것이나 과인은 번복하지 않을 것이니, 다른 의견을 말하려거든 관복을 벗을 각오를 하라. 그리고 영서운관사 권동술을 태실증고사로 임명하니, 그대는 내일부터 삼남지역을 돌아보고 안태安胎할 땅을 찾아 보고하라."

예상치 못한 하명에 대신들은 더 이상 반론치 못하고 대전을 나와 도당에 모여 천도의 부당성에 대해 열변을 토하며 불만을 드러냈다. 그러나 명령을 거역하겠다는 사람은 한 사람도 없었다. 다음 날, 권동술은 길지를 찾아 삼남지역으로 떠나고, 조정은 천도문제로 매일같이 시끄러웠다.

그렇게 넉 달이 지나고 이듬해 정월 초, 권동술이 돌아와 태실의 길지로 꼽히는 전라도 완산부 진동현과 신도후보지로 꼽히는 양광도 옹산의 산수형세도山水形勢圖를 올리며 상세히 아뢰었다. 닷새 동안 심사숙고하던 태조는 권동술을 불러 태실을 전라도 완산부 진동현에 안치하라 명하고, 신도新都 후보지로 떠날 채비를 서두르라며 의흥친군義興親軍도 준비하라고 명했다. 떠날 채비가 다 되자 태조는 정월 엄동설한에도 불구하고 신료들을 대동하여 옹산으로 출발하였다. 태조는 가는 도중에 양주 회암사에 들러 왕사 자초까지 대동하였다. 그런데 추운날씨에 무리하게 행차를 한 때문인지 태조는 열수洌水(고려시대에 불렸던 한강의 옛이름)를 건너기도 전에 온몸을 떨며 오한에 시달렸다. 따르던 신하들은 모두 환궁하시어 옥체를 강건히 하신 후 날이 따뜻해지면 그때 다시 돌아보라고 아뢰었지만, 태조는 곧 나을 것이라며 강가에 머물며 치료를 하였다. 다행히 병은 나흘이 지나자 호전되었고, 다시 갈 길을 서둘렀다. 그런데 열수를 건너 얼마 가지 못했을 때, 지중추원사知中樞院事 정요鄭曜가 계본(啓本; 임금에게 말씀드리며 올리는 글)을 올렸다.

"전하, 중전마마께서 병환이 크게 나셔 전하를 찾고 계신다 하옵니다. 그리고 평주平州(지금의 황해도 평산군)와 봉주鳳州

(지금의 황해도 봉산군)에는 초적草賊이 출몰하고 있다고 하오니, 부디 환궁하시어 중전마마의 병환을 위로하여 주시옵소서."

"궐에 있어야 할 놈이… 그래, 그건 그렇고… 초적이 출몰한다는 것은 그곳을 지키는 장수가 알려온 것이더냐?"

"그게 …."

"네 이놈! 과인이 모를 줄 아느냐? 네 놈들이 대대로 오랫동안 송경松京에 살아서 도읍을 다른 곳으로 옮기는 것을 싫어하고 있다는 것을 다 알고 있다. 이것은 네 놈들이 구실을 삼아 내 뜻을 꺾으려고 하는 것이 아니더냐?"

수종하던 신하들은 꿀 먹은 벙어리처럼 아무 말도 못하고 있었다. 이때 남식이 아뢰었다.

"전하, 제가 공신에 오르는 큰 은혜를 입었사온데, 새 도읍으로 옮긴다한들 무엇이 아깝겠사옵니까? 옹산이 머지않으니 전하께옵서는 초적 따위에 신경 쓰지 마시옵고 신도읍지를 돌아보시옵소서."

"과인이 경들이 싫어하는 것을 알면서도 도읍을 옮기려는 것은 과인이 직접 도읍을 옮기지 않으면, 뒤를 잇는 세자가 과인의 뜻을 받들자고 해도 그대들이 옳지 않다고 저지할 것이기 때문이야. 저 놈을 당장 옥에 가두도록 하라! 그리고 내가 송경으로 돌아가 죄를 물을 것이다."

태조는 가던 길을 재촉했다. 그리고 개경을 떠난 지 20일 만에 옹산의 동남편 자락(현재의 계룡시 신도안면 용동리 괴목정)에 도착해 산세와 주변을 둘러보고 신료들에게 하명했다.

"찬성사 성윤식과 상의문하부사 김춘, 정당문학 이일균은 조운漕運의 편리성 여부를 살피고, 의안백 이윤화와 남식은 성곽을 축조할 지세를 살펴보아라."

이틀 뒤, 태조는 도읍이 들어설 자리의 가운데 위치한 언덕에 올라 지세를 살피면서 영서운관사 권동술이 바친 종묘 사직의 터와 궁궐의 위치, 조시朝市 등이 그려진 형세지도를 보고, 판내시부사 김사행에게는 도읍이 들어설 땅을 측량하라고 하명했다. 그리고 왕사 자초를 돌아보며 소감을 물었다. 자초는 잠시 태조의 속셈을 헤아린 후 아뢰었다.

"뭐라고 말씀드리기는 어렵사오나, 이곳은 닭이 알을 품고 있는 금계포란형金鷄抱卵形이고, 또 달리 보면 용이 하늘로 오르는 비룡승천형飛龍昇天形입니다. 그러하오니 저 옹산翁山을 '계鷄'자와 '용龍'자를 따서 계룡산이라 고쳐 부름이 좋을 것 같사옵니다."

이에 태조는 여러 대신들을 향해 하명했다.

"지금부터 저 산을 계룡산이라 고쳐 부르라. 과인은 이곳으로 천도를 할 것이니 곧바로 공사를 시작하라. 동지중추 박영충과 전 밀직 최칠석은 이곳에 남아 공사를 추진토록 하라."

그리고 태조는 길을 서둘러 개경으로 돌아왔다. 공사는 준비를 거쳐 한 달 뒤 양광도 백성들을 징발하면서 시작되었고 이 소식은 개경의 저잣거리에 퍼져나갔다.

"제기랄, 이 좋은 곳을 두고 천도라니…. 임금께서 돌아버린 거 아냐?"

"이 사람아, 말조심 해. 쥐도 새도 모르게 죽는 수가 있어."

"뭐 죽이라 하지? 어떤 놈이 여길 버리고 떠나겠어? 지나가는 개한테 물어보게. 떠나고 싶은지?"

"풍문으로는 임금이 새 나라를 세운다고 죽인 사람들이 너무 많아 원혼들이 밤마다 나타나서 잠을 못 잔다고 하네."

"왜 아니 그렇겠어. 작작 죽였어야지."

"그것뿐만이 아닐세. 새 나라를 반대하는 사람들이 임금을 죽이려고 노리고 있다는 소문도 있다는군!"

"그렇겠지. 포은 대감을 철퇴로 쳐 죽이고, 나라를 강탈했으니…. 그렇지만 백성들에게 땅을 나누어 준 것은 잘한 일이지. 우리 같은 천것들도 땅 한 뼘이라도 받아먹고 살 수 있게 되었으니 말일세."

"그건 잘한 일이지. 그렇지만 나라까지 빼앗은 것은 사람이 할 짓이 아니지."

개경 백성들은 삶의 터전을 버리고 새로운 왕도로 가야

할지 말지에 대해 불안감을 감추지 못하고 있었다. 백성들보다도 더 불안에 떨고 있는 사람들은 권문세족들이었다. 대대손손 기반을 다져온 그들은 모든 것을 송두리째 빼앗길까 전전긍긍했다. 그들뿐만이 아니었다. 모처럼 잡은 권력으로 재산을 축적할 기회를 얻은 대부분의 신진세력 또한 마찬가지였다. 그들은 천도를 막기 위해 안간힘을 썼다.

이 와중에서도 개국공신첩에 빠져있는 사람에 대한 전하의 교지가 내려졌다. 그 중에 '판내시부사判內侍府事 김사행金師幸은 건국 초기에 궐내闕內의 제도가 대강 마련되고 갖추어지지 못했을 때, 전조前朝 성시成時의 궁중 법도를 낱낱이 들추어 보고 지나친 것은 줄이고, 모자란 것은 보태어서 내조內助의 다스림을 아름답게 꾸몄으니, 그 공을 기록할 만하다'고 하여 개국원종공신에 올랐다. 이 일로 문무백관들에게 무시를 당했던 환관들의 입지는 크게 강화되었다. 그 중에서도 토목건축에 독보적인 식견을 가지고 있는 사행은 천도에 관해 그림자처럼 왕을 보필함으로써 총애가 점점 더 깊어갔다.

그해 겨울 초, 천도공사가 시작된 지 10개월이 되었을 무렵, 태조는 풍수지리에 밝은 경기도 관찰사 하륜河崙에게 신도건설의 진척사항을 알아보라 하명하였다. 이에 그는 공사

현장을 돌아보고 와서 간곡히 아뢰었다.

"전하! 도성공사는 잘 진행되고 있사옵니다. 하온데 소신이 보기에는 그곳이 한반도의 중앙이 아니라, 너무 아래쪽에 치우쳐 있고, 큰 강이 없어 조운이 원활하지 않으며, 산세가 건방乾方(서북방)으로부터 오고, 물은 손방巽方(동남방)으로 흘러가므로, 이는 송조宋朝의 풍수가 호순신胡舜臣이 말하는 수파장생 쇠패입지水破長生, 衰敗立至의 땅으로 물이 땅의 기氣를 부수어 쇠퇴하는 땅이옵니다. 따라서 나라의 명운命運이 오래 가지 못할 흉지로 판단되옵니다."

태조는 억조창생億兆蒼生의 터전이 되지 못한다는 상소에 며칠간 숙고한 끝에 궁궐공사를 중단시키고, 도당에 음양산정도감陰陽刪定都監을 설치토록 하명하고는 책임자로 하륜을 임명하여 다시 새로운 터전을 물색토록 하였다. 그리고 별도로 사행을 불러 한양 땅을 살피고 오라는 밀명을 내렸다.

하륜은 서운관 관리들과 함께 전국 각지의 땅을 조사하러 다녔다. 그리고 장단에 있는 불일사와 도라산, 적성의 선점과 광실원, 한양의 모악 등을 길지로 선정하고 도당에서 여러 신료들과 논의를 하였다. 그러나 대부분의 신료들은 개경이 한반도 최고의 길지이고, 백성들이 천도에 불안해하고 있다며 추천된 지역의 흠결만 내세워 차일피일 결정을 미루고 있었다.

태조는 계룡산을 내세워 그토록 천도를 압박했는데도 불구하고, 신료들 대부분이 반대하고 있다는 것을 알아채고 신속하게 이 문제를 처리하지 않으면 큰 저항에 직면할 것이란 생각에 하륜을 불러 다그쳤다.

"길지를 조사하여 보고하라 이른 지가 언제인데, 아직도 보고를 하지 않는 것이냐?"

"전하! 도당에서 반대의견이 많아 결론을 내리지 못하고 있사옵니다. 신이 본 바로는 한양 땅 모악이 가장 좋은 길지로 판단되옵니다."

"그럼, 그곳으로 정하면 되겠군. 모두 대전으로 들라하라."

대신들은 급히 대전으로 모여들었다. 대신들은 태조의 일그러진 표정을 보면서 불안감을 떨칠 수 없었다.

"과인은 이미 천도할 것을 결정하여 신도안으로 천도를 추진했었다. 그러나 그곳이 수파장생 쇠패입지라 하여 다시 길지를 찾으라 하였는데, 아직도 길지를 보고하지 않으니 어찌된 것이냐. 이미 밝혔듯이 과인은 그대들이 천도를 반대하기 위해 어떤 구실을 댄다 해도 가납하지 않을 것이다. 그러니 도당에서 합의한 길지를 속히 가져오라."

계룡산으로의 천도가 중지되면서 반대할 명분을 얻었다고 판단했던 신료들은 전하의 의중이 변함없음을 확인하고는 자칫 잘못 나섰다가 관직마저 잃을까 싶어 감히 반대의 뜻을 피력하지 못하고 대전을 물러나왔다.

다음 날 태조는 도당으로부터 음양산정도감에서 조사한 후보지를 보고받고, 며칠 뒤에는 판삼사사 정도전을 비롯하여 찬성사 성윤식, 정당문학 정총, 첨서중추원사 하륜, 왕사와 서운관 관원 등 여러 사람들을 대동하고 답사에 나섰다. 모악에 도착한 태조는 지세를 살펴보고 대신들에게 의견을 물었다.

정당문학 정총이 아뢰었다.

"모악의 터는 명당이 심히 좁고, 뒤 주룡主龍이 낮으며, 수구水口가 쌓이지 않았으니, 길지吉地라면 어찌 옛사람이 쓰지 않았겠습니까? 다른 곳을 찾아보시지요."

태조가 찬성사 성윤식을 쳐다보았다.

"이곳은 산과 물이 모여들고 조운이 통할 수 있어 길지吉地라 할 수 있으나 명당이 기울어지고 좁으며, 뒷산이 약하고 낮아서 도읍으로는 맞지 않사옵니다."

태조가 판삼사사 정도전을 쳐다보았다.

"신이 보기에 이곳은 나라 중앙에 위치하여 조운漕運이 통하는 것은 좋으나, 한이 되는 것은 한 골짜기에 끼어 있어서 안으로 궁침宮寢과 밖으로 조시朝市와 종사宗祀를 세울 만한 자리가 없으니, 나라의 도읍으로는 좋은 곳이 아니라 생각되옵니다. 중국의 과거 역사를 보더라도 한 나라의 성쇠는 사람에게 달려 있는 것이지, 지기地氣의 성쇠를 가지고 판단할 일은 아니옵니다. 그러니 전하께서 깊이 생각하시어 자칫 불길함이 없도록 하시옵소서."

태조는 이마를 찌푸리며 하륜에게 하문했다.

"이곳은 그대가 제일 좋은 후보지라 한 곳인데, 무슨 이유로 왕도로서 적합하다 하는지 말해보라."

"이곳은 나라의 중앙에 위치해 있어 북과 남, 동쪽 어디서나 왕래가 같아 백성들의 불편을 덜 수 있고, 가까이에 큰 강이 흐르고 있어 조운이 편리하여 물자 수송에 유리하고, 앞에 너른 개활지는 백성들의 생업이 편안하며, 주변의 산과 강, 바다는 방어에 유리한 요건을 갖추고 있어 풍수지리상 개경 다음가는 길지이옵니다."

이에 태조가 말했다.

"모두 다 좋은데, 들판이 좀 협소해서 많은 백성들이 지내기에는 좀 부족한 생각이 드는구나!"

듣고만 있던 왕사가 입을 뗐다.

"이곳을 보셨으니, 앞에 보이는 서산에도 올라 보시지요. 그곳에 올라 보면 더 멀리 보실 수가 있을 것이옵니다."

일행은 모두 서산으로 올랐다. 과연 그곳에서 지세를 보니 주변이 훤히 내다보였다. 좌측에는 백악산이요, 우측에는 목멱산이 있고, 멀리 앞으로 낙산이 있으며, 가운데 작은 구릉만 깎아내리면 평편한 것이 모악보다 넓어 보였다. 기분이 좋아진 태조는 운관서 윤달충에게 하문하였다.

"여기가 어떠하냐?"

"우리나라 경내에서는 송경이 제일 좋고, 여기가 다음 가는 길지이옵니다. 그러나 한 가지 흠이 되는 것은 건방乾方이 낮아서 물과 샘이 마른 것뿐이옵니다."

"허허, 그래? 송경인들 어찌 부족한 점이 없겠느냐? 내가 이곳의 지세를 보니 가히 왕도가 될 만한 곳이다. 더욱이 조운漕運하는 배가 통하고, 사방의 이수里數도 고르니, 백성들에게 편리할 것이야. 왕사는 이곳이 어떠하오?"

"이곳은 가까이로는 백악산, 목멱산, 낙산이 있고, 멀리로는 삼각산, 아차산, 관악산, 덕양산 등 사면이 수려하며 중앙이 평평하여 백성들이 농사지을 땅도 넓고, 땔감도 풍부할 뿐 아니라, 성을 쌓으면 방어에도 유리하여 도읍으로 정할 만 하옵니다. 그렇지만 여러 대신들의 의견을 따라서 결정하는 것이 좋을 듯 하옵니다."

태조는 주변을 둘러보았다. 그러자 모악을 추천했던 하륜이 '산세는 비록 좋으나 지리의 술법으로 말하면 모악만큼 좋지 못하다'고 아뢰었다. 그러나 내심 이곳을 도읍으로 결정한 태조는 그 말을 건성으로 흘려보냈다. 그런데 그때 눈치 없는 전 전서 양춘식이 아뢰었다.

"적성 광실원 동쪽에 계족산雞足山이 있는데, 그곳이 신이 가지고 있던 비결에 쓰여 있는 것과 흡사하옵니다."

태조는 얼굴을 찌푸리며,

"그곳은 강과 바다가 멀어서 조운할 배가 통할 수 없는데, 어찌 이곳보다 나을 수 있다는 게냐?"

태조는 편잔을 주고는 다시 백악산으로 발길을 옮겨 그곳에서 잠시 쉬면서 지세를 살피고는 해가 뉘엿뉘엿 가라앉는 것을 보고 동쪽 능선을 따라 낙산 쪽으로 방향을 잡아 하산했다. 일행들이 낙산 너머 견주 들판(지금의 노원지역)에 도착하였을 때는 이미 캄캄한 밤이 되어 태조는 그곳에서 노숙을 하고, 다음 날 아침 적성積城 광실원廣實院으로 향했다.

묵묵히 따르던 하륜은 이미 전하의 심중이 굳어졌음을 피부로 느끼며, 다른 곳에 가봐야 헛걸음일 것이란 생각이 들었다.

"전하, 신이 본 바로는 다른 궁궐지는 흠이 많아 보실 필요가 없을 것이옵니다. 그러하오니 장단으로 옮기시어 뱃놀이를 하시며 하루 쉬어 가시옵소서."

태조는 크게 웃어 제치며 장단으로 길을 잡아 그곳에서 하루를 보내고, 다음날 개경으로 돌아가는 길에 전조前朝에서 새로운 도읍지로 선정했던 임진현 신경新京 터와 도라산 터를 돌아보았다.

개경으로 돌아온 신료들은 도당에 모여 논의를 벌인 끝에 한양을 도읍지로 정하여 서면으로 상소를 올렸다.

"하하하. 전조에서도 몇 차례씩이나 천도를 하려고 하였듯이 한양의 지세는 명당이야. 과인은 오늘 도당의 상소를 가납하고 한양으로의 천도를 공포하노라. 도당에서는 지체없이 공사를 추진할 '신도궁궐조성도감新都宮闕造成都監'을 설치토록 하라. 그리고 청성백 심덕부를 판사 겸 수장도감제조로, 좌복야 김춘과 전 정당문학 이일균, 충추원 학사 이직순을 판사判事로 임명하노라."

도감에서는 곧바로 임시관청인 '신도궁궐조성도감'을 편성하여 가납을 받은 뒤 업무를 시작하였다. 도감 판사들은 머리를 맞대고 무엇부터 해야 할지 궁리를 한 끝에 가장 중요한 것이 도성과 궁궐 설계라는 것을 인식하고 이를 도맡아서 할 수 있는 유능한 도편수 찾기에 나섰다. 그들은 선공감 관리를 포함하여 전국에 있는 도편수 중 명성 꽤나 얻었다는 사람들을 추천받아 궁궐의 조성에 관해 시험을 시행하였다.

시험 당일. '궁궐의 전체적인 구상과 정전의 건축을 설계하라'는 문제를 받아든 도편수들은 아연실색했다. 궁궐공사를 해본 경험이 없기 때문에 내민 답안지는 모두 거들떠보기조차 민망스런 수준이었다. 그 중에 단 한 사람 선공감소

監繕工監少監 박건충만이 검토해볼만한 답안을 내었다. 이에
판사들은 모두 일치된 의견으로 그의 선임을 도당에 보고하
고 그를 추천할 것인가를 논의하였다. 그러나 대부분의 대
신들은 그가 신도 공사를 맡을 수 있는 능력이 있는지 여부
에는 관심을 두지 않았다. 아니 따져볼 능력이 없었다. 오직
자신들의 뜻대로 잘 움직여줄 것인지에만 관심을 기울였다.

이런 도당의 분위기는 곧바로 사행에게 알려졌고, 사행은
태조에게 그 분위기를 소상하게 아뢰었다.

"전하, 도당에서 신도조성을 총괄할 도편수를 선정하였습
니다만 그 사람의 능력으로는 어려울 것 같사옵니다. 도성
건설의 중차대한 일을 아무에게나 맡길 수는 없지 않사옵니
까? 그의 능력을 시험해 보시옵소서."

"그거야 도당에서 어련히 알아서 하지 않겠느냐?"

"전하, 그렇지 않사옵니다. 궁궐은 나라의 모든 역량을 담
아 후대에게 남겨주는 정신이고 예술품이며 문화입니다. 대
신들이 어찌 공사에 관한 기술들을 속속들이 알겠습니까?
지금 조정에 있는 일부 대신들이 사신으로 원나라 황궁에
다녀온 적이 있사오나 그들은 황궁의 일부만 눈으로 봤을
뿐이고, 우리나라의 유능한 도편수들이라고 해봐야 선공감
에 있는 관리들로 궁궐 수리를 해본 정도에 지나지 않사옵
니다. 그런 사람들이 어떻게 신도를 설계하고 궁궐을 짓겠

사옵니까?"

"그렇지. 그렇다면 어느 정도의 능력을 가진 사람이라야 공사를 할 수 있다고 생각하느냐?"

"전하, 신도를 설계할 정도의 능력을 가진 사람이라면, 궁궐을 조성하는데 기준이 되는 주례고공기周禮考工記를 기본으로 알고 있어야 하고, 우문개비기宇文愷秘記는 꿰뚫고 있어야 하옵니다. 뿐만 아니라 이 나라의 건축과 중국 건축의 차이를 알고 있어야 하옵니다. 그래야 전하의 위엄을 드높일 수 있는, 조선만이 가지고 있는 고유의 정신과 아름다움을 담아낼 수 있을 것이옵니다."

"주례고공기는 무엇이고, 우문개비기는 또 무엇이더냐?"

"전하. 주례고공기는 중국에서 전하는 가장 오래된 기술서로서 『주례周禮』의 6편篇 중에서 마지막 편인 「동관冬官」에 속해 있는 내용으로 도성 건설에 필요한 측량문제와 건설에 필요한 제반 내용을 수록한 것이옵니다. 또한 우문개비기宇文愷秘記는 수나라 때 장안성에 황궁을 짓고 성곽을 쌓은 우문개가 건축에 대한 세부적인 기술을 낱낱이 설명해 놓은 책이옵니다. 이 책은 아무나 접할 수 있는 책이 아니고, 황궁의 건축과 수리를 담당하는 전연사의 수령태감에게만 대대로 전해오는 보물과 같은 것이옵니다."

"부사는 직접 그 책을 보았더냐?"

"예, 소신이 황실의 전연사에 소속되어 있을 때, 10여 년이 넘도록 수령태감의 수제자로서 그 책을 보았고, 그 책에 수록되어 있는 기술에 대해 직접 가르침을 받았사옵니다. 거기에는 황궁의 전각들에 대한 배치방법을 비롯하여 전각을 지을 때 준비해야 할 것들과 각종 기술이 망라되어 있었사옵니다. 한 가지만 예로 말씀드리자면, 기둥 하나를 만드는데도 얼마만한 굵기와 길이로 해야 그 위에 올라가는 지붕의 무게를 지탱할 수 있는지에 대한 지지력 계산법 등이 있었사옵니다."

"음, 그렇다면 네가 맡으면 될 것이 아니더냐?"

"그건 그렇지 않사옵니다. 곧바로 소신을 임명하시면 대신들의 불만을 불러일으킬 것입니다. 그렇기 때문에 먼저 대신들이 추천하는 도편수를 면접하시고 직접 하문하시어 그의 능력이 부족하다는 것을 밝히시면 자연스럽게 다른 도편수를 찾게 될 것이고, 그때 전하의 의중을 말씀하시면 불만이 해소될 것이옵니다."

"알았다. 그럼 하문할 내용을 가져오너라."

사행은 대전을 나와 곧바로 하문할 내용을 직접 작성하여 밤늦게 태조에게 올렸다. 그리고 다음 날 대전에서는 판문하부사가 여러 대신들과 도감의 판사들이 모인 가운데 궁궐 공사를 도맡을 도편수의 선정과정을 아뢰고, 선정된 박건충이 조선 최고의 장인이라며 윤허를 청하였다. 묵묵히 듣고 있던 태조는 도당의 신료들과 판사들을 격려한 뒤, 박건충을 불러 들여 직접 하문하였다.

"그대가 궁궐을 지을 적임자라 하는데, 언제부터 궁궐 공사를 했었더냐?

"전하. 전각공사를 직접 도맡아 한 적은 없사오나 선공소감으로 있으면서 수시로 전각 수리를 해왔사옵니다."

"그래? 그렇다면 토목건축에는 모르는 것이 없겠구나. 과인이 한 가지만 물을 것이니 답해 보거라. 황실의 건축과 우리 조선 건축의 차이점, 그리고 황실건축의 기본이 되는 것은 무엇이더냐?"

박건충은 순간 얼굴색이 변하며 어찌할 바를 모르다가 사실대로 아뢰었다.

"전하. 소신은 선공소감으로 있으면서 궁궐 수리에 필요한 기술을 익혀오긴 했사오나, 황궁을 본 적이 없어 무어라 아뢰어야 할지를 모르겠사옵니다."

"그럼, 우리나라 궁궐의 특징이라도 말해 보거라."

"그 또한 황궁에 가본 적이 없어 무어라 말씀드리기 어렵사오나 송나라 서긍徐兢이 개경에 와서 보고 지은 책 선화봉사고려도경宣和奉使高麗圖經에 보면, 궁궐 건물에 난간은 붉은 옻칠을 하고 동화銅花를 장식하였으며 단청이 장엄하고 화려하다고 하였사옵니다."

"궁궐공사를 도맡을 도편수라면 궁궐 전체의 구조적 특징을 말해야지, 남의 책에 쓰여 있는 단편적인 것만을 말하느냐? 전체를 볼 수 없는 사람이 어떻게 신도조성의 대역사를 맡을 수 있겠는고?"

"……."

"그만 물러가라. 신료들은 들으라. 저 사람이 신도를 설계하고 추진할 수가 있겠느냐? 신도를 조성하려면 먼저 큰 그림을 그릴 줄 알고, 그 그림 속에 표현할 세부적인 기술까지 겸비해야 하는 것이 아니더냐?"

대신들은 꿀 먹은 벙어리가 되었다. 분위기가 심상치 않게 변하자 정도전이 아뢰었다.

"전하, 도편수는 본래 집을 짓는 기술만 있으면 되는 것이고, 신도의 기본적인 그림은 판사들이 맡아서 하면 될 것이옵니다."

"그럼 판사들에게 묻겠다. 판사들은 궁궐건축의 기본이 무엇인지 말해 보라?"

"……."

"왜 말들을 못하는 것이더냐? 그럼 사신으로 황궁에 다녀온 적이 있는 판삼사사가 말해 보라.

"소신이 사신으로 황궁에 다녀온 적은 있사오나 황궁을

자세히 살펴본 적이 없어 전각의 크기와 배치, 특징에 관해 무어라 말씀드리기가 어렵사옵니다. 그러나 지금부터라도 공부를 하면 능히 할 수 있을 것으로 사료되옵니다."

"누가 하든 할 수는 있겠지. 과인이 전장에서 이기기 위해 고심했던 일들을 돌이켜 보면, 신도조성 또한 마찬가지일 것이야. 대신들이 신도구상을 할 수는 있을 것이나 어디 쉬운 일이겠느냐? 그 많은 전각을 얼마만한 크기로 지어 배치를 해야 전체 궁궐이 아름다운지, 전각에 들어가는 기둥 하나를 만드는데도 얼마만한 굵기와 길이로 만들어야 견고하게 지붕을 지탱하고 아름답게 될지…. 이 모든 것들이 우리 조선의 능력이고 정신인데 그 일들을 해 내겠느냐? 그런 능력이 있는 대신들이 있다면 나서보라. 내 그를 총괄도편수로 임명할 것이다."

수장도감제조 심 판사가 아뢰었다.

"전하, 이 나라에는 전하께서 말씀하시는 그런 정도의 능력을 가진 사람은 없사옵니다. 황실에서 도편수를 데려오는 방법 밖에는 도리가 없습니다. 굽어 살피시옵소서."

"무슨 말을 하는 것이냐? 이 나라에 궁궐을 지을만한 관리도, 도편수도 없다는 말이냐? 명나라에서 사람을 데려오면 그들의 생각대로 지을 것인데, 그것이 어디 우리의 궁궐이겠느냐? 그것은 절대로 안 될 일이다. 신도는 우리의 기술로 조성하여 조선의 얼과 위엄을 대내외에 내보여야 할 것이다. 그것이 조선의 자존심이고, 과인의 자존심이란 말이다. 알겠느냐?"

"전하! 지금 이 나라에는 그 만한 능력을 가진 사람이 없사오니, 부디 헤아려 주시옵소서."

"대신들은 진정 이 나라에 신도를 설계할만한 기술을 가진 사람이 없다고 생각하느냐? 과인이 보기에는 판내시부사면 할 수 있지 않을까 하는 생각인데…. 판내시부사는 황실에서도 지낸 바 있고, 전조 공민대왕을 따라와 영전과 여러 불사를 지었으며, 이후에도 광덕전을 재건하고 수창궁과 성곽 수리도 하지 않았느냐?"

정도전이 아뢰었다.

"하오나 그는 궁궐 관리 등 하찮은 일만 하는 배움이 짧은 사람이온데 나라의 명운이 걸린 중차대한 공사를 할 수가 있겠사옵니까? 심히 염려되옵니다."

순간 좌중은 술렁거렸다. 태조는 은연중에 배움이 짧다고 자기를 비웃는 것 같아 은근히 화가 치밀었다.

"판삼사사! 지금 뭐라 했느냐? 배움이란 것이 꼭 경서를 읽어야만 되는 것이냐? 그렇다면 경서를 많이 읽은 여러분들 중에 궁궐건축에 대해 판내시부사만큼 아는 사람이 있으면 나서 보라. 과인이 보기에는 이 나라에 그 사람만큼 토목건축에 관해 잘 아는 사람은 없을 것이다. 과인은 절대로 명나라에 기대고 싶지 않다. 대신들이란 모름지기 자주적인 생각을 가지고 문제를 해결해야 되는 것이지, 어렵다고 해서 의타심을 갖는다면 나라꼴이 어찌 되겠느냐? 그것이 바로 패배의식이고, 나라를 잃게 되는 지름길이란 말이다."

"전하. 판내시부사가 과거에 여러 전각을 수리하고 지은 것은 사실이지만, 신도를 설계할만한 능력을 갖추었는지는 알 수 없는 일이옵니다. 도당에서 다시 의논하여 추천하겠사옵니다."

"허허. 좀 전에 그 자가 조선 최고의 기술을 가진 장인이라고 하지 않았더냐? 그런데 또다시 다른 사람을 찾는다는 것은 무슨 말이더냐. 그럼 유능한 사람이 있는데도 여러분들의 의견에 잘 따르는 사람을 천거했다는 것 아니더냐?"

"전하. 그런 것이 아니옵니다."

"듣기 싫다. 더 이상 기다려봐야 시간만 낭비할 뿐이다. 과인은 오늘 판내시부사를 선공감繕工監 판사判事로 제수함과 동시에 신도궁궐조성을 책임질 총괄도편수總括都編首로 임명하겠다. 그러니 도감 판사들은 판내시부사를 적극 도와 공사를 추진하라. 그에게는 별도로 불러 하명을 할 것이다."

조회가 끝난 뒤, 도당에 모인 대신들은 왕권을 강화하기 위해 우리들의 힘을 빼려는 의도가 깔려있다며 불만을 쏟아냈다. 그리고는 여차하면 그의 교체를 주청하겠다고 별렀다.

그 시간 태조는 판내시부사를 불러 당장 신도궁궐조성도 감으로 가서 공사에 전념하라 명을 내렸다.

도편수로 임명된 사행은 그날 밤 천난생과 비밀리에 회합을 가졌다.

"이제부터 노걸단을 자네가 맡게. 나는 내일부터 왕명을 받들어 신도궁궐공사에 전념해야 하네. 본래 내가 타고난 직분은 도편수잖아. 이 일은 내가 황궁에 있으면서 평생 소원하던 꿈이었어. 그러니 공사가 끝날 때까지 자네가 노걸단을 맡아. 아주 중요한 일만 보고하고, 나머지 일은 알아서 처리하도록 하게."

"명심하겠습니다. 그런데 대신들이 가만히 있겠습니까? 자신들이 추천한 도편수가 묵사발이 됐는데…. 두목님의 신변에 위험이 생길지도 모르니, 호위무사를 붙이겠습니다."

"그럴 필요 없네. 우리의 정체가 탄로 나면 안 되지!"

"절대로 노출되지 않도록 하겠습니다."

다음날 사행은 곧바로 한양 땅으로 출발하여 한양부에 도착한 뒤 여장을 풀고, 며칠 동안 신도가 들어설 자리의 개략적인 측량과 형세도를 그리고, 어떻게 터를 닦을 것인지 구체적인 구상을 가지고 돌아왔다. 그리고 곧바로 궁궐의 정확한 위치와 방향, 규모에 대해 결정해 달라고 판사들에게 요구하였다. 도감 판사들은 사행의 의견을 도당에 상정했다. 대신들의 의견은 두 갈래로 나뉘어 팽팽하게 맞섰다. 불교 신도들은 왕사의 뜻을 따라 서산을 주산으로 그 아래에 동향으로 짓는 것을 주장했고, 개혁파들은 여러 근거를 들며 남향을 주장하여 논란을 벌였다. 보다 못한 심 판사가 전하의 의견을 따르자고 중재안을 내며 싸움은 중지되고, 다음날 대전에서는 다시 열띤 토론이 벌어졌다. 의견이 팽팽하여 쉽게 결론이 날 것 같지 않았는지 묵묵히 지켜보던 태조가 입을 열었다.

"과인은 신료들의 의견을 다시 들어보고 싶다. 먼저 서산(인왕산)을 주산으로 하여 동향으로 궁궐을 세우자는 의견에 관해 왕사께서 먼저 말해 보시오."

"궁궐은 나라의 상징이고, 전하의 권위를 나타내는 곳입니다. 따라서 모든 백성이 우러러볼 위치에 있어야 하며, 그만한 규모를 가져야 합니다. 풍수지리상으로 보아 서산의 능선 아래에 궁궐을 지으면, 좌로는 백악산, 우로는 목멱산, 앞쪽으로 길게 들판이 활짝 열려 있고 그 끝에 낙산이 있으니 이보다 좋을 수는 없사옵니다. 그리고 궐 안에서도 백성들의 삶을 내려다볼 수 있을 것이니, 동향으로 짓는 것이 옳다고 사료되옵니다."

왕사의 말이 끝나자마자 정도전이 아뢰었다.

"전하, 궁궐이 나라의 상징이고, 전하의 권위를 나타내는 것은 왕사와 의견이 같사오나, 자고로 궁궐이 동향을 하고 있는 곳은 없사옵니다. 중국의 낙양성이나 연경의 대도성을 보아도 모두 남향을 하고 있사옵니다. 그러니 궁궐의 위치는 백악산 아래 한양부가 있는 곳에 세우는 것이 마땅하다고 생각되옵니다."

왕사가 정도전의 말을 반박하고 나섰다.

"전하! 기록에 의하면 낙양성이나 대도성은 지세가 모두 평평하고 산이 없기 때문에 남향을 하고 있는 것이옵니다. 그러나 한양은 가까이에 산이 있기 때문에 지세로 보아 동향이 좋사옵니다. 판삼사사가 주장하는 백악산 아래 남향으로 지으면 좌측으로 낙산이 낮아 악의 기운이 들어올 것으로 판단되옵니다."

태조는 묵묵히 두 사람의 속내를 가늠해봤다. 왕사가 서산(인왕산)을 주산으로 하려는 것은 산 뒤쪽에 선바위를 중심으로 불사를 중흥하여 잃었던 불교의 권위를 되찾으려는 의도가 숨어 있고, 백악산을 주산으로 하려는 정도전은 부패의 한 축인 불교의 중흥을 막고, 새로운 나라의 건국이념인 배불숭유排佛崇儒 정책을 고집하고 있었다.

태조는 침묵을 깨고 한참 만에 입을 열었다.

"신료들의 의견은 모두 나름대로 좋은 의견들이라 본다.

과인은 궁궐을 백악산을 주산으로 하여 그 아래 남향으로 짓도록 하는 것이 좋다고 생각하니 그렇게 추진토록 하라."

순간 정도전을 따르는 무리들은 만면에 웃음을 띤 반면, 왕사의 의견을 따르던 신료들은 떨떠름한 표정이었다.

좌중을 둘러보던 태조가 또 다시 명을 내렸다.

"판문하부사, 판삼사사, 도감의 판사들과 도편수는 조속히 한양으로 출발하여 지세를 잘 살펴 종묘와 사직, 궁궐, 조시, 도로의 터를 정해오라."

모두가 나가자 태조는 사행을 다시 불렀다.

"김 부사. 저들과 같이 한양에 가서 지세를 더 자세히 살펴보고 정확한 터를 정하도록 해. 저들의 의견도 들어야 공사를 조용히 마무리 할 수 있을 것 같아서 같이 보내는 것이니, 네가 그들을 잘 설득해 봐. 그렇다고 저들의 의견을 무조건 무시하지 말고…. 사대부들이란 명분 싸움에 목숨을 거는 사람들이거든."

한양에 도착한 일행은 백악산에 올라 지세를 살펴보고 토론에 들어갔다. 판문하부사 권동술이 중추원 학사 이직순에게 의견을 물었다.

"이 판사는 어디쯤이 궁궐터로 적합할 것 같습니까?"

"전조에서 풍수지리에 좋은 땅을 골라 한양부를 지었을 것이니, 한양부 건물을 헐어내고 그 자리에 짓는 것이 좋지 않겠습니까?"

이일균 판사가 말했다.

"춘추원 학사의 의견도 매우 좋으나, 그곳은 궁궐터로서는 다소 협소하다는 생각이 듭니다. 그보다는 서북방 능선의 아랫자락이 더 넓고 평탄하니 그곳이 좋을 것 같습니다."

판사 김춘이 이직순의 의견에 힘을 보탰다.

"만월대를 보면, 송악산 남쪽 기슭에 회경전會慶殿, 장화전長和殿, 원덕전元德殿, 장경전長慶殿, 건덕전乾德殿, 만령전萬齡殿 등의 건물들이 구릉을 끼고 지형의 형태에 맞춰 들어섰습니다. 그와 같이 연흥전延興殿(한양에 있는 고려의 이궁)이 있는 곳을 중심으로 지형에 맞춰 지으면 되지요. 궁궐의 위엄을 보이기 위해서는 아무래도 지대가 높은 곳이 좋을 것이라 생각됩니다."

조용히 듣고 있던 판삼사사 정도전이 사행을 의식한 듯 쳐다보며 입을 떼었다.

"대감님들의 의견이 모두 좋다고 생각합니다만 실제 궁궐을 지을 사람은 도편수이니, 그의 의견을 들어보는 것이 어떨런지요? 도편수의 의견을 들어보십시다."

"대감님들께서 결정하는 대로 따를 뿐입니다. 하지만 의견을 물으시니 말씀드리지요. 소신의 의견으로는 어디에 지어도 무방하오나 두 가지를 고려해야 한다고 봅니다. 첫째는 지어진 궁궐의 안전입니다. 건물이 다 지어지고 난 다음에는 어떠한 천재지변이나 외세의 침입에도 피해를 입어서는 아니 된다는 생각입니다. 따라서 지금 한양부가 있는 곳은 큰 비가 왔을 때, 너무 산 밑이라 산사태에 취약한 점이 있고, 외세의 침입에 대비해 해자를 만드는데 어려움이 있습니다. 지세로 보아서는 충분한 공간을 확보하고 외세의 침입에 대비해 서쪽의 백운동천과 동쪽의 삼청동천(중학천)을 자연적인 해자로 살리려면, 연홍전 아래 평탄한 곳이 좋을 것입니다. 둘째는 궁원宮園이 필요하다는 생각입니다. 대도의 땅은 평지여서 황제가 휴식을 취할 정원을 마련하는데 어려움이 많았습니다. 그래서 땅을 파서 연못을 만들고, 그 흙으로 나지막한 만수산萬壽山을 만들어 조성하였습니다. 그에 반해 이곳 한양은 산천의 수려함이 있어 천연의 아름다움이 있습니다. 이 산줄기의 끝자락을 자연스럽게 궁원으로 조성한다면, 산수가 잘 어우러진 궁궐이 될 것입니다. 따라서 궁궐의 위치는 이일균 대감께서 말씀하신 곳이 좋다는 생각입니다."

이직순의 얼굴이 달아올랐다.

"안전을 고려한 것은 옳다고 생각되나 산줄기에 정원을 만든다는 것은 합당치 않다고 생각됩니다. 정원이 필요하다면 어느 곳에 만든들 무슨 관계가 있겠습니까? 부사의 말대로 황궁의 정원은 평지에 있지 않습니까?"

이에 사행은 다시 부연 설명을 했다.

"이 판사님의 말씀도 좋습니다만, 우리 조선은 조선만의 독특한 특징이 있어야 합니다. 모든 것을 황실을 쫓아갈 필요는 없다고 봅니다. 아름다운 산을 그대로 살려 궁원을 만들면 자연을 거스르지 않고 아름다움을 유지할 수 있을 뿐만 아니라, 부역을 하는 백성들의 노고도 덜 수 있으니 얼마나 좋습니까?"

심 판사가 김 부사의 말을 받았다.

"오, 그거 좋은 생각이오. 우리가 황궁을 그대로 따라 지을 필요는 없지요. 전하의 말씀대로 우리는 황궁보다 더 기품이 있고 아름다운 궁궐을 지어 조선의 우월성을 보여야 합니다. 그렇지 않소이까?"

일행의 의견을 모두 들은 판문하부사 권동술은 사행의 의견대로 연흥전 남쪽 넓은 개활지로 궁궐의 위치를 정하고, 그 앞에 작은 구릉들은 깎아내려 평탄하게 한 후, 좌측 서산의 남동쪽 기슭에 사직터를, 우측 중학천을 건너 2리쯤 되는 곳에 종묘의 터를 정하기로 하고 개경으로 돌아왔다.

사행은 먼저 그려간 형세도를 바탕으로 종묘, 사직, 궁궐, 조시가 들어갈 형세도를 다시 그려 판문하부사에게 보고하며, 도당에서 궁궐의 규모를 결정해달라고 청하였다. 권동술은 곧바로 도당 회의를 열어 의견 취합에 들어갔다. 논의를 계속 하였지만, 건축에 문외한인 신료들은 지금의 수창궁보다 더 크게 지어야 하지 않느냐고 떠들어댈 뿐이었다. 지켜보던 정도전이 답답함을 느껴서인지 궁궐이 사치스러우면 백성들이 수고를 해야 하고, 재정 또한 감당키 어려우니 검소하게 지어야 한다며 사행에게 의견을 들어보자고 하였다.

이에 이직순 판사가 발끈했다.

"대감께서는 어찌 그에게 물으려 하십니까? 김 부사는 그저 결정되는 대로 궁궐만 지으면 되는 도편수입니다. 그에게 끌려 다니면 대감들의 체면이 어찌 서겠습니까?"

감정이 뒤섞인 말투를 막아서며 심 판사가 말했다.

"허허, 판사의 말씀도 일리가 있지만, 그가 우리보다 전문적인 식견을 가지지 않았습니까? 모든 일에 사대부의 권위만 내세우는 것은 이치에 맞지 않아요. 우리는 부사의 전문성을 인정하고 존중하여 훌륭한 궁궐을 지을 수 있도록 유도하는 것이 소임이라는 것을 잊어서는 아니 됩니다."

그때 사행이 도당에 들어오자, 이직순은 지체 없이 비아냥거리는 말투로 질문을 던졌다.

"김 부사, 지난 번 전하께서 우리가 추천한 도편수 박건충에게 하문한 것이 있었소? 그것을 한 번 묻겠소이다. 중국 황실 건축과 우리 조선 궁궐 건축의 차이점이 무엇이오?"

"판사님께서 저를 시험하시는 것입니까? 판사님께서는 어떤 차이점이 있다고 보시는지요?"

"그건 내가 묻지 않았소? 몰라서 되묻는 것이오?"

"그게 아니라, 이 마당에 하찮은 것을 묻고 계시니 하는 말씀이오. 원하신다면 알려드리지요. 중국 황실건축의 특징은 '주례 고공기'를 준수하여 좌묘우사左廟右社, 전조후시前朝後市가 특징이고, 건물의 특징은 군체건축群體建築으로 통일미를 가지고 있으되 외부의 공간을 중요시하였으며, 주심포柱心包 양식으로 지어진 것이지요. 반면 우리나라 궁궐은 배산임수背山臨水가 특징으로 반듯한 구조를 수용하지 않고 자연에 거슬리지 않게 지형에 맞추어 어우러지는 건물을 짓는 것입니다."

"그럼, 대도성의 규모는 어느 정도나 되는지 알고 있소?"

"무슨 뜻으로 묻는 것인지는 모르오나, 제가 알고 있는 바로는 대도성의 규모는 어림잡아 내성은 동서방향이 약 17리, 남북방향이 13리이며, 대도성의 궁궐 크기는 동서방향이 약 250장丈, 남북방향이 327장丈이지요. 이는 대략 70정보 가량이 되는 것이며, 외성까지 포함한다면 약 240정보가 될 것입니다."

이직순의 눈동자가 별안간 휘둥그레지며 다시 질문을 이어갔다.

"그러면 신도의 궁궐을 어느 정도 크기로 하는 것이 좋겠소?"

"소신이 그것을 어찌 말씀 드릴 수 있겠습니까? 도당에서 결정되는 대로 시행할 뿐이지요. 단지 궁궐을 짓는데 있어서 참고해야 할 것은 관례적으로 황제가 거처하는 황궁은 5문3조五門三朝로 하고, 제후국의 왕궁은 3문3조三門三朝로 하고 있습니다. 이것을 어겼을 때는 황실과 불화가 생길 수 있음을 유념해야 할 것이외다."

"사람도 참…. 하나만 더 묻겠소. 공사기간은 얼마나 걸리겠소?"

"공사기간이란 신도의 규모가 결정되어야 정할 수 있는 것입니다. 그것도 결정되지 않았는데, 어찌 그에 대한 답을 드릴 수가 있겠습니까? 도편수, 석공, 와공 등 장인들과 인부들을 얼마나 동원하느냐에 따라 다르겠지만, 한 해는 족히 걸릴 것으로 추정하고 있습니다."

"그렇게나 오래 걸린다는 말이오?"

말도 되지 않는 물음에 사행은 빈정이 상했다.

"그럼, 제가 대감께 한 가지만 묻겠습니다. 대감님께서는 경전을 공부하는데 몇 년이나 걸렸습니까?"

"뭐라고? 감히 어찌 그런 막말을…."

"집을 짓는 것은 경전의 문구를 외는 것처럼 되는 것이 아니올시다."

"아니, 그래도….."

이직순이 자리에서 일어나며 분개했다. 하지만 사행은 차분하게 말을 이어갔다.

"장수들이 전장에 나가 적과 싸울 때, 경전의 문구가 사용됩니까? 말을 잘 타고 칼과 활을 잘 써야 하겠지요. 그러기 위해서는 얼마나 많은 기간 동안 연마를 해야 하겠습니까? 집을 짓는 일 또한 마찬가지입니다. 수십 년을 연구하며 현장에서 잔뼈가 굵어야만 할 수 있는 일이지요. 지금 이 나라에는 신도를 완성할 수 있는 정도의 식견과 기술을 가지고 있는 도편수는 찾아보기가 어려워서 일일이 가르치며 지어야 하기에 많은 시간이 필요한 것입니다."

이직순은 사행의 거침없는 발언에 거친 숨을 몰아쉬며 얼굴이 시뻘겋게 달아올랐고, 도당의 분위기가 자칫 싸움으로 번질 판이었다. 이를 막기 위해 판문하부사가 전하의 의중이 중요하다며 재빠르게 분위기를 바꿔 회의를 마무리했다.

심 판사는 선공감으로 가서 김 부사를 비롯한 관계자들을 모아 놓고 다시 의견을 물었다.

"김 부사, 솔직히 도당의 신료들이 건축에 대해 무엇을 알겠소? 부사는 얼마만한 크기로 궁궐을 지으면 좋을 것인지 판단했을 것 아니오? 도당의 대신들이 논란을 벌이는 것은 대규모 공사를 추진했을 때, 민심의 이반이 생겨날 것을 우려하는 때문이오. 그러니 그 문제도 고려해 보아야 하오."

"여러 신료들의 뜻을 모르는 것은 아닙니다. 저도 민심이 반을 우려하고 있습니다. 그러나 도당에서도 말씀 드렸듯이 대도성은 70정보나 됩니다. 명나라는 우리나라 땅덩어리의 수십 배에 이르니 그것을 참고로 한다면 15정보 정도면 될 것이오나 이는 너무 초라할 것입니다. 새 나라의 위상과 권위를 상징하는 규모로 짓는다면 대도성의 약 반 정도 규모는 되어야 하지 않을까 생각됩니다."

"아니 그렇게 크게 짓는다면, 얼마나 많은 시간과 재정이 소요되겠으며, 백성들은 또 얼마나 고통에 시달려야 하겠소이까? 그건 좀 크지 않소?"

"당장 그렇게 지을 수는 없겠지요? 그러나 토목건축이란 처음에 터를 넓게 조성해 놓아야지 나중에 다시 늘린다면 더 많은 노력이 소모되는 것입니다. 따라서 일단 터를 넓게 준비해 두고, 꼭 필요한 건물을 먼저 짓고 난 다음, 필요할 때마다 차례차례 소요되는 건물을 지어가면 신료들이 우려하는 일들은 일어나지 않을 것입니다."

"그래도 대도성의 반 정도 크기는 너무 크게 생각되오. 수창궁 정도면 되지 않겠소이까?"

"그것도 괜찮은 말씀이오나 전하께서 말씀하셨던 뜻은 지금의 수창궁 정도로는 만족하지 않으실 것으로 생각되옵니다. 대감님께서 전하의 의중을 떠보시는 것은 어떠할지요? 공사를 빨리 추진하기 위해서라도 확실하게 궁궐의 규모가 결정되어야 할 것입니다. 소신은 그 결정에 따라 추진토록 하겠습니다."

"어찌 다시 전하에게 묻겠소. 정 그렇게 축소할 의도가 없다면 일단 부사의 뜻대로 준비를 하시오. 믿어 보겠소이다."

사행은 중국 역대 왕조의 도성 건설에 기본이 되는 주례고공기周禮考工記의 장인영국匠人營國, 방구리方九里, 방삼문旁三門, 국중국영구위國中九經九緯, 경도구궤經途九軌, 좌조우사左祖右社, 면조후시面朝後市. 즉 도성은 하나의 방형方形의 성성城으로, 사방이 9리里이고, 도성의 매 면에는 3개의 성문을 두어 도성에는 12개의 문을 두며, 도로는 남북으로 9개, 동서로 또 9개를 격자로 둔 9경經 9위緯로 한다. 또 각각의 성문에는 세 갈래의 평행도로를 내어 사람들의 통행은 왼쪽 길로 나가고 오른쪽 길로 들어가며, 수레는 중앙의 도로를 따라 통행하도록 한다. 그리고 태묘는 동쪽에, 사직단은 서쪽에 두어 좌우 대칭이 되도록 하고, 조정은 궁정의 남면에, 시장은 왕궁의 북쪽에 두어야 한다는 것을 참고로 하여 지형에 맞게 밤낮없이 설계에 몰두하였다.

* '궤'는 수레바퀴와 수레바퀴 사이의 넓이로 1궤는 6척 6촌(1척은 30.3

㎝)이다. 그러므로 9궤는 9 x 6.6척이 되어 59.4척(59.4 x 30.3㎝=1799.82 ㎝)이다. 여기에다 도로좌우에 인도(편도 7촌 x 2=1척4촌)까지 포함하면 8척이 되어 도로의 총 넓이는 대략 24m가 된다.

그 사이 태조는 자주 심 판사를 불러 진척사항을 물었다. 허나 그는 건축에 대한 식견이 짧아 태조의 욕구를 충족시킬 만큼 답변을 할 수가 없었다. 답답해진 태조는 도편수인 판내시부사가 자주 들어와서 보고를 하도록 하명하였다. 이에 사행은 진척사항을 보고하게 되었고, 그때 태조는 궁궐의 규모를 크게 하는 이유를 물었다.

"신도궁궐은 새 나라와 전하의 위상과 권위를 고려하여 아름답고 위엄 있는 규모로 준비하고 있사옵니다. 그렇게 지으려면 전각의 크기도 문제지만 전각의 내부, 전각과 전각 사이의 공간 배치를 어떻게 하느냐에 달려 있습니다. 이 규모는 중원대륙을 다스리는 대도성의 반 정도에 해당하는 크기로 국토를 고려해 볼 때 대단히 큰 규모이옵니다. 그렇게 한 이유는 궁궐의 터를 처음에 크게 잡아 준비를 하면 나중에는 전각이 필요할 때마다 쉽게 지을 수 있기 때문이옵고, 차후 나라가 융성하여 중원대륙으로 뻗어나갈 것을 고려한 판단이옵니다. 과거 고구려의 안학궁安鶴宮은 지금 소신이 구상하고 있는 궁궐보다도 더 큰 규모였사옵니다."

"그래? 좋은 구상이긴 한데…. 어떻게 지을 것이더냐?"

사행은 궁궐과 종묘사직, 도로, 육조와 시전市廛이 배치된 형세도를 펼쳐놓으며 아뢰었다.

  "여기를 보시옵소서. 이 형세도는 도성이 완성되었을 때를 나타내는 그림이옵니다. 전하께서도 아시고 계시듯이 궁은 크게 세 구역으로 나누어집니다. 이 그림처럼 정전 구역, 보평청 구역, 연침 구역이옵니다. 이 구역마다 필요한 전각이 이렇게 들어서고, 다시 그 주변으로 세자가 생활하는 전각과 궁궐에서 전하를 보필하는 수많은 관료와 환관, 궁녀, 무수리들이 생활하는 건물, 숙위를 하는 군사들의 숙소와 집무실 등이 보시는 것과 같이 지어질 것이옵니다. 또한 전하와 중전마마께서 산책을 즐기실 수 있는 궁원도 만들어질 것이옵니다. 지금은 매우 크다고 생각되지만 전각이 모두 들어서고 나면 크게 느껴지지 않을 것이오며, 장엄하고 위대한 궁궐의 모습이 드러나게 될 것이옵니다. 궁성은 장방형으로 둘레를 1,800여 보步로 하고, 담장은 외부의 침입을 허락하지 않는 높이 21척(6m) 정도로 쌓을 것이오며, 그 안에 궐闕은 남향으로 짓되 남쪽에서 북쪽으로 오문午門(성곽의 정남쪽에 있는 문), 전문殿門(정전으로 들어가는 문), 정전正殿(임금이 조회를 하며 정사를 처리하는 곳), 보평청報平廳(평상시 정사를 보는 곳), 연침燕寢(임금이 평상시에 한가롭게 거처하는 전각)의 순서대로 일직선상에 중심 전각을 두고, 중심전각 좌우측에 대칭으로 행각을 네모나게 감싸듯 세울 것이옵니다."

"오 그래. 수고가 많았다. 이것을 신료들에게도 알려야 할
것이 아니더냐?"

"그러하옵니다. 도감에서 일정을 잡는 대로 전하를 모시
고 아뢸 것이옵니다."

이틀 뒤. 사행은 대전에서 모든 대소 신료들이 참석한 가
운데 앞으로 지어질 도성의 형세도에 대해 보고하였다.

"전하, 지금부터 그 동안 소신이 준비한 도성 건축에 대해
세부적으로 아뢰겠사옵니다. 기본적으로 이 설계는 주례고
공기를 참고하여 한양의 지형과 나라가 앞으로 더욱 융성할
것을 고려하여 그에 합당한 크기로 준비하였음을 먼저 아뢰
옵니다.

현재 백악산 아래 연흥전이 있는 곳을 그대로 사용하면
좋겠사오나 그 지역은 터가 너무 협소하여 그보다 더 아래
쪽으로 궁궐의 위치를 정하였으며, 궁궐의 우측 인왕산 자
락에 사직을 두고, 좌측 중학천 건너 2리쯤에 종묘를 정했사
옵니다. 궁궐의 남쪽 밖으로는 정면에 큰 광장을 만들고, 그
좌우에 의정부를 비롯한 육조가 들어서도록 배치하였사오
며, 또한 광장 끝에서부터 청계천이 맞닿는 곳, 그리고 청계
천을 따라 좌우로 횡적 마차길을 개설하여 향후 짓게 될 시
전과 민가로 연결되게 하였사옵니다.

궁궐의 배치는 남쪽으로부터 북쪽으로 오문, 전문, 정전, 보평청, 연침의 중심 전각이 일직선으로 들어서게 되오며, 그 좌우에 대칭으로 행각을 두어 방형으로 설계하였는데, 그 네 구역은 담장을 두어 분리를 시키면서 출입문을 내어 통행에 불편이 없도록 하였사옵니다. 그리고 정전의 전문 앞쪽에는 군사들이 기거할 수 있는 건물들을 배치하였고, 중심 전각 동쪽에는 동궁을, 왼쪽에는 궁 안에서 전하를 보필하는 관료, 환관, 궁녀, 무수리들이 생활할 건물을 배치하였사옵니다. 또한 전하와 중전께서 쉴 수 있는 궁원은 침전 뒷편 백악산 기슭을 그대로 살려서 자연스럽게 조성할 것이옵고, 연침지역 우측에 인왕산과 백악산 사이에서 내려오는 계곡의 물이 모이는 낮은 곳에 큰 못을 조성토록 할 것이옵니다.

전각의 크기는 형세도를 통해서 아뢰겠사옵니다.

연침燕寢은 7칸, 동서이방東西耳房은 각각 2칸, 북천랑北穿廊이 7칸, 북행랑이 25칸이옵고, 동쪽 구석에 연달아 이은 것이 3칸, 서쪽에 연달아 이은 누樓(다락집)가 5칸이고, 남천랑南穿廊이 5칸이옵니다. 동쪽의 소침小寢(작은 침방)은 3칸이며, 천랑 7칸은 연침의 남쪽에 있는 행랑에 닿았고, 또 천랑 5칸은 연침의 동행랑에 닿게 하였사옵니다. 서쪽의 소침은 3칸이며, 천랑 7칸은 연침의 남천랑에 닿았고, 또 천랑 5칸은 연침의 서행랑에 닿도록 하였사옵니다.

보평청은 전하께서 정사를 보시는 곳으로 5칸이며, 연침의 남쪽에 있사옵고, 동쪽과 서쪽에 이방이 각각 1칸이며, 남천랑이 7칸, 동천랑이 15칸이옵니다. 남천랑 5칸이 동행랑에 닿았고, 서천랑 15칸도 역시 남천랑 5칸에서 서행랑에 닿아 있사옵니다. 연침의 북쪽 행랑 동쪽 구석에서 정전 북쪽 행랑의 동쪽 모퉁이에 이르기까지 23칸이 동행랑이 되는 것이옵고, 서루西樓에서 시작하여 정전 북쪽 행랑의 서쪽 모퉁이에 이르기까지 20칸이 서행랑이 되는 것이옵니다. 지금까지 아뢴 것이 내전內殿의 모습이 되겠사옵니다.

이어서 정전에 대해서 아뢰겠습니다.

정전은 5칸으로 보평청 남쪽에 위치하고 있으며, 전하께서 조회를 받거나 외국 사절들의 인사를 받는 곳으로 상하층 2단으로 월대越臺를 쌓고, 그 위에 전각을 세워 웅장함이 돋보이게 하였사옵니다. 상하 월대의 깊이는 50척, 너비가 112척 5촌이고, 동계東階·서계西階·북계北階의 너비가 각각 15척인데, 상층계上層階의 높이는 4척이고, 석교石橋가 5단五段이옵니다. 중계中階는 네 면의 너비가 각각 15척이며, 아래층계下層階는 높이가 4척, 석교가 5단이옵니다. 북쪽 행랑 29칸은 정전의 북쪽에 닿아 있으며, 동루東樓 3칸은 상하층이 있고, 그 북쪽 행랑 19칸은 정전의 북행랑 동쪽에 닿아서 보평청의 동행랑과 잇닿아 있사옵니다.

그리고 그 남쪽 9칸은 전문의 동각루東角樓에 닿도록 하였사옵니다. 서루 3칸도 동루와 마찬가지로 상하층이 있고, 그 북쪽 행랑 19칸은 정전의 북행랑 서쪽 구석에 닿아서 보평청의 서행랑과 이어져 있사오며, 그 남쪽 9칸은 전문의 서각루西角樓에 닿아 있사옵니다.

조정朝廷은 동서가 각각 80척, 남쪽이 178척, 북쪽이 43척이옵니다. 전문殿門은 3칸으로 전殿의 남쪽에 있고, 좌우로 연이어 있는 행랑은 각각 11칸, 행랑 끝에 맞닿아 있는 동각루와 서각루는 각각 2칸으로 이옵니다.

오문午門은 3칸으로 전문의 남쪽에 있으며, 동·서 행랑은 각각 17칸이 되옵니다. 수각水閣은 3칸이고, 뜰 가운데에는 어구의 물이 흐르는 곳으로 석교를 놓을 것이옵니다. 동문과 서문의 좌우 행랑은 각각 17칸이며, 동·서 각루가 각각 2칸이옵니다.

그 밖에 주방廚房·등촉인자방燈燭引者房·상의원尙衣院, 양전兩殿의 사옹방司饔房·상서사尙書司·승지방承旨房·내시다방內侍茶房·경흥부敬興府·중추원中樞院·삼군부三軍府와 동·서루고東西樓庫가 있사옵니다. 그래서 이를 모두 합하면 궁궐의 크기는 모두 390여 칸이 되옵니다.

궁성은 둘레가 1,800여 보(1보는 6척) 정도 되는데, 백악산으로 이어진 북쪽을 제외하고, 동·서·남면으로 외부의 접근을 방지하기 위해 21척 정도의 높이로 석축을 쌓고, 요소요소에 누각을 올려 군사들이 경계를 용이하도록 하였사오며, 각 방향에 문을 내어 궁내 출입이 가능토록 하였사옵니다.

오문 앞쪽으로는 큰 광장을 내어 그 좌우로는 의정부를 비롯한 육조가 들어설 것이며, 그 뒤로는 시전을 조성할 것이옵고, 오문 바로 앞 광장과 연해서 좌우로는 종묘와 사직에 이르는 큰길을 낼 것이옵니다.

아무리 전각의 배치를 잘하고 잘 지었다 해도 전각의 모양이 아름답지 못하면 권위를 세울 수가 없사옵니다. 건물의 아름다움은 지붕에서 나오는 것인데, 이제까지 우리나라의 궁궐은 중국의 영향을 받아 지붕을 주심포柱心包 공포栱包(공포란 처마의 무게를 고루 기둥이나 벽으로 분산시키기 위해 기둥 위에 댄 나무 부재)로 만들었고, 지붕의 귀가 밋밋하였사옵니다. 이는 단조로워서 아름다움이 덜한 흠이 있기 때문에 소신은 이번에 그러한 단조로움에서 벗어나 화려함을 더한 새로운 건축기법을 창조하려 하옵니다. 그것은 바로 다포多包 공포라는 기법과 귀들림 기법으로 이 기법은 삼한시대와 전조시대, 중국의 건축기법을 바탕으로 그 위에 우뚝 선 우리나라 고유의 건축기법이 될 것이옵니다. 이 기법으로 완성된 전각은 장중한 위엄과 화려함이 그 어느 건물도 따를 수 없을 것이옵니다. 이제까지 신도설계에 대한 사항을 모두 아뢰었고, 세세한 사항들은 공사를 진행하면서 그때그때 다시 아뢰겠사옵니다."

태조는 박장대소를 하며 말했다.

"하하하, 부사! 정말 수고가 많았소. 신료들은 모두 들으라. 과인이 뭐라 했더냐? 김 부사가 할 수 있다 하지 않았더냐. 우리 조선민족이 저들보다 더 나으면 나았지 못할 이유가 없다니까. 하하하. 다들 들었으니 의견이 있으면 주저 말고 말해 보라."

정도전이 아뢰었다.

"전하, 궁궐의 규모가 너무 커 인부와 자재의 징발이 다소 우려되고, 육조와 시전, 신료들의 거처 등까지 포함하면 엄청난 인력과 자재들이 소요될 것이 자명한 일이온데 이를 감당할 수 있을지 염려하지 않을 수 없사옵니다."

이어서 하륜이 나섰다.

"전하, 공사에는 어차피 어려움이 뒤따르기 마련이옵니다. 판삼사사께서 염려하시는 바는 충분히 이해되나 이 일은 새 나라의 기초를 다지는 중요한 일이라 미룰 수도 없을 뿐만 아니라, 궁궐의 규모를 조금 축소한다 해서 백성들이 느끼는 것은 달라지지 않사옵니다. 세상에 저절로 이루어지는 것이 어디 있겠사옵니까? 백성들의 피와 땀이 요구될 것이

기는 하오나 새 나라의 초석을 다지는 일이니 판내시부사가
아뢴대로 추진하심이 옳은 줄로 아옵니다."

　다른 대신들은 아무 말도 하지 않았다. 아니 할 수가 없었
다. 별다른 의견이 없자 태조는 준엄하게 하명했다.

　"신료들은 모두 들으라. 과인은 이 계획을 그대로 가납하
노니 도감 판사들은 조속히 한양으로 거처를 옮기고 필요한
인력과 자재를 징발하여 공사에 불편함이 없도록 하라. 과
인도 조속히 한양으로 갈 것이니라."

　이제 천도는 막을 수 없는 거대한 파도였다. 대전을 나온
대다수 신료들의 마음은 착잡했다.

결탁

태조의 명이 떨어지자, 대신들은 저마다 무엇을 잃고 무엇을 얻을 것인지에 대한 손익계산에 몰두했다. 그들만이 아니었다. 대신들과 손을 잡고 돈의 냄새를 쫓아다니는 상인들은 더욱 분주해졌다.

백화단白花團의 대방大房 최만석은 머지않아 한양에 궁궐을 짓는 대역사가 있을 것이라는 정보를 입수하고, 지방에 나가 있는 소방小房들을 불러 모았다.

"너희들의 수고가 많다는 것을 잘 안다. 이번에 먼 길을 오라 한 것은 다름이 아니라, 머지않아 궁궐을 짓는 대역사가 한양에서 벌어지기 때문이다. 이미 1년 전부터 언질을 주었던 일들은 잘 진행되고 있겠지? 특히 영동과 영서지방에 있는 소방들의 활약이 기대된다. 다시 말하지만, 이번 궁궐공사는 조선반도에서 이루어지는 공사 역사상 최대 규모가 될 것이다. 그러니 좋은 자재로 준비를 철저히 해야 한다. 조만간 조정에서는 목재, 석재, 안료 등 건자재 징발령이 내려지고, 지방관아에서는 그것을 준비하느라 정신이 없을 것이다. 그것이 우리의 먹잇감이다. 특히 나무와 석재, 그리고 단청에 필요한 재료들은 그 양이 엄청날 것이다. 나무는 반드시 금강송金剛松이어야 하고, 석재는 단단한 화강석이어야만 한다. 목재는 하루아침에 만들어지지 않는다는 것을 이미 알려줬으니, 반드시 잘 말라서 비틀림이나 트임이 없는 단단한 목재라야만 한다. 지방관아에서는 자재를 확보하기 위해 동분서주하겠지만, 엄청난 양의 마른 목재가 어디 있다더냐? 목재는 벌목하여 적어도 1년 이상 건조를 시켜야만 사용할 수가 있기 때문에 작년부터 목재를 준비하라 한 것이다. 목재가 있다는 것은 절대 관아에 알려져서는 안 된다. 그들이 발을 동동 구를 때까지 최대한 시일을 끈 다음, 슬그머니 목재가 있다는 정보를 흘려 그들이 찾아오게 만들어야 한다. 그러면 그때는 부르는 게 돈이 될 것이다. 영동과 영서 지방의 소방들은 충분한 물량을 확보하고 있겠지?"

"울진 소방입니다요. 우리 지역에는 십이령이라는 고개가 있는데, 그 지역에는 수백 년이 넘는 금강송 소나무가 많이 있습니다. 1년 전부터 대방님의 지시로 몰래 많은 목재를 베어 준비하고 있습니다만 과연 관아에서 이 목재를 사들일까요?"

"그것은 걱정할 필요가 없다. 방금 말했듯이 나무는 최소한 1년 이상 말려야 목재로 쓸 수 있다고 했지 않느냐? 조정에서는 아직 징발령을 내리지 않았다. 지금 당장 조정에서 징발령을 내려 나무를 벌목을 한다 해도 그 나무는 건조되지 않아 목재로 쓸 수가 없다. 그런 나무를 올려 보낸다면, 그곳 현감은 모가지가 달아나고 말 것이다. 그러면 어찌 해야 하겠느냐? 현감은 지역 안에서 마른 목재를 찾게 될 것이고, 찾지 못한다면 아마도 덜 마른 목재를 그대로 올려 보낼 것이다. 그러면 결과는 뻔하지 않겠느냐. 조정에서는 이를 묵과하지 않을 것이고, 현감은 그 소식을 듣고 똥줄이 탈 것이다. 그때 관아에 접촉하여 슬쩍 귀띔을 하면 된다. 그러면 그들은 물불 안 가리고 높은 가격에 목재를 사게 될 것이다. 그러기 위해서는 긴밀하게 관아의 아전들을 어떤 방법으로든 매수하여 그들의 동태를 잘 살피고 있어야 한다. 다른 건자재도 마찬가지다. 개경에서 얻어지는 정보는 곧바로 여러분들에게 전달될 것이다. 때를 놓치지 말고 이번 공사에서 여러분들의 역량을 보여주기 바란다. 일이 끝난 후 너희들에게는 특전이 주어질 것이다. 알아듣겠느냐?"

소방들은 큰 기대를 가지고 돌아갔다. 개경에서 내려온 울진소방 당연종은 며칠 뒤 호방을 찾아갔다.

"나리, 그 동안 무고하셨습니까? 자주 찾아뵈어야 하는데 먹고 살기가 쉽지 않아서 뵙지 못했습니다요. 그래서 드리는 말씀인데 모레쯤 시간이 되시면 기방으로 한 번 모실까 합니다만…."

"허어, 사람도…. 무슨 그런 소릴?"

그는 수염을 쓸어내리며 짐짓 사양하는 척 했다.

"바쁘시겠지만 짬을 좀 내 주십시오. 이틀 전 새로운 애가 하나 왔는데 천하절색입니다요. 다른 사람들의 품에 안기기 전에 나리께서 먼저 차지하셔야 되지 않겠습니까? 저에게는 오직 나리뿐입니다요. 싫으시다면 다른 분을 모시고요…."

"이 사람 왜 이래. 내가 먼저 가야지. 요즘 사는 재미가 별로 없었는데, 모처럼 회포나 한 번 풀어 볼까?"

"그럼, 이틀 뒤 그곳에서 뵙겠습니다요. 그리고 이것은 서역에서 들여온 부다와budawa라는 귀한 것인데, 아주 어렵게 구한 것입니다요. 끼니때마다 챙겨 드시면 피곤함도, 노화도 늦출 수 있고 아랫도리가 불끈 솟을 것입니다. 그럼 소인은 이만 물러가겠습니다요."

이틀 뒤, 땅거미가 질 무렵 호방의 발길은 기방으로 향했다. 그곳에는 벌써부터 당연종이 기다리고 있었다. 그는 호방을 맞이하여 깊숙한 별채로 안내했다. 그곳에는 그가 한번도 보지 못한 산해진미가 가득히 차려져 있었다. 두 사람은 마주 앉아 서로의 잔에 술을 가득 부은 후 첫 잔을 쭉 들이켜고 안주를 집어 들었다.

"하하하. 이토록 맛이 좋을 수가···. 자네가 나를 찾는 이유가 있을 텐데 어디 말해 보게."

"그보다도 나으리, 부다와가 어땠는지요?"

"아, 글쎄. 오늘 새벽에 그 놈이 벌떡 서지 않겠어? 오줌발도 틀려졌고···. 그건 그렇고. 뭐를 원하는지 어서 말해 보게."

"원하는 것은 없습니다요. 그저 이상한 소문이 떠돌아서 사실인지 여쭤보고 싶을 따름이지요."

"그래 뭔 소문이 떠돌기에···"

"지난 번 개경에 올라가니까 임금께서 한양으로 천도를 명하셨다고 들었습니다요. 그게 사실인가 궁금해서요."

"겨우 그것이 알고 싶어서? 그게 아니고 천도를 하게 되면 공사가 벌어질 테니 그것이 궁금하였겠지? 물건 팔아먹으려고···."

"참 나리도···. 그건 아니고, 그 동안 너무 오랫동안 나리를 모시지 못해서인지 제 마음이 불편하더라고요. 그러던 차에 새로운 아이가 들어왔다 해서 나리가 생각났습니다요. 그러니 편히 회포를 푸시기 바랍니다요. 새로 들어온 아이의 가야금 연주나 들어보시지요?"

당연종이 '이리 오너라' 하고 소리치자, 미닫이가 열리면서 문발이 내려진 뒤편으로 선녀 같이 아리따운 기녀가 얌전하게 절을 올렸다. 그리고는 이내 앉아서 가야금을 뜯기 시작했다. 섬섬옥수로 뜯는 가야금 선율은 끊어질 듯 이어지고, 굵어졌다 애잔해지더니 이내 격정적으로 변했다. 그녀의 손길에 따라 호방의 마음도 이리저리 따라 움직여 이미 호방은 그녀의 포로가 되고 있었다.

"이리 오너라. 이곳에 저토록 아리따운 애가 있었다니…."

당연종은 한 곡이 끝나자마자 손짓으로 기녀를 불러 호방 곁에 앉도록 하였다.

"애야, 먼저 나리께 술 한 잔 올리거라."

"나으리, 소녀는 이곳으로 온지 보름도 채 되지 않는 초란이라고 하옵고, 나리를 모시게 되어 영광이옵니다. 소녀의 잔을 받으시옵소서."

초란은 술병을 들어 잔에 가득 술을 따랐다.

"하하하. 그래? 네 모습이 꼭 선녀 같구나!"

호방은 덥석 초란의 손을 잡고는 넋을 잃어 헤벌쭉 벌어진 입이 다물어지지 않았다. 당연종은 초란에게 말했다.

"그러지 말고… 잔을 올렸으니 반주가를 올려야 하지 않겠느냐?"

"네, 솜씨는 좋지 않사오나…."

초란은 호방의 손을 살짝 걷어내고 일어나 가야금을 연주하며 반주가를 불렀다. 그리고는 다시 호방 곁으로 다가와 구슬 구르는 듯 청아한 목소리로 잔을 권했다. 호방은 그때서야 헤벌쭉 벌린 입을 다물며 초란이 올린 술잔을 들이켰다.

"선녀같구나! 내 이제까지 살면서 너 같이 예쁜 아이는 처음 본다. 내 잔 받거라."

"가야금을 켜는 사람은 술을 먹지 않사옵니다. 하오나 나리께서 특별히 내려주시니 조금만 받겠사옵니다."

"아아, 말하는 품세 또한 빼어나구나!"

당연종은 슬그머니 일어나 조용히 호방에게 다가가 귓속말로 속삭이고는 방을 나갔다.

징발

태조의 명대로 신도궁궐조성도감은 한양부의 객사로 옮겨졌다. 그리고 그곳에서는 밤낮없이 연일 공사추진에 대한 토의가 계속되고 있었다.

"김 부사, 전하의 독촉이 여간 아니시네. 공사에 필요한 인력과 자재는 얼마나 소요되는지 셈이 나왔는가?"

"공사를 빨리 추진하려면 인력과 자재가 많을수록 좋겠지요. 그보다도 먼저 공사를 할 지역에 살고 있는 백성들을 다른 지역으로 옮기는 것이 첫 번째 순서이고, 터를 정리하는 것이 그 다음이겠지요. 우선 부지정리를 위한 역부를 먼저 징발하고, 그 다음에는 여러 편수와 그들을 보좌할 인부를 징발해야 할 것 같습니다. 아울러 자재도 같이 징발되어야 하겠지요."

심 판사는 이 문제를 도당회의에 상정했다.

"신도공사에 들어가기 전에 그곳에 살고 있는 백성들을

이주시켜야 하는데, 어디로 옮기는 것이 좋겠습니까?"

판삼사사 정도전이 말했다.

"궁궐터에 살고 있는 많은 백성들을 내보내려면 그들이 먹고 살 수 있는 땅과 가옥을 마련해주어야 하는데…. 가까운 곳에 공전이 있는지를 알아봐야겠지요? 호조상서의 의견을 듣고 싶소이다."

"멀리 내보내면 백성들의 불만이 더 커질 것이니, 인접한 동쪽 견주見州가 좋을 것 같습니다. 이곳에서 그리 멀지 않으니 백성들의 불만도 줄일 수 있고요…."

판문하부사 권동술이 주변을 돌아보며 의견을 말했다.

"아무래도 겨울도 다가오고, 연고를 떠나는데 멀리 보낼 수도 없으니 견주로 보냅시다. 다른 의견이 있으면 말씀들 해보시오? 없으면 이주는 견주로 하기로 하고…. 인력과 자재징발은 얼마나 하면 좋을지 말씀들을 해 보시오."

"사람을 징발하는 것은 지금이 추수기라서 신중하게 고려해야 합니다. 일단 추수는 마쳐야 하지 않겠습니까?"

"이것저것 모두 고려하다가는 전하의 역정이 대단할 것이오. 그러니 우선 필요한 인부들만은 경기도와 양광도에서 징발을 하도록 하지요. 그리고 모자라면 더 징발하면 되지 않겠습니까?"

이에 판삼사사 정도전이 다른 의견을 냈다.

"지금은 추수기라 인력을 징발한다는 것은 백성들을 고달 프게 하는 일이니 양민들의 징발은 최소화하고, 그 대신 승려들을 징발하는 것이 좋을 것 같소이다."

"승려들이 가만히 있겠습니까? 그렇지 않아도 개국 이후 탄압을 받는다고 아우성인데…."

"그래도 밀어붙여야죠. 그 동안 얼마나 많은 혜택을 누려 왔습니까? 그 폐해를 고스란히 백성들이 받아오지 않았습니 까? 그들에게도 나라를 위한 일을 할 수 있도록 기회를 줘야 지요."

"왕사를 설득하는 일이 쉽지 않을 터인데, 대감께서 만나 보시지요?"

"직접 만나보는 것도 좋겠습니다만, 그보다 전하께 아뢰 어 하명토록 하는 것이 쉽지 않을까요?"

"그거 좋은 방법입니다. 전하의 하명이라면 왕사도 어찌 하지 못하겠지요. 나와 같이 대전으로 갑시다. 그럼 얼마나 많은 인력이 필요한지를 판내시부사가 말씀해 보시오?"

"많으면 많을수록 좋을 것이나, 먼저 종묘와 사직 터를 닦 을 5백여 명을 먼저 징발하는 것이 좋겠습니다. 그리고 궁궐 을 지을 인력은 가을걷이가 끝난 후, 5천 명 정도를 징발하 고, 공사의 속도를 보아가며 추가적인 인부의 필요여부를 판단하는 것이 좋을 듯합니다."

정도전이 못마땅한 눈으로 쳐다보며 말한다.

"뭐가 그렇게 많은 사람들이 필요하단 말이오?"

"대감님, 단기간에 부지정리를 하고, 언 땅을 파내고 터를 다져야 하며, 목재와 돌을 준비해야 하는 등 할 일이 너무 많습니다. 따라서 공사 초기에는 더 많은 인력이 필요한 것입니다. 적은 인력으로 공사를 추진해야 한다면 공사기간을 늘리면 되겠지요."

"아니, 저 사람이…. 도대체 생각이 있는 것이오?"

"대감님, 왜 생각이 없겠습니까? 소신은 전하께서 원하시는 대로 빠른 시일 안에 신도를 완성해야 하기 때문에 그만큼의 인부들이 필요하다는 것을 말씀드렸을 뿐입니다"

"아무리 그렇더라도 백성들의 고충도 헤아려야 할 것 아니오?"

"대감님, 이것저것 따지다가 공사가 늦어지면, 그 책임을 대감께서 지시겠습니까? 어차피 이 공사는 백성들의 많은 희생이 전제되어 있는 공사입니다. 그러니 단기간 내에 공사가 끝날 수 있도록 추진하는 것이 오히려 백성들의 고충을 덜어주는 일일 것입니다."

분위기가 심상치 않게 바뀌어가자, 심 판사가 중재를 하고 나섰다.

"그것보다도 먼저 승려들의 징발문제를 전하께 아뢰는 것이 급선무인 것 같으니, 오늘 논의는 여기까지 하기로 하고, 다 같이 대전으로 갑시다."

도감제조 심 판사는 토의된 내용대로 승려 징발의 필요성을 아뢰었다. 묵묵히 듣고 있던 태조가 잠시 숙고하더니 결심한 듯 하명했다.

"내일 회암사로 자초를 만나러 갈 것이니, 그리 준비토록 하라."

태조는 다음 날, 왕사를 만나 신도건설에 대한 백성들의 민심을 논하고 난 뒤, 추수가 끝날 때까지 먼저 승려들을 공사에 동원할 뜻을 내비쳤다.

"전하, 염려치 마시옵소서. 승려들도 이 나라 백성이온데, 당연히 나라의 천년대계를 다지는 일에 힘을 보태야지요. 당장 각 사찰에 전통문을 돌려 공사참여를 독려토록 하겠사옵니다."

그렇게 도감에서는 승려와 인부들의 징발이 마무리 되자, 이번에는 자재의 징발문제로 열띤 공방을 벌이는 가운데 판사 이직순이 짜증 섞인 소리로 말했다.

"그것이야 전국에서 양질의 자재가 나오는 곳을 파악하여 징발해야하지 않겠습니까?"

"그 말씀이 옳습니다만 양질의 자재가 어디서 나오는지

알 수가 있어야지요. 그 일에 종사해본 사람이나 알 수가 있는 것 아니겠습니까?"

판문하부사가 사행을 쳐다보았다. 사행은 엊그제 판삼사사와의 언쟁이 떠올라 되도록 말을 아끼려 하였으나, 어쩔 수 없이 의견을 말할 수밖에 없었다.

"대감들께서 결정하실 문제라 말씀드리기는 뭣하지만, 목재부터 말씀을 드리자면, 황실에서는 단단하고 문양이 좋고 다듬기가 편한 느릅나무를 제일로 치고, 그 다음이 느티나무, 참나무입니다. 그러나 그런 나무들은 재목으로 쓸 만한 것들이 많지는 않습니다. 그래서 근래 들어서는 소나무를 사용하고 있지요. 소나무는 한반도에 산재해 있지만, 재목으로 쓸 만한 소나무는 영동지방에 제일 많이 있는 것으로 알고 있습니다. 석재의 경우는 우리나라에서 나오는 돌이 단단하기로 중원에서도 소문이 나 있습니다. 이런 돌은 경기도 포천, 경상도 문경, 강원도 정선 등에서 많이 나오고 있습니다."

판사 이직순이 다시 입을 열었다.

"대감님, 뭐 그런 것까지 일일이 부사에게 물을 필요는 없지 않습니까? 어차피 우리가 징발을 하면 그것을 가지고 궁궐을 지으면 되지요. 안 그렇소, 김 부사?"

"그러하지요. 자재가 없으면 무슨 재주로 궁궐을 짓겠습니까? 하지만 나무라고 모든 것이 다 궁궐에 쓰일 수 없고, 돌이라고 아무 것이나 쓸 수 없는 것 아니겠습니까? 나무도 기둥으로 쓰일 것과 서까래로 쓰일 것이 다르고, 돌도 초석으로 쓰일 것과 담장으로 쓰일 돌이 다른 것입니다."

"뭐요? 지금 내가 괜한 말을 했다는 게요?"

"언제 그런 말씀을 드렸던가요? 소신은 도감에서 징발해 주시는 대로 하겠지만, 염려가 되어서 드린 말씀이지요. 대감께서 공사에 관해 잘 알고 계시는 것 같아 더 드릴 말씀은 없습니다만 하나만 여쭙겠습니다. 어떤 나무를 징발하시겠습니까?"

"허허. 이 사람이… 보자보자 하니 못하는 말이 없구려. 그거야 호조에 있는 하급관료들이 할 일인데, 내 굳이 여기서 그런 것까지 언급할 필요는 없지 않소이까?"

"이번 공사는 백성들이 살 집을 짓는 일이 아닙니다. 전하께서 지내시고, 여기 계신 대신들이 드나들어야 할 궁궐을 짓는 일입니다. 모두가 합심하여 이 나라의 초석을 다져야 하는 일이기에 나무 하나, 돌 하나도 아무 것이나 쓸 수가 없어 드리는 말씀이지요. 조정에서 징발계획을 지방관아에 하달하였다 하더라도 자재의 징발기준이 모호하다면, 무슨 재주로 준비를 해 보내겠습니까? 자신들이 제멋대로 자재를 보낸 것을 자재로 쓸 수가 없다면, 이보다 더한 낭패가 어디 있겠습니까? 시간과 노력만 낭비하여 공사기일만 늘어나는 결과가 초래될 수 있는 것 아니겠습니까? 그러기에 징발계획을 세우는 단계부터 철저하게 준비해야 한다는 것을 말씀 드리는 것입니다.

목재 한 가지만 예로 들어보겠습니다. 지금 산에는 나무가 많이 있습니다. 하지만 그것을 바로 베어다가 쓸 수는 없는 노릇이지요. 온전히 건조되지 않은 젖은 나무를 썼다가는 궁궐을 완성하고 난 다음에 마르면서 이리저리 뒤틀려 3년 이내에 무너지고 말테니까요. 그래서 젖은 나무를 쓸 수는 없다는 것입니다. 또한 목재는 햇볕에서 말려서도 아니되는 것입니다. 햇볕에 말리면, 뒤틀림이나 트임 현상이 심해 쓸 수가 없는 것이지요. 그래서 목재는 변형이 생기는 것을 방지하기 위해 절단면에 한지를 붙여 그늘에서 오랫동안 말린 나무라야 하는 것입니다. 그 뿐만이 아닙니다. 겉보기에 말랐다고 해서 목재로 사용했다가는 또 큰 낭패를 당하게 되지요. 집을 짓고 난 다음에 덜 마른 부위에서 퍼렇게 변색되거나 나무를 썩게 하는 부후균腐朽菌이 생겨나니까요. 이렇듯 모든 건자재는 나무 하나, 돌 하나 품목별로 정확한 기준을 정해서 지방관아에 내려 보내야만 나중에 문제가 생기지 않을 것입니다."

"그 정도는 나도 알아요!"

이 판사가 소리를 버럭 지르자 심 판사가 이를 수습하고 나섰다.

"그래서 중지를 모으는 것이 필요한 것이 아니겠소. 일단 지금까지 오고 간 내용을 모두 섭렵하여 징발계획을 전하께 아뢸 것이니 그리들 아시오. 오늘 회의는 이것으로 마치겠소이다."

회의를 마치고 사행이 나가자, 이 판사가 심히 불쾌한 표정으로 말을 뱉었다.

"환관 주제에 누굴 가르치려 드는 게야!"

다른 판사가 거들고 나섰다.

"맞네. 전하의 총애를 받는다고 뵈는 게 없는 모양이야."

묵묵히 듣고만 있던 이일균 판사가 입을 열었다.

"내가 보기에는 틀린 말은 아닌 것 같소. 사실 우리가 토목건축에 관해 무엇을 알고 있소이까? 이 나라에 그 만한 기술을 가지고 있는 사람도 없지 않소. 자존심만 내세울 것이 아니니 그를 믿어봅시다. 김 부사가 특별한 세력을 가진 것도 아닌데 우리가 너무 예민한 것 같소. 그를 쳐내는 일은 식은 죽 먹기이니 신도가 완성되고 난 후에 제거방안을 논의해도 늦지 않을 것 같습니다."

"꼭 그렇게만 생각해서는 아니 되지요. 그렇게 되면 훗날 우리는 무엇이 되겠습니까? 나라의 초석을 다지는데 한 일이 무엇이냐 말입니다. 자손들에게 낯이 부끄럽지도 않습니까? 환관이 하는 일에 뒤치다꺼리나 하였다고 기록될 것인데…. 하하하. 이거 웃음거리 아닌가요?"

"참 답답하시오. 환관이 뭐 그리 중요한 사람이라고. 나중에 그냥 반역으로 몰아 제거하면 무슨 기록이 남겠소. 사관史官도 우리의 수족이겠다. 뭐 그리 걱정할 일이 된다는 것인지…."

여러 차례의 논란 끝에 결국 한양부에 살고 있는 백성들을 견주로 이주시키는 계획과 궁궐조성에 필요한 징발계획은 마무리되어 징발이 시작되었다.

"아이고, 죽일 놈의 새끼들! 또 지랄병이 도졌나보네. 추수도 하지 못했는데 징발이라니…."

경기도와 양광도 주민들은 발칵 뒤집혔다. 백성들이 울며불며 추수를 서두르는 가운데, 익주의 감자골 조그마한 밭 뙈기에서 추수를 하던 변약골 부부가 다투고 있었다.

"임자, 어떻게 손 좀 써 봐요?"

"답답한 여편네야! 무슨 재주로 손을 써? 가진 것이라곤 부랄 두 쪽뿐이 없는데…. 에이 더러운 세상. 죽어야지!"

"아전이라도 찾아가 사정을 좀 해 봐요? 당신은 몸도 성치 않으니까."

"여편네야, 그 놈들이 내 사정 봐 주겠어? 한 놈이라도 더 보내지 않으면 지들도 치도곤을 당할 텐데…."

"아무리 그렇더라도 병잘 데려다가 뭣에 쓰겠수? 임자는 끌려가면 못 돌아와요. 대궐을 지으려면 큰 돌이나 나무를 추스르는 등 힘든 노역이 불 보듯 뻔한데… 살 수 있겠수?"

"이렇게 죽으나 저렇게 죽으나 마찬가지지. 원통하지만 어쩌겠어. 임자, 내 없더라도 자식새끼나 잘 키워주구려. 저승에 가서 조상님께 야단맞지 않으려면 대라도 이어야지."

아내는 몸도 성치 않은 서방이 삶을 포기하는 것 같아 두렵기도 하고, 처자식 버려두고 죽을 맘을 먹는 것이 야속하기도 했다. 그녀는 밤새도록 서방을 살릴 수 있는 방도를 궁리했지만 뾰족한 도리가 없었다.

다음 날 땅거미가 내려앉는 시간에 변약골의 아낙은 옷을 깨끗이 차려입고 인적이 드문 길목에서 아전이 퇴청하기만을 기다렸다. 얼마를 기다렸을까? 주막에서 술 한 잔을 걸쳤는지 저만치서 휘청거리며 걸어오는 아전이 보였다. 아낙은 다짜고짜 길을 막아서며 머리를 조아렸다.

"나으리, 이제 오십니까요? 소인네는 건너 마을 감자골에 사는 변약골이라는 사람의 아낙입니다요."

"어어…. 그런데 웬일로 길을 막아서는 게요?"

"나으리, 소인 좀 살려주세요. 이번에 징발이 있다고 들었는데, 실은 제 서방이 병을 앓고 있어서 오래 살 수가 없는 몸입니다요. 그러니 제발 징발되지 않도록 살펴주세요."

"또 그 소리? 지겹구먼. 우리 고을에는 왜 병자들만 그렇게 많은지 도무지 알 수가 없네. 에이!"

"나으리, 저희 집은 하루하루 빌어먹기도 어려운 실정이라 금은보화를 드릴 수는 없고, 제가 드릴 수 있는 것은 이 몸둥아리뿐입니다요."

그녀는 말을 마치기가 무섭게 다짜고짜 아전을 끌어안았다. 순간 아전은 당황했지만, 슬그머니 솟아오르는 그 놈이 점점 더 기세를 더해가자 숨을 몰아쉬며 아낙을 바짝 끌어당겨 입술과 가슴을 더듬었다. 그렇게 얼마동안 시간이 흐른 뒤, 아전은 바지춤을 추켜올리며 물었다.

"감자골 뉘라고?"

"변약골입니다요."

"알았으니 어서 돌아가게나!"

아낙은 머리를 조아리며 다시 한 번 부탁을 하고는 어둠 속으로 사라졌다.

꿈은 이루다

한양부에서는 보금자리를 빼앗기고 견주의 아차산 자락
으로 쫓겨 가는 백성들의 행렬이 줄을 이었다.

그리고 며칠 뒤, 징발된 승려들과 인부들이 신도궁궐조성
도감 앞으로 모여들었고, 이들은 한 명씩 점고點考를 받은 후
모두 사행에게 인계되었다.

사행은 먼저 선공소감 박건충을 부편수로 임명하고, 징발
된 인부들 중에서 분야별로 뛰어난 편수片手 한 명씩을 뽑아
11개 분야의 반장으로 임명하였다. 그리고는 인부들의 기술
능력을 선별하여 기둥, 보, 도리 등을 깎고 전체 공사를 조율
하는 정현편수반, 공포를 담당하는 공도편수반, 서까래를 만
드는 연목편수반, 수장일을 하는 수장편수반, 단청을 담당하
는 단청편수반, 조각일을 하는 조각편수반, 자귀질을 담당하
는 선장소임반, 톱 일을 담당하는 기거편수반, 가칠을 담당

하는 가칠편수반, 돌을 다듬는 석수편수반, 대장 일을 하는 야장편수반으로 편성하였다.

사행은 그들에게 공사기간 동안 생활할 수 있는 천막을 준비토록 지시하고, 홀로 백악산 정상으로 발걸음을 옮겼다. '세월이 참 빠르기도 하구나. 대도로 끌려갈 때가 엊그제 같은데, 벌써 머리칼에는 희끗희끗 서리가 내리고…. 얼마나 더 살 수 있을까? 잠시 왔다가 가는 것이 세상 이치인데, 왜 이렇게 허전할까? 죽은 이후 사람들은 내가 이 세상에 왔다 갔다는 것을 알기나 할까? 흔적 하나라도 남기면 떠날 때 아쉬움은 없지 않을까?' 이런저런 생각을 하며 정상에 오른 사행은 궁궐이 들어설 자리를 굽어보며 합장을 했다.

"천지신명이시여! 이제 조선의 새로운 터를 조성할 준비를 마쳤나이다. 이 공사가 끝나는 날까지 한 사람도 다치지 않고, 아름다운 궁궐을 지을 수 있게 지혜와 용기를 주시고 보살펴주시옵소서."

사행은 진심으로 빌고 또 빌었다. 그리고 산을 내려와 태조를 알현하였다.

"전하. 이제 공사를 시작할 준비를 마쳤사옵니다. 그래서 청을 드리러 왔사옵니다. 다름이 아니옵고 예부터 사람은 산천정기를 타고 나는 것이어서 함부로 지기에 손을 대는 것은 삼가 해왔습니다. 땅에 손을 잘못 댔다가는 지신地神을 노하게 하여 화를 입을 수가 있기 때문이옵니다. 이번 신도 궁궐공사는 나라의 대역사로 더욱 조심하여야 하겠기에 지신께 고유제告由祭를 올릴 것을 청하옵나이다."

"오 그래? 그래야지. 어떻게 하면 되겠느냐?"

"전하께서 목욕재계하시고 마음을 정갈하게 하신 후, 제단을 차려놓고 그 앞에 나아가 신께 잔을 올리고 땅에 손을 대는 이유를 고하면 되는 것이옵나이다."

"그래. 돌다리도 두드려 봐야한다는 말이 있듯이 조심해서 나쁠 것은 없지. 천년대계의 초석을 놓는 일인데…."

"황공하옵니다. 한 가지 더 청을 올리겠사옵니다. 기왕에 제를 올리는 것이니, 백악산과 목멱산의 산신에게도 고하는 것이 좋을 것으로 사료되옵니다. 이번만이 아니고 산신에게는 사당을 지어 매년 제를 올리는 것이 나라의 안녕을 위해 복이 될 것이옵나이다."

"그렇지. 공맹孔孟만 받드는 대신들이 그런 천신天神이나 지신地神 등을 모시려 하겠느냐? 하지만 반드시 그렇게 할 것이니라."

사행이 대전을 나가자, 태조는 곧바로 판삼사사 정도전을 불러 황천皇天과 후토后土의 신神에게 제사를 올릴 때 고할 고유문을 작성케 하고, 제단을 마련토록 하명하였다.

섣달 초사흘, 이른 아침은 천지신명께서 조선의 신도 착

공을 축복이라도 하려는 듯 아차산 위로 떠오른 찬란한 태양이 한양 땅을 내리 비추고 있었다.

사시巳時가 되자, 목욕재계를 마친 태조와 문무백관을 비롯하여 공사에 징집된 인부들이 모두 황천과 후토의 신에게 제사를 지낼 제단 앞에 모였다. 태조는 각종 음식이 진설된 제단 앞에 나가 문무백관들과 함께 무릎을 꿇고 잔을 올렸다.

"조선 국왕 신臣 이단李旦은 목욕재계하고 감히 밝게 황천후토에 고하나이다. 엎드려 아뢰옵건대, 하늘이 덮어 주고 땅이 실어 주어 만물이 생성生成하고, 옛 것을 개혁하고 새 것을 이루어서 사방의 도회都會를 만드는 것이옵니다. 그윽이 생각하니, 신 단旦은 외람되게도 어리석고 못난 자질로서 음즐陰騭(남모르게 도와 줌)의 도움을 받아 고려가 장차 망하는 때를 당하여 조선朝鮮 유신維新의 명을 받은 것이옵니다. 돌아보건대, 너무나 무거운 임무를 짊어지게 되어 항상 두려운 마음을 품고 편히 지내지 못하고, 영원히 아름다운 마무리를 도모하려고 하였으나 그 요령을 얻지 못하였던 바, 일관日官(천문 관측과 점성을 담당한 관원)이 고하기를, '송도의 터는 지기地氣가 오래 되어 쇠해 가고, 화산華山의 남쪽은 지세地勢가 좋고 모든 술법에 맞으니, 이곳에 나가서 새 도읍을 정하라.' 하므로, 신 단旦이 여러 신하들에게 묻고 종묘에 고유하여 10월 25일에 한양으로 천도한 것인데, 유사有司가 또 고하기를, '종묘는 선왕의 신령을 봉안하는 곳이요, 궁궐은 신민의 정사를 듣는 곳이니, 모두 안 지을 수 없는 것이라.' 하므로, 유사에게 분부하여 오늘 기공하게 하였사옵니다. 크나큰 역사를 일으키매, 이 백성의 괴로움이 많을 것이 염려되니, 우러러 아뢰옵건대, 황천께서는 신의 마음을 굽어 보살피사, 비 오고 개는 날을 때맞추어 주시고, 공사가 잘되게 하여 큰 도읍을 만들고 편안히 살게 해서 위로 천명天命을 무궁하게 도우시고 아래로는 민생을 길이 보호해 주시면, 신臣 단旦은 황천을 정성껏 받들어서 제사를 더욱 경건히 올릴 것이며, 때와 기회를 경계하여 정사를 게을리 하지 않고, 신하와 백성과 더불어 태평을 누리겠나이다."

고유제를 마친 태조는 곧바로 사행의 안내를 받아 도감의 판사들과 함께 정전이 들어설 자리로 옮겨 삽을 잡고 깊게 첫 삽을 떴다. 그러자 모여 있던 신료들과 역부들 모두는 '조선제국 만세! 주상전하 만세!'를 외치며 공사 시작에 환호하였다.

같은 시각 태조의 하명을 받은 참찬문하부사 김입견金立堅도 백악산白岳山에 올라 산천의 신神에게 고유를 올렸다.

"왕은 이르노라! 그대 백악白岳과 목멱산木覓山의 신령과 한강과 양진楊津 신령이며 여러 물귀신이여! 대개 옛날부터 도읍을 정하는 자는 반드시 산을 봉하여 진鎭이라 하고, 물을 표表하여 기紀라 하였다. 그러므로 명산名山 대천大川으로 경내境內에 있는 것은 상시로 제사를 지내는 법전에 등록한 것이니, 그것은 신령의 도움을 빌고 신령의 도움에 보답하기 때문이다. 돌이켜 보건대, 변변치 못한 내가 신민의 추대에 부대끼어 조선 국왕의 자리에 앉아 사업을 삼가면서 이 나라를 다스린 지 이미 3년이라. 이번에 일관의 말에 따라 한양에 도읍을 정하고 종묘와 궁궐을 경영하기 위하여 이미 날짜를 정했으나 크나큰 공사를 일으키는 데 백성들의 힘이 상하지나 아니할까, 또는 비와 추위와 더위가 혹시나 그 때를 잃어버려 공사에 방해가 있을까 염려하여 이제 문하 좌정승 조윤택과 우정승 김현승, 판삼사사 정도전 등을 거느리고 한마음으로 재계하고 목욕하여 이달 초 삼일에 참찬문하부사 김입견을 보내서 폐백과 전물奠物을 갖추어 여러 신령에게 고하노니, 이번에 이 공사를 일으킨 것은 내 한 몸의 안일安逸을 구하려는 것이 아니요, 이 제사를 지내서 백성들이 천명을 한없이 맞아들이자는 것이니 그대들 신령이 있거든 나의 지극한 회포를 알아주어 음양陰陽을 탈 없이 하고 병이 생기지 않게 하며, 변고가 일지 않게 하여 큰 공사를 성취하고 큰 업적을 정하도록 하면 내 변변치 못한 사람이라도 감히 나 혼자만 편안히 지내지 않고 후세에 이르기까지 때를 따라서 제사를 지낼 것이니, 신도 또한 영원히 먹을 것을 가지리라. 그러므로 이에 알리는 바이다."

고유제가 끝나고 징발된 인부들에게는 고기와 음식과 술이 풍족하게 내려졌다.

"여보게. 이런 음식은 난생 처음 먹어보네그려!"

"이 사람아, 임금께서 내려주신 음식이니 그렇겠지. 버러지처럼 살아온 우리가 언제 이렇게 기름진 음식을 먹어본 적이 있나. 처자식 놔두고 이렇게 혼자만 먹어보는 것이 안타까워 눈물이 나네그려. 내일부터는 무슨 일이 일어날지 모르지만…"

"오늘 이거 멕여 놓고 내일부터는 개돼지처럼 몰아칠 것일세. 그러니 내일 일은 내일 걱정하고 오늘은 맘껏 취해보세나."

"하늘이 무너져도 솟아날 구멍이 있다는 말이 있잖은가. 하라는 대로 하면 뭔 수가 있겠지."

인부들은 자신의 처지를 한탄하며 자포자기 상태로 술과 음식을 즐겼다. 그렇게 하루를 보내고 다음 날부터 공사는 본격적으로 시작되었다. 공사를 시작하기 전에 사행은 부편수와 반장들을 소집하여 첫 회의를 하며, 각 반별 임무를 세세하게 알려주고 비장한 어투로 짧게 한 마디 내뱉었다.

"이제부터 궁궐공사는 우리에겐 전쟁이다. 그 전쟁이 이제 막 시작되려고 한다. 전장에서 살아 돌아가려면 여러분들은 무엇을 해야겠느냐? 모두 살아서 처자식의 품으로 돌아가길 바란다."

이어서 사행은 작업반장들에게 부지정리지역을 할당해주고 작업을 독려했다. 그로부터 인부들은 한 달 동안 종묘와 사직, 궁궐이 들어설 자리에 있는 가옥과 나무, 돌 등을 제거하고 부지작업을 마쳤다.

사행은 먼저 이틀 동안 종묘와 사직단이 들어설 자리를 측량하여 표목을 박고 반듯하게 줄을 설치하고, 다음 날부터는 궁궐이 들어설 자리를 잡았다. 백악산 아래 궁궐이 들어설 자리의 북쪽 중앙에 기준점을 잡아 표목을 박은 다음, 정남향으로 길게 줄을 띠고 군데군데 흔들리지 않게 표목을 박고 고정시켜 기준선을 만들었다. 그리고 북으로부터 남쪽으로 연침, 보평청, 정전, 정문이 들어설 자리와 담장이 들어설 자리를 측량하여 반듯하게 표목을 박고 줄을 설치하였다.

언제부터 공사현장을 보고 있었는지 모르지만, 측량에 여념이 없는 사행의 곁으로 태조가 다가왔다. 사행은 화들짝 놀라며 급히 고개를 숙였다.

"수고가 많구나. 과인은 김 부사가 모두 잘 해낼 것으로 믿어. 그러니 천년대계千年大計의 터를 준비한다는 자부심을 갖고 공사에 혼신을 다 해. 아마 이 궁궐이 완성되고 나면 부사의 이름은 역사에 영원히 빛날 게야."

"황공하옵니다. 신명을 바치겠나이다."

태조가 자리를 떠나고, 사행은 반장들을 불러 놓고 터파기 작업요령을 설명하였다.

"이제부터 건물이 들어설 자리에 터파기를 해야 한다. 터파기란 무작정 땅을 파내는 것이 아니다. 땅을 파다 보면, 땅은 두 가지로 보일 것이다. 하나는 표토表土이고, 또 하나는 생땅이라고 부른다. 표토란 지금 여러분의 눈에 보이는 땅으로 나무나 풀, 지렁이나 곤충들이 살 수 있도록 숨구멍이 있는 무른 땅이다. 이런 표토는 물러서 그 위에 집을 지으면 꼼짝없이 무너지고 만다. 그래서 이 무른 땅은 모두 파내야 한다. 이 무른 땅을 파내고 나면 생땅이 나오는데, 이 땅은 태초에 생겨난 이후, 한 번도 파헤쳐지지 않았던 땅으로 적갈색을 띠고 있으며, 양분이 없어 생명체가 살 수 없는 단단한 땅이다. 여러분들은 표토층 밑에 있는 이 생땅이 나올 때까지 표토를 파내야 하는 것이다. 아마 그 깊이는 곳에 따라 다르겠지만, 요즘과 같은 겨울철에도 얼지 않는 동결선凍結線 아래까지 파야 하기 때문에 통상적으로 한 길 이상이 될 것이다. 생땅이라도 겨울에 얼어버린 땅은 봄철이 되면서 녹아 무너지거나 그 형태가 변하기 때문에 그 위에 집을 지을 수가 없다. 여러분들은 그런 것들을 확인하며 터파기를 해야 하는데, 만약 터파기를 하다가 큰 돌이 나오든가 다른 일들이 생기면, 반드시 나에게 알려라. 알겠느냐?"

정현편수반장이 물었다.

"제가 집을 여러 채 지어봤습니다만 한 길 정도로 깊이 파내지 않아도 집이 무너지지 않았는데, 그건 왜 그런지요?"

"오! 그래? 그렇지만 자네가 지어본 집은 백성들이 사는 자그만 집이었을 것이야. 작은 집은 지붕의 무게가 가볍기 때문에 문제가 되지 않은 것이지만, 궁궐은 지붕의 무게가 상당하기 때문에 지반이 약하면 견딜 수가 없기 때문이다. 그래서 나중에 보면 알겠지만, 땅을 깊이 판 다음에 그곳에 장대석이나 적심석을 박고, 흙을 겹겹이 넣어 여러 차례 다짐을 해서 단단하게 기초를 만들어야 하는 것이다. 일단 알려준 대로 터파기를 하라. 열흘간 시간을 줄 것이다. 그때까지 할당량을 완수해야 한다. 그 다음 공정은 터파기가 완성된 다음에 다시 알려줄 것이다."

모두는 사행의 설명에 고개를 끄덕이며 터파기를 시작했다. 한 겨울이라 땅은 꽁꽁 얼어 곡괭이가 들어가지 않아 이곳저곳에서 아이쿠 소리가 절로 났다. 인부들은 모닥불을 피워 놓고 손발을 녹여가며 교대로 땅을 팠다. 그러나 시간이 갈수록 인부들은 힘이 빠져 작업속도가 느려져 구역별 반장들은 정해준 기일까지 일을 마치지 못할까 애를 태웠고,

작업진도가 느린 구역에서는 반장까지 직접 곡괭이를 들고 작업에 뛰어들었다. 그렇게 꼬박 열흘을 파내고서야 한 길 정도의 터파기는 모두 마무리되었다. 일일이 터파기를 확인한 사행은 덜 된 작업을 마무리시키고 반장들에게 또 터다지기 작업요령을 세세하게 일러줬다.

"터다지기란 집을 지었을 때, 집의 무게를 끄떡없이 지탱할 수 있도록 터를 단단히 다지는 작업이다. 이제까지 판 구덩이에 먼저 장대석과 잔돌을 넣고 그 위에 흙을 덮어 다지는 작업으로 예닐곱 번 반복해야만 한다. 다지기를 할 때는 군데군데 막대기로 쑤셔가며 흙속에 있는 바람을 빼내고 다져야 단단해질 수 있다. 만약 모래가 섞인 흙이라면 물을 뿌려가면서 해야 된다. 만약 이 작업이 잘못되면 아무리 좋은 집을 지어도 무게를 지탱하지 못해 기울어져 결국 무너지게 되고 말 것이다. 그러니 정성을 다해 다지기를 해야 한다."

반장들은 인부들을 다그쳐 일한 끝에 해가 서산으로 질 무렵이 되어서야 터다지기 준비를 마쳤다. 사행은 목욕재계를 하고 깨끗한 옷으로 갈아입은 후, 준비된 술상 앞에 무릎을 꿇고 앉아 잔을 올리고는 큰 절을 하며, 터줏신에게 액신을 쫓아내 달라고 빌었다.

"터줏신이시여, 이 나라의 천년대계를 위하여 궁궐의 터를 닦고 있사오니, 부디 액신이 들어와 훼방을 놓지 않도록 보살펴 주시기를 간절히 비옵나이다."

　제를 마친 사행은 잔에 있는 술을 사방에 뿌려 터줏신을 달랬다. 의식이 끝나자 인부들은 준비한 술을 한 잔씩 나눠 마시고는 반장들의 지시 아래 횃불을 들고 터파기를 끝낸 곳에서 터다지기를 시작했다.

　"터다지세　터를 다지세
　　나랏님 집 터다지세
　　천 년 만 년 이어나갈
　　조선 궁궐 터다지세."

　선소리꾼의 선창이 끝나기 무섭게 지경꾼들은 장단에 맞춰 후렴을 한다.

　"불끈 들었다 쾅쾅 놓소,
　　이삼백 근 돌몽치가 벌 날듯 하네."

　그 때마다 밧줄에 묶여있는 이삼백 근이나 나가는 돌몽치는 번쩍 위로 솟았다 떨어지며 땅을 다졌다.

　밤이 지나고 다음날 아침, 사행은 석수편수반으로 발길을 옮겼다. 경기도 포천을 비롯해 전국 명산에서 우마차에 싣고 온 질 좋은 돌이 속속 산같이 쌓여 가는 가운데, 석공들은 저마다 돌 자르기와 다듬기에 여념이 없었다. 큰 돌은 먼저 자를 면에 먹줄을 띠고 군데군데 정으로 작은 구멍을 뚫은 후, 그곳에 마른 물푸레나무나 밤나무를 깎아 박은 다음 물을 부어 팽창하는 힘으로 할석割石을 했다. 그리고는 잘라진 돌을 먼저 혹두기(쇠메로 치거나 손잡이가 달린 털이개로 거칠게 가공하는 작업)를 하고, 다시 정확한 면을 잡기 위해 정다듬을 거친 다음, 정 자국이 오돌도톨하게 난 면을 도드락망치(고기를 다질 때 쓰는 망치처럼 면이 오돌도톨하게 만들어진 망치)로 두드려 잔잔한 면으로 만들고 마지막으로 도드락망치보다 더 고운 잔다듬망치로 두드리고 물갈기를 하여 장대석을 만들고 있었다.

"추운 날씨에 수고들이 많다. 하지만 한 마디만 할 테니 유념해 주기 바란다. 아무리 좋은 장대석도 너무 길거나 규격이 일정하지 않으면 축대가 완성되었을 때 아름다움이 반감된다. 그러므로 반드시 지시된 규격대로 맞추되 면이 반듯반듯해야 한다. 면이 반듯하지 못하면 기단을 쌓았을 때 기울어져 사단事端이 날 수도 있기 때문이다."

사행은 다시 발길을 대목반으로 옮겼다. 그곳에는 어디서 왔는지 우마차에서 원목을 내려놓고 있었다. 사행은 내려진 원목의 상태를 유심히 살피다가 버럭 소리를 내질렀다.

"야, 이놈들아! 너희들은 어디서 왔느냐? 이런 나무를 어디에 쓰라고 가져왔어?"

"경상도 울진에서 올라왔습니다만…. 뉘시길래?"

"여러 말 말고 도로 싣고 가!"

뒤따르던 부편수와 대목반장이 내려놓은 나무를 이리저리 살피더니 얼굴을 찌푸렸다.

"아니, 이런 나무를 어디에 쓰라고…. 부사님, 목재를 잘 살펴봐야 하겠습니다. 이 나무는 당장 돌려보내겠습니다."

화가 머리끝까지 오른 사행은 부리나케 도감으로 내달렸다.

"대감님들, 기어코 사단事端이 났어요. 지금 울진에서 올라온 원목을 보니 제대로 건조되지 않아 쓸모가 없습니다. 이런 문제가 우려되어 전에 그렇게 말씀드렸던 것인데, 결국 우려했던 일이 벌어지고 말았습니다. 징발기준을 잘못 내려 보낸 것인지, 아니면 지방 관아에서 잘못 보낸 것인지, 당장 조사를 하여 관계관을 징벌해 본을 보여야 하겠습니다."

"뭐라고? 지방관을 징벌하겠다고? 그럴 수는 없소. 우리가 징발 통보를 한 지가 얼마나 됐소? 2년이 됐소? 아니면 1년이 됐소?"

"그럼 판사들께서 마른 나무를 징발한 것이 아니라, 산에 있는 생나무를 벌목해 올려 보내라 한 것입니까? 그렇지 않고서야 어찌 젖은 나무들을 그대로 보냈겠습니까? 건조되지 않은 나무들을 보낸 것은 전하에 대한 항명이지요."

"듣자하니 못하는 말이 없구려. 부사가 아무리 전하께서 임명한 총괄도편수라 할지라도 막말은 들을 수가 없지. 설마 우리가 젖은 나무를 보내라 했겠소? 그쪽 사정이 있어서 그랬겠지요."

"지방관들이 너무 관심이 없는 것이지요. 궁궐공사에 무관심하기 때문에 벌어지는 일이란 말입니다. 왜 산에 있는 생나무를 벨 생각만 하는 것입니까? 지방에는 목재를 취급하는 목재소가 있고, 그들은 필요할 때 언제라도 쓰기 위해 마련해둔 마른 목재를 가지고 있는 것이 불 보듯 뻔한 일인데, 그런 목재를 찾아 올려 보냈어야지요."

"그런 목재들이 있다고 어떻게 확신한단 말이오?"

"찾아야지요. 그것이 지방관들이 할 일 아닌가요? 그럼 전하께 목재 때문에 공사를 중단해야 할 처지라고 아뢸까요?"

"여보시게. 이런 문제로 어찌 전하의 심기를 어지럽힌다는 게요. 방법을 찾아야지."

"일단 울진엘 다녀와야겠습니다. 직접 가서 젖은 목재가 올라오게 된 경위를 조사하고 대체할 마른 목재를 찾아봐야겠습니다."

"부사는 어찌 우물가에서 숭늉을 찾는 것이오? 아무리 급하다고 해도 그렇지…."

"몰라서 드리는 말씀이 아닙니다. 지금 터파기 공사가 끝나고 이제 터다지기에 들어갔습니다. 얼마 뒤엔 기단을 쌓고 기둥을 세워야 하는데, 언제 준비를 합니까? 징발된 편수들이 할 일이 없어 빈둥거리고 있습니다."

"왜 그들을 놀리고 있는 게요. 어떤 일이든 시켜야지요."

"참으로 답답하십니다. 징발된 인부들은 각자 할 일이 있습니다. 그 일들이 톱니바퀴처럼 물고 돌아가야 집이 지어지는 것입니다. 그래야 공사기간을 단축할 수도 있고, 멀리 보면 그들을 일찍 처자식에게 돌려보내 민심을 안정시킬 수 있는 것이란 말입니다. 이를 달성하기 위해서는 여기에 계신 판사님들께서는 그들이 공사를 잘 할 수 있도록 물자 조달에 차질이 없도록 해 주셔야 하는 것이고요."

"허허. 보자보자 하니 간덩이가 부었군! 우리더러 당신 뒷구멍이나 닦고 있으라는 게요?"

"뭔 말씀을 그리 하시는 겝니까? 판사님들께서 하는 일은 감독도 중요하지만, 공사가 진행될 수 있도록 뒷받침을 하는 일이 더 중요하지 않을까요? 저들을 그냥 놀릴까요?"

판사 김춘이 뒷목을 잡고는 소리를 질렀다.

"아니, 네 놈이…. 감히 누굴 가르치려드는 게야!"

"가르치다니요. 대감이야말로 막말 퍼붓지 마시지요! 지금 공사가 중단될 판인데 가만히 보고만 있으란 말입니까?"

당장이라도 서로 치고 받을 듯 험악해지자, 듣기만 하던

제조 심 판사가 이를 막고 나섰다.

"진정들 하시오. 서로 잘하자고 하는 것인데… 싸운다고 뭐가 나오겠소? 원목이 잘못 올라온 것은 사실이고. 어서 빨리 원목을 다시 징발하는 것이 순서가 아니겠소?"

"심 판사께서는 부사가 하는 말을 못 들었소이까?"

"주상께서 우리에게 판사로 임명한 것은 궁궐을 잘 지으라고 한 것인데…. 마음을 가라앉히고 방책을 찾아봅시다."

부글부글 끓어오르는 속을 참느라 얼굴이 시뻘겋게 달아오른 사행은 일을 서두르지 않으면 안 될 것 같았는지 '같이 울진으로 가시지요.'라고 심 판사에게 울진으로 같이 가줄 것을 제안했다.

"그건 안 될 말이오. 대역사를 벌여놓은 마당에…. 그럴 것이 아니라 김 부사는 여기서 공사를 진행하고, 내가 주상께 말씀을 드리고 속히 다녀오리다."

그날 밤 늦게 공사장을 빠져나와 집으로 향하던 사행은 길을 막아서는 서너 명의 복면 자객들과 마주쳤다.

"하하하. 내시 주제에 이 나라 법도를 무시하고 양반들을 능멸한 죄, 너는 알고 알겠지. 임금이 네 놈에게 혼이 빠져 대역사를 일으켜 백성들을 도탄에 빠뜨리고 있는 게야. 오늘은 그런 너의 죄를 단죄해야겠다. 칼을 받아라!"

사행은 자객이 휘두르는 칼을 피하며 고개를 좌우로 돌려

주위를 살폈다. 하지만 몸을 피할 곳은 보이지 않았다. 그 순간 또 한 자객이 칼을 휘두르며 쫓아 들어왔다. 사행은 본능적으로 두어 발짝 뒤로 피했지만 계속 쫓아 들어오는 바람에 연이어 뒷걸음질을 쳤다. 그러자 이번에는 뒤에서 자객이 너털웃음을 웃으며 '독 안에 든 쥐다'라며 소리쳤다. 깜짝 놀란 사행은 뒤를 돌아보다가 그만 돌부리에 걸려 넘어지고 말았다. 앞에서 쫓아 들어오던 자객은 때를 놓치지 않고 사행에게 다가와 칼을 내리 꽂았다. 사행은 두어 바퀴 옆으로 구르며 간신히 칼을 피했다. 그 순간 쌩- 하며 화살이 바람을 가르는 소리가 들리더니 칼을 내리꽂던 자객이 앞으로 푹 고꾸라졌다. 그리고 뒤를 막아서던 자객들도 또 다른 복면자객과 맞서 싸우고 있었다.

"어서 몸을 피하십시오!"

사행은 그 소리에 정신을 차리고 일어나 부랴부랴 그 자리를 피했다. 집으로 돌아온 사행은 밤새 자신의 목숨을 노리는 자가 누구일까 곰곰이 생각했다. 그리고 다음 날 아침 아무런 일이 없었다는 듯 공사장으로 나가 하루 일을 마치고, 늦은 밤 은밀하게 천난생을 불러 천도를 반대하던 자들의 동태를 특별히 감시토록 지시하였다. 그리고 호위무사들을 더 붙이도록 하였다.

한편 개성 백화단의 최만득 대상은 울진에서 올라온 목재로 문제가 되어 심 판사가 직접 조사차 내려간다는 사실을 기별 받고, 당연종에게 긴급히 파발을 띄웠다. 소식을 접한 당연종은 그날 저녁 슬그머니 호방나리를 기방으로 불러냈다.

"나으리, 지금 한양에서는 올려 보낸 목재가 마르지 않아 사단이 크게 벌어졌답니다요. 지금 진상규명을 위해 도감제조 심 대감께서 내려오고 있다고 하던데… 혹시 못 들으셨습니까요?"

"뭐라고? 지금 오신다고? 자넨 그 소리 어디서 들었어?"

"개경 상단에서 알려온 것입니다요. 조정에서는 이 문제로 발칵 뒤집혔고, 이번 조사를 통해 젖은 목재를 올려 보낸 관리들은 모두 물고를 낸다고 합니다요."

호방은 먹던 술잔을 팽개치고 정신없이 목사牧使에게 달려갔다.

"목사님, 큰일 났습니다. 지금 조정에서 우리 고을로 조사를 나오고 있답니다."

"뭐라고? 이 놈아, 차근차근히 알아듣게 말해 봐!"

"이번에 우리 고을에서 궁궐을 짓는데 올려 보낸 목재가 마르지 않아 퇴짜를 맞았답니다. 어떻게 그런 목재를 올려 보내게 되었는지, 그 사유를 조사하러 온다는 말씀입니다요."

"이 놈아. 네 놈이 괜찮다고 하지 않았느냐!"

"사실 소인은 겨울이라 벌목해 보내면 되는 것으로 알고 있었습니다만, 그런데 완전히 마른 나무라야 된다고 합니다. 뭐, 그늘에서 1년 이상 말린 나무라야 목재로 쓸 수 있다나…"

"야, 이 한심한 놈아. 그걸 몰랐단 말이냐? 네놈을 믿은 내가 잘못이지…. 저 놈을 당장 옥에 가둬라!"

호방을 옥에 가두고, 해결책을 찾느라 밤을 꼬박 새운 목사는 날이 밝자마자 부랴부랴 옥사로 향했다.

"이놈아, 네 놈 때문에 밤새 잠을 한 숨도 못 잤다. 일단 조사를 나오면 무릎을 꿇고 잘못을 싹싹 빌어. 그리고 곧바로 좋은 목재를 찾아 올려보내겠다고 아뢰거라."

"목사님, 어떤 대책이라도?"

"오늘 아랫것들을 풀어 고을에 있는 목재소를 샅샅이 뒤져서 마른 목재가 얼마나 있는지를 찾아봐. 잠시도 지체해서는 안 돼. 조사관들이 도착하기 전에 해결해 놔야 하니까."

사흘 뒤 심 판사가 관아로 들어섰다. 목사는 버선발로 뛰어나가 목을 조아리며 인사를 올렸다.

"대감님, 어서 오시옵소서. 대감님께서 오시는 줄은 꿈에도 몰랐습니다. 조사관들이 내려온다는 소식을 듣고 죽은 목숨이라 생각했는데, 이제 안심이 되옵니다."

"이 사람아. 어떻게 조정에서 하는 일에 그렇게 무관심했단 말인가. 이 일은 파직감이야. 지금 궁궐을 도맡아 짓고 있는 판내시부사가 전하께 아뢴다는 것을 겨우 말려 놓고, 해결책이 있는지 알아보려 직접 내려온 게야. 자네가 아니면 내가 내려오지 않았지."

"대감님! 이 은혜는 잊지 않고 죽을 때까지 갚겠사옵니다. 목숨만 살려 주시옵소서."

"대체 방법이라도 있기는 해? 판내시부사의 말로는 목재소에는 반드시 필요한 목재를 가지고 있을 것이라고 하던데?"

"그렇지 않아도 혹시나 하는 생각에 고을에 있는 목재소를 샅샅이 뒤져 마른 목재를 구해 놨습니다."

"그래? 당장 그 목재가 있는 곳으로 가세."

두 사람은 호방의 안내를 받아 당연종의 목재소를 찾았다. 당연종은 깜짝 놀라며 하던 일을 멈추고 뛰쳐나와 머리가 땅에 닿도록 정중하게 인사를 올렸다.

"이곳에 마른 목재가 있다고 해서 보러 왔는데, 어디 한번 내놔 보게."

당연종은 그들을 안내하여 산 속 목재보관소로 갔다.

"여깁니다요. 저 나무들은 2년 이상 이곳에서 볕을 쏘이지 않고 그늘에서 말린 소나무들입죠. 이 나무들은 이곳 십이령에서 자란 금강송이라는 소나무로 오십 년에서 백 년 정도 자란 놈들로 결이 고와 춘양목이라는 별호가 붙어 있는 나무입니다요."

"음, 이게 전부냐?"

"아닙니다요. 다른 곳에도 많이 있사옵니다."

"그럼, 됐다."

목사는 심 판사 대감이 흡족해하는 표정을 보며, 가슴을 쓸어내리고는 슬며시 기방으로 안내하였다. 그곳에는 이미 준비해 놓은 산해진미가 기다리고 있었다. 그날 밤 회포를 푼 심 판사는 다음날 아침 한양으로 돌아갔고, 목사는 호방을 불러 당연종이 가지고 있는 목재를 몽땅 가져오라 일렀다.

"목사님, 대금은 어떻게 치러야 할지…"

"이 놈아. 지금 이 상황에 대금이 문제더냐? 달라는 대로 준다고 하고, 그 만큼 벌목을 할 수 있게 해준다고 그래."

어제까지만 해도 사색이 되어 있던 호방은 그제야 입가에 미소를 띠며 목재소로 향해 필요한 만큼의 목재를 모아 한양으로 출발시켰다.

목재를 실은 우마차는 보름이 지나서야 한양에 도착했다. 사행은 마른 원목이 도착하자 직접 현장에 나가 세밀하게 검수하고는 안심을 하고, 편수들을 모아 늦어진 만큼 작업을 다그치며 목재 제작에 관해 일갈했다.

"여러분들은 이제까지 여러 차례 집을 지어봤을 것이다. 하지만 궁궐을 짓는 일은 백성들이 사는 자그마한 집을 짓는 것과는 여러 모로 다른 점이 많다. 그런 고로 원목 다루는 법을 알려주려고 하니 잘 듣고 지시하는 대로 기둥과 중방, 창방, 보 등을 만드는데 심혈을 기울여주길 바란다.

기둥이란 집을 지을 때 초석 위에 세워 보나 도리 따위를 받치는 나무라는 것쯤은 모두 다 알 것이다. 그런데 이 기둥을 얼마만한 굵기와 높이로 해야 하고, 어떤 모양으로 해야 하는지는 쉽지 않을 것이야. 기둥의 높이와 굵기는 보나 도리가 떠받치고 있는 지붕이 얼마만한 무게로 내리 누르는가에 따라 결정되는 것인데, 지붕의 무게와 초석위에 올라간 기둥이 떠받칠 수 있는 지지력이 같아야 된다는 것을 의미해. 만약 지붕의 무게가 기둥이 지탱할 수 있는 무게보다 크면 집은 무너져버리고, 가벼우면 지붕이 떠있는 모습으로 보이게 되는 것이야. 그래서 지붕의 무게를 잘 계산하지 않으면 안 되는 것이다. 지금 내가 알려주는 기둥의 길이와 굵기는 그런 것을 모두 계산한 것이니, 마름질을 잘해서 오차가 생기지 않도록 만들어주길 바란다. 특히 이번 궁궐기둥은 미적 아름다움과 지지력 강화 등 두 가지를 모두 충족시키기 위해 고구려 때부터 전해 내려오는, 중간부분이 굵게

만들어지는 배흘림으로 하단부로부터 2/5지점을 굵게 하였
으나 그 굵기가 과거의 궁궐에 사용한 것보다 덜 튀어나오
고 유연하게 하여 눈에 거슬리지 않고 아주 매끄러운 선을
유지하도록 하였으니, 오차가 없도록 만들기 바란다. 또 한
가지, 나무는 껍질을 벗겨내고 나면 위아래 구분이 되지 않
아 거꾸로 기둥이 만들어질 수가 있어. 이는 지지력에 차이
를 가져올 수가 있으니, 실수가 벌어지지 않도록 신경을 써
야 할 것이야. 위아래를 구별하는 방법은 곁가지 부분이 잘
려나간 부위의 나이테를 보면 알 수가 있는데, 나이테가 넓
게 나타나는 부분이 아래쪽이다. 왜냐하면 나무도 본능적으
로 곁가지가 자라면서 늘어지는 것을 방지하기 위해 아래
부분을 두텁게 받치는 형태로 살을 찌우기 때문이지. 도편
수란 그런 나무의 성질을 세세히 알아둬야 좋은 집을 지을
수가 있는 것이다. 특히 치목을 하기 전에 유의해야 할 것은
부후균腐朽菌에 의해 썩는 것을 방지하기 위해 반드시 방부
처리 하는 것을 잊어서는 아니 된다. 방부처리는 여러 가지
가 있지만, 지금은 나무의 표면을 적당히 태워 송진이 흘러
피막을 형성케 하는 것이 좋은 방법이다. 그러면 부후균의
침투를 방지할 수 있다. 정성을 다해주길 바란다."

  편수들은 사행의 높은 식견에 탄복하며 조선 제일의 도편
수라고 존경해 마지않았다. 작업은 일사분란하게 이루어졌

다. 사행이 건네준 그림을 보고 치수에 맞게 원목에 먹줄을 놓고, 톱으로 자르고(마름질), 대자귀로 바수고(바심질), 끌로 결구부분을 파내고, 손대패로 표면을 매끄럽게 다듬어(가심질) 기둥과 창방(기둥과 기둥 위에 건너질러 장여나 공포 따위를 받치는 굵은 나무), 보(칸과 칸 사이의 두 기둥을 건너지르는 나무), 도리, 장여(도리를 받치고 있는, 길고 모가 나 있는 나무), 대공(들보 위에 세워 마룻보를 받치는 짧은 기둥) 등 필요한 목재를 만들었다.

그런데 이런 작업현장을 돌아보던 이직순 판사가 기겁을 하며 도감사무실로 들어와 난리법석을 떨었다.

"김 부사, 대목반에 가보시오! 기둥을 만드는데…, 도대체 뭔 작업을 하라 시킨 것인지 쯧쯧…. 엉망이오. 이상하게 개경의 궁궐과는 다른 기둥을 만들고 있단 말이오. 또한 서까래 길이도 모두 달라요."

"아, 그거요? 그렇게 만들라고 시킨 겁니다."

"아니, 기둥이란 위와 아래가 매끈하게 일정해야 되는 것 아니오?"

다른 판사들도 이구동성으로 이 판사의 의견에 동조했다. 이에 사행은 크게 한숨을 내쉬며 입을 열었다.

"기둥을 일정하게 하여 집을 지으면, 완성되었을 때 시각적으로 기둥의 가운데가 가늘게 보여 불안정하게 보이게 마련입니다. 착시현상이지요. 이를 없애기 위해서 중간부분을 약간 불룩하게 만들어 아름다움을 추구하고 안정감을 주기 위해 고안한 배흘림 방법입니다. 이 배흘림 방법은 고구려 때부터 내려오던 방법인데, 배가 너무 불룩한 것이 모양이 좋지 않아 불룩한 부분을 대폭 줄여 아름다움을 더한 형태로 만든 것입니다. 이 기둥의 지지력은 과거의 전통적인 기둥과 다르지 않으면서 오히려 지붕을 올렸을 때 지붕과 조화를 이뤄 새로운 아름다움으로 태어날 것이기에 그리한 것입니다."

"그럼, 길이가 조금씩 다른 것은 뭣 때문이오?"

"그 또한 나중에 보시면 알겠지만, 기둥의 길이를 동일하게 하였을 때는 양쪽 끝이 아래로 처져 보이는 착시현상이 발생하는데 이를 없애고 지붕 곡선의 아름다움을 창조하기 위해 고안한 귀솟음 기법입니다."

"그럼, 기둥 끝부분을 사면으로 자르는 것은 도깨비 장난질이 아니오?"

"맞아요. 도깨비 장난질이지요. 건물의 기둥이 늘어선 것을 보면 수직선 때문에 끝으로 갈수록 윗부분이 벌어져 보이는 착시현상을 보이기 때문에 이를 방지하기 위해서 끝기둥의 상부 끝부분을 중앙 쪽으로 기울어지게 하는 안쏠림 기법입니다."

판사들은 미적 감각과 역학까지 꿰뚫고 있는 사행에게 압

도되어 더 이상 어찌할 도리가 없었다. 그 때 석수편수반장이 찾아와 월대를 쌓는 공사장에서 모서리 처리를 놓고 싸움이 벌어지고 있다고 보고하였다. 사행은 곧바로 현장으로 달려가 사유를 물었다.

"월대를 장대석으로 쌓았더니 모서리 모양이 없고 무너질 것 같은 불안한 느낌이 듭니다. 이대로 쌓는 것은 아무래도 문제가 될 것 같아서 다투고 있었습죠. 이대로 쌓아도 되겠는지요?"

"잘 보았네. 모서리 쌓기는 아무리 잘 쌓아도 시간이 가면 갈수록 무너지기 십상이지. 그래서 모서리에 놓는 장대석은 중간에 놓는 장대석처럼 '一'형의 돌을 쓰는 것이 아니고, 커다란 자연석을 통째로 사용하는데, 겉으로 드러나는 부분만 'ㄱ' 또는 'ㄴ'자 모양으로 자르고 다듬어서 쌓는 것이지. 그래야 모서리 맞추기가 쉬울 뿐 아니라 안전하게 되는 것이야. 중간부분이라 해도 지금처럼 장대석만 쌓으면 나중에 비가 많이 내릴 때 측압(옆으로 밀어내는 힘)에 밀려 무너지게 되어 있어. 이를 방지하기 위해서는 일정한 간격을 두고 안쪽으로 깊이 들어가는 심석沈石을 박아야 되는 것이야. 시작하면서 논란이 있었으니 다행이지, 아니면 다시 헐고 쌓아야 할 뻔했네그려."

경험이 많은 편수들이지만, 궁궐 같은 대공사는 처음이라 그런 방법을 알 턱이 없었다. 그들은 차근차근 원리를 설명해주는 사행에게 혀를 내둘렀다.

그렇게 궁궐공사가 순조롭게 진행되고 있던 어느 날 밤, 나라의 기반을 어떻게 공고히 할 것인가를 고민하다가 깜빡 잠이 든 태조는 아버지의 호통에 깜짝 놀랐다. '이 한심한 놈아. 한 나라를 경영하겠다는 놈이 백성들의 고통을 그리도 모르더냐? 임금이란 백성들 위에 군림하는 것이 아니고, 그들을 어여삐 여겨 보살펴야 하는 것이야.' 태조는 꿈이 하도 이상해 다시 잠을 이루지 못하고 일어나 밖을 내다보았다. 축시가 지났는지 달이 휘영청 서쪽으로 기울고 있었다. 자리끼를 들이킨 태조는 번을 서고 있는 내관을 데리고 암행에 나섰다. 공사장 곳곳을 이리저리 살피고 다니던 태조는 궁궐도감에 불이 켜져 있음을 보고 내관을 다그쳤다.

"아니, 저렇게 불도 끄지 않고 퇴청을 했단 말이더냐. 불이라도 나면 어쩌려고…. 당장 들어가 불을 꺼라."

명이 떨어지기가 무섭게 부리나케 도감 안으로 들어갔던 내관이 급히 나와 '판내시부사가 아직 일을 하고 있사옵니다'라고 아뢰었다. 그 말이 미처 끝나기도 전에 사행이 급히 뛰어나와 머리를 조아렸다.

"전하. 어인 일이시옵니까?"

"지금 인시가 다 되어오는데…. 아직 퇴청을 하지 않은 것이더냐?"

태조는 성큼성큼 안으로 들어섰다. 상 위에는 다양한 그림들이 어지럽게 나뒹굴고 있었다.

"이게 다 무엇인고?"

"정전 건축에 필요한 도면그림이옵니다. 정전은 궁궐의 어떤 건물보다도 나라의 위상을 겉으로 드러내는 아주 중요한 건물이기에 대도의 황궁과는 다른, 위엄과 기품이 서려 있으면서도 주변의 산과 잘 어우러지는, 고유한 우리의 멋이 표현되어야 하기에 새로운 구상을 하고 있었사옵니다."

"어허, 지난번에 과인에게 다 보고하지 않았더냐? 그대로 하면 되지?"

"그렇기는 하오나, 그것은 총체적인 것이옵고, 이것은 그것을 완성하기 위한 세부적인 것이옵니다. 조선의 멋은 중국 황실을 모방해서는 아니 된다고 생각하여 이 세상 그 어디에도 없는 새로운 아름다움을 찾고자 하였사옵니다."

"그래? 들어 보자."

"전하, 정전은 좌우 폭이 1백 12척 정도의 방형 하단 월대 위에 깊이를 50척으로 하여 상단 월대月臺를 방형方形으로 쌓고, 그 위에 지을 것이옵니다. 전면과 측면을 각각 5칸으로 하여 높이가 15길 정도 되는 중층 팔작지붕의 통층구조로 지을 것이오며, 어떠한 천재지변에도 끄떡없도록 안전을 최대한으로 고려해서 외진주外陣柱(바깥 기둥) 16개 외에 내진주內陣柱(안 기둥) 12개를 세워 그 위에 장중한 멋을 지닌 지붕을 올릴 것이옵니다. 지붕은 우리나라 건물의 품위를 결정하는 아주 중요한 부분입니다. 따라서 전각의 높이와 지붕선의 경사도, 비가 들이치지 않도록 처마와 추녀의 길이를 적절히 하여 조화롭고 아주 자연스럽게 되도록 할 것이옵니다. 정전의 내부는 정중앙 뒷편에 단을 높게 만들어 보좌寶座를 마련하고 그 위에 어좌를 설치할 것이오며, 어좌 뒤편에는 세면짜리 나무병풍 삼곡병(三曲屏)을 세워 용상을 옹위토록 하고, 그 뒤로 군왕의 상징인 일월오봉도 병풍을 두를 것이옵니다. 또한 벽과 천정은 화려하면서도 중후한 위엄이 보이도록 삼한 고유의 단청으로 마감을 하되, 천정 중앙에는 5개의 발톱을 가진 오조룡 두 마리의 조각을 부착할 것이옵니다."

"뭐라? 오조룡이라고?"

"예, 전하. 5개의 발톱을 가진 황룡이옵니다. 황실에서는 7개의 발톱을 가진 칠조룡을 황제의 상징으로 하고 있기 때문에 우리 조선에서는 그보다 2개가 적은 5개의 발톱을 가진 황룡으로 사용해야 하옵니다."

"오, 그래. 계속해 보라."

"정전은 통층구조로 천정이 높기 때문에 문을 사방에 상층과 하층으로 구분해서 만들되 들문으로 하여 햇살이 깊숙이 들어오도록 하고 통풍을 쉽게 하여 사시사철 더위와 추위에 대비할 수 있도록 할 것이옵니다.

정전의 전문에서 정전에 이르는 길은 조정 뜰의 전면 정중앙에 전하와 신하가 다니는 길이 구분되도록 높이를 달리하여 길을 낼 것이오며, 월대로 오르는 계단은 삼등분 하여 만들되 단조로움을 없애고 위엄이 보이도록 중앙 부분 사면에 봉황이 부조된 답도를 설치하고, 좌우에 해태 두 마리가 엎드려 있는 형상의 소맷돌을 조각하여 설치할 것이옵니다. 상월대로 올라오는 계단 좌우 문로주門路柱와 난간주欄干柱(엄지기둥) 위에는 하늘을 다스리는 청룡·백호·주작·현무의 사신상을 방위각에 맞게 올려 우주적 공간을 형상화하고 액막이의 역할을 하도록 할 것이오며, 하월대로 오르는 계단 문로주와 난간주 위에는 지상을 다스리는 12지신상과 서수를 방위각에 맞게 올려 우주의 시간적 세계를 형상화하고 액막이의 역할을 하도록 할 것이옵니다.

또한 상·하 월대 끝에 낙상 방지를 위해 세워지는 난간은 난간주(엄지기둥) 위에 8각의 회란석回欄石으로 연결할 것이온데, 그 간격이 멀어 엄지기둥 사이사이에 당초문을 새긴 하엽동자석荷葉童子石을 일정 간격으로 세워 회란석을 떠받치게 할 것이옵니다. 이렇게 완성되는 월대는 우주를 상징하는 곳으로 신성한 공간과 시간의 세계가 되는 것이옵니다.

월대를 오르는 길은 전면의 남계 외에 북쪽에 북계를 만들어 보평청으로 드나들 수 있도록 하고, 동쪽과 서쪽으로는 문무 신하들이 오르내릴 수 있는 동계와 서계를 각각 15척 정도의 폭으로 만들 것이옵니다.

뿐만 아니라 정전의 외부는 비가 왔을 때를 고려해 배수가 용이하도록 추녀 아래의 기단, 그리고 상·하 월대와 내정 바닥에 미세한 경사를 두어 박석薄石을 깔아 우수가 월랑月廊 한구석으로 몰리게 하여 하수구를 통해 외정에 만들 금천을 통해 삼청동천(중학천)으로 배출시켜 청계천으로 빠져나가게 할 것이옵니다.

그리고 월대 하단 전면의 넓은 조정朝廷에는 중앙 어도 좌우로 일정한 간격을 두어 조회, 하례식 등 행사 때, 신료들이 정렬을 할 수 있도록 품계석을 세워두고, 그 뒤로는 차양막을 칠 수 있도록 고리를 박아 둘 것이옵니다."

"그래, 좋은 생각이로구나. 이것은 행랑이더냐?"

"예, 그렇사옵니다. 정전을 중심으로 외곽에는 사방으로 행랑을 지을 것이옵고, 중간에 드나드는 문을 낼 것이옵니다. 앞으로는 전문을, 그리고 동·서로는 신하들이 드나드는 문을, 북쪽으로는 보평청으로 드나드는 문을 낼 것이며, 전문을 연해서 좌우측 끝에는 3칸짜리 동·서각루를 복층으로 지어 궐의 경계를 도모할 것이옵니다.

우천시 궐내에 떨어지는 빗물과 궐에서 사용한 하수는 정전의 담장 밖에 백운동천의 물을 모아 만든 연못으로 모은 다음, 그 물이 삼청동천으로 흘러 나갈 수 있도록 외정外庭 뜰 가운데를 깊이 파서 금천禁川을 만들어 삼청동천으로 흘러나가게 하는 한편, 만일의 화마에 대비케 할 것이옵니다. 또한 그 천 가운데에는 석교石橋를 놓아 통행을 자유롭게 하며, 신하들이 청렴한 마음을 가지고 백성과 나라 일을 위해 조정에 나아가라는 의미를 부여할 것이옵니다."

"그럼 이것은?"

"지붕을 떠받치고 장식하는 공포栱包와 보寶, 첨차檐遮, 와당瓦當 등의 그림이옵니다. 이번에 지을 정전은 과함이 없는 '귀솟음과 안쏠림'이라는 새로운 기법을 이용해 팔작지붕으로 짓는 것이온데, 아무래도 건물의 가장 으뜸이 되는 멋은 지붕에 있기 때문에 안정성을 도모하고 밋밋함을 배제한 화려함과 장중함을 구현하는 것이옵니다.

부드러운 지붕선과 안정된 무게 중심을 가진 균형미를 유지하기 위하여 용마루에서 흘러내리는 합각마루와 추녀마루의 길이를 동일하게 하고, 공포를 외삼출목, 내사출목으로 하며, 단부에는 앙서仰舌(끝이 위로 삐죽하게 휘어 오른 쇠서), 수서垂舌(끝이 아래로 삐죽하게 처진 쇠서) 등으로 장식을 하여 아름다움을 최대로 강조하였사오며, 용마루와 합각내림마루에는 취두鷲頭를 얹어 화마를 방지하는 동시에 위엄을 보이게 하고, 추녀마루에는 어처구니를 얹어 건물의 안전을 기원토록 하였사옵니다. 또한 망와望瓦, 내림새기와, 막새기와에는 용과 봉황, 당초문, 연화문 등의 문양을 넣었습니다. 이렇게 완성되는 정전은 화려하면서도 장중한 예술품으로 백성들이 전하의 위엄을 칭송하게 될 것이옵니다."

"음, 기대가 되는구나. 그런데 기와를 굽는 곳이 보이질 않는데 어찌된 것이더냐?"

"그렇사옵니다. 기와는 흙도 중요하고 기와를 굽는 로爐가 필요하기 때문에 강화도와 여주에서 만들고 있사온데, 정전과 보평청을 덮을 기와는 전하의 위상을 높이기 위해 청기와로 굽고 있사옵니다."

"하하하. 청기와? 그거 좋겠구나. 네가 아니면, 누가 과인의 위엄을 세워줄까? 그래, 어려움이 많을 텐데… 필요한 것이 있으면 언제든지 말하거라."

"전하, 가지 많은 나무에 바람 잘 날이 있겠사옵니까? 항상 마찰은 있게 마련이옵니다. 오직 소신의 의지가 문제겠지요. 하오나 염려 마시옵소서. 소신은 이 일이 이승에서의 마지막 소명이라 생각하고 있사옵니다. 오직 전하와 조선의 앞날에 길이 광명이 깃들기를 소원하오며, 세상에서 가장 아름다운 궁궐을 지어 전하께 바치겠나이다. 꼭 한 가지를 바란다면, 신료들이 그 어떤 말씀을 아뢴다 해도 모두 믿지 마시옵고, 저의 충정을 믿어주시옵소서."

"알았느니라. 일을 무리하게 서두르지 말라. 잠도 자 가면서 해야지…. 이러다가 병이라도 나면 어찌 하겠느냐."

그렇게 두 달째 공사가 강행되는 가운데 공사장은 고뿔환자들이 속출해 일이 여간 더딘 게 아니었다. 이에 판사들은 해결책을 찾기 위해 논의를 하였다. 그런데 난데없이 이직순 판사가 사행에게 책임을 추궁했다.

"여보시오, 부사! 공사를 너무 강행한 탓에 인부들이 죄다 고뿔에 들었으니 어찌할 것이오? 이러다간 아예 공사가 중단될 수도 있을 것인데 어찌 책임을 지겠소이까?"

"책임을 지라니요? 일기가 워낙 냉랭해 그런 것인데, 그렇게 말씀하실 일은 아니지요."

"그걸 미리 예방했어야지. 공사가 계획된 일정보다 늘어지게 생겼는데, 전하께서 가만히 계시겠소? 부사 때문에 우리가 모두 추궁을 당하게 생겼단 말이오. 이 문제는 그냥 넘어갈 일이 아니지요."

"대감님 좋을 대로 하시지요. 하지만 대책은 세워야지요. 고뿔이라는 것이 다른 인부들에게 빠르게 번지는 습성이 있으니, 전하께 사정을 아뢰어 내의원에 있는 약을 내려달라 주청하고, 환자들을 집으로 돌려보내 치료토록 하는 것이 좋을까 싶습니다."

"내의원의 약제를 내어달라고? 제 정신이오? 내의원이 어떤 곳인지를 몰라 하는 소리요?"

"지금 혜민고국惠民庫局의 약제가 바닥났는데, 어쩌겠어요? 그렇게라도 치료를 해봐야지요."

두 사람의 언쟁은 점점 커져갔다. 도감제조 심 판사가 또 수습에 나섰다.

"생각 같아서는 고뿔이 심한 환자들을 귀가시키고 싶은데…. 일단 약제가 급하니 전하께 아뢰어 내의원의 약제를 내려달라고 주청하고, 근본적인 방책을 강구해 봅시다."

다음 날 아침, 조회에서 심 판사는 전하께 사정을 아뢰었다.

"전하, 공사장에 고뿔환자가 속출하고 있사옵니다. 이대로 놔두었다가는 인부들 전체로 번질까 심히 우려되옵니다. 혜민고국惠民庫局에서 진료를 받고 있사오나, 워낙 환자가 많이 발생하여 약제가 부족한 실정이오라 내의원에 있는 약제를 내려주시면 도움이 될 것 같사옵니다."

"그렇게 하라. 과인도 고뿔이 들어봐서 알지만, 쉽사리 낫는 병이 아닌데…. 공사장 전체로 번지면 큰일 아니더냐?"

"판사 이직순 아뢰옵니다. 이 문제가 발생된 원인은 판내 시부사가 날씨가 차가운데도 무리하게 공사를 추진했기 때문으로 그에게 책임을 물으셔야 차후에 이런 일이 발생되지 않을 것이옵니다."

"그래? 그대의 집에 처자가 고뿔이 들면, 그대가 책임을 져야겠구나. 그러면 어찌 책임을 질 것이냐?"

"······."

"고뿔은 누가 잘못해서 생기는 병이 아니니, 그에 대해 더는 거론치 마라."

"대사헌大司憲 박경朴經 아뢰옵니다. 전하께서 우려하시는 바와 같이 이 문제를 가벼이 여길 사안은 아니라고 보옵니다. 소신의 소견으로는 춘분도 지나 농사철이 다가오니, 도편수를 비롯해 주요 공장工匠들을 제외한 부역자들은 귀가시키는 것이 좋을 것 같사옵니다."

"그럼 대체할 역부들은?"

"백성 가운데에 승려는 열에 3명은 되고, 그 중에 부역할 수 있는 자가 2명은 될 것입니다. 승려는 세 가지 등급이 있사온데, 배부르게 먹지 아니하고 일정한 곳에 거처하지 아니하며 승당僧堂에서 마음을 수양하는 자는 상등, 불경을 강론하러 다니는 자는 중등, 재齋 올리는 곳이나 초상집에 달려가서 의식衣食을 엿보는 자는 하등이옵니다. 신이 생각하

옵건대, 이 중에 하등에 속하는 승려들을 궁궐공사에 부역
케 하면 될 것이옵니다."

대신들은 모두 한목소리로 전하의 하교를 독촉하였다.

"지금도 승도들이 부역하고 있는데, 더 늘리자는 것이
냐?"

"그렇사옵니다. 양민들을 돌려보내 농사를 짓게 하면, 궁
궐공사로 인해 술렁이던 민심도 가라앉힐 수 있고, 백성들
의 생계를 보살피는 일이니 공사는 폐하지 않아도 되고, 나
라의 근본이 튼튼해지게 될 것이옵니다."

"그렇게 하라. 꼭 필요한 공장工匠을 제외한 부역자들을
모두 돌려보내고, 승도들로 부역케 하라."

그렇게 해서 환자들을 비롯한 일반 부역자들은 모두 고향
으로 돌아가고, 한 동안 휑하던 공사장은 다시 전국 사찰에
서 올라온 승도들로 채워져 한층 더 분주해지고, 공사도 순
조롭게 진행되어 상량식을 할 수 있게 되었다.

상량식은 녹음방초가 만발한 화창한 날로 정해졌다. 먼저
월대 앞에 떡과 술, 돼지머리, 북어 등 제상을 차려놓고 전하
의 교지를 받아 판문하부사 권동술의 주관으로 여러 대신들
과 궁궐도감의 판사, 편수들이 모인 가운데 지신地神과 택신
宅神에게 제사를 올렸다. 승지의 안내에 따라 판문하부사가
손을 씻고 제단 앞으로 나가 무릎을 꿇고 분향강신焚香降神

을 한 후, 모두가 참신參神의 재배를 올렸다. 그리고 초헌初獻을 올린 후 독축讀祝을 하였다.

"유維 세차歲次 1395년 4월 27일 진시를 택하여 조선 국왕 신臣 이단李旦은 목욕재계하고 여러 신료들과 함께 천지신명께 고하나이다. 오늘 여기 궁궐을 상량함에 있어 맑은 술과 과포를 정성껏 마련하여 하늘과 땅의 신께 올리오니 부디 흠향하시옵고, 조선 백성들의 정성으로 이루어진 이 천년대계의 궁궐을 완공할 때까지 안전과 순조로운 공사를 기원하오니 부디 보우保佑하여 주시옵소서. 상향尚饗."

독축이 끝나고 이어서 심 판사가 아헌례亞獻禮를 올리고, 마지막으로 도편수 사행이 종헌례終獻禮를 올렸다.

제례가 끝나고 비단에 판삼사사가 작성한 상량문이 대들보 윗부분에 파낸 홈에 보관되자 상량이 시작되었다.

"상량."

승지의 상량이란 소리에 비단으로 덮인 상량대가 좌우에서 인부들이 잡아당기는 상량줄에 매달려 기둥 위로 올라가자 대신들은 상량대를 덮고 있는 비단을 벗겨내기 위해 연결된 줄을 동시에 잡아당기며 한목소리로 외쳤다.

"상량이오! 상량이오! 상량이오!"

기둥 위에 대기하고 있던 편수들은 올라오는 상량대를 잡아 기둥에 정확하게 끼워 맞췄다. 안전하게 상량이 끝나자

망요례望燎禮가 이어졌다. 판문하부사가 승지가 넘겨주는 신위전의 지방과 축문을 받아 불살라 하늘 높이 던지며 안전을 기원했다. 완전히 소각된 것을 본 판문하부사는 제사 술을 정한수 위에 올려놓은 버드나무가지에 묻혀서는 정전의 사방에 세워진 외진주外陣柱와 내진주內陣柱에 뿌리며 무사형통을 기원하였다. 무사히 상량을 마치자 인부들은 차려진 음식과 술로 배를 채운 후 잠시 휴식을 했다.

상량식 이후 공사는 순조롭게 진척되어 주요 공사가 어느 정도 마무리될 무렵에 장마가 닥쳐왔다. 비바람 치는 날이 많아지면서 공사가 좀처럼 진척을 보이지 못하자, 도감제조 심 판사는 애가 탔다.

"김 부사, 이를 어찌하면 좋겠소?"

"심히 걱정입니다. 그렇지만 내리는 비를 어찌 하겠습니까? 9월 말까지는 종묘와 정전을 비롯한 주요 전각을 모두 완공하려고 했는데, 지금 이 상태로 가다가는 늦어질 수밖에 없을 것 같습니다. 9월 말까지 공사를 마치려면 정부丁夫들을 더 징발하여 장마가 끝나면 공사를 서둘러야겠습니다."

그렇게 대책에 골몰하고 있을 즈음, 정현편수반장이 황급히 뛰어 들어와 '월랑 48칸이 무너졌다'고 보고하였다. 사행은 다친 인부들이 있는가를 물어보며 뛰어나갔다. 사고현장

은 아수라장이었다. 지붕을 올릴 준비를 하고 있었던 월랑
이 무너져 내린 가운데, 기둥에 깔린 인부들이 비명을 질러
댔다. 사행은 다른 인부들을 다그쳐 깔린 사람들을 구해내
는 한편, 혜민국 의원들을 불러오도록 하였다. 다행히 죽은
사람은 없었지만, 10여 명이나 되는 인부들이 크게 다쳐 혜
민국으로 옮겨졌다. 이 문제로 도당에서는 판사 이직순과
그의 의견에 동조하는 신료들이 사행을 성토하고 나섰다.

"이 참에 물고物故를 내야 합니다. 그 동안 우리를 얼마나
우습게 만들었습니까? 사사건건 우리의 의견을 묵살하지 않
았습니까?"

판문하부사 권동술은 난감했다.

"그를 내치고 나면, 누가 이 큰 역사를 맡을 수 있다는 말
이오?"

"왜 없겠습니까? 주요 전각들은 이미 지붕이 올라갔고, 기
와만 올리면 되는데, 어떤 도편수인들 감당하지 못하겠습니
까?"

듣다 못한 도감제조 심 판사가 한 마디 했다.

"여러 신료들의 뜻을 모르는 바가 아니오. 그러나 이 엄청
난 공사를 도중에 다른 사람에게 맡긴다는 것은 언어도단言
語道斷이오. 지붕의 골격을 세웠다고는 하나 아직도 지붕을
완성하기까지는 많은 공정이 남아있고, 전각 안팎을 꾸밀

일들이 산적해 있습니다. 그 동안 보아서 알겠지만 모든 것 하나하나가 그의 손이 미치지 않는 것이 없는데, 그를 어찌 내치겠다는 것이오."

"그렇지 않습니다. 부편수가 있지 않습니까? 그 사람은 처음에 우리가 추천했던 사람으로 궁궐보수공사를 해본 경험이 있는데다가 부편수로서 공사가 어찌 돌아가는지 모두 알고 있기 때문에 문제될 것이 없을 겝니다."

"이보시게. 그는 처음 전하께 알현하는 자리에서 공사를 총괄할 수 있는 도편수가 되지 못한다고 하지 않았소. 그런데 그를 또 거론하다니 아니 될 말일세."

"안 된다고만 하지 말고, 그를 불러 의중을 떠보시지요."

이에 부편수 박건충은 도당으로 불려왔고, 신료들의 물음에 답했다.

"중요 공사가 고비를 넘겼으니 못할 것은 없지만… 이번 공사는 부사께서 직접 구상을 하고 공사를 이끌어가고 있는 터라, 앞으로 궁궐이 어떤 모습으로 지어질지 알 수가 없사옵니다. 집은 기둥을 세우고 지붕의 골격을 세우는 것이 매우 어렵고 중요한 과정이지만, 아름다움을 만들어내는 것은 그 다음에 표현되는 지붕선과 기와, 단청, 내부의 장식 등 섬세한 작업에서 결정되는 것이옵니다. 따라서 소신이 맡았을 때는 본래 의도에 부합하지 않을 수 있고, 부사가 전하께 어

떤 건물이 지어질 것이라는 것을 이미 아뢰었을 것이라 의
도에 맞추기가 쉽지 않사옵니다."

부편수가 도당을 나가고, 대신들은 또 논쟁을 벌였다. 결
국 도당의 신료들은 도제조 심 판사의 만류에도 불구하고
이직순 판사의 의견대로 대전으로 몰려가 사고의 원인이 사
전에 예방조치를 하지 않은 사행의 잘못이라며 일벌백계로
파직을 촉구했다.

묵묵히 듣고 있던 태조는 몇 차례 얼굴이 붉으락푸르락하
더니 호흡을 가다듬고는 눈을 부릅뜨며 심 판사에게 물었다.

"심 판사! 김 부사 없이 공사가 가능하겠는가?"

"부편수가 있기는 하오나 신의 생각으로는 이번 사고가
광풍으로 일어난 재해인데다가 죽은 자가 있는 것도 아니고,
10여 명의 부상자가 있을 뿐인데 파직을 운운하는 것은 온
당치 않다고 생각되옵니다. 궁궐공사는 여염집을 짓는 일도
아니고, 천년대계의 초석을 놓는 대역사이기에 처음부터 계
획을 하고 공사를 도맡아 온 사람이 끝까지 완공시켜야 하
옵니다. 그러나 이번 사고에 관해서는 후에라도 책임을 물
어야 하는 것이 합당할 것이라 봅니다."

판사 이직순 아뢰옵니다.

"전하, 아니 되옵니다. 중요한 공사는 이미 다 끝나가고,
또 이 공사를 보좌해온 부편수가 있으니, 그가 맡아서 하면

어려움이 없을 것이옵니다. 그러니 마땅히 사고를 예방하지 못한 책임을 물어 전하의 위엄을 보이셔야 하옵니다. 굽어 살피시옵소서."

"전하, 김 부사의 잘못이 적다 할 수는 없사옵니다. 그러 하오니 그에게 책임을 물어 위엄을 보이셔야 하옵니다. 굽 어 살피시옵소서."

여러 신료들이 이 판사를 두둔하며 아뢰었다. 사태가 심 상치 않게 돌아가자 태조는 잠시 눈을 감고 생각하더니,

"그대들의 속셈을 모르는 바는 아니나 모두의 의견이 그 렇다 하니, 과인이 직접 부편수를 불러 신도를 완성해 낼 수 있는지 하문할 것이다. 그를 당장 들라 하라."

대전 내관이 즉시 현장으로 달려가 박건충을 데려왔다.

"과인이 묻겠노라. 김 부사가 없어도 그대가 이 궁궐공사 를 세상에 하나뿐인 건물로 아름답게 완공할 수 있겠느냐? 만약 네가 과인의 마음에 들게 하지 못할 때에는 목숨을 부 지하지 못할 것이다. 할 수 있겠느냐?"

"전하, 소신 혼자의 힘으로는 할 수 없는 일이옵니다. 선 공감 소감으로 궐의 보수공사를 여러 번 해봤지만, 부사처 럼 토목건축에 식견이 높은 사람은 예전에 본 적이 없사옵 니다. 부사의 안목과 기술은 이 나라에서 따를 자가 없사옵 니다. 그래서 소신도 부사의 뛰어난 기술을 배우고 있사옵

니다."

"물러가라!"

부편수가 나가자, 태조는 노기가 폭발했다.

"다들 들었느냐? 부편수가 할 수 없다 하지 않느냐? 과인은 천년대계의 기초를 세우는 일에 동티나는 일은 하기 싫다. 괜한 말을 지껄이지 말고 다들 물러가라! 또 다시 이 일로 책임을 운운하는 자는 공사를 그보다 더 잘할 수 있다는 것으로 알고, 직접 공사현장에 부역토록 할 것이다!"

대신들은 얼굴을 들지 못하고 황급히 대전을 빠져나왔다. 그러나 이직순은 씩씩대며 자신의 뜻이 관철되지 못한데 대해 심 판사에게 불만을 토로했다.

"대감님, 어찌 그렇게 도당의 의견과 배치되는 말씀을 하신 겝니까?"

"난, 도감 판사로써 이 공사를 아무 탈 없이 완성하는 것이 내 소명이라 생각하오. 그래서 이 나라에서 김 부사만큼 훌륭한 도편수는 없다고 믿기에 그가 공사를 완공토록 아뢴 것뿐이오. 전에도 언급했듯이 나랏일을 함에 있어서 신분의 차이를 두어서는 안 된다고 생각하오. 전하의 꾸중은 잊고 이제부터는 어떻게 공사를 속히 마무리 할 수 있는지를 고민합시다. 긴 장마로 인해 그만큼 공사가 늦어지고 있으니, 장마가 끝나면 공부工夫를 더 늘려 그 동안 못한 공사를 속히 추진해 날이 추워지기 전에 궁궐을 완공시키도록 하십시다."

"맞아요. 괜히 또 김 부사의 책임을 운운하다가는 공사장으로 내쳐질 것이니, 그 문제는 접어 두고 공부工夫를 더 징발하는 문제를 논의합시다."

이직순의 의견에 동참했던 여러 신료들도 자칫 잘못하다가는 부역으로 몰릴 것을 두려워해서인지 더 이상 문제를 확대시키지 않았다. 그리고 공부를 더 징발하는데 찬동하였다. 그로 인해 침울했던 공사장은 사고가 수습되고, 추가로 징발된 인부들로 인해 다시 활기를 띠었다.

사행은 정전의 지붕선 공사에 골몰하였다. 지붕의 아름다움은 누가 뭐라 해도 용마루와 내림마루, 처마마루로 이어지는 지붕선의 각도로 결정되기에 각별히 정성을 기울여 수차례 가설을 해보고 너무 급하지도 않고 그렇다고 너무 완만하지도 않게 거슬림이 없는 아름다운 곡선을 가진 지붕을 완성해냈다. 그리고 한 숨을 돌린 후 편수들에게 강화도와 여주에서 올라온 청기와를 올리라 하였다.

사행은 다른 공사장으로 발길을 옮겨 진척상황을 확인하고는 지관을 불러 버드나무가지를 들고 물길을 찾아다니며 우물과 연못을 팔 자리를 물색했다.

"여보게, 지하수가 어디로 흐르는가? 물은 충분히 있는

가?"

"물골은 있는데, 백악과 서봉이 낮고 골이 얕아서 수량이 적습니다. 궁궐에서 사용할 정도의 양은 되겠지만, 커다란 못을 만들기에는 충분하지가 않습니다."

"그렇다면 일단 내전 뜰 한 곳에 우물을 파고, 보평청 서쪽 행랑 너머에 연못을 만들어 백운동천에서 흘러내리는 물과 궁에서 나오는 하수가 연못으로 흘러들게 해야겠네. 그리고 연못의 남쪽에 배수구를 만들고, 오문의 안쪽 외정外庭에 깊게 금천을 만들어 연못의 물이 자연스럽게 동쪽의 삼청동천으로 흘러가게 하면 될 것이야."

지관은 무릎을 치며 감탄하고 그런 사행의 구상은 곧바로 실천에 옮겨졌다.

늘어난 인부들로 인해 모든 공사는 곳곳에서 순조롭게 진척을 보여 궁궐의 모습이 어느 정도 드러났다. 태조는 여러 신하들과 함께 백악산에 올라 완성되어가는 종묘와 사직, 궁궐, 궐 밖의 육조거리 등 대역사의 현장을 내려다보며 벅차오르는 감정을 토로했다.

"하하하. 저기 이 나라의 위용을 보시오. 여러분들이 일궈낸 대역사의 현장을!"

판삼사사 정도전이 아뢰었다.

"전하의 홍복이시옵니다."

"판삼사사! 궁궐이 다 되어가니 전각의 이름을 지어 올리도록 하라. 그리고 모두 들으라. 과인은 궁궐공사가 끝나면 곧바로 도성축성을 할 것이니 그것도 준비를 하라."

태조는 한껏 기분이 좋아져 산을 내려와 공사 현장을 돌아보며 사행에게 언제쯤 공사가 끝날 수 있는지를 물었다.

"전하! 이제 한 달 정도만 있으면, 정전을 비롯한 주요 전각들이 완성을 보게 될 것이옵니다. 현재 남아 있는 주요 공사는 단청이옵니다. 단청은 비바람에 건물을 보호하여 오래도록 수명을 유지시키며 아름답고 장엄하게 보이도록 하기 위해 색을 칠하는 공정이옵니다. 이 단청을 어떻게 하느냐에 따라 건물의 위엄과 아름다움이 달라지기 때문에 여러 가지로 준비하고 있사옵니다. 도감으로 옮기시옵소서. 자세하게 아뢰겠사옵니다."

사행은 태조를 도감으로 안내했다.

"전하, 소신은 단청을 함에 있어 두 가지를 중요하게 생각하였사옵니다. 첫째는 전하의 권위와 위엄을 보이도록 하되 사찰의 대웅전 같은 화려함을 배제하고 단아하면서도 웅건한 멋을 표현해야 한다는 것이옵고, 둘째는 조선만의 특징을 살려 주변 자연과 어우러지는 색과 문양을 사용해야 한다는 것이옵니다. 따라서 소신은 우리 민족의 고유한 색채

감각을 살려 오행사상을 상징하는 청, 적, 황, 백, 흑색의 다섯 가지 오방색을 기본으로 이를 서로 섞어서 또 다른 색을 만들어 사용할 것이옵니다.”

“오방색이라?”

“전하! 오방색은 음양오행사상과 연관되어 있는 색으로 현세의 강녕康寧과 내세의 기원이 깃들어 있는 다섯 가지 색깔이온데, 그 색깔마다 뜻하는 방향과 이를 지키는 수호신, 계절, 자연현상 등이 있사옵니다. 동쪽을 상징하는 색은 청색인데, 제일 먼저 태양이 솟아오르는 방향으로 나무가 항상 푸르다고 생각하여 정했다고 전해지옵니다. 동쪽의 수호신은 청룡이고 만물의 생성과 기쁨을 상징하는 색이옵니다. 서쪽을 상징하는 색은 백색인데, 그것은 쇠가 많은 곳으로 쇠의 빛을 희게 보아 그렇게 정해졌다 전해지옵니다. 서쪽의 수호신은 백호이고, 가을과 결실을 상징하는 색이옵니다. 남쪽을 상징하는 색은 적색으로 수호신은 주작이며, 여름과 즐거움을 상징하는 색이옵니다. 또 북쪽을 상징하는 색은 흑색이며, 수호신은 현무이고, 겨울과 슬픔을 상징하는 색이옵니다. 마지막으로 중앙을 상징하는 색은 황색이고, 수호신은 황룡이며, 계절과 계절 사이를 상징하고 풍요를 의미하는 색이 되옵니다.”

“하하하. 그렇게 깊은 뜻이…. 계속해 보라.”

"궁궐의 단청은 산수와 잘 어우러지고 아울러 명암의 장식적인 대비효과를 높이기 위해 상록하단上綠下丹으로 할 것이옵니다. 즉 기둥은 적송의 색과 유사한 석간주색石間硃色(산화철을 많이 함유하여 빛이 붉은 흙색)으로 하여 잡귀의 침입을 막고 양기를 보존하도록 할 것이며, 윗부분은 숲과 같은 뇌록색磊綠色(잿빛을 띤 녹색)을 주조색主潮色으로 하여 차가운 색과 따뜻한 색을 교차시켜 색의 층단을 구성하고, 상호 이질감이 없도록 보색대비와 명도차이에 따라 색띠의 면적을 달리하는 방법으로 다채로운 문양을 넣어 장중하고 우아한 아름다움을 보이도록 할 것이옵니다."

"다채로운 문양이라 함은 어떤 것들이더냐?"

"석류, 주화, 모란, 국화 등이옵니다. 석류는 다산多産을 기원하는 의미가 담겨 있사옵고, 주화朱花는 만사형통을, 모란은 부귀를, 국화는 장수를 의미하기 때문에 단청에 사용할 것이옵니다. 또한 정전의 내부 천장에는 중앙에 군자를 상징하는 황용을 장식하고 그 외에는 학, 모란, 국화 등의 무늬를 장식하여 전하의 무병장수를 기원토록 할 것이옵니다. 이러한 단청은 전체적인 구성을 중요시한 가운데 아주 정교해야 하기 때문에 섬세한 작업이 요구되옵니다. 먼저 석간주색과 뇌록색으로 가칠假漆을 하고, 그 위에 검정이나 백색, 기타 주조한 여러 색으로 선을 그어 문양을 만드는 긋기단청을 한 후, 마지막으로 보나 도리, 서까래 등 부재의 끝 부분에 문양을 새기는 머리초(모루단청)를 하여 마무리를 하게 되옵니다. 문양을 새기는 방법은 가칠한 위에 고안한 문양 본을 대고 출초(出草 단청에서, 건물의 각 부재에 단청 무늬의 초안을 그리는 일)를 한 후, 그 위에 타초打草(가칠된 부재에 초지본을 건축물의 부재 모양에 맞게 밀착시켜 타분주머니로 두드려 뚫어진 침공으로 백분이 들어가 출초된 문양의 윤곽이 백분점선으로 부재에 나타나게 하는 작업)를 하여 채색작업을 하게 되는데, 이때에 단청이 떨어지는 일이 없도록 하기 위해 접착력이 강한 아교나 민어 풀을 사용할 것이옵니다."

"단청은 천정을 바라보고 하는 일이라 여간 어려운 일이 아니겠구나. 그 작업을 하는 사람은 여간 손재주가 좋지 않으면 안 될 것인데 그런 사람들이 충분히 있더냐?"

"그렇사옵니다. 단청화사丹靑畵師들은 천정을 바라보고 오랫동안 누워서 작업을 해야 하기 때문에 어려움이 많습니다. 하지만 단청화사는 도편수가 고안한 문양과 색상을 그대로 칠하는 사람들이라 섬세함만 있으면 가능하지만, 도편수는 어떤 문양과 색이 전체를 어우러지게 할 것인지에 대한 창조적인 능력, 모방이 아닌 새로운 아름다움을 찾는 일에 전념해야 하옵니다. 이를 게을리 하여 특징적인 문양과 색을 찾아내지 못하면 궁궐의 특징을 살릴 수 없어 영혼 없는 집이 되고 말 것이옵니다. 따라서 도편수는 본인이 창조한 문양과 색을 정교하게 칠할 수 있는 단청화사를 찾아야 하는데, 현재 궁궐보수를 위해 선공감에 소속된 사람들만으로는 이 엄청난 작업을 모두 할 수 없기 때문에 사찰 단청을 할 줄 아는 승려를 많이 징발해야 하옵니다."

"도감제조는 김 부사의 의견대로 단청을 할 줄 아는 승려들을 징발하도록 하라. 그건 그렇게 하고… 과인이 알기로는 단청에 필요한 안료들은 전량 중원에서 들여와야 한다던데?"

"그렇사옵니다. 단청에 필요한 원색 안료들은 양록洋綠, 당홍唐紅, 장단長丹, 군청群靑, 양청洋靑, 석간주石間硃, 황토黃土, 황黃, 호분胡粉, 지당, 고령토高嶺土, 송연松烟, 진록津綠, 석자황石紫黃 등으로 전량 중원에서 들여와야 하옵니다."

"도감제조는 이 문제를 어찌 처리하고 있느냐?"

"현재 선공감에 보관하고 있는 안료로는 턱없이 부족한 터라, 호조에서는 나라에서 제일 큰 상단인 백화단을 통해 백방으로 구하고 있사옵니다. 하지만 군청, 주홍, 석자황, 양홍 등의 품목은 중원에서도 구하기가 어려울 뿐만 아니라, 황실에서 통제를 하고 있기 때문에 구하기가 더욱 어렵사옵니다."

"황실에 요청을 하면 되지 않겠느냐?"

"전하. 이미 황실 조정대신들에게도 연줄을 놓아 도움을 청했지만, 쉽지 않다는 답변만 들었사옵니다. 청하옵건대 구할 수 있는 안료만을 가지고 단청을 추진하는 것이 옳을 것 같사옵니다."

"허허. 낭패로군! 김 부사, 구할 수 있는 재료로만 원하는 단청을 할 수 있겠느냐?"

"단청은 앞서 아뢴 대로 오방색을 기본으로 하여 혼합해서 필요한 색을 만들어 써야 하기 때문에 그 중에 한 가지만이라도 빠지면 아니 되옵니다. 판사께서 아뢴 군청과 주홍, 석자황, 양홍 등은 소신이 황실에 있을 때에도 구하기가 어려웠사옵니다."

"도대체 어디서 나오는 것이기에 황실에서 통제를 하는 것이더냐?"

"전하. 그 안료는 생산이 매우 까다롭기도 하거니와 대부분 중원에서 생산되지 않는 것들이옵니다. 군청은 청금석靑金石에서 채취하는 것이옵고, 주홍은 진사辰沙에서, 석자황은 계관석鷄冠石에서 채취하는 것이오며, 양홍은 사막의 선인장에 기생하는 곤충인 깍지벌레의 암컷에서 뽑아 정제한 붉은 색소입니다. 이런 안료들은 거의 서역이나 란상瀾滄(지금의 라오스), 대월大越(지금의 베트남)에서 나오는 안료들이옵니다."

"도당에서는 이렇게 문제가 불거지도록 뭣하고 있었더냐? 당장 방법을 찾아오도록 하라!"

태조의 엄명이 떨어지자 도당에서는 연일 이 문제 해결을 위해 최고의 상단 백화단의 최만석 대방을 불러 방책을 모색하였으나 중원의 실정에 밝지 못한 터라 쉽사리 묘책을 찾을 수 없었다. 대신들은 안료의 조달이 어려워지자 사행을 불러 단청을 단조롭게 바꾸자고 하였다. 이에 사행은 화가 치밀어 손발이 떨리고 가슴이 벌렁거리며 얼굴이 시뻘겋게 달아올랐다. 아무리 건축에 문외한이라고 해도 그렇지 어떻게 다된 밥에 재를 뿌리려 하는지 도무지 이해할 수가 없었다. 당장 욕을 퍼붓고 싶었지만 화를 꾹꾹 누르고 말했다.

"아무리 안료를 구하기가 힘들다고 하지만, 어찌 그런 말씀을 하시는지 이해가 되지 않습니다. 화룡점정이라는 말이 있지 않습니까? 궁궐에 있어 화룡점정은 단청입니다. 만약 안료를 구하기가 어렵다면 공사기일을 늦춰서라도 구해야만 합니다."

판사 이직순이 소리쳤다.

"구할 방도가 없어 하는 말이잖소. 부사도 알다시피 이 나라의 최대 상단인 백화단의 대방조차 구할 수 없다지 않소이까? 그렇게 고집을 피우려면 부사가 좋은 방도를 내놓아

보시오."

도당의 분위기는 순간 싸늘해지며 대신들의 눈은 모두 사행에게 쏠렸다. 묵묵히 듣고만 있던 사행이 오랜 침묵을 깨고 차분하게 말했다.

"대감들 모두 그런 생각을 가지고 있는 것 같으니 말씀드려보겠소이다. 옛날 소신이 황궁에 있을 때, 안료를 조달하는 '노걸단'이라는 상단이 있었는데 그 상단이 최근에는 개경에도 드나든다는 소문을 들은 적이 있소이다. 혹시 그 상단을 찾을 수 있다면 방책이 있을 것도 같소이다만…."

"최 대방, 그런 상단을 들어본 적 있소이까?"

"언젠가 들어본 적이 있습니다만, 규모가 작은 상단이 그렇게 희귀한 안료를 구할 수 있을지 모르겠사옵니다."

판문하부사가 말했다.

"당장 호조에서 백방으로 수소문해 보시오."

논의가 끝나자 호조에서는 곧바로 개경의 저잣거리로 나가 '노걸단'이라는 상단을 수소문했다. 그리고 이틀 후, 노걸단의 우두머리 천난생을 찾아 도당으로 데려왔다. 대신들은 그에게 안료를 조달할 수 있는지를 캐물었다.

"우리 상단이 황궁에 안료를 조달하는 일을 한 것은 사실이지만, 그 재료들은 한 곳에서 나는 것이 아니고 중원 곳곳에서 한 가지씩만 나는 재료라 구하기가 쉽지 않을 뿐더러

일부 품목은 서역이나 대월, 난상 등에서 구해야 하는 것들이옵니다. 하오나 교역을 허락해 주신다면 최대한 빨리 구해오도록 하겠습니다. 그러나 워낙 비싼 품목인데다가 황실에서 통제하는 품목이라 몰래 들여와야 하는데…."

"비용은 걱정마라. 구할 수만 있다면 가격도 두 배, 아니 세 배로 쳐줄 것이고, 그 안료를 속히 가져올 수 있도록 상단을 연결을 해주겠소."

"그러면 조치를 취해 주십시오. 중원에 있는 우리 상단에 연락을 취해 속히 구해보겠습니다. 대신 조건이 있사옵니다. 안료를 구해오는 조건으로 우리 상단에게 궁궐에서 소요되는 다른 물품도 조달할 수 있도록 허가를 해주십시오."

"알겠소. 이번 일만 문제없이 해결해 준다면 그리하겠소. 하지만 해결을 하지 못한다면 이 땅에 발도 못 붙이게 될 것임을 명심해야 하오."

"어느 안전이라고 거짓을 약속하겠습니까? 걱정 마시옵고 저희에게 보름 정도의 시간을 주시옵소서."

"여봐라. 당장 저 놈을 잡아 옥에 가두어라! 연경이 이곳에서 얼마나 먼 곳인데 그 품목을 구해 그렇게 빨리 가져올 수가 있단 말이냐?"

"믿어 주시옵소서. 가당치 않은 말씀을 어찌 아뢰오리까? 어차피 우리 상단이 아니면 그 품목은 구할 수가 없는 것이니 역정만 내지 마시고 믿어보시옵소서. 보름이 지나 물건을 가져오지 못하면 그때 가두어도 늦지 않을 것이옵니다."

"대감들은 저 놈의 거짓말을 믿소이까?"

"다른 방도가 없지 않습니까? 속는 셈 치고 믿어봅시다. 보름이 지나면 결판이 날 것이니…. 아니 사흘간의 말미를 더 붙여 열여드레를 줘 봅시다."

천난생은 도당을 나와 그날 밤, 몰래 사행을 만나 전후 사정을 보고하며 가장 빠르게 그 품목을 조달할 방법을 논의하고 곧바로 연경으로 소식을 보냈다.

하르차악을 통해 소식을 접한 연경의 수령태감은 즉각 상단에서 보관중인 소요품목을 심양에 주둔하고 있는 상단으로 보내라고 하면서 국경에서 발각되지 않도록 은밀한 길을 이용하여 긴급히 물건을 개경으로 보내라고 하명하였다.

그렇게 해서 열나흘이 지나 천난생은 보란 듯이 필요한 안료들을 궁궐도감에 인계하였다. 판사들은 설마 했는데 정작 소요 안료를 받고 보니 입이 딱 벌어져 다물어지지 않았다. 대신들은 도무지 믿기지 않아 어떻게 그렇게 빨리 물건이 올 수 있느냐며 그 사유를 물었지만, 천난생은 그저 빙그레 웃기만 하였다.

안료의 도착 소식은 곧바로 태조에게 보고되었고, 태조는 궁궐도감으로 나가 직접 천난생에게 칭찬을 하며 하사품을 내렸다. 뿐만 아니라 최초 약속대로 노걸단에게 궁궐의 소요 물품들을 조달할 수 있는 권한도 부여하였다. 그리고 곧바로 공사장으로 발길을 옮겨 사행에게 하문하였다.

"이제 안료가 조달되었으니 단청을 하면 궁궐이 모두 완성되는 것이렸다?"

"그렇사옵니다. 하지만 최종적으로 해야 할 것이 또 있사온데, 그것은 바로 용마루와 내림마루에 취두鷲頭(용머리 또는 새날개, 물고기 꼬리 모양으로 만듦)를 올리고, 추녀마루에 어처구니를 올리는 것이옵니다. 이들을 지붕 위에 올리는 것은 중국의 송나라부터 유래되었는데, 악귀를 막는다는 벽사辟邪의 의미가 있사옵니다. 어처구니에는 삼장법사, 손오공, 저팔계, 이귀박, 삼살보살 등 여러 토우를 사용하오며, 황제나 왕이 거처하는 곳이나 공양하는 사찰에만 올리는 것이 관습이옵니다. 이것을 올리고 나면, 궁궐은 이 세상 그 어느 궐보다도 뛰어난 기품 있는 아름다움을 갖게 될 것이라 확신하옵니다."

"하하하. 과인이 그대의 재주를 믿고 있잖아. 안 그런가?"

태조는 따르는 여러 신하들을 둘러보았다.

"그렇사옵니다. 전하의 홍복이시옵니다."

내심 떨떠름한 표정을 짓는 신하들도 있었지만, 이 마당에 감히 그런 말을 할 수 있는 신하들은 없었다.

그 해 구월 스무아흐레, 드디어 종묘와 사직, 궁궐이 완성되어 태조는 먼저 대소신료들을 대동하고 종묘를 돌아보았다. 따르던 사행이 아뢰었다.

"전하, 신이 종묘에 관해 아뢰겠나이다. 대실은 동당이실同堂異室의 형태로 내당은 모두 한 공간으로 트여 있으며, 그 안에 신주를 모실 감실龕室을 따로 만들었사옵니다. 대실 안에는 석실石室 5칸을 만들고, 좌우에 익랑翼廊을 각각 2칸씩 이어 지었으며, 그 외에도 공신당功臣堂이 5칸, 신문神門 3칸이 있고, 담장을 둘러 동문, 서문으로 통행하도록 하였사옵니다. 그리고 담장 밖에는 신주神廚 7칸, 향관청享官廳 5칸, 좌우 행랑行廊 각각 5칸, 남쪽 행랑 9칸, 재궁齋宮 5칸을 두었사옵니다."

태조는 안으로 들어가서 구석구석 살펴보고는 흡족한 표정으로 신료들을 돌아보며 하명을 하였다.

"판문하부사는 즉시 이안도감移安都監의 설치를 서두르고, 도감제조에 누가 합당한지를 정해 올리도록 하라."

태조는 다시 사직단과 궁궐을 샅샅이 돌아보았다. 다음 날 조정에서는 곧바로 이안도감을 설치하고, 이안移安을 서둘러 개경에서 신주를 모셔와 종묘에 안치하였다.

이에 태조는 첫 종묘제례를 마치고 인접국의 사절과 대소

신료들의 하례를 받고, 만면에 웃음을 띠며 명을 내렸다.

"과인이 외로운 몸으로 선대가 쌓은 덕을 입고, 신민들이 추대하는 힘을 입어서 동쪽에 큰 터전을 차지하고, 새 도읍을 한양에 들이게 되어 종묘가 낙성되고 사대 조를 모시니, 이보다 더 큰 기쁨이 어디 있겠느냐? 과인은 오늘 이 기쁨을 만백성들과 같이 하고자 하노라. 그러니 오늘 이전에 지은 죄로 상사常赦로써 용서할 수 없는 것을 제외한 이죄二罪 이하는 발각된 것이나 안 된 것이나, 판결된 것이거나 안 된 것이거나 모두 용서하여 사면赦免토록 하라."

이 말이 전해지자 백성들은 환호했다.

그날 저녁, 새로 지어진 정전 뜰에서는 주연이 베풀어졌다. 술이 몇 순배 돌아가고 흥이 한껏 오르자, 정도전은 전날 태조에게 지어 올렸던 전각들의 이름을 여러 대신들 앞에서 공포하였다.

"신 정도전은 주상의 하명을 받아 새로 지어진 이 궁궐의 이름과 전각들의 이름을 만천하에 공포합니다. 시경과 서경의 좋은 글을 참고하여 새 궁궐을 경복궁景福宮이라 하였고, 연침燕寢을 강녕전康寧殿이라 하였으며, 동쪽에 있는 소침小寢을 연생전延生殿이라 하고, 서쪽에 있는 소침小寢은 경성전慶成殿이라 하였습니다. 또한 연침燕寢의 남쪽을 사정전思政殿이라 하고, 또 그 남쪽을 근정전勤政殿이라 하였으며, 동루東

樓를 융문루隆文樓, 서루西樓를 융무루隆武樓, 전문殿門을 근정
문勤政門이라 하고, 남쪽에 있는 문을 정문正門이라 하였습니
다. 오늘 이후부터는 이를 널리 알리고 사용하기를 바라옵
니다."

대신들은 전각의 이름에 담겨있는 뜻을 음미하며, 전하께
경하의 잔을 올렸다. 주연이 최고조에 이르자 좌중을 둘러
보던 태조가 자리에서 일어났다. 순간 대신들은 주고받던
말을 그치고 조용히 경청하였다.

"내가 왕위에 오르게 된 것은 경들이 하나같이 힘을 다해
도와줬기 때문이니 내 어찌 그대들을 잊을 수가 잊겠느냐.
그러니 서로 공경하고 삼가서 인연이 자손만대에까지 이르
기를 바라노라."

신료들은 자신들을 믿어주는 전하가 너무 고마워 그 뜻을
이어가기를 맹세하면서 잔을 높이 추켜들고 주상전하 만세
를 외쳤다. 그렇게 축하연이 끝나고 태조는 손이 없는 날을
받아 섣달 스무 여드레가 되어 새 궁궐로 들어갔다.

이사한 다음 날, 태조는 곧바로 도성축성을 서둘렀다.

"그 동안 궁궐을 짓느라고 수고를 아끼지 않은 경들의 노
고를 치하한다. 그러나 나라의 기틀을 다지려면 도성축성까
지 완성해야 하니, 오늘부터는 도성축성에 박차를 가하라.
판삼사사는 도성 쌓을 자리를 정하는 일을 서두르고, 김 부

사는 궁궐을 짓느라 수고를 많이 하였지만, 도성축성에 필요한 측량을 하라. 그리고 축성도감에서는 인부들의 징발계획을 세워 시행토록 하라."

　도성축성공사는 일사천리로 시작되었다. 판삼사사는 도성 쌓을 자리를 정하고, 사행은 무릇 5만 9천 5백 척尺에 이르는 도성을 측량하여 전국에서 징발된 인부들(경상·전라·강원도와 서북면 안주 이남과 동북면 함주 이남에서 징발된 11만 8천여 명)에게 성벽을 쌓는 방법을 교육하였다. 그리고 축성도감에서는 백악산 정상을 시작으로 6백 척마다 한 자호字號를 붙여 97개 축성구간으로 구분하여 작업반별로 배분하고, 1,200척(두 글자)마다 감역監役을 두어 집중적으로 공사를 추진하였다. 성터가 높고 험한 곳은 주변의 돌들을 모아 석성石城을 쌓도록 하되 높이를 15척으로 하였고, 평탄한 산에는 토성土城으로 아래의 넓이는 24척, 위의 넓이는 18척, 높이를 25척으로 하였다. 뿐만 아니라 수구水口가 있는 곳에는 구름다리雲梯를 놓아 양쪽에다 16척 높이의 석성을 쌓도록 하였고, 특히 지대가 낮은 동쪽의 낙산 아래에는 밑에다가 돌을 포개어 올리고 그 위에 성을 쌓도록 하였다.

　축성은 일차로 겨울 농한기에 완료를 하고 인부를 돌려보냈다가 7월에 장마로 무너진 축성을 다시 보수하기 위해 8월 초 경상·전라·강원도에서 축성 인부 7만 9천여 명을 징발하여 다시 축성공사를 벌여 9월 하순에 이르러 완성하였다. 동서남북에 네 개의 대문을 세우고, 대문과 대문 사이에 네 개의 소문을 세웠다.

태조는 판삼사사에게 대문과 소문에 대한 이름을 지어 올리도록 하였다. 이에 정도전은 인의예지 4대 덕목을 결부시켜 정북쪽의 대문은 숙청문肅淸門, 정동쪽에 대문은 흥인지문興仁之門, 정남쪽에 대문은 숭례문崇禮門, 정서쪽의 대문은 돈의문敦義門이라 지었고, 동북쪽의 소문은 홍화문弘化門, 동남쪽의 소문은 광희문光熙門, 남서쪽의 소문은 소덕문昭德門, 서북쪽의 소문은 창의문彰義門이라 하였다.

도성이 완성된 다음 날, 태조는 새벽녘에 사행과 대전내관만을 대동하고 백악산에 올랐다. 낮게 깔렸던 연무가 서서히 걷히며 철옹성이 되어있는 궁궐과 도성이 웅장한 모습으로 드러났다. 이를 본 태조는 떨리는 목소리로 말했다.

"수고 많았다. 김 부사! 네가 아니었으면 과인이 어찌 천년대계의 초석을 세울 수 있었겠느냐? 이제 죽어도 여한이 없도다!"

용안에서는 감격의 눈물이 주르르 흘렀다. 그렇게 한 동안 자리를 떠날 줄 모르던 태조는 아차산 너머로 붉은 태양이 솟아오른 것을 보고서야 산을 내려왔다.

그리고 2년 뒤, 태조는 신도궁궐조성에 공이 큰 사행에게 포상을 내렸다.

"판내시부사 겸 신도조성의 총괄도편수 김사행은 한양천
도 초기부터 신도설계는 물론, 종묘와 사직, 궁궐을 건축함
에 있어서 예부터 내려오는 우리 민족의 건축에 대한 특징
을 깊이 연구하여 장엄하고도 아름다운 멋을 지닌 궁궐을
짓는데 주도적으로 공헌을 하였다. 또한 이어 벌어진 도성
축성에서도 축성의 기반을 조성하기 위한 측량과 축성기술
을 전수하여 이 나라 천년대계의 초석을 놓는데 그 공이 지
대하였다. 따라서 과인은 김사행에게 판경흥부사判慶興府事
동판도평의사사사同判都評議使司事 겸 판사복·사농·선공감사
判司僕 司農 繕工監事·가락백駕洛伯의 관직을 제수하노라."

김사행은 엎드려 큰 절을 올리며, 뜨거운 눈물을 흘렸다.
"전하, 이 성은聖恩을 어찌 감당하오리까? 이 목숨이 다하
는 날까지 전하와 이 나라를 위해 목숨을 바칠 것은 물론이
고, 죽어서도 북악산에 머물면서 이 나라를 지킬 것이옵나
이다."

그날 밤, 사행은 삼경이 지나도록 뒤척이다 새벽녘이 되
어서야 깜빡 잠이 들었다. 어머니가 환한 미소를 지으며 다
가와 껴안고는 "그 동안 제대로 보살펴주지 못해 마음이 아
팠다. 그런데 이렇게 훌륭하게 자라줘서 고맙구나. 이제는

마음 편히 떠나도 되겠다."하시며 손을 흔들고 이내 하늘로
승천하는 것이 아닌가. 어머니를 부르며 허우적이던 사행은
한참만에야 잠을 깼다. 허한 마음에 툇마루로 나와 하늘을
바라보니 하현달이 여명에 쫓기어가는 가운데 어렴풋이 어
머니가 손을 흔들며 멀어져가고 있었다.

일러두기

※ 이 소설은 역사적 기록을 바탕으로 한 창작물로 등장인물과 내용들이
기록과 일치하지 않을 수 있음을 밝힙니다.

○ 참고문헌

『조선왕조실록』, 『고려사』, 『고려사절요』, 『건국의 정치』,
『동사강목』, 『조선시대 왕실의 장례』, 『서울의 궁궐 건축』,
『한양이야기』, 『환관과 공녀』, 『한국의 건축』, 『한옥 짓는
법』, 『자금성, 최후의 환관들』, 『대은 변안렬의 생애와 업
적』, 『화령국왕 이성계』.

○ 기타 자료

● 고려 31대 공민왕의 무덤, 공민왕릉(恭愍王陵)
● 궁정계통 단청과 사찰계통 단청
● 단청의 기능과 변화 모습
● 단청의 색조

저자 약력

황성운 (黃成雲)

작가는 경기도 시흥에서 태어나 육군 장교로 30년, 예편 이후 국방부 산하 기관에서 8년간 복무하였다. 군 복무기간 중에 저서 『이것만 알면 군대가 쉽다』 (2003년)를 발표하였으며, 2014년 월간 《한맥문학》 시 부문으로 등단한 후에는 시집 『나에게 띄우는 편지』 (2018년), 장편소설 『사실은 내시였다』 (2019년)을 발표하였다.

군 복무기간 중에는 대통령 표창 등 24회의 표창을 수상하였으며, 등단 이후에는 한맥문학 신인상, 〔(사) 함께하는 아버지들〕이 선정하는 '2016 올해의 아버지상 대상'을 수상하였다.

저자와의 협의에 의해 인지를 생략합니다

사실은 내시였다

2019년 8월 20일 초판 인쇄
2019년 8월 31일 초판 발행

지은이 / 황성운
펴낸이 / 연규석
펴낸곳 / 도서출판 고글

서울특별시 용산구 한강대로 40길 18
등록 / 1990년 11월 7일(제302-000049호)
전화 / (02)794-4490 (031)873-7077

값 13,500 원

※ 잘못된 책은 판매처에서 교환해 드립니다.